AIMEE MOLLOY

Aimee Molloy vit à Brooklyn avec sa famille. *La Mère parfaite* est son premier roman.

**Retrouvez toute l'actualité de l'auteur sur :
www.aimeemolloy.com**

LA MÈRE PARFAITE

AIMEE MOLLOY

LA MÈRE PARFAITE

*Traduit de l'anglais (États-Unis)
par Emmanuelle Aronson*

LES ESCALES

Titre original :
THE PERFECT MOTHER

Ceci est une œuvre de fiction. Les noms, personnages, lieux et péripéties sont issus de l'imagination de l'auteur et ne doivent pas être considérés comme réels. Toute ressemblance avec des événements, lieux, organisations ou personnes, vivantes ou mortes, est purement fortuite.

Les paroles de la chanson *Rebel Yell* sont utilisées avec la permission de Billy Idol.

Pocket, une marque d'Univers Poche,
est un éditeur qui s'engage pour la préservation
de l'environnement et qui utilise du papier fabriqué
à partir de bois provenant de forêts gérées
de manière responsable.

Le Code de la propriété intellectuelle n'autorisant, aux termes de l'article L. 122-5, 2° et 3° a, d'une part, que les « copies ou reproductions strictement réservées à l'usage privé du copiste et non destinées à une utilisation collective » et, d'autre part, que les analyses et les courtes citations dans un but d'exemple et d'illustration, « toute représentation ou reproduction intégrale ou partielle faite sans le consentement de l'auteur ou de ses ayants droit ou ayants cause est illicite » (art. L. 122-4).
Cette représentation ou reproduction, par quelque procédé que ce soit, constituerait donc une contrefaçon, sanctionnée par les articles L. 335-2 et suivants du Code de la propriété intellectuelle.

© Aimee Molloy, 2018
© Éditions Les Escales, un département d'Edi8, 2018
ISBN : 978-2-266-29588-8
Dépôt légal : mars 2020

À Mark

Three blind mice, three blind mice,
See how they run, see how they run !

— Comptine anglaise

Prologue

FÊTE DES MÈRES
14 MAI

Joshua.
Je me réveille, fébrile. La pluie tambourine sur le velux au-dessus de ma tête. Telle une araignée, mes doigts glissent sur le drap à côté de moi : je suis seule, c'est vrai. Je ferme les yeux et parviens à me rendormir. Mais je me réveille à nouveau, submergée par une douleur intense et soudaine. Depuis son départ, je me lève avec la nausée tous les matins ; cette fois c'est différent. Je le comprends tout de suite.

Quelque chose ne va pas.

Me lever pour marcher fait trop mal. Je m'extrais donc du lit en rampant et me traîne par terre ; le sol est sale et poussiéreux. Je trouve mon téléphone dans le salon mais je ne sais pas qui appeler. Il n'y a qu'à lui que j'ai envie de parler. J'ai besoin de lui raconter ce qui se passe et de l'entendre me répondre que ça va aller. J'ai besoin de lui dire à quel point je l'aime encore.

Mais il ne décrochera pas. Ou pire, il décrochera, et s'énervera. Il me dira qu'il ne supportera pas ça plus longtemps, me préviendra que si jamais je l'appelle encore, il...

La douleur me paralyse le dos à tel point que je ne peux plus respirer. J'attends que ça passe ; j'attends le moment de répit promis, mais il tarde à venir. Ce n'est pas comme dans les livres, rien à voir avec ce que le médecin m'a expliqué. Ils ont dit que ce serait progressif. Que je saurai quoi faire. Que je pourrai chronométrer les choses. M'asseoir sur le ballon de yoga que j'ai acheté dans un vide-grenier. Rester à la maison aussi longtemps que possible pour éviter les appareils, les médocs, tout ce qu'ils font à l'hôpital pour faire naître un bébé avant que le corps ne soit prêt.

Je ne suis pas prête. J'ai deux semaines d'avance sur le terme, et je ne suis pas prête.

Je me concentre sur le téléphone. Je ne compose pas son numéro mais celui de la doula – une femme avec des piercings prénommée Albany. Je ne l'ai vue que deux fois.

J'ai un accouchement en cours et je ne peux pas vous répondre. Si vous êtes...

Je me traîne avec mon ordinateur portable jusqu'à la salle de bains et m'assieds sur le carrelage froid, un gant de toilette humide sur la nuque. Je pose ma mince machine sur mon ventre. Mon fils est là, en dessous. Je consulte mes e-mails et décide d'écrire aux Mères de mai.

Je me demande si c'est normal. Mes mains tremblent pendant que je tape. J'ai mal au cœur. La douleur est terrible. Ça va trop vite.

Elles ne répondront pas. Elles sont sorties ce soir : elles mangent un truc épicé pour déclencher leur propre travail, volent quelques gorgées de bière à leurs maris. Elles savourent une dernière soirée en tête à tête. Chose que l'on ne connaîtra plus jamais, comme nous l'ont dit les mères expérimentées. Elles ne verront mon message que demain matin.

Ma boîte de réception m'alerte aussitôt de l'arrivée d'un nouveau message. Cette chère Francie. Ça commence ! écrit-elle. Chronomètre les contractions et demande à ton mari d'appuyer sur tes lombaires.

Comment ça va ? s'enquiert Nell. Vingt minutes se sont écoulées. Tu as toujours mal ?

Je me suis mise sur le côté. J'ai du mal à taper sur le clavier. *Oui.*

La pièce s'obscurcit, et quand la lumière revient – dix minutes plus tard, une heure plus tard, je n'en ai aucune idée – une douleur sourde irradie mon front. J'ai une bosse. Je me traîne derechef jusqu'au salon. J'entends un râle, une plainte animale, puis je m'aperçois que c'est moi qui fais ce bruit. *Joshua.*

Je me hisse sur le canapé et cale mon dos contre les coussins. Je tâte mon entrejambe. Du sang.

J'enfile un imperméable par-dessus ma chemise de nuit. Et je ne sais comment, je descends l'escalier.

Pourquoi est-ce que je n'ai pas préparé mon sac ? Les Mères de mai ont pourtant toutes insisté sur ce qu'il fallait mettre dans ce sac, et le mien se trouve encore dans le placard de ma chambre, vide. Pas de musiques relaxantes sur mon iPod, pas d'eau de coco, pas d'huile essentielle de menthe contre la nausée. Pas même une copie de mon projet de naissance. Je me tiens le ventre sous la lumière diffuse d'un lampadaire jusqu'à ce que le taxi arrive et je m'engouffre sur la banquette arrière humide en m'efforçant de ne pas remarquer le regard effaré du chauffeur.

J'ai oublié la tenue que j'ai achetée pour le bébé.

À l'hôpital, quelqu'un m'envoie au sixième étage, où l'on me dit d'attendre. On va évaluer mon état. « S'il vous plaît. » Je finis par implorer la femme de l'accueil. « J'ai très froid et je me sens mal. Pourriez-vous appeler mon médecin ? »

Mais mon médecin n'est pas de garde ce soir-là. C'est une autre femme du service, je ne la connais pas. Je m'assieds, tétanisée par la peur. Un liquide à l'odeur terreuse coule sur la chaise en plastique vert, et je pense à la boue du jardin que ma mère et moi passions au peigne fin en quête de vers de terre quand j'avais six ans.

Je sors dans le couloir, déterminée à bouger, à rester debout, me remémorant son visage lorsque je lui ai annoncé la nouvelle. Il était en colère, répétait sans cesse que je l'avais piégé. Exigeait que je me débarrasse du bébé. « *Ça va tout foutre en l'air*, a-t-il crié. *Mon mariage. Ma réputation. Tu ne peux pas me faire ça.* »

« *Tu n'as pas le droit.* »

Je ne lui ai pas dit que j'avais déjà vu la lueur verte et tremblotante au niveau du cœur, que j'avais entendu les pulsations, telle une corde à sauter tournant à toute vitesse, dans les haut-parleurs fixés au plafond. Je ne lui ai pas dit que je n'avais jamais rien désiré autant que ce bébé.

D'une poigne ferme, quelqu'un me soulève du sol. Grace. C'est écrit sur son badge. Grace m'enlace la taille et me guide jusque dans une chambre, où elle me demande de m'allonger sur le lit. Je résiste. Je ne veux pas m'allonger. Je veux savoir si mon bébé va bien. Je veux avoir moins mal.

— Je veux la péridurale.

— Je regrette, répond Grace. C'est trop tard.

J'observe ses mains. Sa peau est rêche. Trop de savon, trop d'eau traitée à l'hôpital.

— Non, s'il vous plaît. Trop tard ?

— Pour la péridurale.

Je crois entendre des pas dans le couloir qui se précipitent vers ma chambre.

Il m'appelle, non ?

J'abandonne et m'allonge. C'est lui. C'est Joshua. Il m'appelle à travers les ténèbres. Le médecin est là. Elle me parle, et ils enroulent quelque chose autour de mon bras, enfoncent lentement une aiguille sous ma peau, dans le pli de mon coude, telle la lame d'un patin sur la glace. Ils me demandent qui m'accompagne, où se trouve mon mari. La pièce vacille autour de moi, et je sens l'odeur. Le liquide que je perds. Terre et boue. Mes os se disloquent. Je me consume. Ça ne va pas, c'est sûr.

Je sens la pression. Je sens la chaleur. Je sens mon corps, mon bébé, se morceler.

Je ferme les yeux.

Je pousse.

1

Quatorze mois plus tard

À : Mères de mai
DE : Vos amies au Village
DATE : 4 juillet
OBJET : Conseil du jour
<u>VOTRE BÉBÉ A QUATORZE MOIS</u>
Pour célébrer ce jour férié, le conseil du jour parle d'indépendance. Avez-vous remarqué que votre bout de chou jusque-là intrépide a soudain peur de tout quand vous n'êtes plus dans son champ de vision ? L'adorable chien des voisins devient un prédateur terrifiant. L'ombre au plafond se transforme en monstre manchot. Il est normal que votre bébé commence à appréhender les dangers du monde. C'est à vous maintenant de l'aider à gérer ses peurs, en lui rappelant qu'il est en sécurité, et que même si maman n'est pas à ses côtés, elle sera toujours là pour le protéger, en toutes circonstances.

Le temps file comme l'éclair.

Du moins, c'est ce que les gens nous disaient toujours ; les mains plaquées sur nos ventres, ces inconnus nous enjoignaient de profiter de chaque instant. Nous expliquaient que tout serait derrière nous en un clin d'œil. Qu'ils marcheraient, parleraient, et prendraient leur envol bien plus vite qu'on ne pouvait l'imaginer.

Cela fait quatre cent dix-sept jours, et je n'ai pas du tout l'impression que le temps ait filé comme l'éclair. Je m'efforce de songer à ce que le Dr H dirait. Parfois, je ferme les yeux et m'imagine dans son cabinet, en fin de séance, le patient suivant tapant impatiemment du pied dans la salle d'attente. *Vous avez tendance à ruminer certaines choses*, déclarerait-il. *Mais jamais les aspects positifs de votre vie. C'est intéressant. Pensez-y.*

Aux choses positives.

Le visage de ma mère qui paraissait si apaisé parfois, lorsque nous étions toutes les deux dans la voiture en train de faire des courses ; ou en route pour le lac.

La lumière matinale. La pluie sur ma peau.

Ces après-midi printaniers à paresser, assise dans le parc, le bébé faisant des cabrioles dans mon ventre, mes pieds gonflés comprimés dans mes sandales telles des pêches trop mûres. Avant que tous les problèmes ne s'accumulent, quand Midas n'était pas encore « le petit Midas », la cause que tout le monde défendait ; quand il n'était qu'un nourrisson de Brooklyn parmi d'autres, des millions d'autres, ni plus ni moins extraordinaire que la dizaine de bébés aux prénoms singuliers promis à des avenirs radieux qui dormaient pendant les moments de partage des Mères de mai.

Les Mères de mai. Mon groupe de mamans. Je n'ai jamais aimé ce terme. *Maman.* C'est tellement chargé, tellement politique. Nous n'étions pas des *mamans*. Nous étions des mères. Des personnes. Des femmes ayant, par hasard, ovulé à la même période et ayant, en conséquence, accouché le même mois. Des inconnues ayant choisi – pour le bien de leur bébé et leur propre équilibre psychique – de devenir amies.

Nous nous étions inscrites sur le site du Village – « La mine d'informations la plus précieuse des parents de Brooklyn® » –, avions appris à nous connaître par e-mails durant des mois avant de nous rencontrer, bien avant nos accouchements respectifs, disséquant notre nouvelle situation avec une précision que nos véritables amies n'auraient jamais supportée. Le moment où nous avions découvert que nous étions enceintes. Les ruses que nous avions trouvées pour annoncer la nouvelle à nos mères. Nos idées de prénoms et nos interrogations au sujet de nos périnées. C'est Francie qui a suggéré de se voir en chair et en os, le jour du printemps, et nous nous sommes toutes traînées jusqu'au parc en ce matin du mois de mars, nos ventres pesants, à plus de six mois de grossesse. Assises à l'ombre, une odeur d'herbe fraîchement sortie de la léthargie hivernale flottant dans l'air, nous étions heureuses d'être ensemble, de finalement mettre des visages sur nos noms. Nous avons continué de nous réunir, avons suivi les mêmes cours de préparation à l'accouchement, le même atelier d'initiation aux premiers gestes de secours, avons adopté de concert la posture du chat dans la même salle de yoga. Puis, en mai, les bébés ont commencé à arriver, comme prévu, juste à temps pour vivre l'été le plus chaud de l'histoire de Brooklyn.

Bravo ! avons-nous écrit en réponse au dernier faire-part en date, nous extasiant comme des grands-mères averties devant la photographie jointe au message qui montrait un nouveau-né enveloppé dans un drap d'hôpital bleu et rose.

Ces joues !

Bienvenue au monde, petit bout !

Après l'accouchement, certaines d'entre nous n'ont pas osé sortir de chez elles pendant des semaines, quand d'autres n'ont pensé qu'à se retrouver pour montrer leurs bébés. (Ils étaient si nouveaux, même pour nous, que nous ne les appelions pas par leurs prénoms – ils n'étaient pas encore Midas, Will, ou Poppy, mais tout simplement « le bébé ».) En arrêt pendant quelques mois, voire nous désintéressant complètement de nos carrières professionnelles, nous nous sommes donné rendez-vous deux fois par semaine, toujours dans le parc, d'ordinaire sous le saule noir près des terrains de baseball si l'une d'entre nous avait la chance d'arriver la première et de s'approprier l'endroit si convoité. Au début, le groupe a souvent changé. De nouvelles femmes ont fait leur apparition, et d'autres que j'avais pris l'habitude de voir ont disparu – celles qui doutaient de l'intérêt de nos échanges, les mères plus vieilles qui ne supportaient pas l'anxiété collective, celles qui avaient déménagé à Maplewood et Westchester, dans des banlieues chics. Mais j'ai toujours pu compter sur les trois plus assidues.

D'abord, il y avait Francie. Si notre groupe avait une mascotte, quelqu'un à même de nous fédérer, de nous féliciter d'être mère, c'était elle. Madame Aimez-moi, perfectionniste jusqu'au bout des ongles, la fille du Sud bien en chair et toujours pleine d'espoir.

Ensuite Colette, celle que toutes les filles adorent, l'amie de confiance. Une des plus jolies, avec sa chevelure auburn digne d'une publicité pour shampoing, la fille du Colorado pour laquelle tout était facile et qui a accouché à la maison sans assistance médicale – la fille parfaite quoi, un vrai bonbon.

Et pour finir, Nell : Anglaise, cool, qui fuyait les livres et les conseils d'experts. Toujours dans le « fais comme tu le sens » et le « je ne devrais vraiment pas ». (Je ne devrais vraiment pas manger ce muffin aux pépites de chocolat. Ces chips. Je ne devrais vraiment pas boire ce troisième gin tonic.) Mais il y avait autre chose chez Nell. Malgré sa langue bien pendue, je l'avais remarqué dès notre première rencontre : elle avait un secret, comme moi.

Je n'ai jamais eu l'ambition de devenir une habituée, mais je suis allée aussi souvent que j'ai pu le supporter aux réunions bihebdomadaires dans le parc en bas de la colline, en traînant d'abord mon corps de femme enceinte puis en pilotant péniblement ma poussette. Je m'installais sur ma couverture, après avoir garé la poussette près des autres à l'ombre du saule noir. Plus j'écoutais les visions de chacune sur l'éducation, les manières très spécifiques dont certaines choses devaient être menées, plus je devenais apathique. Il fallait allaiter au sein exclusivement. Ne pas rater les signes de sommeil. Afficher le bébé à la moindre occasion comme s'il s'agissait d'un accessoire acquis à prix d'or chez Bloomingdale's.

Pas étonnant que j'aie commencé à les détester. Franchement, qui peut endurer un tel niveau de certitude ? Encaisser sans broncher des opinions aussi tranchées ?

Et alors, si on n'arrive pas à tout faire ? Si on n'allaite pas ? Et si votre lait se tarit par exemple, malgré les innombrables plantes chinoises ingérées, ou les heures passées enchaînée au tire-lait en pleine nuit ? Ou si vous êtes épuisée à cause du manque de sommeil, des heures passées à apprendre à déchiffrer les signes de fatigue ? Ou si vous n'avez tout bonnement pas l'énergie d'apporter de quoi grignoter avec vos semblables ?

Colette apportait les muffins. Chaque fois – vingt et un mini-muffins de la très chic boulangerie qui venait de s'installer à la place du bar à tapas. Elle ouvrait la boîte à gâteaux et la faisait passer, par-dessus les bébés. « Winnie, Nell, Scarlett, servez-vous, lançait-elle. Ils sont divins. »

Nombreuses étaient celles dans le cercle qui déclinaient poliment. Elles invoquaient le poids leur restant à perdre et sortaient leurs bâtonnets de carotte et leurs tranches de pomme, mais pas moi. Mon ventre était déjà aussi plat qu'avant la grossesse. Je peux remercier ma mère pour ça. De bons gènes – c'est ce que les gens disent toujours sur moi. Ils parlent du fait que je suis grande et mince, des traits de mon visage quasiment symétriques. Ce qu'ils ne mentionnent jamais, ce sont les *autres* gènes dont j'ai hérités. Non pas ceux de ma mère au visage aussi symétrique que le mien, mais ceux que mon père bipolaire m'a refilés.

Les gènes de Joshua ne valent guère mieux. J'ai abordé le sujet avec lui plusieurs fois, en lui demandant si cela l'inquiétait, cet ADN auquel il s'efforçait tant bien que mal d'échapper. Son cinglé de père : médecin brillant, si chaleureux et charmant avec ses patients. Mais alcoolique et violent en privé.

Comme Joshua détestait m'entendre parler de son père, j'ai appris à tenir ma langue. Évidemment, je n'ai fait aucune allusion à tout cela – mes gènes, Joshua, son père – aux Mères de mai. Je ne leur ai pas raconté à quel point c'était difficile sans Joshua. À quel point je l'aimais. À quel point j'aurais tout abandonné – tout – pour être à nouveau avec lui. Ne serait-ce qu'un soir.

Je ne pouvais pas leur en parler. Je ne pouvais en parler à personne. Pas même au Dr H, psy exceptionnel, qui avait mis la clé sous la porte pile au moment où j'aurais eu le plus besoin de lui, direction la côte Ouest avec sa femme et ses trois enfants. Je n'avais personne d'autre, donc oui, au début j'ai assisté à leurs réunions, dans l'espoir de me trouver quelque chose en commun avec elles ; quelque chose dans notre vécu de jeune maman susceptible de m'aider à dissiper les ténèbres de ces premiers mois qui sont toujours les plus durs d'après tout le monde. *Ça va devenir plus facile*, écrivaient les experts. *Soyez patiente.*

Eh bien, les choses ne sont *pas* devenues plus faciles. On m'a tenue responsable de ce qui s'est passé le soir du 4 juillet. Mais pas une heure ne s'écoule sans que je me remémore la vérité.

Ce n'est pas ma faute. C'est la leur.

C'est à cause d'elles si Midas a disparu, si j'ai tout perdu. Même maintenant, un an après, assise dans cette cellule à tripoter la cicatrice irrégulière sur mon ventre, je songe à quel point les choses auraient pu être différentes si elles n'avaient pas existé.

Si je ne m'étais pas inscrite à leur groupe. Si elles avaient choisi un autre jour, ou un autre bar, ou une autre baby-sitter qu'Alma ce soir-là. Si l'histoire du téléphone n'avait pas eu lieu.

Si seulement les paroles que Nell avait prononcées ce jour-là – le soleil baignant son visage tourné vers le ciel – n'avaient pas été aussi prémonitoires : *Il se passe des trucs affreux quand il fait chaud comme ça.*

2

Un an plus tôt

À : Mères de mai
DE : Vos amies au Village
DATE : 30 juin
OBJET : Conseil du jour
<u>VOTRE BÉBÉ A QUARANTE-SEPT JOURS</u>
La plupart d'entre vous ont pris le rythme de l'allaitement durant ces six dernières semaines, mais pour celles qui ont encore du mal : n'abandonnez pas ! Le lait maternel est de loin la meilleure chose que vous puissiez donner à votre bébé. Si vous rencontrez des difficultés, faites attention à ce que vous mangez. Produits laitiers, gluten et caféine réduisent votre lactation. Et si vous avez mal ou que vous sentez une gêne, songez à consulter une ou un spécialiste de l'allaitement pour vous aider à comprendre ce qui se passe. Vous n'aurez jamais aussi bien dépensé votre argent.

— Il se passe des trucs affreux quand il fait chaud comme ça ? Qu'est-ce que tu entends par là ? fait Francie, l'air contrarié, ses cheveux ondulés lâchés sur ses épaules.

Nell chasse une mouche avec le journal qui lui sert d'éventail.

— Il fait trente degrés, réplique-t-elle. À Brooklyn. En juin. À dix heures du matin.

— Et alors ?

— Bah, c'est peut-être normal au Texas…

— Je viens du Tennessee.

— Mais ce n'est pas normal ici.

Une bouffée d'air chaud soulève le coin de la couverture qui protège le visage du fils de Francie.

— Eh bien, tu ne devrais pas dire ce genre de choses, décrète Francie, hissant le bébé sur son épaule. Je suis superstitieuse.

Nell pose son journal et ouvre la fermeture Éclair de son sac à langer.

— C'est un truc que Sebastian dit tout le temps. Il a grandi à Haïti. Ils ont plus l'habitude que nous, les Américains, de faire attention à la planète, si tu préfères.

Francie hausse un sourcil.

— Mais tu es anglaise.

— Tout va bien là-bas ? lance Colette à Scarlett qui se trouve au milieu des poussettes parquées à l'ombre, avec les bébés endormis dedans.

Scarlett attache aux poignées de sa poussette les coins d'un fin linge de coton et regagne le cercle.

— J'ai cru que le bébé était réveillé, déclare-t-elle, reprenant sa place près de Francie et sortant de son sac un flacon de gel désinfectant. La nuit a été longue, donc s'il vous plaît, ne l'approchez pas. Qu'est-ce que j'ai raté ?

— C'est la fin du monde apparemment, fait Francie, suçant son bretzel enrobé de chocolat, la seule friandise qu'elle se soit finalement permise.

— Absolument, rétorque Nell. Mais j'ai apporté un antidote.

Elle brandit une bouteille de vin.

— Tu as apporté du *vin* ?

Colette sourit, remontant ses cheveux en chignon tandis que Nell débouche la bouteille.

— Et pas n'importe quel vin. Le meilleur *vinho verde* qu'on peut acheter pour douze dollars à neuf heures et demie du matin.

Elle en sert un fond dans un gobelet en plastique qu'elle a extrait de son sac à langer et le tend à Colette.

— Bois vite. Il n'est pas très frais.

— Pas pour moi, intervient Yuko, décrivant des cercles autour de leur petit campement tout en berçant sa fille contre sa poitrine. J'ai yoga après.

— Pour moi non plus, déclare Francie. J'allaite.

— Oh, arrête ton char ! s'exclame Nell. On allaite *toutes*.

Elle lève la main pour s'expliquer.

— À moins que toi non. À moins qu'une fois rentrée chez toi, tu tires les rideaux et tu donnes en secret le biberon. Et pourquoi pas ? Quoi qu'il en soit, un peu de vin ne fait de mal à personne.

— Ce n'est pas ce que disent les livres, riposte Francie.

Nell lève les yeux au ciel.

— Francie, arrête de lire de la propagande. Ça ne fait pas de mal, OK ? En Angleterre, la plupart de mes copines ont bu un peu tout au long de leur grossesse.

Colette adresse à Francie un hochement de tête rassurant.

— Bois un petit coup si ça te fait envie. Will ne s'en portera pas plus mal.

— Vraiment ? demande Francie en lançant un coup d'œil à Nell. OK, d'accord. Mais deux doigts.

— Moi aussi. Pour célébrer ! s'écrie Scarlett, tendant le bras vers le gobelet suivant. Est-ce que je vous ai dit ? On est sur le point d'acheter une maison à Westchester.

— Vous aussi ? marmonne Francie. Pourquoi tout le monde déménage en banlieue tout à coup ?

— Franchement, je préférerais aller plus au nord de l'État, mais mon cher mari vient d'être titularisé à Columbia et il ne peut pas trop s'éloigner.

Scarlett balaie le groupe du regard avant de continuer.

— Sans vouloir blesser personne, je sais que beaucoup de gens adorent vivre ici, mais j'ai du mal à m'imaginer élever mes enfants dans cette ville. Depuis le bébé, tout ce que je vois, c'est la saleté. Je veux qu'il respire de l'air pur, qu'il connaisse la verdure.

— Pas moi, coupe Nell. Je veux que mon bébé grandisse dans la crasse.

Francie avale une gorgée de vin.

— J'aimerais bien avoir les moyens d'aller à Westchester.

— Winnie ? fait Nell. Du vin ?

Winnie observe au loin un jeune couple en train de se lancer un frisbee sur la vaste pelouse, un border collie courant comme un fou de l'un à l'autre. Elle ne semble pas entendre Nell.

— Winnie, poulette. On est là.

— Désolée, souffle Winnie.

Elle sourit à Nell avant de baisser les yeux vers Midas qui se réveille, lové dans les jambes repliées de sa mère, ses petites mains de part et d'autre de son visage.

— Qu'est-ce que tu disais ?

Nell lui tend un gobelet.

— Tu veux un peu de vin ?

Winnie soulève Midas contre sa poitrine et dévisage Nell, la bouche enfouie dans les cheveux noirs de son fils.

— Non, il vaut mieux pas.
— Pourquoi ?
— L'alcool ne me réussit pas toujours très bien.
— Mais qu'est-ce que vous avez toutes ?

Nell verse encore un peu de vin dans le gobelet et rebouche la bouteille. Un grand tatouage de colibri – délicat et bariolé – se révèle sous la manche de son tee-shirt noir. Elle avale une gorgée.

— Mon Dieu, c'est vraiment dégueu. Au fait, vous savez quoi ? Je suis sortie hier avec le bébé, boire un café. Et une femme a regardé mon ventre et m'a félicitée en me demandant pour quand c'était prévu.

— C'est détestable ! s'exclame Yuko. Qu'est-ce que tu as répondu ?

Nell rit.

— Novembre.

Francie se tourne vers Winnie qui scrute à nouveau la pelouse, le visage crispé.

— Ça va ?
— Très bien.

Elle passe une mèche de cheveux derrière son oreille.

— Cette chaleur m'assomme, c'est tout.

— À propos, est-ce qu'on ne pourrait pas envisager un autre lieu de rencontre ? intervient Yuko, allongeant son fils sur la couverture et farfouillant dans son sac en quête d'une couche propre. Il va faire de plus en plus chaud. Les bébés vont fondre sur place.

— On pourrait aller à la bibliothèque, suggère Francie. Ils ont une pièce vide au fond. On peut peut-être la réserver.

— Bof, ça m'a l'air affreux, remarque Nell.

— Est-ce que l'une d'entre vous a déjà essayé la terrasse du nouveau bar, près de la grande aire de jeu ? s'enquiert Colette. J'y suis allée avec Charlie l'autre jour, et il y avait quelques groupes de mamans avec leurs bébés. On pourrait peut-être faire ça de temps en temps. Se retrouver pour déjeuner par exemple.

— Et boire des sangrias ! s'écrie Nell, l'œil pétillant. Ou mieux, pourquoi on ne fait pas un truc comme ça le soir ? Pourquoi on ne sortirait pas sans nos bébés ?

— Sans nos bébés ? répète Francie.

— Ouais. Je reprends le travail la semaine prochaine. Je meurs d'envie de m'éclater tant que je peux.

— Je ne crois pas que ça va être possible, répond Francie.

— Pourquoi pas ?

— Le bébé n'a que sept semaines.

— Et alors ?

— Bah, il est un peu petit pour être laissé seul, non ? En plus, il est impossible, le soir. Il a tout le temps besoin de téter.

— Demande à ton mari de s'en occuper, suggère Scarlett. C'est important pour eux de créer un lien dès les premiers mois.

— Mon mari ? s'étonne Francie, avec un haussement de sourcil.

— Oui, dit Nell. Tu sais, Lowell ? L'homme sans la semence duquel tu n'aurais pas pu concevoir ton bébé ?

Francie fait la moue.

— Nell. Quelle élégance.

Puis, s'adressant à Winnie, elle ajoute :

— Tu irais, toi ?

Winnie enroule Midas dans une écharpe de portage contre sa poitrine et ramasse la couverture du petit.

— Je ne sais pas trop.

— Oh, allez, lance Colette. Ça nous ferait du bien de lâcher un peu nos bébés.

Winnie se lève, sa robe d'été à pétales roses tombant sur ses chevilles.

— Je n'ai pas encore trouvé de baby-sitter pour Midas.

— Et ton…

— Merde, interrompt Winnie, jetant un coup d'œil à la fine montre argentée qu'elle porte au poignet. Il est plus tard que ce que je croyais. Il faut que je file.

— Tu vas où ? demande Francie.

Winnie s'équipe d'une paire de grandes lunettes de soleil et d'un chapeau en coton à large bord qui protège à la fois son visage et ses épaules.

— Oh, j'ai des millions de trucs à faire. À la prochaine fois.

Toujours assise sur la grande couverture, chacune observe Winnie traverser la pelouse et remonter la colline, ses cheveux noirs flottant sur ses épaules, sa robe virevoltant sur ses talons.

Lorsqu'elle disparaît sous l'arche, Francie soupire :

— J'ai de la peine pour elle.

Nell éclate de rire.

— Tu as de la peine pour *Winnie* ? Pourquoi, parce qu'elle est tellement canon ? Ou attends, parce qu'elle est tellement mince.

— Parce qu'elle est mère célibataire.

Colette vide son gobelet de vin.

— Quoi ? Comment tu le sais ?

— Elle me l'a dit.

— Tu rigoles ? Quand ?

— Il y a quelques jours. Je me suis arrêtée au Spot pour profiter de la climatisation et acheter un scone. Will s'est mis à hurler pendant que je faisais la queue. Je ne savais plus où me mettre, et Winnie est arrivée. Midas dormait dans sa poussette. Elle a pris Will dans ses bras, elle l'a serré contre elle, et il s'est calmé aussitôt.

Nell plisse les yeux.

— Je savais que ses seins étaient magiques. Rien qu'à les regarder, ça m'a calmée trois ou quatre fois, moi aussi.

— On a passé un peu de temps ensemble. C'était très sympa. Elle est tellement sereine, pas vrai ? Mais elle m'a dit qu'elle était célibataire.

— Elle t'a dit ça comme ça ? fait Nell.

— Ouais, plus ou moins.

— C'est qui, le père ?

— Je n'ai pas demandé. J'avais remarqué qu'elle ne portait pas d'alliance, mais poser la question comme ça directement ? Ça m'a semblé indiscret.

Francie prend un air mélancolique.

— Elle m'a dit aussi que j'étais une super maman avec Will. C'était tellement gentil. On ne formule pas assez ce genre de choses. Will est vraiment difficile parfois.

Francie casse en deux un bretzel.

— J'ai l'impression d'être en dessous de tout la plupart du temps. Ça fait du bien de s'entendre dire que ce n'est peut-être pas le cas, en fait.

— Oh, Francie, arrête, lâche Colette. Will est top. Tu t'en sors très bien. On ne sait pas ce qu'on fait toutes autant que nous sommes.

— C'est curieux, non, qu'on ne l'ait jamais su ? s'étonne Yuko. Qu'elle était célibataire ?

— Pas vraiment.

Nell pose son gobelet de vin près d'elle et tire sur l'encolure de son tee-shirt stretch. Elle soulève sa fille, Beatrice, et lui donne le sein.

— Nos conversations tournent toujours autour *des bébés*.

— Avoir un *mari* ? réplique Francie. C'est quand même lié *aux bébés*, non ? Mon Dieu, vous imaginez ? Faire ça en solo ? On doit se sentir carrément seule.

— Je ne tiendrais pas le coup ! s'exclame Colette. Si Charlie ne se chargeait pas de certaines nuits, s'il n'était pas là pour s'assurer qu'on a encore des couches, je perdrais les pédales.

— Moi aussi, mais... commence Scarlett avant de s'interrompre.

— Quoi ? demande Colette.

— Non, rien.

— Allez, Scarlett, quoi ? demande Francie en la dévisageant. Qu'est-ce que tu allais dire ?

Scarlett garde le silence, puis déclare :

— OK, d'accord. Je pense qu'il y a autre chose, et ça m'inquiète.

— Comment ça ?

— Je ne veux pas répéter certaines choses qu'elle m'a dites, mais on s'est baladées deux ou trois fois ensemble. On est voisines et je crois qu'on prend le même chemin quand on essaie d'endormir les bébés pour la sieste. Je ne vous en parlerais pas si je ne pensais pas devoir le faire. En fait, elle est déprimée.

— Elle te l'a dit ? demande Colette.

— Elle y a fait allusion. Elle est dépassée. Elle n'a personne pour l'aider. Elle m'a aussi avoué que Midas souffrait beaucoup de coliques. Il pleure pendant des heures parfois.

— Il souffre de coliques ? répète Francie incrédule. *Will* souffre de coliques. Midas a l'air si facile.

— J'ai une amie à Londres à qui on a diagnostiqué une dépression post-partum, déclare Nell. Elle avait trop honte de ce qu'elle ressassait dans sa tête pour en parler à quiconque, mais pour finir, c'est son mari qui l'a obligée à se faire aider.

— Je ne sais pas, fait Colette. Je n'ai pas l'impression que Winnie soit déprimée. C'est juste le baby blues. Vous n'avez jamais ressenti ça ?

— Salut, les filles !

Elles lèvent toutes les yeux. Gonze se tient debout devant elles, le sommet du crâne d'un nouveau-né émergeant d'un Sling. Il s'essuie le front avec la manche de son tee-shirt.

— Mon Dieu, qu'il fait chaud.

Il ôte ses tennis et étale par terre, près de Colette, une couverture qu'il a sortie de son sac à langer.

— Autumn résiste vraiment à sa sieste du matin, aujourd'hui. Ça fait une heure que je marche pour l'endormir.

Il s'assied.

— Vous buvez du vin ?
— Oui, répond Nell. Tu en veux ?
— Et comment ! Il est bon ?
— Il fait l'affaire.

Francie fixe Scarlett.

— Il faut qu'on fasse quelque chose, non ? On pourrait peut-être organiser un truc pour elle, qu'elle se libère du temps pour se détendre, sans le bébé.

— Pour qui ? s'enquiert Gonze.
— Winnie.

Gonze marque un temps d'arrêt, son gobelet suspendu dans le vide, à mi-chemin de sa bouche.

— Qu'est-ce qui ne va pas avec Winnie ?

Francie lui lance un coup d'œil.

— Rien. On se disait juste que ça lui ferait du bien qu'elle prenne du temps pour elle un soir.

Yuko fronce les sourcils.

— Attendez. Si ça se trouve, elle ne peut pas se le permettre. En tant que mère célibataire ? Je veux dire, une baby-sitter, quelques verres, un resto, ça peut monter jusqu'à deux cents dollars la soirée.

— Ça m'étonnerait que ce soit un problème, affirme Francie. Tu as vu les fringues qu'elle porte ? À mon avis, elle n'a pas de souci à se faire pour l'argent. Non, le problème, c'est la baby-sitter.

— Je peux demander à Alma si elle est disponible, propose Nell.

— Alma ?

Le visage de Nell s'illumine.

— Ah, j'ai oublié de vous dire. J'ai finalement trouvé quelqu'un. Elle commence demain, quelques heures seulement ; et quand je reprendrai le boulot la semaine prochaine, elle viendra à temps plein. Elle est *géniale*. Je vais proposer à Winnie de la prendre à ma charge. Ce sera mon cadeau d'adieux !

Nell s'empare de son portable posé sur la couverture et consulte son agenda.

— Le 4 juillet, ça vous dit ?

Elle lève les yeux vers les autres.

— Ou vous restez toutes chez vous à réciter le Serment d'allégeance ce soir-là ?

— Moi, oui, réplique Colette. Mais je vais faire une exception cette année.

— Je suis partant, décrète Gonze.

— Moi aussi, lance Francie. Yuko ? Scarlett ?

— Allez, fait Yuko.

Scarlett fronce les sourcils.

— Je crois que mes beaux-parents viennent voir la nouvelle maison. Mais je n'ai pas envie d'être celle qui fait foirer vos plans. Qui sait combien de temps encore je vais rester à Brooklyn ?

— Je vais envoyer un e-mail à toutes les Mères de mai, annonce Nell. On va s'éclater. Je vais nous trouver un endroit sympa.

— Cool, dit Francie. Assure-toi de convaincre Winnie de venir.

Nell allonge Beatrice sur la couverture devant elle.

— Ça va être top. Quelques heures dehors. Une tranche de liberté.
Elle soulève son gobelet et vide le restant de son vin.
— Sans aller trop loin. Juste un verre.

3

4 JUILLET

À : Mères de mai
DE : Vos amies au Village
DATE : 4 juillet
OBJET : Conseil du jour
<u>VOTRE BÉBÉ A CINQUANTE ET UN JOURS</u>
Au cours de cette septième semaine, votre bébé devrait commencer à mieux contrôler ses muscles – donner des coups de pied, gigoter et tenir sa tête droite. Même s'il devient de plus en plus fort physiquement et s'adapte de mieux en mieux à son environnement, continuez de le couvrir de baisers, de lui sourire et de le féliciter pour lui montrer à quel point maman est fière de tous ses progrès.

20 h 23
Il fait lourd et ça sent l'alcool ; la musique est assez forte pour déclencher un mal de tête immédiat. Les basses pulsent dans les haut-parleurs et des éclats de rire juvéniles s'élèvent au-dessus du vacarme. Des jeunes gens d'une vingtaine d'années, en vacances, se pressent au comptoir, tripotant la carte de crédit

de leurs parents ; attendent leur tour pour lancer leurs boules aux abords d'un terrain de pétanque sablonneux ; dansent collés les uns aux autres devant un homme torse nu qui œuvre aux platines dans la pénombre d'une pièce adjacente.

Nell se fraie un chemin à travers la foule et les repère dans le patio à l'arrière. Gonze rapproche des tables avant de s'éloigner en quête de chaises supplémentaires. Francie, vêtue d'une robe noire en coton au décolleté vertigineux, enlace à tour de rôle les unes et les autres : Yuko ; Gemma ; Colette, qui semble encore plus jolie que d'habitude avec ses cheveux brillants tombant en cascade dans son dos et ses lèvres rose vif. D'autres femmes sont rassemblées à côté d'elles ; Nell ne les connaît pas pour la plupart, elles ne sont plus venues aux moments de partage depuis un moment. Jamais Nell ne se souviendra de leurs noms.

— Salut, lance-t-elle en arrivant à la hauteur de Gonze qui porte sa tenue classique : tee-shirt délavé à l'effigie d'un groupe dont Nell n'a jamais entendu parler, short et Converse défraîchies. Ce bar est un peu chelou, non ?

— Tu m'étonnes.

— Qui l'a choisi ?

— Toi.

— Ah, OK. C'est plus bruyant que ce que je croyais.

Gênée par le regard insistant de Gonze, elle balaie des yeux l'assistance dans l'espoir d'attirer l'attention d'une serveuse. Gonze avale une gorgée de bière, ce qui laisse une moustache de mousse blanche sur sa lèvre supérieure. Nell se retient de la lui essuyer du bout du pouce.

— Comment t'as fait pour avoir un verre ?

— Il faut aller au comptoir, répond Gonze, se penchant vers elle. Ils ne viennent pas en salle pour le moment.

Soudain, Francie surgit. Du fard argenté scintille sur ses paupières.

— Où est Winnie ?

— Salut, Francie. Ça va super bien. C'est sympa de demander.

— Pardon, fait Francie. Salut, salut. Mais est-ce qu'elle vient ?

— Oui. Elle ne devrait pas tarder, réplique Nell, sceptique en réalité sur le fait que Winnie les rejoigne. Deux e-mails et un coup de fil, mais cette dernière avait décliné sous prétexte qu'elle n'était pas disponible. Puis, tout à coup, la veille, Nell avait reçu un texto disant qu'elle avait changé d'avis.

J'ai envie de venir, avait écrit Winnie. Est-ce qu'Alma peut toujours garder Midas ?

— J'imagine qu'elle s'est arrangée avec Alma pour son bébé, poursuit Nell.

— Ah, très bien. Je vais guetter son arrivée.

— Et moi, je vais chercher un verre.

Nell repart à l'intérieur en direction du comptoir. Elle commande un gin tonic, en repensant encore à la dispute qu'elle a eue avec Sebastian la semaine précédente. Pendant qu'elle se brossait les dents dans la salle de bains, elle avait dit à Sebastian qu'elle ne l'avait pas écouté et avait embauché Alma.

« Nell. »

Il y avait de l'irritation dans sa voix.

« Quoi ? regardant le reflet de son homme dans le miroir.

— On en a parlé. J'aurais préféré qu'on trouve une autre solution.

— Pourquoi ?

— Tu sais pourquoi. »

Il a marqué une pause.

« Elle est en situation irrégulière. »

Elle a craché dans le lavabo.

« Tu veux dire qu'elle n'a pas de permis de séjour.

— Le risque est trop grand.

— Comment ça ? Pour nos carrières à venir ? »

Nell s'est rincé la bouche et est passée devant lui sans s'arrêter pour aller mettre la bouilloire à chauffer dans la cuisine.

« Je suis presque certaine que mes ambitions politiques se sont à jamais éteintes dans le jardin de Michael Markham quand j'avais quinze ans.

— Tu sais très bien que je ne parle pas de ça. Tu dois faire attention… »

Quelqu'un tape dans le dos de Nell et aussitôt Colette surgit près d'elle, hélant le barman.

— Tu es magnifique ! s'exclame Colette, jetant un coup d'œil à l'épaule de Nell. Je t'ai déjà dit que j'adore ce tatouage ?

— Tu sais quoi ? (Nell se penche vers Colette et soulève le bas de son tee-shirt.) Je porte un pantalon de femme enceinte. Le bébé a deux mois, et je porte *encore* un pantalon de femme enceinte.

Colette éclate de rire.

— Ah, le truc grandiose qu'on découvre avec la grossesse : l'existence des tailles élastiques !

Elle fixe quelque chose.

— Excellent. Elle est là.

Nell fait volte-face et aperçoit Winnie, debout, seule, près de l'entrée. Elle arbore une robe jaune ajustée qui souligne l'éclat soyeux de son cou et de son décolleté et, contre toute attente pour une femme ayant accouché sept semaines plus tôt, un ventre absolument plat. Elle semble inspecter la foule autour d'elle.

— On dirait qu'elle est… inquiète, remarque Nell. Tu ne trouves pas ?

— Ah bon ?

Colette examine Winnie.

— Bah, on ne peut pas lui en vouloir. Ça doit être dur de laisser le bébé avec une inconnue la première fois. Je ne l'ai encore jamais fait.

Nell agite la main pour attirer l'attention de Winnie, puis elle s'empare de son verre et suit Colette jusqu'à leur table, passant devant un groupe de jeunes hommes empestant le cannabis.

— Salut, dit Winnie qui, un verre à la main, s'est frayée un passage dans la cohue du patio.

— Tout va bien ? s'enquiert Nell.

— Oui. Midas dormait déjà quand Alma est arrivée.

— Ne t'inquiète pas, fait Nell. C'est une vraie pro.

Tout le monde s'assied et trinque.

— Aux Mères de mai ! s'écrie Francie par-dessus la musique, avant de s'engager au nom du groupe à ne pas parler des bébés.

— Mais de quoi on va parler alors ? rétorque Gonze, pince-sans-rire. De nos centres d'intérêt personnels ?

— Nos quoi ? fait Yuko.

— Est-ce que quelqu'un lit un bon livre en ce moment ?

— Je viens juste d'acheter la nouvelle bible du sommeil de l'enfant, répond spontanément Francie. *Un sommeil serein en douze semaines*.

— Et vous avez lu celui dont tout le monde parle aussi ? *L'Approche française*, ou un truc comme ça ? demande Gemma.

— Ne pas parler des bébés… Bah, on est loin du compte, remarque Nell. Colette, au secours ! Qu'est-ce que tu lis, toi ?

— Rien. Je n'arrive pas à lire quand j'écris un livre. Ça m'embrouille trop.

— Tu écris un livre ?

Colette détourne le regard comme si elle n'avait pas prévu de révéler l'information.

— Attends, poursuit Nell. On se connaît depuis quatre mois, et tu nous sors ça comme ça, après tout ce temps ?

Colette hausse les épaules.

— On n'a jamais vraiment eu l'occasion de parler boulot.

— Quel genre de livre ? demande une femme aux ongles orange fluo installée en bout de table ; celle qui a des jumeaux, songe Nell.

— Une autobiographie.

— À ton âge ? Impressionnant.

Colette lève les yeux au ciel.

— Pas tant que ça. Ce n'est pas mon autobiographie. J'écris pour quelqu'un d'autre.

— Ah bon, fait Francie. Et tu écris pour quelqu'un de célèbre ?

— Plus ou moins. J'aimerais pouvoir vous dire qui mais...

Colette balaie le sujet d'un revers de la main et se tourne vers Winnie qui, comme l'a noté Nell, fixe l'écran de son téléphone depuis qu'elle s'est assise.

— Tout va bien ? s'enquiert Colette.

Winnie verrouille l'écran de son téléphone.

— Oui.

Les ongles de Winnie sont rongés jusqu'au sang, remarque Nell, et son sourire peine à dissimuler son air inquiet. Avant même que Scarlett ne leur ait confié que Winnie se sentait dépassée, Nell s'était aperçue combien cette dernière semblait souvent distraite, voire abattue parfois ; et elle manquait de plus en plus souvent leurs moments de partage.

Un serveur au crâne rasé et au sourcil orné de piercings s'approche de leur table.

— Le service en salle reprend, mesdames. Qu'est-ce qu'on vous sert ?

Nell pose une main sur le bras de Winnie.

— Qu'est-ce que tu bois ? C'est ma tournée.

Winnie sourit.

— Un thé glacé.

Nell se cale dans sa chaise.

— Un thé glacé ?

— Ouais. Ils en ont un bon. Sans sucre.

— Un *bon* thé glacé sans sucre ? Ça n'existe pas.

Elle hausse les sourcils.

— Je ne veux pas en faire quinze tonnes, mais ce soir on est censées boire un verre digne de ce nom.

— Juste un thé glacé pour moi, souffle Winnie au serveur en lui jetant un regard oblique.

— Comme tu voudras, concède Nell, brandissant son verre. Un autre gin tonic, s'il vous plaît. Qui sait quand je pourrai à nouveau sortir comme ce soir ?

— Je me demande comment tu vas faire pour reprendre le travail la *semaine prochaine*, déclare Francie, une fois le serveur reparti avec la commande.

— Oh, arrête, rétorque Nell. Ça va aller. J'angoisse juste un peu à l'idée de bosser, c'est tout.

Elle détourne le regard, espérant que personne ne décèle la vérité : l'idée d'abréger son congé maternité dans moins de cinq jours la rend malade. Elle n'est pas prête à laisser le bébé, pas encore, mais elle n'a pas le choix. Sa boîte, la Simon French Corporation, le plus grand éditeur de presse magazine du pays, lui impose de reprendre son poste.

« Naturellement, on ne vous *oblige* pas à revenir, Nell, lui a dit Ian quand il l'a appelée du bureau trois semaines plus tôt pour *prendre des nouvelles*. C'est juste que, bon, vous êtes la directrice technique de la maison, et ce changement de système de sécurité informatique, c'est pour ça qu'on vous a embauchée en fait. »

Il a marqué une pause.

« Vous êtes la seule personne qui puisse le faire. Le moment est mal choisi, mais c'est important. »

Important ? a failli dire Nell à Ian, son Riquet à la houppe de patron. Ian et ses ceintures bon chic bon genre second degré – bleu ciel ornée de baleines roses, vert clair brodée d'ananas. Qu'est-ce qui était important ? S'assurer que personne ne pirate leurs fichiers sécurisés ? Empêcher les espions russes tapis dans l'ombre d'accéder à l'entretien affreusement assommant avec Catherine Ferris, une star de téléréalité, dans lequel celle-ci révélait les trucs ultra-confidentiels et jalousement gardés qui lui permettaient d'entretenir sa peau (deux cuillères à café d'huile de poisson chaque matin et une tasse de thé au jasmin tous les soirs) ?

Nell balaie du regard la tablée de femmes qui l'entourent et semblent toutes s'apitoyer sur son sort.

— Oh, allez, mesdames ! s'exclame-t-elle. C'est bon pour les bébés de voir leur mère partir travailler. Ça leur apprend à être autonomes.

Que voulez-vous que je fasse ? a-t-elle envie d'ajouter. Elle ne peut pas prendre le risque de se faire remplacer, pas avec ce que coûte la vie à New York, pas avec le loyer de leur deux-pièces à deux pâtés de maisons du parc, pas avec leurs prêts étudiants à rembourser. Nell gagne largement deux fois plus que Sebastian, qui est conservateur adjoint au MoMA, et c'est son salaire à elle qui leur permet d'habiter New York. Elle ne peut pas tout mettre en péril pour quatre semaines supplémentaires de congé maternité sans solde.

— Je suis allée à Whole Foods hier, déclare Colette, sa ribambelle de bracelets dorés reflétant la lumière du soleil couchant. La caissière m'a dit qu'elle avait seulement quatre semaines de congé maternité après l'accouchement. Et sans salaire, évidemment.

— Ce n'est pas légal, fait Yuko. Ils sont obligés de lui garder son poste pendant trois mois normalement.

— C'est ce que je lui ai dit. Mais elle a haussé les épaules.

— J'ai une copine qui vit à Copenhague, intervient Gemma. Elle a dix-huit mois de congé maternité après la naissance de son fils. *Payés.*

— Au Canada, renchérit Colette, ils doivent garder le poste d'une femme pendant un an. En fait, les États-Unis sont le seul pays avec la Papouasie-Nouvelle-Guinée à ne pas avoir de congé maternité rémunéré. Les *États-Unis*. Le pays des valeurs familiales.

Nell avale une gorgée et sent qu'elle se détend sous l'effet de l'alcool.

— Vous croyez que si on rappelle aux gens qu'ils ont tous été des bébés avant d'être des adultes, ils seraient plus nombreux à militer pour le congé maternité ?

— Écoutez ça, s'exclame Yuko, lisant à voix haute l'écran de son téléphone. Finlande : dix-sept semaines de congé maternité rémunéré. Australie : dix-huit semaines. Japon : quatorze semaines. Amérique : zéro semaine.

Une nouvelle chanson résonne à fond dans les haut-parleurs : *Rebel Yell* de Billy Idol. Nell pointe un doigt en l'air et chante en même temps que l'enregistrement.

— *She don't like slavery. She won't sit and beg. But when I'm tired and lonely, she sees me to bed.* Ça devrait être l'hymne de la maternité, proclame-t-elle. Notre chant de ralliement. *I walked the Ward with you, babe. A thousand miles with you. I dried your tears of pain, babe. A million times for you.*

Nell note que Winnie consulte à nouveau son téléphone posé sur ses genoux. Elle se penche, s'empare de l'appareil, et le place sur la table.

— Allez, viens danser, suggère-t-elle, se levant et incitant Winnie à l'imiter. *I'd give you all and have none babe, justa justa justa just to have you here by me, because...* Ouiiiii !

Nell serre la main de Winnie comme le volume augmente, chacune des femmes présentes autour de la table entonnant le refrain en chœur.

« *In the midnight hour, we need more, more, more. With a rebel yell, we cry more, more, more.* »

Nell rit et lève son verre.

— Mort au patriarcat ! hurle-t-elle.

Winnie sourit, libère doucement sa main de celle de Nell, puis son regard se détourne pour se perdre dans la foule se pressant autour du groupe, alors que l'espace d'une seconde, le flash d'un appareil photo illumine les traits parfaits de son visage.

21 h 17

Colette doit brailler à deux reprises pour se faire entendre :

— Un whisky glacé, s'il vous plaît.

J'en prendrais bien un double, songe-t-elle en se déhanchant au rythme de la musique. Le barman lui glisse le verre sur le comptoir, et elle savoure une longue gorgée. Cela fait des mois qu'elle n'est pas sortie ainsi, boire un verre avec des amies, sans avoir à se préoccuper ni de Poppy ni du livre qu'elle est censée terminer bientôt. Quasiment tous les soirs ces derniers temps, elle s'installe au lit, ordinateur portable sur les genoux (dans la pièce qui devait être son bureau, s'était-elle imaginé lorsque les parents de Charlie leur avaient acheté l'appartement deux ans plus tôt, et qui depuis s'était transformée en chambre d'enfant), fixant l'écran blanc, épuisée et bonne à rien. *Comment je faisais pour écrire avant ?* s'interroge-t-elle. Elle était déjà venue à bout d'un livre entier – l'autobiographie d'Emmanuel Dubois, le top-model sur le retour – en seize semaines, mais depuis la naissance de Poppy, les mots s'étaient métamorphosés en feux follets que son cerveau était devenu incapable de saisir.

Elle avale une autre gorgée, se délectant de la chaleur du whisky dans sa gorge, puis sent une main se poser dans le bas de son dos. Elle se retourne ; Gonze lui fait face.

— Salut, fait-il.

Elle se décale, et il se glisse entre elle et la femme au chapeau de cow-boy en paille qui s'efforce de capter l'attention du barman.

— Il fait une chaleur de bête dehors.
— Tu m'étonnes. Tu veux un verre ?
— Pardon, quoi ?

Elle se penche plus près de lui.

— Je peux t'offrir quelque chose à boire ?
— Non, ça va.

Il brandit son verre, à demi plein.

— Je t'ai vue rentrer. Je voulais juste te saluer, et profiter de l'air climatisé.

Elle sourit, puis se détourne. Elle est avec Charlie depuis quinze ans, une éternité, mais Gonze est précisément le genre d'homme qui l'aurait attirée avant : réservé, modeste et qui, contrairement à ce qu'on pourrait croire, assure sans doute au lit. Nell est persuadée qu'il est homo (« Il l'a plus ou moins dit devant moi, a affirmé Nell. Il a dit *la personne avec laquelle je vis* »), mais Colette n'est pas convaincue. Elle l'observe depuis plusieurs semaines, depuis qu'il assiste avec Winnie aux moments de partage des Mères de mai. La façon dont il regarde Winnie parfois, sa tendance à lui toucher le bras quand elle parle, lui laissent penser qu'il est incontestablement hétéro.

— Alors comme ça, se lance-t-il, tu ne peux pas nous dire pour qui tu écris un livre. Mais tu peux me dire comment ça se passe, non ? J'ai du mal à m'imaginer écrire un livre et m'occuper d'un nouveau-né en même temps.

Colette envisage une seconde de mentir et de lui servir ce qu'elle n'arrête pas de dire à Charlie – ça va, je m'en sors – mais elle décide en fin de compte d'admettre la vérité.

— C'est terrible. J'ai accepté ce boulot deux semaines avant d'apprendre que j'étais enceinte.

Elle fait une moue espiègle.

— Le bébé n'était pas vraiment prévu.

Il soutient son regard et opine du chef.

— Tu vas y arriver ?

Colette hausse les épaules ; ses cheveux qui étaient noués en chignon se détachent et tombent sur ses épaules.

— Quand j'écris, j'ai envie d'être avec Poppy. Et quand je m'occupe d'elle, je ne fais que penser à écrire. Mais j'ai promis à l'éditrice *et* au maire que le bébé n'interférerait pas dans mon travail et que je serai dans les temps. Tu veux savoir la vérité ? J'ai au moins un mois de retard.

Il hausse les sourcils.

— Le maire ? Tu veux dire Teb Shepherd ?

Colette regrette aussitôt de ne pas avoir tenu sa langue.

— D'habitude, je garde plutôt bien les secrets. C'est à cause de ce délicieux whisky ambré. Mais ouais, j'écris son deuxième livre.

Gonze hoche la tête.

— J'ai lu le premier, comme tout le monde.

Il avale lentement une gorgée de sa bière.

— Tu l'as écrit aussi ?

Elle acquiesce.

— Je suis impressionné.

— Ne le dis pas aux autres, d'accord ? Je ne sais même pas pourquoi j'ai abordé le sujet tout à l'heure. Les filles sont plutôt du genre mère au foyer pure et dure. Ma situation est compliquée.

— Ne t'inquiète pas, dit-il en se penchant vers elle. Je sais garder les secrets moi aussi.

Quelqu'un lui donne alors une bourrade dans le dos, et il se retrouve collé à Colette. D'un signe de tête, il désigne le patio.

— On y retourne ?

Ils rebroussent chemin. Alors qu'ils se réinstallent à leur place, Francie fait tinter un couteau contre son verre.

— Pardonnez-moi d'interrompre les conversations, lance-t-elle, mais c'est l'heure.

— De quoi ? réplique Nell.

Francie se tourne alors vers Winnie.

— Winnie ?

Celle-ci lève les yeux de l'écran de son téléphone qu'elle a replacé sur ses genoux.

— Oui ?

— C'est ton tour.

— Mon tour ?

Winnie semble prise au dépourvu face à l'attention dont elle fait l'objet autour de la table.

— Mon tour de quoi ?

— De nous raconter ton expérience de la naissance.

Colette apprécie Francie. Elle est tellement facile à vivre, et si jeune ; vu son physique, à peine trente ans. Et toujours pleine d'entrain. Mais en l'occurrence, Colette aurait préféré qu'elle laisse tomber ce rituel. Initialement, c'était une idée de Scarlett : lorsqu'elles étaient encore enceintes, celle-ci avait suggéré de commencer leurs petites réunions en demandant à l'une d'entre elles de raconter son projet de naissance. Après l'arrivée des bébés, la tradition s'était transformée, chacune se livrant à tour de rôle au récit long et détaillé de son accouchement à proprement parler. Mais inutile de nier ce dont il s'agissait vraiment : un concours. Qui s'en était sortie le mieux dans ce premier volet de leur capacité à être mère ? Qui en avait voulu le plus ? Qui parmi elles (suivez mon regard, les césariennes) avait échoué ? Colette avait espéré que le groupe passe vite à autre chose. Cependant, elle n'en était pas moins curieuse d'entendre ce que Winnie avait à raconter sur le sujet.

Mais Winnie se contente de balayer l'assistance du regard.

— Vous savez quoi ? finit-elle par s'exclamer. Je vais suivre le conseil de Nell et je vais aller me chercher un verre. Digne de ce nom.

D'un geste, elle désigne le verre vide de Gonze.

— Tu viens avec moi ?

— Bien sûr, répond ce dernier.

Colette les observe s'éloigner, puis se retourne afin de suivre les conversations de ses voisines. Étonnamment, elle a du mal à se concentrer sur ce qu'elle entend et se surprend à vider son deuxième verre en quelques instants pour se demander aussitôt si elle n'en prendrait pas un autre. Elle se lève pour aller aux toilettes. En chemin, elle aperçoit Winnie debout au comptoir. En train de parler à un type – incroyablement beau. Une casquette rouge vif vissée sur la tête, il se penche vers elle pour lui chuchoter quelque chose à l'oreille. Gonze a disparu. Colette se répète qu'elle devrait détourner les yeux, qu'elle assiste à quelque chose qu'elle n'est pas censée voir. Toutefois, elle continue de les fixer. Elle contourne même un couple pour mieux les observer. Le type tient Winnie par la taille et tripote la ceinture de sa robe. Il articule deux ou trois mots et elle s'écarte, le dévisage. Il y a quelque chose chez lui, quelque chose dans la façon dont il se tient contre elle, quelque chose dans son expression...

— Tu as tout ce qu'il te faut ? demande Nell.

Une carte à la main, elle vient de surgir devant Colette, lui bloquant aussitôt la vue.

— Impeccable. J'allais aux toilettes.

— Je veux dire, tu as faim ? Je peux te commander un truc si tu veux.

— Non, merci, répond Colette. J'ai déjà mangé.

Nell repart vers le poste des serveuses, et Colette regarde à nouveau en direction du comptoir.

Ils ne sont plus là.

Elle parcourt des yeux la foule, puis se dirige vers les toilettes, serpentant entre les clients amassés autour du terrain de pétanque. Elle prend son tour dans la file d'attente derrière un trio de jeunes femmes quasiment toutes habillées pareil qui pianotent sans relâche sur leur téléphone. Colette secoue la tête. Winnie le connaît sûrement, décide-t-elle. Le mélange whisky et fatigue la met dans un drôle d'état ; encore son cerveau qui lui joue un tour sûrement, songe-t-elle. Ça ne serait pas la première fois ces derniers jours : ce matin par exemple, elle a versé par inadvertance du café dans un des biberons de Poppy.

En sortant des toilettes, elle se rend sur le trottoir pour appeler Charlie. Poppy dort, lui dit-il ; et il relit une dernière fois son roman.

— Prends ton temps. Je contrôle la situation.

Regagnant la table, Colette s'installe près de Francie et remarque le téléphone posé près des bocaux poisseux de sauce piquante, devant l'endroit où Gonze était assis.

— Où est Gonze ? demande-t-elle à Francie qui range justement son propre téléphone dans son sac.

— Il est parti.

— Tu rigoles ? Quand ?

— À l'instant. Je n'ai pas compris. Il est parti précipitamment. En disant qu'il y avait eu un truc à la maison.

— Bizarre. J'étais dehors, en train d'appeler Charlie. Je ne l'ai pas vu.

Colette s'empare du téléphone.

— Il a laissé ça.

Nell débarque, deux assiettes de frites fumantes dans les mains.

— Quel genre de bar sert des frites sans vinaigre ? s'exclame-t-elle en s'asseyant. En Angleterre, on les enverrait en prison pour ça.

Puis, elle remarque Colette.

— Sérieusement ? D'abord Winnie, et maintenant toi, collée à ton portable ? On n'est pas sorties ce soir pour rester scotchées à nos téléphones, si ?

— Ce n'est pas le sien, intervient Francie, repoussant l'assiette de frites pour s'emparer de la carafe d'eau. C'est celui de Gonze. Il est parti.

— En fait, non. C'est celui de Winnie.

Colette tend l'appareil vers ses voisines pour leur montrer la photo de Midas en fond d'écran.

— Il y a une clé aussi. Dans la coque.

— Où est Winnie ? interroge Francie. Elle n'est pas revenue depuis qu'elle est partie se chercher un verre.

Du doigt, Colette effleure l'écran qui s'illumine, révélant une image vidéo verdâtre.

— Attendez, qu'est-ce que c'est que *ça* ?

Elle brandit à nouveau le portable vers Nell et Francie.

— Est-ce que c'est la chambre de Midas ?

Francie saisit le téléphone.

— C'est un film. C'est son berceau.

— Fais voir, lance Nell.

Francie hésite.

— Francie, fais-moi voir. C'est une appli, je crois.

Nell lèche ses doigts pleins de sel et prend l'appareil.

— Oui, c'est ça. Je connais le mec qui l'a inventée.

— Ah bon ? s'étonne Francie. Comment tu l'as rencontré ?

— J'ai travaillé avec lui à Washington, après mes études. On faisait de la sécurisation de données. C'est une bonne idée, cette appli. Tant qu'on a du réseau, on peut voir son bébé sur l'écran de son téléphone.

— J'en ai entendu parler, fait Francie. « Coucou, je suis là ! » Ça s'appelle comme ça, je crois. Je pensais la télécharger, mais ça coûte dans les vingt-cinq dollars environ. Pour une appli ? C'est dingue, non ?

— Ce qui est dingue, c'est que c'était ça qu'elle n'arrêtait pas de regarder, déclare Nell. Une vidéo de mauvaise qualité de Midas dans son berceau.

— Je ne vois pas ce qu'il y a de mal à ça, réplique Francie.

— À quoi ça sert de payer une baby-sitter si c'est pour regarder ton bébé toute la soirée ? rétorque Nell.

— C'est la première fois qu'elle le laisse. Lâche-la, réplique Francie. Franchement. Elle est où d'ailleurs ?

— Elle parlait à un mec, répond Colette. Un type trop beau.

— J'ai remarqué aussi, dit Francie. Il a foncé droit sur elle quand elle se dirigeait vers le comptoir. Mais c'était il y a un quart d'heure environ.

Francie tend le cou pour scruter la foule.

— Il était un peu trop collant. Tu as vu comme il la touchait ? Je vais la chercher. Elle veut sûrement récupérer son téléphone.

Francie tend la main, mais Nell presse le portable contre sa poitrine.

— Elle est mère célibataire, et pour la première fois sans son bébé. Laisse-la s'amuser.

— Nell, lance Francie, jetant un coup d'œil au verre de celle-ci et se demandant combien elle en a bu. Arrête ton char. Elle va vouloir son portable.

— Une seconde.

Nell glisse un doigt sur l'écran.

— Qu'est-ce que tu fabriques ? demande Francie.

— Je viens d'avoir la plus mauvaise idée de tous les temps, j'en suis sûre.

— Quoi ? fait Colette.

En silence, Nell effleure l'écran, pianote, puis verrouille l'appareil.

— Et voilà.

— Qu'est-ce que tu as fait ?

— J'ai désinstallé l'appli. Coucou, je suis là ! Eh bien, c'est terminé.

— Nell ! s'exclame Francie, plaquant une main sur sa bouche.

— Oh, ça va. Soyons réalistes. On est ici ce soir pour elle. Pour qu'elle se détende, qu'elle lâche prise. Observer le bébé, ça ne va pas l'aider.

Nell se penche vers le sol pour glisser le téléphone de Winnie dans son sac.

— Pas de panique. C'est pour son bien. En deux minutes, elle pourra la réinstaller si elle veut.

Colette prend conscience qu'elle a de plus en plus mal derrière les yeux ; la musique, la multitude s'agglutinant autour d'elles sur le patio, ce que Nell vient de faire. Elle rentrerait bien chez elle.

— Donne-moi son téléphone au moins, dit Francie. Il y a sa clé dedans. Je vais lui garder jusqu'à ce qu'elle revienne.

— Il est dans mon sac. Détends-toi.

Nell tourne le dos à son interlocutrice et se penche vers les femmes installées de l'autre côté.

— De quoi vous parlez, les filles ?

— Ma sœur est à trente semaines et elle vient d'apprendre qu'elle fait un prolapsus utérin, répond l'une d'elles. Ça craint. Il faut qu'elle porte un pessaire.

— Un pessaire ? Qu'est-ce que c'est que ça ?

— Moi je sais ! clame Nell un peu trop fort. C'est un truc qu'on s'enfonce dans le vagin. Avec un crochet au bout pour tirer la poussette ! Ça aide à trimballer les sacs de courses et à se taper les allers et retours à la laverie.

Elle remue les glaçons au fond de son verre et avale sa dernière gorgée.

— Je reviens tout de suite.

Elle se lève, fredonnant à mi-voix, et prend la direction du comptoir : « *I want more, more, more. More more more.* »

22 h 04

— Je crois qu'elle devrait sérieusement lever le pied, glisse Francie à Colette, dispersant d'un geste de la main un nuage de fumée.

Devant le panneau « interdiction de fumer », plusieurs clients tirent sur leurs cigarettes, appuyés à la balustrade du patio. Francie attend aussi longtemps que possible avant de jeter à nouveau un coup d'œil à son portable dans son sac. Cela fait douze minutes, et Lowell n'a toujours pas répondu au texto qu'elle lui a envoyé. L'atmosphère est de plus en plus humide – une humidité lourde, rien à voir avec la chaleur qu'elle a pu connaître dans le Tennessee. Sa tête résonne. Trois jours sans caféine, elle commence à le sentir. Elle meurt d'envie de boire une gorgée de café, mais elle ne peut pas. Tout ce qu'elle a lu arrive à la même conclusion : la meilleure chose à faire quand votre lait commence à se tarir est d'arrêter la caféine. Ces derniers temps, Will est tellement grognon ; il a tout le temps l'air malheureux. Ça n'a jamais été un bébé facile – l'infirmière qui répond au numéro d'information chez le pédiatre n'arrête pas de lui affirmer que c'est un cas typique de coliques. Que cela passera vers la cinquième semaine. Mais Will a sept semaines et deux jours, et son état ne fait qu'empirer. Ça n'a rien à voir avec les coliques, a décrété Francie. Il est grognon parce qu'elle a moins de lait et qu'il a faim. Elle peut bien se priver de caféine si ça aide.

Elle décide d'envoyer un autre texto à Lowell, même si elle sait qu'il lui répondra d'arrêter de faire une fixation sur le bébé et de passer du bon temps plutôt. Mais elle n'a pas cessé de penser à Will depuis qu'elle a quitté son appartement, certaine qu'il a passé les deux dernières heures à hurler sans que rien puisse le consoler, comme il le fait parfois le soir, jusqu'à s'en rendre malade.

Tout va bien ? Tu as reçu mes derniers messages ? Elle appuie sur « envoyer » et aussitôt, elle est soulagée de voir trois points s'afficher sur son écran : Lowell est en train de lui répondre. Elle attend, serrant son téléphone dans sa main.

Tu veux la bonne ou la mauvaise nouvelle ?

Elle est parcourue d'un frisson d'effroi. Qu'est-ce qui s'est passé ? Elle envoie le message et attend. Lowell, réponds-moi. C'est quoi la mauvaise nouvelle ?

Trois points. Rien. Trois points. Les Cardinals sont nuls.

Elle soupire. Arrête. Comment va le bébé ?

C'est la bonne nouvelle. Il dort. Il a bu le biberon et boum, dodo.

L'inquiétude tiraille Francie. Elle a dit à Lowell de donner à Will le biberon de lait maternisé qu'elle avait préparé au cas où, et seulement au cas où, le bébé pleurerait vraiment beaucoup. C'était la première fois que Will buvait du lait maternisé. Ces derniers jours, elle avait mis son réveil plus tôt le matin dans l'espoir de tirer plus de lait avant le réveil du bébé, mais elle n'avait presque rien obtenu, même pas deux centilitres.

Elle tape : Ça veut dire qu'il pleurait vraiment beaucoup... Quelqu'un vient de s'asseoir près d'elle. Elle lève les yeux, espérant voir Winnie. Mais c'est Colette.

— J'ai fait un rapide tour du bar, déclare celle-ci, et je ne trouve Winnie nulle part.

Francie oublie son texto à Lowell.

— C'est curieux. Elle ne peut pas être encore en train de parler à ce mec.

— Pourquoi pas ? réplique Colette. Elle est célibataire. Si ça se trouve, il l'a ramenée chez lui.

— Il l'a *ramenée* chez lui ? Elle ne ferait jamais une chose pareille !

— Qu'est-ce que tu en sais ?

— Parce qu'elle ne serait pas partie sans son téléphone et sa clé. Et parce qu'elle doit rentrer chez elle pour Midas.

— Je ne sais pas. Les autres commencent à y aller. J'ai à moitié envie de faire comme elles.

— On ne peut pas partir sans Winnie, affirme Francie, l'air de plus en plus anxieux. Et où est passée Nell maintenant ?

Un groupe de jeunes femmes pénètrent bruyamment sur le patio en s'allumant mutuellement leur cigarette avec un briquet qu'elles s'échangent. Puis, elles posent leurs fesses sur les genoux des jeunes hommes qui se sont approprié les chaises laissées libres par les Mères de mai parties retrouver leurs bébés respectifs.

— Je vais la chercher, déclare Francie.

Elle parcourt le bar, puis jette un coup d'œil dans la salle adjacente, se faufilant entre les couples qui se trémoussent, les basses martelant sa poitrine. Winnie n'est pas là. Elle ne se trouve pas non plus aux abords du terrain de pétanque, ni sur le trottoir dehors, ni aux toilettes ; enfin, d'après ce que Francie a pu voir sous les portes des cabines. Elle marque une pause devant le miroir ; deux coupes de champagne et elle est pompette. Elle se passe une serviette en papier humide dans la nuque et repart en direction de leur table. En chemin, elle rentre presque dans Nell.

— Te voilà. T'étais où ?

Nell vacille, remarque Francie, et elle a le regard sombre. Elle brandit son verre.

— Partie me chercher un verre.

— Depuis tout ce temps ? Winnie était avec toi ?

— Winnie ? Non. Je ne l'ai pas vue depuis... enfin, tu sais.

— Non, qu'est-ce que tu veux dire ? Depuis quand ?

— Depuis avant. Depuis la dernière fois que je l'ai vue.

Francie prend Nell par le coude.

— Viens.

Colette est assise seule à table.

— Où sont les autres ? fait Nell.

— Toutes parties. Il faut qu'on y aille nous aussi.

— Déjà ?

— Oui, répond Colette. Tu peux me donner le téléphone de Winnie ?

— Son téléphone ?

Nell s'assied.

— Ah, oui. Son téléphone.

Elle soulève son sac mais le lâche malencontreusement et le contenu se renverse par terre.

— Merde, fait-elle, s'agenouillant avec maladresse.

D'un geste brusque, elle remet à l'intérieur un portefeuille trop plein et un paquet de lingettes.

— Ce putain de sac. Il est trop grand.

Francie s'accroupit et s'empare d'un étui à lunettes.

— Il est là-dedans ?

— Non, répond Nell.

Elle se pince les ailes du nez.

— J'aimerais tellement qu'ils baissent la musique. J'ai l'impression que ma tête va exploser.

— Appelle le numéro de Winnie et on va voir si ça sonne, suggère Colette à Francie alors que celle-ci se relève.

Nell, de son côté, empoigne la table pour se redresser sans perdre l'équilibre.

— Elle n'est pas revenue ici pour le prendre, hein ? L'une d'entre nous l'aurait vue.

Francie balaie à nouveau la foule du regard.

— Vous croyez qu'elle est rentrée chez elle ? Ça serait trop nul. Je voulais vraiment qu'elle s'amuse ce soir.

— Winnie a promis à Alma qu'elle serait de retour à vingt-deux heures trente au plus tard, déclare Nell. Alma a un petit d'un an et elle n'aime pas garder les enfants trop tard le soir.

Le serveur s'approche.

— Je vous sers autre chose ?

— Non, répond Nell, le congédiant d'un geste de la main. On a assez bu !

— On rentre toujours ensemble, pas vrai ? demande Francie. Je sais que je n'habite pas loin, mais je n'aime pas rentrer seule à pied.

— Je suis prête, lance Colette. J'ai mon compte, et il faut que je travaille demain.

Là-dessus, une sonnerie de téléphone retentit dans le sac de Nell.

— Oh, Dieu merci, souffle Francie. C'est le téléphone de Winnie ?

Nell qui farfouille à nouveau dans son sac répond :

— Non, c'est le mien.

Elle plisse les yeux.

— C'est bizarre. Allô ?

D'un doigt, elle se bouche une oreille.

— Doucement, doucement, je ne comprends rien à ce que tu dis.

Nell se tait ; elle écoute. Puis son expression change.

— Quoi ? s'exclame Francie. C'est qui ?

Nell hoche la tête lentement.

— Nell, insiste Francie. Dis quelque ch…

Mais avant qu'elle ne puisse finir sa phrase, Nell ouvre la bouche et, la voix étranglée, geint.

— *Nooooooon.*

22 h 32

— Comment ça, Midas a disparu ?

— Je ne sais pas. C'est ce qu'Alma m'a dit.

— Il est où ?

— Je ne sais pas. Il a disparu. Il n'est plus dans son berceau.

— Il n'est plus dans son berceau ?

— Non.

— Qu'est-ce que ça signifie ?

— Je ne sais pas. Alma voulait vérifier que tout allait bien, et elle a trouvé le berceau vide. J'avais du mal à la comprendre. Elle est dans tous ses états.

— Winnie est là-bas ? Elle a dû rentrer chez elle et elle a emmené Midas quelque part.

— Non. Alma l'a appelée, mais elle est tombée deux fois sur la boîte vocale. Où est son téléphone, bordel ?

— Est-ce qu'Alma a contacté la police ?

— Oui. Ils ne sont pas encore arrivés. Elle est là-bas, elle attend.

Francie s'empare de son sac.

— Allez. On y va.

22 h 51

Elles marchent vite en respirant bruyamment. Le bruit de leurs pas résonne sur le bitume des rues étonnamment désertes. Les gens sont partis en week-end prolongé, ou ils sont au bord de la rivière en train de ranger les glacières vides et de rassembler les enfants exténués, après avoir longtemps attendu le début du feu d'artifice.

— On y est presque ! s'exclame Colette, qui devance de quelques mètres Nell et Francie. Encore un pâté de maisons.

Au carrefour suivant, elle s'arrête devant une bâtisse de style gothique. Les gyrophares rouge et bleu des véhicules de police stationnés à proximité illuminent par intermittence la plaque qui indique « 50 ».

— Elle habite là ? demande Francie.

— On est bien au cinquante ?

Nell est à bout de souffle ; elle articule mal.

— C'est l'adresse qu'elle m'a demandé de transmettre à Alma.

Colette grimpe l'escalier en L menant à la porte d'entrée. Elle cherche l'interphone.

— Il n'y a qu'une sonnette. C'est quoi son numéro d'appartement ?

— Attends. Regarde.

Francie désigne une porte rouge, restée entrouverte, sur le côté du bâtiment, puis elle se précipite vers le chemin dallé qui y mène.

Colette et Nell lui emboîtent le pas et elles pénètrent toutes trois en silence dans un vestibule. Une dizaine de tableaux à la Rothko ornent les murs gris, la hauteur sous plafond est d'au moins six mètres, et quatre somptueuses marches en marbre mènent à un couloir au bout duquel, elles peuvent l'entendre, quelqu'un pleure.

— Oh, mon Dieu, murmure Nell. Elle habite carrément tout le bâtiment.

Les trois femmes se dirigent vers le son, longeant le couloir avant de traverser une vaste cuisine digne d'un restaurant débouchant sur un escalier surplombé d'un puits de lumière. Un officier de police en uniforme, arborant un badge au nom de CABRERA, se tient debout sur une marche. Il écoute les crépitements de l'émetteur radio accroché à son épaule.

— Qui êtes-vous ?

— Des amies de Winnie, répond Colette. Est-ce qu'elle est là ?

— Sortez, je vous prie, réplique-t-il, visiblement contrarié.

— Est-ce qu'on peut juste... ose Francie.

— Dehors, coupe-t-il, palpant ses poches à la recherche de son téléphone qui sonne et faisant brusquement volte-face pour remonter précipitamment l'escalier. C'est une scène de crime.

Elles l'ignorent et poursuivent leur chemin jusqu'à un grand salon. Une fois à l'intérieur de la pièce, elles la voient.

Winnie est assise dans un fauteuil devant un mur de fenêtres assombries par la nuit, jambes repliées contre la poitrine et bras enlaçant ses genoux, une couverture crème lui enveloppant les épaules. Le regard vide, elle se mordille la lèvre inférieure. Un enquêteur est assis à quelques mètres, griffonnant sur un carnet, un gobelet de café oublié sur le sol à ses pieds.

— C'est à cause des pâtes, murmure Alma entre deux sanglots.

Elle est assise sur un canapé en cuir modulable à l'autre bout de la pièce. Winnie ne l'entend pas. Un rosaire à la main, Alma s'interrompt de temps à autre pour fermer les paupières et brandir vers le plafond une poignée de mouchoirs en papier bouchonnés, priant dans un espagnol qu'aucune des personnes présentes ne peut comprendre. Elle s'est gavée avec le gratin de pâtes qu'elle avait rapporté de chez elle. Cela l'a assommée ; elle s'est installée sur le canapé pour dire bonne nuit à son bébé resté à la maison avec sa sœur. Elle a dû s'endormir – cela ne lui ressemble tellement pas, insiste-t-elle, jetant un coup d'œil à Winnie, honteuse, mais sa sœur, qui gardait sa fille, l'avait appelée quatre fois la nuit précédente, à cause de ses dents. Quand elle s'est réveillée, elle a vérifié l'écran de contrôle, et le berceau semblait vide.

— Vous n'avez rien entendu ? demande un deuxième officier.

Ses sourcils broussailleux envahissent presque tout son front, et il porte une chevalière à un de ses doigts épais. Un badge de la police de New York indiquant son nom en majuscules – STEPHEN SCHWARTZ – pend au bout d'une chaîne qu'il porte autour du cou, oscillant faiblement de droite à gauche, tel le pendule d'une horloge fatiguée.

— Rien, répond Alma avant de se remettre à pleurer.

— Aucun pas ? Pas de pleurs ?

— Rien. Pas de pleurs.

Schwartz s'empare de la boîte de Kleenex sur la table et la lui tend. Alma se sert. Un nuage de microparticules de papier s'envole vers le visage de son interlocuteur.

— L'écran de contrôle. Il était juste là.

Elle s'essuie les yeux et désigne l'endroit où l'officier est installé.

— Juste là où vous êtes assis. Tout du long.

— Et cet écran, il était allumé ?

— Oui.

— Vous ne l'avez pas éteint ?

— Non. Je ne l'ai pas touché. Je l'ai regardé trois ou quatre fois, pour vérifier.

— Et qu'est-ce que vous avez vu quand vous avez vérifié ?

— Le bébé. Il dormait. Enfin, jusqu'à ce que je me réveille et que je comprenne qu'il avait disparu.

— Et qu'est-ce que vous avez fait quand vous avez compris ?

— Qu'est-ce que j'ai fait ?

— Ouais. Est-ce que vous avez vérifié la fenêtre de sa chambre ? Est-ce que vous avez cherché dans la maison ? Vous êtes montée à l'étage ?

— Non. Je vous ai dit. J'ai couru ici récupérer mon téléphone. Il était sur la table. J'ai appelé Winnie mais elle n'a pas répondu.

— Et après ?

— Après j'ai appelé Nell.

— Est-ce que vous avez bu ?

— Est-ce que j'ai bu ? Bien sûr que non. En dehors du thé glacé que Winnie m'avait préparé.

— Elle vous avait préparé du thé glacé, répète Schwartz, inscrivant quelque chose dans son carnet.

Puis, à voix basse, il ajoute :

— Et où se trouvait la mère, vous m'avez dit ?

— Elle était sortie.

— Sortie, oui. Mais est-ce qu'elle vous a dit où exactement ?

— J'ai oublié. Elle me l'a écrit sur un papier. Elle était sortie boire un verre.

Il lève les yeux, les sourcils froncés.

— Boire un verre, vous dites ?

— C'est la dernière fois, mesdames ! s'exclame l'officier nommé Cabrera depuis l'escalier.

Puis, il passe devant Francie, Nell et Colette en compagnie d'une femme vêtue d'un blouson de police.

— Sortez. C'est le dernier avertissement.

— On s'en va, souffle Colette.

Francie et Nell la suivent, et elles longent toutes trois le couloir, retraversent le vestibule, et se retrouvent sur le trottoir désert. Mais avant, elles ont fait un détour et se sont approchées de Winnie pour lui étreindre la main. Elles l'ont enlacée si longuement qu'une fois rentrées à la maison, elles sentiront encore l'odeur de son shampoing. Francie s'est agenouillée, a saisi le visage de Winnie entre ses mains et lui a dit, les yeux dans les yeux : « Ils le retrouveront, Winnie. Ils le retrouveront. Nous retrouverons Midas. *Je te le promets*. » Ensuite, elles se sont attardées quelques instants sur la terrasse et, appuyées contre la balustrade, elles ont contemplé les millions de fenêtres de Brooklyn derrière lesquelles dormaient des bébés sains et saufs – les habitants les ont peut-être observées eux aussi en retour, ces trois mères brisées, cheveux flottant dans la brise chaude de juillet, le cœur saisi d'effroi.

4

Premier jour

À : Mères de mai
DE : Vos amies au Village
DATE : 5 juillet
OBJET : Conseil du jour
<u>VOTRE BÉBÉ A CINQUANTE-DEUX JOURS</u>
Combien de fois avez-vous déjà entendu ce conseil : dors en même temps que le bébé. D'accord, cela peut être lassant (hé, hé !) à la longue, mais c'est vrai. Certaines mamans ont du mal à lâcher prise lorsque le petit le fait, voici donc quelques tuyaux pour y arriver : évitez la caféine et les boissons sucrées. Faites quelques-uns des exercices de respiration que vous avez appris en préparation à l'accouchement. Tentez un verre de lait chaud, un morceau de fromage, ou même un peu d'escalope de dinde avant de vous coucher – ces aliments contiennent du tryptophane, ce qui vous aidera à bien dormir.

Debout dans sa petite cuisine, devant un placard ouvert que la lueur du soleil matinal teinte de rose, Francie, le regard absent, résiste à l'envie de s'emparer du Coca light esseulé qu'elle a repéré dans le frigo. Elle a dormi deux heures tout au plus, après s'être effondrée de fatigue sur l'épaule de Lowell pour se réveiller ensuite en panique. Elle venait de rêver qu'elle avait laissé Will à l'épicerie, endormi dans sa poussette près du rayon des yaourts. Elle avait mis un temps fou à choisir entre les huit variétés et les différents parfums et elle avait déjà fait la moitié du chemin pour rentrer à la maison quand elle s'était rendu compte de ce qu'elle avait fait. Aussitôt, elle était retournée en courant au magasin. Mais en soulevant la capote, jambes flageolantes et en nage, elle s'était aperçue que la poussette était vide : Will avait disparu.

Saisie d'effroi, elle s'était redressée d'un coup sur son séant, et s'était quasiment jetée sur le berceau cododo. Ce n'est qu'après avoir posé la main sur la poitrine de Will et senti les mouvements de sa respiration, qu'elle avait admis avoir rêvé. Will était toujours là, endormi à ses côtés. Mais sous l'effet de l'agitation autour de lui, il s'était brusquement réveillé en hurlant si fort que c'était à se demander comment Lowell avait pu continuer à dormir. Il avait alors fallu balader le bébé pendant deux heures dans le salon, d'un bout à l'autre du couloir, en chuchotant, le berçant, et l'allaitant malgré la douleur dans son sein droit. Il s'était finalement rendormi, les doigts recroquevillés telles des parenthèses de part et d'autre de ses yeux, lové dans la balancelle qu'elle avait lentement fait osciller.

Entre-temps, Francie n'avait plus du tout envie de dormir. Elle avait arpenté le salon deux heures de plus, sept pas dans un sens et dans l'autre, un gant de toilette de bébé rempli de glaçons fondants contre la nuque, observant le visage de Will tout en se remémorant la conversation qu'elle avait eue la nuit précédente avec l'officier de police chargé de l'enquête. Francie s'efforçait encore de reconstituer l'enchaînement des événements de la soirée afin de comprendre ce qui s'était passé. Winnie était arrivée. Elle semblait silencieuse mais pas mécontente d'être là. Francie lui avait suggéré de raconter son expérience de la naissance, puis Winnie et Gonze étaient partis se commander un verre au bar. Winnie avait parlé à ce type. Et après, soudainement, elle n'était plus là.

La culpabilité ronge Francie. Si seulement elle n'avait pas perdu Winnie de vue. Si seulement elle n'avait pas donné le portable de Winnie à Nell. Elle s'en veut d'avoir fait confiance à Nell pour ce téléphone – Nell qui, de toute évidence, était déjà saoule. Francie n'était certainement pas la seule à avoir remarqué comme elle avait renversé ses frites sur ses genoux, et le voile dans ses yeux. Sans parler du fait qu'elle avait apporté une bouteille de vin au moment de partage des Mères de mai la semaine dernière.

Francie ouvre le réfrigérateur pour prendre des œufs, et elle cherche la sauce au piment vert qu'elle est pourtant persuadée d'avoir achetée. Lowell lui dit toujours d'arrêter avec les « et si » – mais *et si* ? Et si elle avait insisté, comme elle y avait pensé, pour garder le téléphone ? Et si Nell n'avait pas réussi à désinstaller « Coucou, je suis là » ? Francie aurait posé l'appareil sur la table, bien devant elle – c'est ce qu'elle aurait fait, elle en était certaine. Des mouvements dans la chambre de Midas auraient alors peut-être attiré son attention vers l'écran, et elle aurait vu Midas dans son berceau et quelqu'un près de lui. Elle aurait demandé à Nell d'appeler Alma, ce qui l'aurait réveillée. Elle aurait appelé la police. Midas serait encore...

Soudain, une main se pose sur l'épais bourrelet qui déborde de la taille de son pyjama, et elle recule d'un pas si brusquement qu'elle lâche la boîte d'œufs et certains s'écrasent par terre à ses pieds, maculant ses orteils de jaune.

— Excuse-moi, fait Lowell. Je ne voulais pas te faire peur.

Sa peau sent le savon déodorant.

— Je ne t'ai pas entendu te lever.

Francie se demande, l'espace d'un instant, si elle ne pourrait pas sauver les trois œufs qui ont atterri sur le plan de travail. Il suffirait d'enlever les fragments de coquille et d'en faire des œufs brouillés avec un peu de lait. Elle ne supporte pas l'idée de devoir aller à l'épicerie. Pas aujourd'hui. Elle n'a aucune envie d'affronter les allées étroites et bondées ou les files d'attente interminables aux caisses, aucune envie de marcher dans cette chaleur avec le bébé en écharpe contre la poitrine, ni de sentir l'irritation de ses cuisses sous sa dernière jupe propre, et encore moins de trimballer les sacs de courses au bout de ses bras douloureux. Lowell se dirige vers le placard en quête d'une serpillère tandis qu'elle essuie avec un Sopalin les filets de jaune d'œuf sur ses pieds. Elle remarque alors que Lowell est déjà habillé pour aller travailler.

— Tu pars maintenant ?

— Dans quelques minutes.

— Mais il n'est même pas sept heures. Je pensais qu'on pourrait prendre le petit déjeuner ensemble.

Il pousse les orteils de Francie en passant la serpillère.
— Désolé. Il faut que je me prépare pour demain.
— Comment ça, pour demain ?
Il hausse les sourcils.
— Tu plaisantes ?
Ah oui, bien sûr. Le rendez-vous. Cela fait des jours qu'il y pense – la dernière série d'entretiens ; un grand chantier pour transformer une ancienne église en boutique hôtel. Comment a-t-elle pu l'oublier ? Ce boulot serait son plus gros contrat ; cela représenterait plus d'argent qu'ils n'en avaient jamais gagné depuis que Lowell avait décidé deux ans plus tôt de quitter sa société à Knoxville pour déménager à New York – une ville qu'elle n'avait même pas *visitée* auparavant – pour créer sa boîte avec un ami de l'école d'architecture. Elle avait tenté de le convaincre d'y repenser à deux fois. (« Ils ont besoin d'archis ici, dans le Tennessee, pour concevoir de nouveaux bâtiments », lui avait-elle répété.) Mais c'était son rêve, avait-il répondu chaque fois, donc naturellement elle avait accepté de déménager. « En plus, avait-il argumenté, à New York, ils ont les meilleurs hôpitaux du pays. La FIV marchera peut-être mieux là-bas. »
— Ah oui, pardon. Évidemment que je m'en souviens.
Elle s'essuie les mains sur son tee-shirt – un débardeur XL qu'elle a porté durant toute sa grossesse et qui est maintenant maculé de fromage à tartiner et de gouttes de lait maternel séchées –, et prend la serpillère des mains de Lowell.
— Il nous faut vraiment ce boulot. Tu te sens prêt ?

Il opine du chef et la frôle pour ouvrir le réfrigérateur.
— Presque. Ça va, toi ?
— Il y a un article dans le journal.
Il s'immobilise.
— Déjà ?
— Ouais. Le *New York Post*.

Elle s'en était rendu compte en surfant sur son téléphone pendant qu'elle allaitait le bébé à trois heures du matin, après avoir cliqué sur un titre : BÉBÉ DISPARU À BROOKLYN : KIDNAPPING ?

— C'est un court article. La police dit qu'il n'y a pas de trace d'effraction. Ils n'ont pas mentionné le nom de Winnie, mais évidemment, c'est bien elle dont il est question.

— Il y a sûrement eu un malentendu. Son père est venu le chercher.

— Quel père ? Il n'y a pas de père.

— Comment ça ?

Lowell fait une grimace.

— Elle l'a eu par l'opération du Saint-Esprit, son bébé, c'est ça ?

— Non, je veux dire… Si c'était le cas, ils l'auraient écrit dans le journal. Ils parlent de ce qui s'est passé comme d'un enlèvement d'enfant.

— Ne t'en fais pas, Francie. Ils vont le retrouver.

Lowell lui touche le bras.

— Il a dû y avoir une embrouille. Avec un membre de la famille ou un truc comme ça. C'est ce qui se passe d'habitude.

Il saisit deux bananes déjà mûres dans la coupe à fruits sur le comptoir et les glisse dans la poche extérieure de sa sacoche d'ordinateur.

— Essaie de ne pas y penser. Je serai de retour pour déjeuner.

Elle l'embrasse pour lui dire au revoir, espérant qu'il ne remarque pas sa déception de le voir partir travailler. La laissant seule, avec cette effroyable nouvelle.

Il le fait pour nous, se raisonne-t-elle en rinçant la bouteille de bière vide qu'il a oubliée sur le comptoir la veille. Il travaille non-stop pour payer le loyer. Payer l'assurance santé. Acheter les œufs qu'elle vient de gâcher. Évidemment, il n'arrête pas de travailler, il n'a pas le choix, même s'il avait envie de passer plus de temps avec le bébé, avec elle et le bébé. Il faut qu'elle le comprenne. Après tout, c'est elle qui l'a convaincu d'utiliser l'argent reçu en cadeau de mariage des parents de Lowell pour faire une FIV, et qui l'a supplié ensuite, après l'échec de la première tentative, de demander à son frère, l'anesthésiste qui a réussi à Memphis, de leur faire un prêt pour essayer encore une fois.

Le bruit de la porte se refermant derrière Lowell réveille Will. Elle prend dans la balancelle le petit corps chaud du bébé avant qu'il n'ait le temps de pleurer, et elle s'éloigne avec lui dans le couloir en direction de leur chambre où elle a arrangé une table à langer sur la commode. La matinée se profile devant elle, interminable – au moins quatre heures à tuer avant que Lowell ne rentre déjeuner. Pourquoi n'a-t-elle pas prévu quelque chose ? Ce qu'elle voudrait en vérité, c'est envoyer un e-mail aux Mères de mai pour demander si quelqu'un serait disponible pour improviser un moment de partage. Elle voudrait être avec les autres mamans, toutes ensemble avec leurs bébés sous le saule noir, et parler de Midas, passer en revue la chronologie des événements de la soirée. Mais il en est hors de question. La veille, après avoir quitté Winnie, Colette les a convaincues : ce n'est pas à elles d'annoncer la nouvelle au groupe ; il faut attendre que Winnie décide de leur en faire part. Et Francie est persuadée que même si les autres sont tombées sur l'article du *New York Post*, même si elles ont lu qu'un bébé a été enlevé à Brooklyn, jamais elles n'iront penser que c'est dans leur quartier, qu'il s'agit effectivement d'une des *leurs*.

En fait, pendant que Francie se trouvait chez Winnie avec Colette et Nell, Yuko avait créé un album sur la page Facebook des Mères de mai – UNE PETITE SOIRÉE DE LIBERTÉ –, invitant les gens à télécharger les photos qu'elles avaient prises au Lama en fête. Francie n'avait pas eu le courage de l'ouvrir, de voir tout le monde passer du bon temps sachant que Midas avait disparu de son berceau, avait été volé à sa mère, précisément au même moment.

Elle emmène Will dans le salon, contournant un panier débordant de vêtements sales tachés de vomi. Elle a plus qu'assez de linge à laver pour s'occuper toute la matinée, se dit-elle, mais à l'instant même, le téléphone sonne.

— Allô ? s'exclame-t-elle avec trop d'enthousiasme dans la voix.

Elle ne reconnaît pas le numéro et songe – espère – que c'est Winnie qui appelle pour dire que Midas a été retrouvé. Lowell avait raison. Il y a eu confusion. Mais ce n'est pas Winnie.

— Bonjour, Mary Frances. C'est ta mère.

Francie se fige.

— Maman. Salut.

Elle s'empare de la télécommande et coupe le son de la télé. Le silence s'installe au bout du fil.

— Désolée, ajoute Francie, je n'ai pas reconnu ton numéro.

— J'ai un portable.

— Ah bon ?

Francie n'arrive pas à y croire. Marilyn Cletis, la femme qui interdisait la musique dans la maison, qui confectionnait elle-même tous leurs vêtements, qui possédait une vache pour ne faire boire que du lait cru à ses enfants – cette femme avait désormais un *téléphone portable* ?

— Oui. Une amie à l'église m'a convaincue qu'il était temps que je m'y mette. Je peux même envoyer des textos.

— C'est super, maman.

— J'ai reçu le faire-part de naissance. La photo est adorable. Mais...

— Quoi ?

— Kalani ?

— Oui. William Kalani. Je te l'avais dit. On l'appelle Will.

— Est-ce que c'est un prénom de Noir ?

Francie ricane malgré elle.

— Un prénom de Noir ? Non. C'est hawaïen.

Elle l'a entendu pour la première fois pendant leur lune de miel. Cela signifie « envoyé des dieux ». Le prénom parfait pour son fils.

— Ah. J'ai pensé que c'était peut-être un truc qui se faisait à New York.

Francie entend sa mère débarrasser les assiettes.

— J'ai prévenu ton grand-père. Je ne suis pas certaine qu'il ait tout compris, mais il a eu l'air content que vous ayez choisi William.

Francie n'avait pas eu le courage de préciser qu'en réalité, ils n'avaient pas choisi le prénom en l'honneur du père largement absent de Marilyn, mais en celui de Lowell, dont le deuxième prénom était William. Francie allonge doucement Will sur le tapis de jeu, sous le portique orné d'animaux de la ferme, et reste debout devant le ventilateur placé sous la fenêtre, soulevant son débardeur pour se rafraîchir.

— Excuse-moi, je n'ai pas eu le temps de t'appeler ces derniers temps, dit-elle. Ça va un peu dans tous les sens.

— Je sais exactement de quoi tu parles. J'ai été mère moi aussi.

Marilyn marque une pause, mais Francie ne sait si elle doit réagir.

— Comment va le bébé ?

— Bien, fait Francie. Enfin plus ou moins. J'ai des problèmes avec l'allaitement. Il n'a pas l'air d'avoir assez à manger.

— Donne-lui du lait maternisé. Et mets un peu de céréales dedans.

— Oh, on n'utilise plus vraiment ça aujourd'hui. Et j'essaie de ne pas…

— Les gens dans mon église prient pour toi. Cora Lee m'a demandé si l'accouchement s'était bien passé et je me suis rendu compte que je n'en savais rien. Tu ne m'en as jamais parlé.

— Ah bon ?

Francie se sent plus légère.

— Tout s'est parfaitement bien passé. J'ai pu accoucher naturellement, sans aucune intervention médicale.

Ce n'était pas facile. Pendant les neuf heures de travail, elle avait failli abandonner au moins un millier de fois et demander la péridurale, mais elle avait tenu le coup ; elle avait arpenté les couloirs de l'hôpital, dansé doucement avec Lowell pour s'aider à traverser les vagues de douleur. Elle ne peut s'empêcher désormais de remarquer l'admiration avec laquelle Lowell la regarde parfois : non pas comme une femme – la sienne en l'occurrence – d'un mètre soixante environ, aux cuisses larges et aux cheveux en pagaille qui blanchissent prématurément à trente et un ans, mais comme une guerrière implacable que rien ne peut arrêter et qui a donné naissance à un fils bien portant de trois kilos cent soixante-quinze, le jour de la fête des Mères, rien de moins.

— Naturellement ? Ça veut dire quoi ? Tu n'as pas eu de péridurale ?

— Non. Même pas un Advil.

Silence.

— C'était voulu ?

— Oui.

— Mais pourquoi avoir décidé un truc pareil ?

Francie ferme les yeux : elle a l'impression d'avoir à nouveau dix ans. Elle s'efforce de garder son calme.

— Parce que je voulais... enfin, Lowell et moi, nous voulions une naissance la plus naturelle possible. Les accouchements physiologiques sont maintenant...

Marilyn glousse.

— Ah, Mary Frances, ça ne m'étonne pas de toi. Tu ne peux rien faire comme tout le monde.

Francie se surprend à sentir des larmes monter du fond de sa gorge.

— Bref. J'appelle parce que j'ai quelque chose pour William. Une robe de baptême.

Marilyn s'interrompt.

— Et j'aimerais bien venir vous voir.

— Venir nous voir ?

Francie n'a jamais pensé que Marilyn viendrait jusqu'à New York. Elle qui n'a jamais quitté son Tennessee.

— Faut pas que tu te sentes obligée, maman. Lowell et moi, on économise pour se payer des billets d'avion et venir avec Will.

— Le baptême est sûrement pour bientôt. Je peux me chercher un billet pour le week-end prochain peut-être ? Tu vas avoir besoin d'aide, j'imagine.

— Désolée, maman. Le week-end prochain, ce n'est pas possible.

Francie se creuse la tête pour trouver une excuse plausible.

— Lowell a un entretien important. Il travaille non-stop, et il s'en voudrait trop de ne pas pouvoir passer de temps avec toi. En plus, il y a les Mères de mai. On est…

— Les Mères de mai ?

— C'est un groupe d'amies que je me suis faites. Un groupe de mamans.

Francie imagine sans peine ce que sa mère pourrait penser de chacune d'entre elles : Nell, avec son gros tatouage voyant lui recouvrant l'épaule. Yuko, allaitant au café sans même se couvrir le sein, et devant les maris des autres encore. Gonze, un papa homosexuel qui reste à la maison pour s'occuper du bébé.

— Mais il s'est passé une chose terrible…

— Il va quand même avoir besoin de la robe. C'était la tienne, et avant ça, la mienne.

Sa mère attend. Elle sait exactement ce qu'elle fait. Elle sait que Francie ne va pas faire baptiser Will. Elle l'oblige à mentir.

— Le baptême est prévu pour quand ?

— On n'a pas vraiment décidé encore. Comme je te l'ai dit, Lowell travaille beaucoup en ce moment.

Malgré le ventilateur, Francie transpire dans le dos. Elle se détourne de la fenêtre, jette un coup d'œil à Will sur le tapis de jeu, à l'écran muet de la télévision, tentant de trouver quelque chose à ajouter.

Soudain, son cœur s'arrête.

C'est Winnie. À la télé. Mais non pas la Winnie qu'elle connaît. Celle-ci est beaucoup plus jeune : adolescente en fait. Debout sur une scène, elle porte une robe bustier dorée, ses cheveux sont ramassés en chignon décoiffé, et elle tient le bras d'une femme plus vieille mais qui lui ressemble quasiment trait pour trait et qui doit être sa mère. Une autre image apparaît : Winnie en justaucorps rose pâle et long jupon de tulle translucide, des demi-pointes lacées jusqu'aux genoux. Francie saisit la télécommande sur le plan de travail et monte le volume.

— … Gwendolyn Ross est plus connue pour son rôle dans *Bluebird*, la série culte diffusée à la télévision au début des années 1990.

— Mary Frances ?

— Désolée, maman. Il faut que j'y aille. Le bébé est réveillé.

Francie pose le téléphone sur la table. La journaliste se tient sur un trottoir parsemé de feuilles mortes ; du ruban jaune délimitant une scène de crime derrière elle. Francie s'approche de l'écran. La maison devant laquelle la femme se trouve, c'est celle de Winnie.

— Nous avons à l'heure actuelle très peu d'informations ; la police nous a juste confirmé qu'il s'agissait selon toute vraisemblance d'un enlèvement d'enfant et qu'aucune piste n'était écartée pour le moment. Ça fait maintenant presque neuf heures que le bébé a disparu. Zara Secor, en direct de Brooklyn.

— Merci, Zara. Maintenant, poursuivons avec un autre sujet tout aussi démoralisant. Le sommet sur le changement climatique vient de…

Francie file dans sa chambre prendre son ordinateur portable sur la table de nuit. *Bluebird*. Quelqu'un, Gemma peut-être, a mentionné une fois en passant que Winnie était actrice, mais la moitié des gens que Francie a rencontrés depuis qu'elle vit à New York prétendent être acteurs. Elle n'avait pas compris ce que Gemma avait voulu dire. Pas compris que Winnie était célèbre. La star d'une série télé du début des années 1990 qui racontait l'histoire d'une jeune danseuse auditionnant pour entrer au New York City Ballet comme quadrille stagiaire. Winnie – qui s'appelait Gwendolyn – était la danseuse. Elle était celle qu'ils appelaient Bluebird.

Francie n'arrivait pas à y croire. Elle devait avoir dans les onze ans quand *Bluebird* passait à la télé, et c'était précisément le genre de série – avec quelques allusions à la sexualité adolescente, une relation mixte – que sa mère ne lui permettait jamais de regarder. Elle lance une recherche sur Winnie et tombe sur sa page Wikipedia. Formation classique à la School of American Ballet, plus un été à la Royal Ballet School. Une fondation familiale, au nom de sa mère, qui donnait des bourses aux jeunes danseurs.

Francie ne devrait pas être surprise. Elle avait compris, dès l'instant où elle avait vu Winnie la première fois à un moment de partage des Mères de mai quatre mois plus tôt, que celle-ci avait quelque chose de spécial. Francie s'en souvient encore. Gemma était en train de raconter au groupe qu'elle avait payé pour que le sang du cordon ombilical de son fils soit conservé dans une banque de cellules souches – procédé dont Francie n'avait jamais entendu parler. « C'est cher, mais ça peut sauver leurs vies si, touchons du bois pour conjurer le mauvais œil, ils venaient à être atteints d'une maladie potentiellement fatale », expliquait Gemma quand tout le monde avait tourné son attention vers la femme qui marchait dans leur direction, à l'autre extrémité de la pelouse, l'arrondi de son ventre se dessinant sous sa mini-robe turquoise, deux grands bracelets argentés étincelant à ses poignets. Chacune s'était poussée pour lui faire de la place, repositionnant les couvertures, déplaçant les bébés, et elle s'était installée à côté de Francie. Celle-ci avait tiré sur son short dont le tissu humide lui collait entre les jambes tout en observant Winnie replier délicatement les siennes sous elle pour s'asseoir.

— Je m'appelle Winnie, avait déclaré cette dernière, les doigts posés sur son ventre rebondi, juste sous sa poitrine. Désolée d'être en retard.

Francie avait eu un mal fou à cesser de la regarder ; elle était tellement belle. D'une beauté d'un autre monde presque. Un visage digne des unes de magazines et des podiums : la poignée de taches de rousseur parsemant l'arête de son nez, la peau mate et immaculée qui n'avait nul besoin de l'anti-cernes dont Francie ne se séparait plus depuis dix ans au moins.

Et ensuite quand elles s'étaient rencontrées au café. La crise soudaine de Will avait mis profondément mal à l'aise Francie. Le regard désapprobateur que lui avaient lancé les deux jeunes hommes penchés sur leurs ordinateurs près de la fenêtre, et la moue renfrognée de la fille derrière le comptoir, attendant que Francie, trop éreintée pour savoir quoi choisir, passe sa commande. Winnie était apparue comme par enchantement, imperturbable malgré les hurlements de Will. Elle lui avait pris le bébé des bras, avait marché en huit autour des tables, lui tapotant les fesses, chuchotant à son oreille, pour l'apaiser.

« Comment tu as fait ? avait lancé Francie en la rejoignant à une table dans un coin de la salle. J'ai l'impression d'être la seule à ne jamais savoir comment m'y prendre.

— Arrête de délirer, avait rétorqué Winnie. Ces Mères de mai essaient par tous les moyens de faire croire que c'est facile, mais ne te laisse pas berner. »

Elle lui avait jeté un coup d'œil comme si elles étaient deux supercopines partageant un secret.

« Rien n'est facile, pour aucune d'entre elles. Crois-moi. »

Ce n'est qu'une heure plus tard – Will s'étant enfin endormi dans le berceau cododo, l'aspirateur allumé à côté de lui pour le calmer – que Francie est tombée sur la notice nécrologique d'Audrey Ross, la mère de Winnie. Elle était morte le jour des dix-huit ans de sa fille, alors qu'elle allait acheter de la glace. L'annonce de sa disparition était reprise dans plusieurs journaux nationaux, car Audrey Ross était non seulement la mère de Gwendolyn Ross, la célèbre jeune actrice, mais elle était aussi l'une des héritières de son père, qui avait gagné des millions de dollars dans l'immobilier, une des plus grosses fortunes du pays.

Tout s'expliquait. La maison de Winnie. Ses vêtements. La poussette hors de prix que Francie lui enviait ; le même modèle que celle qu'elle avait longuement examinée à Babies « R » Us, avant de se rendre compte qu'elle coûtait presque autant que le loyer qu'elle et Lowell payaient. Elle avait trouvé une photographie de l'enterrement : Winnie et son père pénétrant dans une petite église, non loin de leur maison de campagne dans le nord de l'État de New York, non loin de l'endroit où Audrey Ross était morte. C'était un accident stupide. Les freins avaient lâché, sans cause apparente. La voiture d'Audrey avait dévalé la colline, défoncé la rambarde de sécurité, et plongé dans un ravin de vingt-cinq mètres. Winnie avait quitté *Bluebird* quelques mois plus tard. Et la série avait été interrompue peu après.

En entendant les cloches de l'église du quartier annoncer l'arrivée de midi, Francie a du mal à y croire. Elle lève le nez de son écran, ferme son ordinateur, fronce les sourcils devant la pile de linge restée intacte, et part vers la cuisine préparer le déjeuner. Vannée et à côté de la plaque, il va pourtant falloir qu'elle réagisse avant le retour de Lowell, qu'elle change d'état d'esprit, elle le sait. Il va être épuisé et affamé, content de la retrouver. Mais elle ne peut nier le poids sur son estomac en songeant à tout ce que Winnie a perdu, tout ce qu'elle a accompli : une carrière d'actrice florissante, le rôle-titre d'une série à succès, une relation heureuse avec un musicien révélée dans l'unique interview qu'elle avait accepté de donner après la mort de sa mère.

« J'ai pu compter sur Daniel », avait-elle affirmé, faisant référence à son petit ami, lorsque le journaliste lui avait demandé comment elle s'en sortait. « Il n'y a que lui qui m'aide à surmonter la douleur. »

Et tout ça avant ses dix-sept ans révolus.

Francie met de l'eau à chauffer pour les macaronis et pense malgré elle à ce qu'elle faisait à cet âge : elle chantait dans le chœur de l'église, enseignait à l'École du dimanche, laissait M. Colburn, le prof de sciences, lui soulever la jupe et enfoncer ses doigts entre ses jambes dans le laboratoire pendant l'étude. C'était du moins ainsi que les choses avaient commencé. Il ne lui avait pas fallu longtemps pour aller plus loin, d'abord après les cours, dans sa voiture garée derrière Payless, l'ancien magasin de chaussures du parc d'activités commerciales, et ensuite chez lui, un deux-pièces miteux payé par le programme d'enseignement bénévole. C'était un truc catholique. Les étudiants qui sortaient d'une des huit universités les plus prestigieuses du pays passaient un an après leur diplôme à enseigner dans un lycée défavorisé, quelque part au fin fond de l'Amérique, comme Notre-Dame du Perpétuel Secours, le lycée de Francie à Estherville dans le Tennessee. C'était dans cet appartement qu'elle avait pour la première fois goûté du vin rouge, tiré sur son premier joint. C'était également là que M. Colburn – James, comme elle osait l'appeler quand ils étaient seuls – l'avait plaquée par terre et lui avait enlevé sa tenue de volley-ball malgré ses protestations.

Alors qu'elle gratte les dernières miettes de thon au fond de la boîte de conserve pour les faire tomber dans le saladier, Francie entend les pas lourds de Lowell dans l'escalier. Elle s'essuie les mains sur son short et se précipite dans la salle de bains pour voir dans le miroir à quoi elle ressemble, dompter ses cheveux en bataille, et vaporiser un peu de senteur florale sur chacun de ses poignets. Avant même que Lowell n'ait le temps d'insérer sa clé dans la serrure, elle ouvre la porte :

— Tu ne devineras jamais ! Winnie est passée aux informations. C'est une actrice célèbre...

Mais elle remarque alors la barbe de trois jours sur le visage de l'homme qui se tient en face d'elle, son large tour de taille, et le renflement sur sa hanche : une arme à feu. Francie laisse en suspens sa phrase, et fixe les yeux gris et vides de l'inconnu, sous la visière de sa casquette d'officier de police.

*

— Nell.

Nell sent une main sur son bras.

— Réveille-toi.

Nell, la police est là.

Quinze ans plus tôt : elle se trouve dans son appartement à Washington, ouvre les rideaux, voit la berline noire garée de l'autre côté de la rue, l'homme en tee-shirt noir avec lunettes de soleil appuyé contre la carrosserie qui allume une cigarette, le regard braqué vers sa fenêtre.

— Nell.

Sebastian lui secoue l'épaule, et le souvenir de la jeune femme se dissout.

— Réveille-toi.

Nell, la bouche pâteuse, essaie de se redresser mais des pulsations martèlent son crâne. Sebastian pose une tasse de café sur la table de chevet et écarte quelques mèches de cheveux de ses yeux.

— La police est là.

Elle s'assied.

— Tu rigoles ? Pourquoi ?

— Ils veulent te parler. À propos d'hier soir.

Hier soir.

Tout lui revient instantanément. Winnie. Midas. Rentrée chez elle à pied, elle avait réveillé Sebastian pour lui raconter avant de sombrer dans un sommeil intermittent et agité.

— Ils t'attendent dans le salon.

Elle sort du lit, aperçoit son reflet dans la glace au-dessus de la commode ; elle porte le même tee-shirt que la veille. Son mascara a coulé sous ses yeux, et ses lèvres gercées sont maculées de quelques traces de rouge.

— Où est le bébé ?

— Il dort.

Nell s'empare de la tasse de café. Le breuvage lui brûle le fond de la gorge.

— OK. J'arrive.

La pièce tangue comme elle se dirige vers la salle de bains. Elle ouvre le robinet, attend que l'eau refroidisse au maximum, et s'asperge le visage. Elle ferme les yeux.

Que s'est-il passé ?

Elle se rappelle le début de soirée. Elle sirote un verre de vin tout en se préparant pour sortir. Elle arrive et s'installe dehors, sur le patio à l'arrière du bar. La chaleur des corps autour d'elle, les conversations. Elle sent les effets de son premier verre, le goût du gin dans sa bouche. Billy Idol. Elle tient le téléphone de Winnie, le glisse dans son sac. Ensuite… Nell ne parvient pas à se souvenir des détails. Seulement que Francie et Colette s'inquiétaient au sujet de Winnie. Elles ne savaient pas où elle se trouvait. Nell a cherché le téléphone de Winnie. Il avait disparu.

Sur la table basse devant l'officier de police, Sebastian place une assiette de biscuits au chocolat que sa mère leur a envoyés d'Angleterre. Nell pénètre alors dans le salon, vêtue d'un legging et d'une fine tunique en coton qu'elle a trouvée en haut de la pile dans le panier à linge sale. L'officier a une petite quarantaine et il est bel homme : les yeux marron, le regard expressif, une barbe naissante sur les joues. Il ressemble vaguement à Tom Cruise. Sur son avant-bras droit, un grand tatouage d'aigle, et le chiffre 1775.

— Le corps des Marines, dit-il, tournant son bras pour qu'elle puisse mieux voir. L'année de sa création. J'ai servi pendant six ans.

D'un signe de tête, il désigne son épaule droite.

— Un colibri ?

— Ouais.

La voix de Nell est rauque.

— Un colibri calliope, pour être exacte. Il symbolise l'évasion. Et la liberté aussi.

La paume de l'homme contre la sienne est moite.

— Inspecteur Mark Hoyt. Désolé de vous déranger chez vous.

L'inspecteur est accompagné d'un homme aux sourcils broussailleux. Nell le regarde, et tout lui revient. Stephen Schwartz. Il parlait à Alma hier, dans l'appartement de Winnie. Hoyt saisit un biscuit, puis tend l'assiette à Schwartz, qui en prend trois.

— Excusez-moi, fait ce dernier. La nuit a été longue. J'ai raté le petit déjeuner.

— On essaie de comprendre ce qui s'est passé hier soir, enchaîne Hoyt, replaçant l'assiette sur la table basse avant de croiser le regard de Nell. En interrogeant celles d'entre vous qui se trouvaient avec Winnie Ross.

Nell s'installe sur le canapé ; une douleur lancinante irradiant sa tête.

— OK.

Elle remarque la caméra posée sur un trépied. Schwartz fait un pas vers l'appareil et appuie sur le bouton.

— Ça ne vous dérange pas si on filme ? s'enquiert Hoyt. C'est le nouveau protocole.

— Pas du tout. Est-ce que je peux avoir un verre d'eau avant de commencer ?

Hoyt l'étudie du regard et émet un petit rire.

— La nuit a été dure ?

Sans l'ombre d'un sourire, Nell rétorque :

— La nuit est toujours dure avec un nouveau-né.

— Je vais te chercher de l'eau, intervient Sebastian.

— Bien, ce groupe, les Mères de mai, commence Hoyt. Est-ce que vous pouvez nous en parler un peu ?

Nell s'éclaircit la gorge et se concentre.

— C'est un groupe de mamans. Nous avons toutes des bébés du même âge. On se réunit depuis environ quatre mois. On a commencé quand on était enceintes.

— Dans ce bar ? Le Lama en fête ?

Un petit rire lui échappe.

— Non. On se retrouve au parc.

— Et qui a eu l'idée de tout ça ? De se retrouver ?

— Francie.

Schwartz parcourt rapidement son carnet.

— Mary Frances Givens ?

— Oui. Enfin, pas de créer le groupe. On s'est toutes inscrites via le Village, un site internet dédié aux parents. Mais c'est Francie qui a suggéré d'organiser des moments de partage réguliers.

L'idée d'aller dans la cuisine se servir un verre de vin rouge lui traverse l'esprit, c'est peut-être la seule chose qui empêchera l'espace autour d'elle de tournoyer, mais elle se contente de serrer dans ses mains sa tasse de café.

— Je vois.

Hoyt opine du chef.

— Et qu'est-ce que vous faites pendant ces moments de partage ?

— Oh, vous savez bien. Des trucs de jeunes mamans.

Il hausse un sourcil.

— Par exemple ?

— On pense aux bébés, on parle des bébés. On les contemple avec adoration. Et on se tracasse encore un peu plus pour eux.

Hoyt sourit.

— Et Mlle Ross a assisté à toutes les réunions ?

— La plupart d'entre elles, oui. Surtout au début.

Nell se rappelle Winnie, d'ordinaire un quart d'heure en retard, marchant en direction de leur cercle, prenant place en laissant dans son sillage un parfum délicat, onéreux ; précisément l'odeur correspondant à une femme comme elle.

— Est-ce qu'elle parlait beaucoup d'elle ?

— Pas vraiment.

Hoyt sourit.

— Vous savez qu'elle était actrice ?

Nell laisse sa tasse en suspens à quelques centimètres de sa bouche.

— Elle est actrice ?

— Elle l'était. Elle tenait le rôle-titre dans une série culte qui passait à la télévision il y a une vingtaine d'années. *Bluebird* ?

— Je ne savais pas du tout.

— Vous avez déjà vu cette série ?

Les filles de son lycée en parlaient, oui, toujours à s'extasier sur le côté avant-gardiste de l'histoire, sur les sujets à risque que la série abordait : un personnage homosexuel, une grossesse à l'adolescence.

— J'en ai entendu parler mais je ne l'ai jamais regardée. À dire la vérité, je m'intéressais plus aux maths qu'à la télé à l'époque.

Schwartz s'avance pour prendre un autre biscuit.

— Et c'est vous qui avez engagé Alma Romero pour garder le petit hier soir.

Il n'avait pas formulé une question.

— Oui.

Hoyt avale une gorgée de café et désigne de la tête Sebastian qui est revenu avec le verre d'eau pour Nell.
— Très bien, merci.
Hoyt conserve sa tasse dans ses mains.
— Vous avez insisté pour que Mme Romero garde Midas afin que Mlle Ross puisse sortir, n'est-ce pas ?
— Je ne sais pas si j'ai insisté…
— Est-ce qu'elle n'aurait pas pu trouver une baby-sitter par ses propres moyens ?
— Si, mais…
— Et dans un e-mail que vous avez envoyé, vous avez même proposé de payer Alma, si Winnie était d'accord pour sortir ?
Nell s'empare du verre d'eau et en boit la moitié.
— Ça semble bête maintenant, articule-t-elle, mais aucune de nous ne savait à ce moment-là que Winnie avait de l'argent.
— Je vois. Où est-ce que vous avez trouvé Mme Romero ?
— Grâce à une petite annonce sur le site du Village.
— Et vous la connaissiez depuis combien de temps quand vous avez décidé de l'engager pour s'occuper de votre bébé ?
Nell avait pensé que l'entretien ne durerait pas plus d'une heure ; Alma était la sixième nounou potentielle qu'elle rencontrait. Aucune des précédentes n'avait fait l'affaire, et puis Alma était arrivée, rayonnante et souriante. Elle était restée quasiment tout l'après-midi. Assises toutes deux dans le salon, elles avaient bu du thé et vidé le gros sachet de M&M's qu'Alma avait dans son sac, se passant tour à tour Beatrice. Alma avait parlé à Nell de son petit village au Honduras, où

elle avait été sage-femme et avait pour la première fois participé à la naissance d'un bébé à l'âge de douze ans. Elle lui avait raconté comment elle était arrivée aux États-Unis trois ans plus tard, traversant clandestinement et seule le Rio Grande, à un endroit peu profond ; enceinte de six mois et déterminée à tout faire pour offrir à son fils une vie meilleure.

Avant de partir, Alma avait proposé de s'occuper de Beatrice pendant que Nell se doucherait et prendrait quelques minutes pour elle. Lorsque cette dernière s'était allongée sur le lit, les jambes fraîchement rasées pour la première fois depuis la naissance, elle avait entendu Alma dans le babyphone chanter au bébé en espagnol. Elle s'était réveillée en sursaut deux heures plus tard et précipitée dans la chambre du bébé. Beatrice dormait profondément sur la poitrine d'Alma, ses petits doigts serrés autour du pouce de celle-ci ; Alma avait abandonné sur ses cuisses la romance qu'elle lisait.

— Cinq heures environ, répond Nell.
— Avez-vous vérifié ses références ? demande Hoyt.
— Oui.
— Son casier judiciaire aussi ?
— Non.
— Non ? C'est un peu surprenant.
— Ah bon ?
— Quand ma femme a pensé engager une nounou, fait Hoyt adressant à Schwartz un regard complice, mon Dieu, ce qu'elle a pu enquêter sur le passé de ces femmes, c'était incroyable. Je lui ai dit que c'était moi qui devrais rester à la maison et qu'elle devrait travailler pour le FBI.

Il se tourne à nouveau vers Nell.

— Mais comment lui en vouloir ? Ça peut être terrifiant. Avec tout ce qu'on lit.

— Je n'étais pas inquiète, réplique Nell. Je n'ai jamais entendu parler d'une criminelle capable de chanter une comptine pour enfant en deux langues. Mais c'est peut-être juste moi.

— Et que saviez-vous de sa situation par rapport à ses papiers ? interroge Hoyt.

— Sa situation par rapport à ses papiers ?

Nell marque une pause, s'efforçant de ne pas regarder Sebastian.

— Nous n'avons pas abordé la question.

Sebastian s'assied à côté de Nell sur le canapé, et le mouvement des coussins sous ses fesses lui donne comme le mal de mer.

— Je ne comprends pas, déclare-t-il, se penchant en avant, les coudes appuyés sur les cuisses. Pourquoi est-ce que vous posez toutes ces questions ? Vous n'imaginez tout de même pas qu'Alma ait quoi que ce soit à voir dans cette histoire ?

— On récolte tous les éléments, c'est tout.

Hoyt consulte son carnet.

— Et quand vous êtes arrivée au bar ? Avez-vous remarqué quelque chose d'étrange ? Des gens qui sortaient de l'ordinaire ?

— Non, on est restées entre nous, principalement. On était installées à l'arrière, sur le patio.

— Et Winnie est restée avec le groupe toute la soirée ?

Soudain, Nell revoit la scène. Debout devant le lavabo des toilettes, elle respire l'odeur fétide d'urine mêlée d'eau de Javel tout en buvant de l'eau dans ses mains en coupe. Son regard se trouble. Une ombre traverse le reflet dans le miroir.

— Madame Mackey ?

— On était là depuis une heure environ quand Winnie est allée au bar.

L'écho de ses propres mots résonne dans ses oreilles.

— Gonze l'a accompagnée. C'est la dernière fois qu'on l'a vue.

— Il y a une maman dans votre groupe qui s'appelle Gonze ?

— Non. C'est un homme. Un papa.

Elle se souvient des mains de quelqu'un sur elle, qui tirent sur son tee-shirt, des doigts s'agrippant à son épaule. Un souffle chaud dans son cou.

Les sourcils de Schwartz se lèvent un peu plus qu'ils ne le sont déjà.

— Un papa ? Dans votre groupe de mamans ?

— Oui. Il est homosexuel, je crois.

Schwartz hoche la tête, et Hoyt griffonne quelque chose dans son carnet.

— Gonze. C'est quoi ? Un nom indien ?

— Non. Il est blanc. C'est un surnom en fait. Je l'ai baptisé comme ça à un des premiers moments de partage parce qu'il était le seul mec… le gonze dans une bande de gonzesses, vous voyez. Bref, c'est resté. Je ne me souviens même pas de son vrai nom, pour vous parler franchement. Je ne sais même pas si quiconque dans notre groupe se le rappelle.

Sebastian rit nerveusement et saisit la main de Nell.

— Elle a toujours eu un mal fou à se souvenir des noms.

— Vous m'excusez une minute. Il faut que j'aille aux toilettes.

Nell se lève, s'appuyant d'une main sur l'épaule de Sebastian pour maintenir son équilibre, puis elle s'éloigne dans le couloir en direction de leur chambre. Elle pénètre dans la salle de bains, ferme la porte derrière elle, et s'observe dans la glace. C'était juste un rêve. Ça ne peut pas être autrement.

Elle s'accroupit devant la cuvette des toilettes. Elle n'a plus eu ce genre de cauchemars depuis des années – de ceux qui vous réveillent en sursaut quasiment toutes les nuits. Quand on vous suit. Qu'on vous attend au coin d'une rue. Ça ne peut être que ça. Elle s'en souviendrait si quelqu'un l'avait suivie aux toilettes, si quelqu'un l'avait abordée.

Nell entend Beatrice pleurer, puis on frappe à la porte. C'est Sebastian.

— Nell, ça va ?

Elle voit le tee-shirt de la veille, en bouchon par terre, là où elle l'a laissé. Sebastian frappe plus fort.

— Nell.

— J'arrive tout de suite.

Elle s'empare du tee-shirt. Il est déchiré au niveau de la couture sur l'épaule droite.

Elle s'excuse auprès de Hoyt en regagnant le salon.

— Pas de problème. Il nous reste quelques petites questions supplémentaires et ensuite, on débarrasse le plancher. Qu'est-ce que vous savez du père ?

— Du père de Winnie ? fait Nell, jetant un coup d'œil à la caméra. Rien.

— Non, madame. Du père de Midas.

— Ah. Rien. Je n'ai appris que très récemment que Winnie était célibataire.

La pression monte en elle.

— On m'a donné le téléphone de Winnie à un moment, mais après je n'ai pas pu remettre la main dessus. Il y avait sa clé dans la coque.

Elle avale sa salive.

— Est-ce que quelqu'un l'a trouvé ? Est-ce que c'est comme ça qu'ils sont entrés ?

— Ça fait partie des choses que nous essayons de comprendre, répond Hoyt.

— Vous avez beaucoup bu hier soir ?

Nell regarde Schwartz, qui vient de poser la question.

— Beaucoup ?

— Oui.

— Je ne sais pas. Deux verres peut-être ? J'ai à peine touché au second.

— Vous étiez saoule ?

Elle devrait dire la vérité à la police, elle le sait. C'est risqué de leur mentir, elle le sait.

— Non, rétorque-t-elle, l'estomac noué. Bien sûr que je n'étais pas saoule.

Sebastian surgit devant elle et fait le tour de la table basse pour remplir les tasses. Elle l'observe en douce. Ses mèches brunes, son corps sec de footballeur. Elle songe au jour où elle l'a rencontré : assis au fond d'un bar morose à Londres, il sirotait une Guinness dans la lumière changeante d'une fin de dimanche après-midi en faisant des croquis dans un carnet Moleskine. Il avait le visage d'un homme concentré sur son art. Lorsqu'il s'était approché d'elle plus tard pour lui demander s'il pouvait s'asseoir à sa table et lui offrir un verre, son regard était doux.

Paumes pressées sur les cuisses, Nell s'efforce de se concentrer sur la nouvelle question de Hoyt, mais Sebastian attire malgré elle son regard. Lentement, leur fille lovée au creux du bras, il arpente le salon ; son visage est complètement différent de celui qu'elle a vu pour la première fois six ans plus tôt. C'est désormais celui d'un homme terrifié et inquiet.

Un homme en proie à la même panique qu'elle. *S'il vous plaît. Pas ça. Pas encore une fois.*

5

Deuxième jour

À : Mères de mai
DE : Vos amies au Village
DATE : 6 juillet
OBJET : Conseil du jour
<u>VOTRE BÉBÉ A CINQUANTE-TROIS JOURS</u>
Vous pensez au cododo ? Il n'est pas trop tard. Certes, cela ne convient pas à tout le monde, mais les bienfaits sont nombreux. En cododo, les bébés ont tendance à dormir plus. Cela rend l'allaitement plus facile et favorise la lactation de la maman. Surtout, le cododo crée un lien très particulier. Enfin, qui n'aime pas faire un ou deux bons gros câlins pendant la nuit ?

Il fait une chaleur étouffante sur le quai du métro noir de monde – les gens se penchent au-dessus des voies, s'efforçant de repérer dans l'obscurité du tunnel si une rame approche. L'homme à gauche de Colette mâchonne un bâtonnet moelleux de bœuf séché, une nouvelle marque chère que l'on trouve de plus en plus dans les épiceries du quartier. Les deux femmes à sa droite parlent trop fort, un sac à la mode démesurément grand suspendu à leur bras respectif, téléphones portables à la main.

— J'ai une copine qui se baigne avec la sienne. Tu le ferais, toi ?

— Dans la mer ?

— Oui.

— Jamais de la vie.

La fille contemple les doigts écartés de sa main gauche et ajuste une grosse bague en diamants étincelants.

— Franchement, je ne me douche même pas avec la mienne.

Colette avance un peu plus loin sur le quai et s'arrête devant un nouveau kiosque à journaux dans lequel un homme enturbanné respire toute la journée les effluves du métro, tout en distribuant des bouteilles d'eau et en secouant des boîtes de Tic-Tac. Le visage de Winnie surgit en couverture du *New York Post* : une photo vieille de plusieurs années. Lunettes de soleil sur le nez, elle est vêtue d'un long manteau et regarde vers la rue. Colette devrait probablement être surprise de la voir là, mais ce n'est pas le cas. La presse nationale est sur le point de s'emparer de l'affaire depuis que Winnie a imploré le retour de Midas à la télévision.

Colette a regardé la séquence une dizaine de fois au moins, hier soir dans son lit, pendant que Poppy dormait paisiblement à côté d'elle. Charlie travaillait, et elle avait abandonné l'idée de s'endormir après s'être tournée et retournée, allongée dans la pénombre, l'esprit inquiet cavalant sans relâche tel un hamster dans sa roue. Winnie était assise dans un fauteuil gris rembourré devant les baies vitrées ouvrant sur sa terrasse.

Elle semblait si belle avec ses cheveux tirés vers l'arrière, sa mâchoire nettement dessinée, et son cou long et fin émergeant d'une simple robe en crêpe noir.

« S'il vous plaît », disait-elle, fixant l'objectif, la voix brisée. « S'il vous plaît, ne faites pas de mal à mon bébé. S'il vous plaît, qui que vous soyez, s'il vous plaît, rendez-le-moi. »

Colette entend le crissement des freins d'une rame à l'approche, et elle se dépêche de fouiller au fond de son sac pour trouver deux pièces de vingt-cinq cents. Dans le wagon plein à craquer, tandis qu'elle ouvre le journal en quête de l'article, elle s'efforce de rester en équilibre au milieu de la multitude de voyageurs vacillants pressés contre elle. L'article est signé d'un journaliste nommé Elliott Falk, et est titré :

QUAND SHAH DORT, LES SOURIS DANSENT !

Les gens commencent à contester la façon dont le commissaire Rohan Shah conduit l'enquête sur Midas Ross, un nourrisson de sept semaines qui s'est volatilisé il y a deux jours. La disparition du bébé le 4 juillet a d'abord été signalée à la police par sa baby-sitter, Alma Romero. Le *Post* a confirmé depuis qu'il a fallu vingt-trois minutes aux forces de l'ordre pour réagir à l'appel de cette dernière. D'après la police, cela s'expliquerait par un surplus de travail dû d'une part aux questions de sécurité en raison des festivités du 4 juillet et d'autre part à un accident de la circulation survenu près du pont de Brooklyn dans lequel ont été impliqués deux bus municipaux et qui a fait plusieurs dizaines de victimes parmi lesquelles deux enfants et une jeune maman se trouvant à l'heure actuelle dans un état critique. Une fois arrivés dans la résidence Ross, les hommes de Rohan Shah n'ont pas correctement délimité la scène de crime, ce qui aurait peut-être permis à certaines personnes se trouvant à l'intérieur de sortir par une porte dérobée laissée ouverte et sans surveillance.

La mère du bébé, l'ancienne actrice Gwendolyn Ross, était sortie ce soir-là avec son groupe de soi-disant mamans.

Colette interrompt sa lecture ; revient à la phrase : « *... certaines personnes se trouvant à l'intérieur de sortir par une porte dérobée laissée ouverte et sans surveillance.* »

Est-ce possible ? Est-ce que la personne qui a pris Midas se trouvait encore dans la maison quand les policiers sont arrivés sur les lieux ? Est-ce pour cela que la porte latérale de la maison de Winnie était ouverte ?

Quelques clichés accompagnent l'article. Sur l'un, Midas est couché sur une peau de mouton, une girafe en caoutchouc contre lui, les yeux fixés sur l'objectif. Il a une peau de porcelaine et ses yeux marron sont si étincelants qu'ils semblent polis. Sur l'autre, Winnie est assise sur une couverture dans le parc, Midas dans les bras. Colette retient son souffle lorsqu'elle se rend compte qu'il s'agit de celle qu'elle a donnée à l'inspecteur Hoyt la veille, lorsqu'il a débarqué à l'improviste chez elle en fin d'après-midi ; Charlie était parti courir avec Poppy et elle préparait le dîner.

« Que savez-vous de son passé ? lui avait demandé Hoyt. Vous a-t-elle fait part de certains détails ? »

Winnie lui avait vaguement rappelé quelque chose, avait admis Colette. Mais sa carrière à la télévision datait de plus de vingt ans, et Colette n'avait pas fait le lien entre Winnie et Gwendolyn Ross, même si elle avait regardé la série de temps à autre. Parfois, tandis que les autres filles de l'école se retrouvaient avec bouteilles de vin et joints dérobés aux parents de l'une d'entre elles, Colette parvenait à convaincre sa mère – les rares week-ends où Rosemary ne voyageait pas pour le travail – de s'asseoir avec elle sur le canapé pour regarder *Bluebird*, un bol de popcorns placé entre elles deux, leurs visages tartinés de blanc d'œuf et de miel, un masque miracle dont Colette avait appris la composition dans le magazine *Seventeen*.

La rame s'immobilise et Colette descend. C'est son arrêt. Elle grimpe l'escalier et se fraie un chemin dans le square de l'hôtel de ville, passant devant une foule de touristes se photographiant devant la fontaine. Colette avait eu un échange une fois avec Winnie, elle n'en avait pas parlé à Mark Hoyt ; elle s'était rappelé l'anecdote la nuit précédente.

C'était l'après-midi où elle et Winnie étaient rentrées à pied ensemble, après le tout premier moment de partage des Mères de mai. Elles avaient pris leur temps, déambulant à l'ombre, le long du mur délimitant le parc. Colette se souvient encore de l'odeur des pralines du vendeur ambulant au coin de la rue, auquel Winnie s'était arrêtée pour acheter un sachet de noix de cajou. C'était là que Colette avait admis de but en blanc à quel point elle avait été terrifiée d'apprendre qu'elle était enceinte.

« J'ai répété pendant des mois que c'était une erreur, a confié Colette. Je suis ravie maintenant, mais ça a été tout un processus. Je n'étais pas prête à l'accueillir.

— Je comprends, avait dit Winnie, l'air austère, en se tournant vers Colette.

— Ah bon ? » avait fait Colette, se sentant soudain libérée d'un grand poids.

Depuis qu'elle avait rejoint les Mères de mai, elle avait l'impression d'être complètement à côté de la plaque – voire dans une véritable imposture – par rapport aux autres femmes qui paraissaient toutes avoir attendu depuis toujours de devenir maman. Qui durant des années avaient calculé leur cycle, pris leur température, étaient restées les jambes en l'air après l'amour dans l'espoir que le mois en question serait le bon. Des femmes telle Yuko, qui avait arrêté la pilule le soir de ses fiançailles. Scarlett, qui était devenue végane, convaincue qu'elle préparerait ainsi mieux son corps à la grossesse et à la naissance. Et Francie, qui avait très vite raconté à quel point elle avait souffert après avoir subi deux fausses couches, et qu'il lui avait fallu tenter deux FIV pour enfin réussir à tomber enceinte ; ce qui les avait endettés, elle et son mari, à hauteur de plusieurs milliers de dollars.

« Et toi, ça s'est passé comment ? avait demandé Colette à Winnie, mais cette dernière avait esquivé la question.

— Gardons ça pour une prochaine fois », avait-elle répliqué, fouillant dans son portefeuille.

Une femme plus âgée devant elles s'était retournée, un gobelet en carton plein de pralines à la main. En remarquant l'arrondi de leurs ventres, elle avait souri, puis elle avait posé sa main libre sur le bras de Winnie.

« Vous n'avez aucune idée de ce qui vous attend toutes les deux, avait-elle déclaré, les yeux humides. C'est le plus beau cadeau du monde. »

Une fois la femme partie, Colette avait murmuré :
« C'était gentil.

— Tu trouves ? » avait rétorqué Winnie, sans vraiment la regarder toutefois.

Elle semblait fixer un point au-delà du mur du parc.

« Pourquoi tout le monde aime dire aux futures mamans ce qu'elles sont sur le point d'obtenir ? Pourquoi personne ne veut jamais évoquer ce qu'on a à perdre ? »

Tandis qu'elle gravit l'escalier de l'hôtel de ville, Colette songe à la légende qui figurait sous l'une des photographies de Midas : *Sophie la girafe, un jouet en caoutchouc français très prisé des parents américains, ainsi qu'une couverture de bébé bleue ont également disparu. Les personnes pouvant apporter des informations peuvent contacter les services de police au 1-800-NYPDTIP.*

Pourquoi embarquer ces deux objets ? C'est une bonne nouvelle, décrète intérieurement Colette en s'engouffrant dans l'ascenseur. Après tout, seule une personne éprouvant de l'amour pour le petit – ou qui, du moins, n'avait pas l'intention de lui faire du mal – penserait à prendre sa couverture et son jouet préféré.

Le sujet la taraude encore quand les portes de la cabine s'ouvrent. Elle est arrivée au troisième étage. Le hall est anormalement tranquille, et Allison est assise à son bureau, les yeux rivés sur son ordinateur.

Cette dernière lève le regard en entendant les talons de Colette résonner sur le sol en marbre.

— Bonjour, lance Allison, et Colette remarque les images sur l'écran de la jeune femme : une chaise haute, un siège auto, une baignoire en plastique en forme de baleine.

— Laissez-moi deviner, fait-elle. Une liste de naissance ?

Une semaine plus tôt, Allison a confié à Colette sous le sceau du secret qu'elle était enceinte.

— Je ne suis qu'à huit semaines, donc ne le dites à personne. Surtout pas à M. le maire. Il a assez de préoccupations en ce moment avec son élection et ce livre.

Se penchant en avant, Allison ajoute :

— C'est dingue, il faut une quantité astronomique de choses quand on a un enfant. Je n'arrive pas à y croire.

Colette jette un coup d'œil à l'écran d'ordinateur.

— Vous n'avez vraiment pas besoin de tout ça. Le petit survivra si vous lui nettoyez les fesses avec une lingette pas trop froide.

— C'est ce que me dit ma sœur, déclare Allison. Je devrais croire les expertes, j'imagine. Merci. Et vous savez quoi ? Il est en retard.

— Vous plaisantez ? s'exclame Colette en haussant les sourcils, faussement surprise. M. le maire est en retard ?

Allison éclate de rire.

— Il a dit que vous pouviez boire tout son café. Pour le punir. Je viens de faire une nouvelle cafetière, et il y a des pâtisseries dans son bureau pour ses premiers rendez-vous de la journée.

— Merci, fait Colette, se rappelant soudain qu'elle a faim.

Elle a très peu mangé depuis les frites au Lama en fête deux soirs plus tôt, trop rongée par l'inquiétude au sujet de Midas pour songer à s'alimenter.

Le bureau du maire est paisible lorsqu'elle pénètre à l'intérieur. Bien qu'elle vienne ici régulièrement depuis quelque temps, elle ne peut s'empêcher d'être impressionnée chaque fois. Les grandes fenêtres avec leur vue imprenable sur le pont de Brooklyn, la cheminée, le bureau ayant autrefois appartenu à James Baldwin – un cadeau de la famille –, c'est à mille lieues du bureau sans fenêtres de l'école publique du Bronx où elle a passé avec Teb un nombre incalculable d'heures quatre ans plus tôt, pour travailler sur le premier volet de son autobiographie, se nourrissant de bières et de burritos qu'ils allaient acheter au restaurant mexicain du coin. Le livre avait marché plus que quiconque ne l'avait espéré : critiques en première page des journaux, portraits dans la presse magazine, tournée de promotion à travers tout le pays, et l'année suivante, Teb Shepherd avait remporté l'élection à la mairie de New York. Sa maison d'édition lui avait offert une petite fortune pour écrire la suite, en lui demandant de se concentrer sur sa relation avec sa mère, une militante pour les droits civiques qui avait défilé à Selma aux côtés de Martin Luther King Jr.

Colette se sert une tasse de café et s'installe à la table ronde qui domine le square de l'hôtel de ville. Elle s'efforce d'évacuer la contrariété qu'elle éprouve à devoir l'attendre – encore une fois. Elle devrait profiter de ce moment de solitude pour avancer sur les nouvelles pages qu'elle est censée rendre dans quelques jours. Elle sort son ordinateur de son sac et ouvre son fichier en cours ; elle parcourt les chapitres qu'elle a envoyés à Aaron Neeley, le chef de cabinet de Teb, l'après-midi précédent. Elle frissonne. Les pages sont terribles. Le style est affecté et puéril, les dialogues presque illisibles.

L'alerte e-mail de son téléphone retentit, et elle s'empresse de voir de quoi il s'agit, trop contente de passer à autre chose. C'est Francie. Colette est fréquemment en contact avec Nell et Francie depuis deux jours ; elles s'envoient les articles sur Midas qui se multiplient très vite ou se font signe juste pour savoir si quiconque a eu des nouvelles de Winnie.

Colette a envoyé la veille un message à Winnie qui, quelques heures plus tard, a répondu.

Qui a mon bébé ? Comment survivre à ça ?

Colette lui a aussitôt écrit de nouveau, lui demandant si elle voulait de la compagnie, lui proposant de lui déposer quelques courses. Mais Winnie n'avait toujours pas réagi à ce dernier e-mail, ni d'ailleurs au texto que Colette lui avait envoyé quelques heures plus tard.

Eh, les filles, vous avez vu ça ? écrit Francie, en indiquant dans son message le lien vers un blog – un des nombreux blogs de détectives amateurs qui forment un monde virtuel dont Colette ignorait l'existence jusqu'à présent. Certains semblent consacrer un temps fou à essayer de résoudre des crimes inexpliqués. Colette lit :

Une voisine affirme qu'elle a croisé une femme près de chez Winnie vers 21 h 30 ce soir-là. Elle descendait la rue avec dans les bras un bébé en pleurs qui aurait pu avoir l'âge de Midas.

Un autre message, de Nell cette fois, arrive aussitôt. Les gens sont au courant qu'on habite Brooklyn ?? Non mais franchement, ici on a toutes des enfants, et si ce n'est pas le cas, tu te prends une prune !

— Bonjour, Colette. Désolé d'être en retard.

Colette ferme son e-mail. Aaron Neeley se tient debout dans l'encadrement de la porte. Sa chemise est froissée et une ligne de poils sombres qu'il a oublié de raser lui barre le menton.

— Tout va bien ? s'enquiert-elle.

Aaron porte une pile de dossiers contre sa poitrine et avance pour les déposer, un par un, sur le bureau de Teb.

— Ouais, il est en rendez-vous avec Shah. Cette histoire d'enlèvement. Quel cauchemar.

Il lui jette un coup d'œil.

— J'imagine que vous en avez entendu parler ?

Colette s'éclaircit la gorge. Elle devrait expliquer la situation – révéler à Aaron que Winnie est une amie à elle, qu'elle était présente ce soir-là –, mais quelque chose lui conseille d'attendre, d'en parler d'abord à Teb en privé. Le fait que quelqu'un de son entourage soit lié à cette histoire pourrait avoir de lourdes conséquences pour lui si la chose était rendue publique.

— Ouais.

— Patty a quel âge maintenant ?

— Poppy. Presque sept semaines.

Aaron secoue la tête.

— Les jumeaux ont sept ans. Je n'ai pas vu le temps passer.

— Il y a du nouveau ?

— Ah, je ne sais pas. Shah est sur la défensive. Un des officiers, un gamin qui vient de sortir de l'école de police, a vraiment déconné. Il n'a pas mis de gants et il a laissé ses empreintes partout. Un vrai bordel.

Aaron soupire, puis lève les yeux vers Colette.

— Bref, le maire ne devrait plus tarder. J'ai hâte de parler de ce que tu as envoyé hier. On entre dans le vif du sujet, hein ?

— Tu m'étonnes !

Colette se tourne vers son écran et Aaron quitte la pièce. En rendez-vous avec Rohan Shah. Shah et le maire sont copains de fac, et lorsque Teb l'a débauché de son poste de commissaire adjoint à Cleveland, tout le monde a crié au népotisme. Shah était largement considéré comme la personne la moins qualifiée pour prendre la direction de la police de New York.

Colette ouvre derechef son document, s'appliquant à rester concentrée. Cependant, voyant les dossiers qu'Aaron a laissés sur le bureau de Teb, elle se demande s'ils contiennent les remarques concernant les chapitres qu'elle a soumis la veille. Elle se lève et, lorgnant le bureau, s'avance vers le buffet pour prendre un pain aux raisins. Elle s'immobilise, obligée de regarder à deux fois pour s'assurer d'avoir lu correctement le nom inscrit en noir, d'une écriture nerveuse, sur l'étiquette de la chemise au sommet de la pile.

ROSS, MIDAS.

Colette s'approche alors de la porte pour la refermer de quelques centimètres. De retour au bureau de

Teb, pain aux raisins à la main, elle ouvre le dossier pour jeter un coup d'œil à l'intérieur. Elle tombe sur la photographie d'un homme. Grand et mince. Qui porte un sweat à capuche et tend quelque chose à un vendeur. Il y en a une autre, extraite d'une caméra de surveillance, le montrant de profil devant le comptoir. Et encore une autre, marchant vers la sortie, les yeux braqués vers la caméra. Colette feuillette les papiers en dessous : des photocopies de messages manuscrits, un cliché du berceau de Midas avec des draps vert d'eau et des stickers d'oiseaux en plein vol fins et délicats collés sur le mur, puis, celui d'un autre homme. Cette fois, la prise de vue est nette et en couleurs. L'homme est originaire du Moyen-Orient et il fixe l'objectif, lunettes sur le crâne, berçant un bébé au creux de son bras. Le nourrisson est en partie protégé par une couverture.

Colette saisit la photo pour l'examiner de plus près mais entend soudain des pas à l'extérieur. Elle s'empresse de reposer le cliché dans la pile, ferme le dossier, et regagne sa chaise à la hâte. Tandis que les pas poursuivent leur chemin sans même ralentir devant le bureau de Teb, Colette se concentre sur son document – le passage dans lequel Teb raconte comment il s'est opposé au petit ami violent de sa mère –, mais elle ne parvient pas à se sortir de l'esprit la photographie de l'homme. Son sourire. Ses mains. La façon dont elles soutenaient le crâne du bébé.

« *Qui a mon bébé ? Comment survivre à ça ?* »

Sans plus réfléchir, Colette s'empare de son sac posé sur la chaise voisine, se dirige vers le bureau de Teb, et flanque le dossier dedans. Elle sort ensuite tranquillement dans le couloir et part en direction de la salle de la photocopieuse dans laquelle elle s'enferme à double tour. HAUTEMENT CONFIDENTIEL – l'encre du tampon figurant en haut de chaque page bave sous ses doigts moites. Elle parcourt la pile, même si elle sait qu'elle risque la rupture de contrat avec Teb. Selon la clause de confidentialité qu'elle a signée, elle ne peut avoir accès aux informations dont il ne lui fait pas spécifiquement part. Ne peut évoquer avec personne ce qu'elle apprend au cours de son travail. Ne peut même pas confier à un parent, un ami, ou toute autre personne que c'est elle en vérité qui écrit ses livres.

On frappe.

— Il y a quelqu'un ?

C'est Allison. La poignée de porte tourne.

Colette replace les papiers dans la chemise et glisse le tout sous une boîte sur l'étagère au-dessus de la photocopieuse. Elle saisit son sac par terre, fouille à l'intérieur tout en déboutonnant les quatre premiers boutons de son chemisier, révélant le haut de son soutien-gorge d'allaitement. Puis, s'appliquant à respirer calmement, elle entrouvre la porte.

— Désolée.

Elle adresse à Allison un sourire en guise d'excuse et brandit son tire-lait manuel.

— Le maire n'est pas encore arrivé, et je dois tirer mon lait. Les toilettes, c'est un peu sordide. Ça rend la chose difficile.

Gênée, Allison plisse le front.

— Oh, mon Dieu, pardon de vous avoir dérangée. Évidemment. Je vais faire le guet pour vous.

— Vous êtes extra.

Colette referme la porte à clé et attend quelques instants avant de reprendre le dossier. Dix minutes plus tard, de retour dans le couloir, elle passe tranquillement devant Allison.

— Vous voyez ce qui vous attend ?

Dans le bureau de Teb, elle replace la chemise cartonnée dans la pile. Elle vient à peine de se rasseoir et d'ouvrir son ordinateur lorsque le maire fait son entrée, sans veste, manches relevées jusqu'aux coudes, les muscles saillants de son dos se dessinant sous sa chemise en coton.

— Vous me détestez ? lance-t-il, balançant un carnet sur son bureau.

Il affiche un sourire lumineux – celui de la campagne publicitaire « Les vrais héros » qu'il a faite pour Ralph Lauren. Aucune trace du rendez-vous difficile auquel il vient d'assister.

— Non, bien sûr que non, monsieur le maire.

Il fait la moue.

— Combien de fois faut-il que je vous dise de ne pas m'appeler comme ça ? Ça me fait trop bizarre, venant de vous.

— Désolée. Non, je ne vous déteste pas, Teb Marcus Amedeo Shepherd.

— Waouh. N'exagérez pas non plus.

Il jette un bref coup d'œil à la pile de dossiers qu'Aaron a laissée sur son bureau avant de placer le tout sur le buffet.

— J'ai une mauvaise nouvelle.

Son cœur se serre.

— À propos de Midas ?

— Midas ?

Elle secoue la tête.

— Midas Ross. Le bébé dans les journaux. Aaron m'a dit que vous étiez avec Shah. J'ai cru que vous alliez...

— Ah, vous en avez entendu parler. Je me demandais. Ce bébé a le même âge que votre Poppy.

Il fait volte-face et se sert une tasse de café.

— Il faut être un sacré monstre pour enlever un bébé, non ?

— Est-ce que vous avez...

D'un geste de la main, il balaie la question.

— Non, la mauvaise nouvelle ne le concerne pas. C'est à propos de vous et moi.

Il se retourne vers Colette et celle-ci se prépare au pire.

— Je dois annuler notre entrevue. Je n'ai pas eu le temps de lire ce que vous avez envoyé hier, et maintenant j'ai un autre rendez-vous.

La tension dans la poitrine de Colette s'évanouit d'un coup sous l'effet du soulagement. Elle n'a pas besoin de passer l'heure suivante à parler de cet horrible bouquin. Elle peut sortir d'ici, essayer de comprendre ce qu'elle vient de voir dans le dossier.

— Teb...

Elle s'assure de prendre un ton contrarié.

— Je sais, coupe celui-ci. Je suis nul. Pardonnez-moi. Vous pouvez revenir demain ?

Elle commence à ranger son ordinateur et son carnet.

— Évidemment.

— Non. Attendez. Je suis en déplacement à Long Island toute la journée pour une collecte de fonds. Le lendemain ?

Colette hoche la tête.

— Quand vous voulez.
— Merci, Colette.

Il s'assied à son bureau, parcourant son téléphone portable.

— Comment va votre poulette ?
— Elle est adorable.
— C'est vrai ? Elle n'embête pas trop sa mère ? Parce que sinon, je vais lui parler, moi.
— Je ne sais pas si votre autorité pourra la convaincre mais vous pouvez toujours lui dire qu'elle ferait bien de commencer à faire ses nuits.

Continuant de fixer son téléphone, il tend la main vers Colette.

— Faites voir.

Il lève le regard.

— Je veux une photo récente.

Le portable de Colette est dans son sac. Teb se lève, et alors qu'elle lui tourne le dos pour ouvrir avec précaution la fermeture Éclair de son sac, Aaron surgit sur le pas de la porte.

— Excusez-moi, monsieur, mais ils vous attendent. Ils n'ont pas beaucoup de temps.
— OK. Compris.

Teb avale une longue gorgée de café, puis pose sa tasse sur le buffet, près des dossiers.

— Envoyez-m'en une par texto ! s'exclame-t-il, effleurant le bras de Colette en sortant.

Celle-ci salue Allison. Une fois dehors, elle traverse d'un pas rapide la foule dans les relents d'huile de friture du marchand de bretzels pour aller reprendre le métro. La rame arrive et elle se trouve une place libre au fond du wagon. Il fait frais à l'intérieur. Dix minutes plus tard, tandis que la rame émerge du tunnel pour franchir le pont de Brooklyn, Colette observe le flot de piétons arpentant la passerelle sous le chaud soleil de juillet. Elle sort son téléphone et tape, les larmes aux yeux :

Vous êtes libres demain, les filles, pour venir chez moi ? J'ai un truc à vous dire.

6

Deuxième nuit

Je ne sais pas quoi faire.

J'essaie de penser à ce que m'a dit la doula : respirer profondément mobilise le système nerveux parasympathique et permet de se reposer et de se relaxer. Mais ça ne marche pas. Ma poitrine est trop contractée, je n'arrive pas à prendre assez d'oxygène. Il faut que je sorte respirer dehors, mais les journalistes sont là, ils tournent en rond, en attendant de me poser des questions. Ce type du *Post*, Elliott Je-ne-sais-quoi, celui qui est habillé comme un sac, avec sa coupe de cheveux à deux balles et sa peau grasse ; sa mère a dû être trop fière de lui quand elle a vu son nom dans le journal. Il est là tout le temps, à interroger les voisins. « Où étiez-vous cette nuit-là ? Que s'est-il passé à votre avis ? Qu'est-ce que vous pouvez me dire sur la *mère* ? »

Je fais les cent pas dans le couloir. Dans un sens et dans l'autre, évitant instinctivement la sixième latte de plancher qui grince devant la chambre d'enfant. J'ai fermé les rideaux. Je n'ai aucune envie que quiconque sache que je suis ici. Aucune envie qu'un enquêteur vienne encore me voir pour savoir si je peux lui parler, s'il y a quelque chose que j'aimerais ajouter.

Je n'ai rien à ajouter. Ça ne peut pas être autrement, je me souviens de si peu – les détails de ce soir-là se télescopent dans mon esprit comme des électrons libres.

Je me rappelle avoir lu l'e-mail de Nell qui suggérait de sortir, de passer quelques heures sans les bébés.

Je me rappelle avoir pensé non, évidemment que je ne vais pas aller à ce genre de soirée. Mais ensuite, j'ai lu et relu l'e-mail, en réfléchissant. Nell insistait tellement. Il faut que tout le monde vienne, et surtout Winnie. Nous n'accepterons aucun refus.

Entendu, ai-je fini par décider. Je ne refuserai pas. Je vais dire oui ! Et pourquoi pas ? Je mérite bien de sortir comme n'importe qui d'autre. Je mérite de m'amuser. Pourquoi dois-je toujours être celle qui reste à la maison, obsédée par le bébé, quand toutes les autres mères du monde semblent n'avoir aucun problème à sortir célébrer un jour férié et boire un verre ou deux ? On dirait qu'elles naviguent sans effort dans ce nouveau monde. Elles sont si calmes. Si confiantes. Si parfaites, putain.

Pourquoi est-ce que je ne pourrais pas leur ressembler un peu plus ?

Je me suis habillée. Ça, je me le rappelle. Je me souviens avoir choisi ma robe cintrée qui m'épousait la taille comme deux mains puissantes. Je me souviens être rentrée dans le bar et les avoir repérées : avec leurs yeux fatigués noircis à l'eyeliner, leurs cernes dissimulés sous trop de fond de teint, leurs rouges à lèvres luisants. Des mois qu'elles ne s'étaient pas maquillées comme ça.

« *Rebel Yell.* » J'ai chanté et dansé. Membre comme elles de cette tribu si sélecte. Mais je me souviens m'être soudain sentie mal, d'avoir eu besoin de me tirer de là. C'est alors que ce type est sorti de nulle part. Il m'a proposé un verre ; avec ses yeux aussi profonds que l'océan et ses lèvres charnues. Les mecs comme lui m'ont toujours attiré des emmerdes, toute ma putain de vie.

Après ça, je me rappelle très peu de choses.

Parfois, lorsque je ferme les yeux pour essayer de dormir, je me vois marcher le long du parc, à l'ombre. Je prie.

Mon Dieu, s'il vous plaît, rendez-moi Joshua. Je ferai n'importe quoi.

— Vous allez bien ?

Je suis assise sur un banc, et un homme se tient devant moi, un chien à ses pieds, le visage en contre-jour dans la lumière du réverbère qui se dresse derrière lui. Je ne sais toujours pas si je l'ai vraiment vu, ou si c'est une hallucination.

Pourquoi m'a-t-il quitté ? ai-je envie de crier à cet homme. *Je ne mérite pas ça, pas après tout ce que j'ai fait pour lui.*

— Oui, ça va, lui réponds-je une fois qu'il s'est assis près de moi, sa cuisse contre la mienne, son bras posé sur le dossier du banc dans mon dos. Merci. J'ai juste besoin de parler à quelqu'un.

C'est tout ce que je voulais faire. Vraiment. *Parler* à Joshua, c'est tout. Lui dire qu'être avec lui est la seule chose qui compte pour moi. Lui parler des lettres que je lui ai écrites, lui proposer de lui en lire une ou deux peut-être, pour qu'il sache véritablement ce que je ressens, qu'il sache à quel point je voudrais encore être avec lui. À quel point je regrette si j'ai fait quoi que ce soit de mal.

Non, monsieur l'agent, je suis désolée. Je ne peux pas vous parler de tout ça.

Dommage, mon gros Elliott, journaliste de mes deux, je n'ai rien d'autre à ajouter.

Ma main tremble tandis que j'écris ces lignes. Je me sens faible et paumée. J'ai tellement essayé d'être une bonne mère. J'ai tout donné, franchement.

Mon Dieu, qu'est-ce que j'ai fait ?

7

Troisième jour

À : Mères de mai
DE : Vos amies au Village
DATE : 7 juillet
OBJET : Conseil du jour
<u>VOTRE BÉBÉ A CINQUANTE-QUATRE JOURS</u>
Parlons des moments sur le ventre ! Mettre votre bébé à plat ventre est crucial – ne serait-ce que dix minutes toutes les trois ou quatre heures. Passer du temps sur le ventre l'aidera à se muscler les abdominaux et la nuque, et maintenant, il devrait être capable à plat ventre de toucher ses jouets, vos doigts, et même votre nez. (Il est d'ailleurs peut-être temps d'acheter un de ces coupe-ongles pour bébé !)

Francie observe son reflet flou dans la surface argentée des portes d'ascenseur, évitant de s'attarder sur l'écharpe de portage qui accentue ses bourrelets. Elle semble tellement petite comparée à Nell debout à côté d'elle. Celle-ci fait au moins dix centimètres de plus, et elle assure avec ses cheveux blond décoloré et son énorme tatouage. Francie aplatit ses mèches rebelles.

Elle aimerait tellement avoir le temps de se faire un shampoing, ou du moins de se maquiller un peu. Mais c'était particulièrement dur ce matin. Will s'est réveillé à cinq heures, et il a pleuré pendant une heure en refusant de téter.

Francie baisse la tête et jette un coup d'œil dans son décolleté, aux rondelles de patates qu'elle a glissées dans son soutien-gorge un peu plus tôt.

Nell la regarde.

— Tu prépares des galettes de pommes de terre là-dedans, ou quoi ?

— Non. C'est Scarlett qui m'a dit de faire ça.

Francie ajuste les rondelles pour bien couvrir la grosseur rouge et enflammée. Convaincue d'avoir un engorgement du sein, Francie a demandé conseil à Scarlett. Elle fait partie des mamans qui semblent savoir exactement quoi faire en toutes circonstances ; toujours à envoyer des tuyaux par e-mail au groupe. Douze sachets de camomille dans le bain pour apaiser l'érythème fessier du bébé de Yuko, un article sur le nouveau lange d'emmaillotage en cours de réapprovisionnement à la boutique pour enfant près du Starbucks.

Je suis bien contente que tu me poses la question, parce que j'ai justement le truc qu'il faut, lui a répondu Scarlett la veille, en réponse à sa demande d'aide affolée. D'abord, PAS DE CAFÉINE. Ensuite, une rondelle de pomme de terre dans le soutien-gorge tous les matins pendant trois heures. Je sais, ça a l'air bizarre, mais tu devrais aussitôt te sentir soulagée. Mais cela fait déjà cinq heures que Francie a mis les patates et elle a toujours aussi mal aux seins. Elle s'en veut de ne pas s'être écoutée et d'avoir acheté des pommes de terre non bio ; tout simplement pour économiser trois dollars. Elle aurait dû s'en tenir au conseil de Scarlett et s'autoriser la dépense. Voilà pourquoi ça ne marche pas, c'est sûr.

Les portes de l'ascenseur s'ouvrent, et Francie et Nell se dirigent vers l'appartement 3A, dont Colette ouvre la porte avant même qu'elles n'aient le temps de frapper. Francie rougit en voyant Colette torse nu, ses seins gonflés débordant d'un soutien-gorge en dentelle rose, les bras et le ventre parsemés de taches de rousseur.

— Désolée, fait Colette, tirant ses cheveux vers l'arrière, des poils naissants noircissant ses aisselles. Le bébé vient de tout vomir sur mon dernier tee-shirt propre.

Elle les fait passer dans le salon à la hâte.

— J'ai plié des fringues ce matin et au moment de les ranger, Charlie m'a dit que je venais de plier deux paniers de linge sale. J'aurais tué quelqu'un.

— Ah bon ? réplique machinalement Francie, trop subjuguée par l'appartement de Colette pour avoir entendu ce que celle-ci venait de raconter.

En dehors de chez Winnie, Francie n'est jamais entrée dans un appartement new-yorkais aussi beau. Le parquet luisant. Le salon assez vaste pour y mettre deux canapés *et* deux fauteuils. La table pour dix convives au moins, sous l'enfilade de fenêtres. Cette pièce seule est plus grande que tout l'appartement de Francie, qui est tellement exigu qu'ils ne peuvent inviter personne à dîner chez eux ; où elle doit ranger les vêtements du bébé dans des boîtes en plastique stockées dans un coin de l'unique chambre ; où elle doit allaiter dans le salon, sous les yeux des résidents du luxueux bâtiment qui vient d'être construit de l'autre côté de la rue. Lowell n'arrête pas de la tanner pour déménager dans plus grand, en dehors de Brooklyn, dans le Queens éventuellement, mais Francie ne veut pas en entendre parler, pas avec le secteur scolaire auquel ils sont actuellement affectés. Il faut qu'ils tiennent bon, pour le bébé, pour le quartier, pour la promesse d'une éducation de qualité.

— Comment ça s'est passé ? demande Colette à Nell.

Nell se laisse lourdement tomber dans le canapé.

— C'était horrible.

Elle leur a envoyé un e-mail la veille pour leur dire qu'elle avait renvoyé Alma et qu'elle laissait Beatrice quelques heures à la crèche pour la première fois, et ce avant de commencer à plein temps dans deux jours, quand elle reprendrait le travail.

— Des larmes d'hystérique. Une vraie crise. Toutes les autres mères me regardaient.

— Elles ont su comment calmer Beatrice ? s'enquiert Francie.

— Pas Beatrice, réplique Nell. Moi.

Elle s'essuie le nez avec le Kleenex bouchonné qu'elle tient dans son poing.

— Je me suis complètement ridiculisée.

Colette s'assied près d'elle et lui enlace les épaules, mais Francie demeure pétrifiée sur place. Comment Nell peut-elle faire ça ? Laisser son bébé, toute la journée, à des inconnues ? Il vaut mieux, durant les six premiers mois, le tenir contre soi autant que possible. Une employée de crèche ou une nounou ne le fera jamais. Parfois, quand elle allaite Will, Francie prend son portable et lit les messages les plus récents sur jaivuvotrenounou.com, un forum où les parents peuvent faire part de leurs observations quant au comportement des nounous avec les enfants – à savoir celles qui les ignorent, leur crient dessus, parlent au téléphone pendant que les petits jouent seuls.

— Dites-moi que ça va aller, articule Nell, fouillant dans son sac en quête d'un mouchoir propre. Ils ne vont pas me la casser, hein ?

— Évidemment que ça va aller, répond Colette. Il y a des millions de femmes qui font ça tous les jours.

— Je sais, fait Nell. Et étant donné ce qu'on paie là-bas, j'espère bien la retrouver cet après-midi avec les ongles manucurés, des rondelles de concombre sur les yeux, et un calice de lait dans le creux du coude.

Elle s'essuie les yeux, laissant une traînée de mascara noir sur sa joue droite.

— Ça me rend tellement malade d'avoir viré Alma, mais qu'est-ce que j'étais censée faire ? Les journalistes n'arrêtent pas de la harceler. Je ne voulais pas que Beatrice soit exposée à ça.

— C'est dégueulasse, dit Colette. Charlie a rapporté le journal à la maison ce matin. Il y a une photo d'elle au parc avec sa fille. Elle a dû s'enfuir en courant.

— Je suis une vraie épave, lâche Nell. Je suis constamment sur le dos de Sebastian. Tout ce qu'il dit me contrarie. Et le bébé se réveille encore toutes les deux trois heures.

Colette va dans la cuisine et s'empare d'une boîte en carton posée sur le plan de travail.

— Ce n'est pas d'un grand secours mais j'ai acheté des muffins aux pépites de chocolat. J'ai pensé que ça serait utile.

Elle dispose les muffins dans une assiette qu'elle place sur la table basse avant de s'éloigner dans le couloir en direction des chambres.

— Il faut que je me trouve un tee-shirt. Le café est prêt si vous voulez.

Nell se redresse dans le canapé.

— Pas pour moi. J'en ai déjà bu quatre tasses aujourd'hui.

Francie se dirige vers la cuisine séparée du salon par un grand îlot central façon billot de boucher. Elle laisse glisser sa main sur le plan de travail en bois lisse et immaculé jusqu'au double évier en céramique blanche. Elle marque une pause avant d'ouvrir le réfrigérateur, examinant la collection de Polaroid collés sur la porte. Poppy, couchée sur un douillet couvre-lit rose, en position assise sur un coussin d'allaitement. Colette avec un grand et bel homme qui doit être Charlie, présume Francie, s'enlaçant mutuellement la taille, tous deux les bras bronzés et toniques, les longs cheveux auburn de Colette lâchés dans le vent, son visage constellé de taches de rousseur. Un mot d'une écriture masculine, toute en boucles, blanchie par le soleil filtrant de la grande fenêtre voisine :

Attention aux ustensiles de cuisine, aux livres inachevés, aux « objets d'enfance inutiles », et aux objets du quotidien en général : prenez garde.
Colette Yates niche. Personne n'est à l'abri.

Colette réapparaît avec un tee-shirt blanc d'homme dans lequel elle disparaît presque.

— Tu la connais ? lui demande Nell.

Celle-ci, debout devant une étagère de livres, tient à la main une photographie encadrée.

Colette jette un coup d'œil à Nell, puis bifurque vers la cuisine pour se servir une tasse de café.

— Oui.
— Comment ?
— C'est ma mère.
— Tu plaisantes ?
— Qui ? intervient Francie.

Nell tourne la photo et Francie s'approche pour voir de plus près. C'est l'image d'une vieille femme avec des cheveux blancs et lisses coupés au carré, debout sur un paddle, bras triomphalement brandis au-dessus de la tête.

« Rosemary Carpenter. » Vu l'air ébahi de Nell, Francie comprend qu'elle devrait manifestement savoir de qui il s'agit.

— Je regrette, mais je ne la connais pas.
— LFE, c'est elle, déclare Nell.
— La ligue de football européenne ? fait Francie stupéfaite.

Colette et Nell éclatent de rire, et le visage de Francie rougit.

— Non, rectifie Nell. Les Femmes pour l'Égalité. L'organisation féministe.
— Bon, ça reste sportif quoi qu'il en soit, ajoute Colette.

Nell remet la photographie à sa place.

— Ma mère m'a offert un exemplaire de son livre dédicacé pour ma remise de diplôme à la fin du lycée.
— Ah, c'est marrant, fait Colette. La mienne aussi.

Francie ne sait trop quoi dire ; elle se demande pourquoi tout le monde à New York semble soit être une personne célèbre, soit en connaître une. Winnie. La mère de Colette. La seule personne connue qu'elle ait jamais rencontrée avant de vivre à New York était le propriétaire de la plus grande concession de voitures de tout l'ouest du Tennessee, le jour où il était venu faire un portrait de famille dans le studio de photo où Francie travaillait en tant qu'assistante.

— C'était comment ? interroge Nell.

— Tu veux dire d'être la fille de la femme qui a proclamé : « En dehors d'être dépendante de son mari, le pire pour une femme...

— C'est de faire un enfant qui dépende d'elle », achève Nell.

— Ah, c'est affreux, laisse échapper Francie.

— C'était compliqué, mais ce n'est pas le moment de parler de ça. Charlie ne va pas tarder à revenir, et il faut que je vous raconte un truc.

— À propos de Midas ? s'enquiert Francie.

— Oui.

— Bien. J'ai pas mal réfléchi.

Francie libère Will de son écharpe et l'installe par terre avant de s'emparer d'un carnet dans son sac à langer. À genoux sur le tapis moelleux, elle l'ouvre à la chronologie qu'elle a établie, indiquant les personnes présentes ainsi que l'heure du départ de chacun.

— J'ai essayé de reconstituer clairement la succession des événements, pour voir si vous seriez capables de combler les trous. Où était Winnie ? À quelle heure est-elle partie ? Et si c'est le cas, avec qui ?

Nell s'assied par terre à côté de Francie.

— La police travaille là-dessus… Mais il y a quelque chose qui cloche, poursuit Francie. L'oncle de Lowell travaille dans les forces de l'ordre. Je lui ai dit ce que les journaux racontent, et il est consterné par le nombre d'erreurs que la police a faites. Vous avez vu ça ?

Francie cherche dans son sac l'article d'Elliott Falk qu'elle a imprimé sur le site du *New York Post* le matin même.

— Apparemment quelqu'un a ouvert les fenêtres de la chambre de Midas et a enlevé les draps de son berceau avant que les photos ne soient prises.

— Et vous avez lu l'article d'hier ? lance Colette. Celui qui suggérait que la personne qui a pris Midas aurait pu se trouver à *l'intérieur de la maison* quand la police est arrivée sur place ?

— Oui, je l'ai vu, réplique Nell. Vous croyez que c'est pour ça que la porte était ouverte quand on s'est pointées ?

— Commençons par essayer de comprendre comment quelqu'un a pu entrer.

Francie se rassied.

— Nell, il faut que je te pose encore la question. Est-ce que tu as repensé à sa clé et son téléphone ? Qu'est-ce qui a pu se passer à ton avis ? Ça n'a pas pu se *volatiliser* d'un coup.

Nell fixe le carnet de Francie.

— Je ne sais pas. J'ai mis son téléphone dans mon sac. J'en suis certaine. Vous m'avez vue le faire, les filles.

— Quand tu as fait tomber ton sac et que tes affaires se sont éparpillées, est-ce que tu crois que le téléphone a pu glisser sous une table ?

— J'ai fait tomber mon sac ?

— Tu ne t'en souviens pas ? Quand tu cherchais le téléphone de Winnie ?

Francie s'efforce de garder son calme.

— Ah oui, fait Nell, mais Francie perçoit son manque de conviction. Je ne pense pas que le téléphone soit tombé.

— Dis-moi ce que tu te rappelles, dit Francie.

Nell presse ses mains sur ses yeux.

— Je suis allée voir un serveur pour commander des frites. Un peu après, je suis allée chercher à boire au bar avec Scarlett. On est revenues...

— Non, tu te trompes.

Francie le *savait*. Nell était encore plus saoule qu'elle le pensait.

— Scarlett n'était pas là.

— Ah bon ?

Une vague de remords submerge Francie. *Pourquoi* a-t-elle fait confiance à Nell pour le téléphone de Winnie ? Elle savait bien que Nell avait trop bu. Pourquoi n'avait-elle pas été plus futée ?

— Non. Regarde.

Elle tend son carnet vers Nell et pointe la liste de noms.

— Scarlett n'est pas venue.

— OK, Francie, on se détend. Je me trompe de nom ! s'exclame Nell sur la défensive. Je vous l'ai dit, je suis *nulle* avec les noms. Comment s'appelle la fille qui est venue mais qui est partie assez vite ? Celle qui fait du Pilates. On est allées chercher un verre ensemble.

— Gemma ? Elle portait un débardeur bleu et un jean.

— Oui, Gemma. C'est ça.

— Et après ? demande Francie.

— C'est tout. Je suis allée aux toilettes. Je suis revenue à la table, on a toutes papoté un moment, et Alma a appelé.

— Tu es sûre ? fait Francie. Tu n'as demandé à personne de garder ton sac ? Tu ne l'as pas quitté des yeux ?

— Francie, respire, intervient Colette. Tu vas tomber dans les pommes.

Francie se rassied sur ses talons.

— Je n'arrive pas à comprendre ce qui s'est passé, c'est tout. Où se trouvait Winnie quand Alma a téléphoné ? À quelle heure est-elle rentrée chez elle ce soir-là ? Et vous avez vu ce que Patricia Faith a dit ce matin dans *The Faith Hour* ?

Nell soupire, irritée malgré elle.

— Patricia Faith. Je la méprise, celle-là. Ce n'est pas parce que tu as été Miss Californie que tu es capable d'animer une matinale sur une chaîne câblée !

— Tu sais ce qu'était son point fort au concours de beauté ? s'enquiert Colette. Sa vision de la société.

— Arrête, rétorque Nell. Quoi ? Elle s'est pointée sur scène en bikini, et elle a expliqué pourquoi il fallait armer les élèves dans les écoles, c'est ça ?

— En tout cas, cette histoire la fait saliver d'envie, ça se voit, riposte Colette. Un bébé volé dans une famille riche. La mère, une ancienne actrice, belle et célibataire. Ça va rapporter une fortune à sa chaîne.

— Je sais, mais les filles, plaide Francie, vous avez vu ce qu'elle a dit ce matin ? Ils savent pour nous. Ils savent qu'on est entrées.

Nell marque un temps d'arrêt, puis saisit le poignet de Francie.

— Comment ça ?

Elle devient blafarde.

— Elle a parlé de nous ? Nommément ?

— Non, elle n'a pas dit nos noms, répond Francie, se levant et prenant dans les bras Will qui commence à s'agiter. Elle a évoqué des « amies de Gwendolyn Ross ». Qui avaient été autorisées à pénétrer sur la scène de crime.

Francie ne pouvait nier avoir ressenti une curieuse décharge d'adrénaline en entendant ces paroles. C'était bien elle, Francie Givens, originaire d'Estherville dans le Tennessee, 6 360 habitants, que Patricia Faith désignait (certes, sans prononcer son nom) comme une amie de Winnie Ross. Du bout du pied, elle fait glisser un article vers Nell.

— Ça a été repris dans la presse.

Nell lit à haute voix.

— « Comme l'a d'abord annoncé l'animatrice de télévision Patricia Faith, trois amies de Gwendolyn Ross, dont on ignore encore les noms, sont apparemment arrivées chez Mlle Ross, et sont entrées, avant de se faire mettre à la porte manu militari par un officier de la police de New York. »

— Mettre à la porte manu militari ? répète Colette. C'est un peu fort.

— Je sais, lâche Francie. Mais ce n'est pas le pire.

Le pire venait de ce qu'avait ensuite révélé Patricia Faith, et que Francie avait lu ailleurs, l'information qui lui nouait à présent l'estomac : en matière d'enlèvement d'enfant, les vingt-quatre premières heures sont *déterminantes* pour avoir une chance de retrouver vivant le bébé en question.

— Si la police a vraiment merdé comme le sous-entendent les articles, vous vous rendez compte de ce que ça signifie ?

Elle refuse même d'y penser ; à l'idée que Midas puisse courir un danger encore plus grand à cause d'un policier incompétent.

Colette place sa tasse de café sur la table devant elle. Quelque chose dans son expression interpelle Francie qui cesse de bercer Will.

— Quoi ? s'exclame-t-elle.

— OK, écoutez. Ça me fait bizarre de vous le dire, mais j'ai appris des trucs. Sur Midas.

— Comment ça ? fait Francie. J'ai lu toute la presse. Si ça a été rendu public…

— Ça n'a pas été rendu public. J'ai appris des trucs grâce à mon boulot.

— Ton boulot ?

— Ouais. Cette biographie que j'écris. C'est celle de Teb Shepherd.

— Tu plaisantes, articule Nell. Teb Shepherd, le *maire* ?

— Oui. Je suis son prête-plume.

— Pourquoi il a besoin d'un prête-plume ? Son premier livre était génial.

— C'est moi qui l'ai écrit, réplique Colette.

— Toi ? s'étonne Francie.

Même elle a entendu parler de ce livre. Le sujet était sur toutes les lèvres pendant des mois : la biographie magnifiquement écrite de Teb Shepherd, le jeune proviseur beau comme un dieu d'un lycée du South Bronx. Lowell était même resté éveillé toute une nuit pour la finir. Sa mère en avait parlé à son club de lecture. Et les affaires étaient florissantes dans le restaurant grec que Shepherd fréquentait, comme il l'avait écrit, près de chez sa mère dans Washington Heights ; des groupes de femmes âgées de la cinquantaine environ faisaient la queue dans l'espoir de le repérer à une table au fond de la salle, en train de manger son habituel plat du samedi matin : muffin au maïs grillé et bacon.

— C'est mon métier, explique Colette. J'écris les livres que d'autres prétendent écrire. Je n'ai pas le droit de vous le dire, donc vous pouvez imaginer que je suis encore moins censée vous révéler ce que j'ai découvert. Mais j'étais dans le bureau du maire hier, et je suis tombée sur le dossier de Midas. Le dossier de l'enquête.

— Pas possible ! laisse échapper Nell. Et alors ? Tu as regardé dedans ?

— Pire.

Colette s'agenouille par terre et glisse la main sous le canapé pour en sortir une épaisse enveloppe en papier kraft.

— J'ai fait des photocopies.

— Oh, mon Dieu, s'écrie Francie. Est-ce que quelqu'un t'a vue ?

— Personne. Je pourrais avoir de sérieux ennuis. Je n'en ai même pas parlé à Charlie. J'ai tellement de retard avec ce livre... Je n'ose pas avouer combien de temps j'ai passé hier soir à lire ce qu'il y a là-dedans alors qu'il me croyait en train de travailler.

— Et le maire sait que tu es amie avec Winnie ?

— Non. Je voulais le mettre au courant, mais après avoir lu ce dossier, c'est trop risqué, je crois. Je ne peux plus maintenant. Il se demanderait pourquoi je ne le lui ai pas dit tout de suite.

Francie ne peut détacher ses yeux de l'enveloppe que tient Colette dans les mains.

— Qu'est-ce qu'il y a dedans ?

— En fait, ce sont des rapports récents, sur des choses bien précises qu'ils veulent que Teb voie. Si on regarde…

La sonnette de la porte d'entrée retentit.

— Merde.

Colette attend un instant.

— Je vais faire comme si je n'avais rien entendu. C'est sûrement un colis pour Charlie. Ils le laisseront en bas.

— En fait, je crois que c'est Gonze, glisse Francie.

Colette lui adresse un coup d'œil irrité.

— Tu as invité Gonze ?

Il avait envoyé un e-mail à Francie plus tôt ce matin-là, pour l'inviter à boire un café avec lui au Spot. C'était tellement étrange. Il ne lui avait jamais rien proposé de la sorte ; juste tous les deux. Et elle le connaissait si peu. Elle n'oublierait jamais son étonnement plus tôt début juin en remarquant, tandis qu'elle dévalait la colline avec dix minutes de retard pour se rendre au moment de partage des Mères de mai, un homme dans le cercle sous le saule noir. Assis près de Winnie, il lui chuchotait quelque chose à l'oreille.

Winnie l'écoutait, amusée, et ensuite ils avaient éclaté de rire. Francie l'avait pris pour le mari de Winnie (même s'il n'était pas du tout attirant, contrairement à ce qu'elle s'était imaginé). Il portait une casquette bleu ciel effilochée, de la même couleur que ses yeux, et était habillé comme tant d'hommes à Brooklyn : tee-shirt délavé et short, tennis fatiguées, et lunettes de soleil d'aviateur accrochées à l'encolure. Mais quand Francie avait pris place, elle s'était aperçue qu'il portait contre sa poitrine un bébé lové dans une écharpe. Ce n'était pas le mari de Winnie. C'était un papa.

« Je suis PAF, avait-il déclaré un peu plus tard en se présentant.

— Tu es paf ? avait répété Nell. Bah, ça commence bien !

— Non, s'était-il empressé d'expliquer. Pas paf. Je suis un PAF.

— Un PAF ? »

Nell l'avait dévisagé.

« C'est-à-dire ?

— Un père au foyer. Un P-A-F. La vache, cette blague marche toujours pourtant. »

Il avait souri et haussé les épaules.

« La personne avec laquelle je vis travaille dans la mode et voyage beaucoup. Ce n'est pas moi qui paie les factures. J'ai choisi de rester à la maison pour m'occuper d'Autumn. En faisant de mon mieux pour ne pas la traumatiser. »

Il était devenu presque aussitôt un habitué, sans jamais se dévoiler véritablement toutefois. Il n'avait jamais rien dit de vraiment significatif sur lui, du moins pas dans le souvenir de Francie. Celle-ci ne comprenait toujours pas où il était allé ce soir-là au Lama en fête, après avoir quitté la table ; ainsi ce matin, lorsqu'il lui avait envoyé un e-mail pour qu'ils se retrouvent, elle lui avait dit la vérité, à savoir qu'elle allait avec Nell chez Colette, et lui avait proposé qu'il les rejoigne là-bas, espérant un peu lui tirer les vers du nez.

— Il a demandé s'il pouvait venir, répond Francie calmement, écoutant les pas de Gonze dans le couloir à l'extérieur. Je ne savais pas qu'on parlerait de *ça*.

— Salut, fait Gonze lorsque Colette lui ouvre la porte.

Il a une tête de déterré : pas rasé, le tee-shirt trempé de sueur. Francie est surprise de le voir sans l'écharpe dans laquelle il transporte toujours Autumn.

— Le bébé est avec ma mère, explique-t-il, avant que Francie ne pose la question.

— Mais pourquoi tu es venu ?

Francie perçoit le ton accusateur dans sa propre voix.

— Enfin je veux dire, si je n'avais pas le bébé, j'en profiterais pour dormir.

Gonze s'assied dans le canapé.

— Je voulais vous voir, les filles.

Il se prend la tête dans les mains, et Francie remarque les ombres sur ses tempes.

— Je suis tellement inquiet au sujet de Midas. Tout ce qui s'est passé... Vous êtes les seules avec qui je peux vraiment en parler.

Colette sert une tasse de café à Gonze et se réinstalle par terre.

— OK, bon, à ce sujet, commence-t-elle. Gonze. Tous les trois, ce que je vais vous révéler... Vous ne pouvez en parler à *personne*.

Elle ouvre le dossier et pose trois photographies sur le sol.

— Ils ont un suspect.

Gonze lève brusquement la tête.

— Ils ont un suspect ?

— Ouais. Ce type. Il s'appelle Bodhi Mogaro. Ils pensent qu'il est lié à l'affaire.

Francie s'agenouille près de Colette. L'homme sur le cliché a des yeux d'un brun roux et la peau légèrement basanée ; ses cheveux noirs sont quasiment rasés.

— Qu'est-ce qu'ils ont sur lui ? interroge Gonze.

— Il a été vu près de la maison de Winnie à deux reprises. Le 3 juillet, il a acheté des bières et des cigarettes à l'épicerie au coin de la rue. Avec sa carte de crédit. C'est comme ça qu'ils ont appris son nom. Le vendeur se souvient qu'il n'avait pas l'air à l'aise. Il a précisé qu'en sortant il était allé s'asseoir sur un banc à deux pas de là, le long de l'enceinte du parc, et qu'il avait observé la maison de Winnie. Comme s'il était en repérage. Le soir suivant, il a été vu devant la bâtisse, en train de gesticuler et de hurler au téléphone.

— Le soir où Midas a disparu ? demande Nell.

— Oui.

— Il vit à Détroit, déclare Gonze, lisant une feuille qu'il a tirée du dossier.

Le soleil filtrant par la fenêtre illumine précisément son coin de canapé, si bien qu'à cause de l'intensité lumineuse Francie ne parvient pas à distinguer son expression.

— Ouais, fait Colette. Il a pris un avion pour New York le 3 juillet. Il avait un vol retour le 5, mais il n'a pas embarqué. Ils ne savent pas où il se trouve.

— Comment ça, ils ne savent pas où il se trouve ? répète Francie.

— Eh bien, la police n'arrive pas à lui mettre la main dessus. Il a disparu.

— Mon Dieu ! s'exclame Nell.

— Est-ce qu'ils croient qu'il retient Midas pour obtenir une rançon ? s'enquiert Francie. Les actrices ont certainement tout le temps affaire à ce genre de scénario. Mais Lowell m'a assuré que si c'était une histoire de rançon, ils auraient déjà demandé l'argent à l'heure qu'il est.

Elle était encore persuadée que Lowell pouvait se tromper. Après tout, l'oncle de son mari, et c'était la seule et unique source de Lowell en matière de criminalité, n'était que shérif à Estherville. Que savait-il d'une affaire aussi grosse que celle-ci, qui impliquait une actrice autrefois célèbre, multimillionnaire et fille d'un magnat de l'immobilier ?

— Il n'est pas question de rançon. Du moins, pas dans ce dossier.

— Tu as vu qu'il est originaire du Yémen ? dit Nell.

— Ouais, mais ça fait douze ans qu'il est ici, précise Colette. J'ai fait une petite recherche en ligne sur lui. Il n'y a pas grand-chose. Il a une page Facebook, mais on n'y a pas accès, et tout est écrit en arabe. J'ai trouvé quelqu'un avec ce nom ; un mécanicien dans une société près de Détroit qui loue des jets privés à des clients riches.

Des avions ?

— Il a accès aux avions ? articule Francie.

Poppy se met à pleurer, quelque part vers le couloir.

— J'ai encore téléphoné à Winnie, dit Colette, se levant. C'est la troisième fois. Elle ne répond pas.

Nell se frotte les yeux.

— Et autour de son appartement, avec les caméras et les journalistes, c'est impraticable. Un abruti a tenté de m'alpaguer en chemin pour venir ici, en me demandant si je vivais dans le quartier, si j'avais un commentaire à faire.

Les voisins de Winnie sont déjà nombreux à avoir répondu aux questions des journalistes, à avoir raconté ce qu'ils savaient d'elle et s'ils avaient remarqué quoi que ce soit de suspect ce soir-là. Francie était atterrée par le nombre de gens prêts à intervenir, à dire n'importe quoi pour voir leurs noms imprimés dans le journal : Winnie semblait effacée, un peu bizarre ; ils ne l'avaient jamais vue en compagnie d'un homme ; ils s'étaient demandé, ils devaient bien l'admettre, qui était « le père ».

Gonze se lève, se dirige lentement vers la fenêtre, observant le parc de l'autre côté de la rue.

— Ils vont en faire tout un foin, déclare-t-il. C'est sûr.

Tandis que Colette s'éloigne dans le couloir en direction des pleurs de Poppy, Francie continue d'examiner le contenu du dossier, parcourant les notes de Mark Hoyt. Elle veut rester discrète, mais elle aussi est allée jusqu'à la maison de Winnie à quelques reprises ces trois derniers jours. Le soir, après le départ des journalistes. Will s'agite tellement vers dix-neuf heures, avant le retour de Lowell. C'est dur de rester dans l'appartement, tous les deux prisonniers de la chaleur, quand il crie comme ça. Elle le sort et marche jusqu'en haut de la colline.

Elle s'assied souvent sur le banc en face de chez Winnie. Il n'y a jamais de lumière aux fenêtres. Mais la veille, alors que la nuit commençait à tomber, les moustiques bourdonnant dans ses cheveux, elle a serré très fort Will contre sa poitrine, l'implorant à voix basse de se calmer, persuadée d'avoir vu quelqu'un bouger à l'intérieur.

8

Quatrième jour

À : Mères de mai
DE : Vos amies au Village
DATE : 8 juillet
OBJET : Conseil du jour
VOTRE BÉBÉ A CINQUANTE-CINQ JOURS
Vous pensez que le sourire de votre compagnon vous fait fondre ? Attendez un peu. Le premier sourire d'un bébé arrive à peu près au même moment dans toutes les cultures, donc si vous n'avez pas encore eu l'occasion d'en voir un, tenez-vous prête : tout votre amour et votre attention seront bientôt récompensés par un sourire radieux et édenté, rien que pour vous. Et vous en bondirez probablement de joie (même si vous venez de passer la plus affreuse nuit de votre vie).

Nell jette un coup d'œil aux robes suspendues tels des corps invertébrés à une fine tringle métallique. Elle consulte sa montre – encore deux heures avant d'aller récupérer Beatrice à la crèche. Une jeune femme s'approche, lèvres rouge cerise et dents étonnamment blanches.

— Voulez-vous que je vous débarrasse et que je pose vos articles en cabine ?

Elle porte une rose en tissu noir dans ses mèches blondes et bouclées, et un tee-shirt si court qu'on devine ses côtes flottantes.

— Non, ça ira, j'ai tout ce qu'il me faut, répond Nell, suivant son interlocutrice vers le fond du magasin pour pénétrer dans une cabine exiguë, séparée des rangées de vêtements par un rideau à imprimé fleuri, précisément celui que Nell avait songé acheter chez IKEA.

— N'hésitez pas si vous avez besoin d'une autre taille, suggère la jeune femme, refermant le rideau.

Nell ôte son short et son tee-shirt, les larmes lui montant aux yeux pour la troisième fois ce matin. Elle doit retourner travailler demain et laisser Beatrice avec des inconnues pendant neuf heures d'affilée, tous les jours ; elle n'arrive pas à y croire. Elle a dû supplier Sebastian d'appeler Alma pour lui annoncer qu'ils avaient décidé de mettre Beatrice à la crèche, du moins dans l'immédiat, c'était préférable. Alma était dévastée. Collée à l'oreille de Sebastian, Nell avait écouté Alma dire qu'elle regrettait tellement, qu'elle n'en dormait plus la nuit, que les journalistes n'arrêtaient pas d'appeler et de sonner chez elle, que la police l'avait déjà interrogée trois fois.

— Ils me posent les mêmes questions, encore et encore. Qu'est-ce que j'ai vu ? Qu'est-ce que j'ai entendu ? Est-ce que j'ai remarqué quelque chose de bizarre dans le comportement de la mère ? Le prêtre est là. Je prie pour être pardonnée.

Nell essaie de refermer l'interstice entre le rideau et le mur avant d'enfiler un pantalon. Deux tailles au-dessus de ce qu'elle portait avant d'être enceinte, et ça coince aux cuisses. Le chemisier qu'elle passe ensuite n'est pas mieux. Il lui coupe la circulation au niveau des emmanchures et est trop ajusté sur la poitrine. La transpiration lui coule dans le bas du dos tandis qu'elle se glisse dans une robe noire informe. Il n'y a pas de miroir à l'intérieur de la cabine, remarque-t-elle, contrariée. Elle ouvre doucement le rideau, et en repère un, en pied, près du portant de vêtements soldés. En moins d'une seconde, la vendeuse est sur son dos.

— Ça vous va bien.

Nell garde le silence, dans l'espoir que la fille reparte à l'avant du magasin. Au lieu de quoi, celle-ci incline la tête de côté, ses traits de moineau se fripent sous l'effet de la concentration tandis qu'elle réfléchit en se mordillant la lèvre inférieure.

— Vous savez ce qu'il faut à cette robe ?

— Une réduction de soixante pour cent ?

La jeune femme éclate de rire.

— Un collier pour marquer le coup. Quelque chose qui attire l'attention en haut, vers votre cou. Loin de ce que vous voulez cacher.

— Et si j'ai envie de cacher mon cou ?

La fille brandit un doigt en l'air et pivote sur le large talon de sa bottine.

— Attendez une seconde, je vais voir ce que j'ai.

Nell regagne la cabine, anxieuse et mécontente ; à cause de la fille, et parce que cette robe lui va vraiment mal. Elle se demande aussi pourquoi elle se sent si mal à l'aise depuis qu'elle a vu les photos de Bodhi Mogaro l'après-midi précédent. Elle retire la robe, qu'elle jette dans le tas de vêtements qu'elle ne prend pas, puis elle quitte la cabine et fuit la boutique à toute allure, l'écho de la sonnette de la porte d'entrée résonnant derrière elle. Elle se faufile entre les passants sur le trottoir, sans trop savoir où elle va, passe sans s'arrêter devant les autres magasins où elle avait prévu de s'acheter des vêtements pour aller travailler, quelque chose qui lui aille vraiment maintenant qu'elle avait ses six kilos de plus. Mais elle n'en peut plus. C'est trop pour elle. Pas aujourd'hui. Elle n'a pas la force d'entrer dans une autre boutique. D'essayer une nouvelle robe. De supporter une autre vendeuse qui fait du 36 et qui sent le shampoing nourrissant et le chewing-gum à la cannelle.

C'était lui ?

Est-ce que Bodhi Mogaro était au bar ce soir-là ?

Elle ne parvient pas à s'ôter ces questions de la tête.

Est-ce lui qui a déchiré son tee-shirt ? Est-ce lui qu'elle voit lorsqu'elle ferme les yeux ? Le visage flou derrière elle, dans les toilettes, les deux mains sur ses épaules ?

Est-ce qu'il l'a suivie, s'est-il battu avec elle pour lui prendre les clés de Winnie, tout ça sans qu'elle se le rappelle ?

Non.

L'idée est ridicule. Elle contourne deux garçons sur un scooter et une jeune maman, qui achète à un marchand de glaces ambulant un petit pot de sorbet arc-en-ciel pour une gamine de deux ans avec des couettes. Elle s'en serait souvenue ; son esprit lui joue des tours ces temps-ci. Le manque de sommeil et l'inquiétude l'épuisent. La nuit derrière, elle a arpenté le salon pendant des heures, se creusant encore et encore les méninges, s'efforçant de combler les blancs de cette soirée.

Si seulement la presse révélait un élément susceptible de l'aider. Bodhi Mogaro n'a jamais été mentionné, le fait que la police tenait un suspect n'a même jamais été évoqué. Au contraire, les présentateurs de journaux télévisés et les experts ne font que ressasser les erreurs commises par les forces de l'ordre. Ce matin, Elliott Falk a écrit dans le *New York Post* que l'agent James Cabrera – celui, selon Nell, qui leur avait ordonné de quitter la maison de Winnie – avait été temporairement mis en congé, car il lui était reproché d'avoir laissé une porte ouverte et autorisé des gens à pénétrer dans la demeure de Winnie avant que les preuves ne puissent être recueillies. Selon certaines sources, il sera sans doute renvoyé de la police.

Très bien, a écrit Francie dans un e-mail. Il faut le renvoyer, ils ont raison. Si cette enquête est menée n'importe comment, il y a bien un responsable.

Patricia Faith s'en donne à cœur joie, réclamant la démission immédiate du commissaire Shah, accusant le maire, Teb Shepherd, d'être entièrement responsable des événements, lui reprochant d'avoir nommé un ami incompétent à la tête de la police de New York et de s'intéresser plus aux campagnes publicitaires auxquelles il participe pour certaines marques de vêtements qu'à la protection des enfants innocents de sa ville. « C'est moi qui suis folle, a proclamé Patricia Faith, ou est-ce qu'on dirait que ce maire n'a aucune envie que cette affaire soit résolue ? »

Nell s'arrête au carrefour en attendant de pouvoir traverser. La chaleur l'enveloppe telle une couverture en laine, les gens pressés lui frôlent les bras. Les rayons du soleil se reflètent sur la paroi en verre d'une banque de l'autre côté de la rue. Elle ferme les yeux.

Un souvenir lui revient. Elle est au comptoir, un verre à la main. *More, more, more.* Quelqu'un lui chante ces paroles. Elle sent un menton dans sa nuque, des lèvres sur son oreille.

Elle clôt plus vigoureusement les paupières, sent des mains sur sa taille. Quelqu'un lui tient les bras.

I want more, more, more.

Elle ouvre les yeux et se met à courir.

*

L'homme assis au bout du comptoir a une petite trentaine. Il porte un tee-shirt et un short camouflage ; ses deux bras sont couverts de tatouages noir et gris. Il sirote une pinte de bière tout en regardant par intermittence le match de football sur un des grands écrans installés au-dessus des rangées de bouteilles d'alcool, stylo en suspens au-dessus des mots croisés du *New York Times*. La seule autre personne présente est le barman qui lave les verres, penché sur l'évier. Celui-ci secoue les mains pour se débarrasser de l'eau savonneuse avant de s'approcher de Nell.

— Qu'est-ce que je peux vous servir ?
— De l'eau pétillante.

Nell avale la moitié du verre avant de quitter son tabouret de bar et traverse la salle pour gagner le patio à l'arrière. L'air est imprégné d'odeur de Javel et de bière. Elle place une chaise là où elle se trouvait ce soir-là, s'efforçant de recréer la scène dans son esprit. Colette et Francie sont installées face à elle. Winnie se trouve à sa droite. Gonze, du moins pendant un petit moment, est quelque part entre elles. Nell ferme les yeux et voit Winnie, qui boit quelques gorgées de thé glacé en consultant discrètement l'écran de son téléphone posé sur ses cuisses.

Lorsque Nell ouvre les paupières, l'homme au comptoir l'observe. Elle ferme à nouveau les yeux : cette fois elle se voit. Elle se souvient de la chaleur, du rythme de la musique. La foule s'amasse autour d'eux. Elle prend le téléphone de Winnie des mains de Francie.

Elle désinstalle l'application.

Pourquoi ? Pourquoi a-t-elle fait ça ? N'a-t-elle donc rien appris ? Une seule décision impulsive peut détruire une vie entière. Si quelqu'un devrait le savoir, c'est bien elle.

Elle se lève et arpente le patio vide.

Réfléchis, réfléchis, réfléchis.

Elle regagne la salle, passe devant le juke-box, le terrain de pétanque sombre et désert. Et s'arrête au poste des serveuses où elle a commandé des frites. Elle les a emportées à table, pour repartir ensuite peut-être avec Gemma, ou quelqu'un d'autre, chercher un autre verre.

Les yeux de Nell s'ouvrent brusquement. *La cigarette.* Elle balaie du regard la salle, repère la porte à l'opposé, près des toilettes. Elle pose son verre sur le comptoir. La porte donnant sur l'espace fumeur n'est pas fermée, et Nell s'avance sur le gravier d'une petite cour encombrée de tables et de tabourets bancals, délimitée par une clôture garnie de guirlandes lumineuses.

Silence s'il vous plaît. Respectez les voisins. Elle devine l'odeur de cigarette dans ses cheveux, sa langue chargée de nicotine et de goudron. Elle parle à quelqu'un, demande une clope. Voilà pourquoi elle s'est sentie si mal le lendemain : la cigarette. Cela faisait plus d'un an qu'elle n'avait plus fumé, depuis qu'elle et Sebastian avaient décidé d'avoir un bébé.

Elle fait les cent pas, visualisant la silhouette d'un homme aux contours flous, lui tendant un paquet de cigarettes, le cliquetis du briquet avant que ne jaillisse la flamme. Il avait les yeux foncés, et elle lui a expliqué pourquoi elle se trouvait là. « Je fais partie d'un groupe de mamans », a-t-elle déclaré, accentuant les trois derniers mots comme s'il s'agissait de quelque chose de trop extravagant pour être vrai. « Moi. Dans un groupe de mamans. C'est dingue, non ? » Elle perçoit une main sur son bras, un rire dans ses cheveux tandis que la chaleur s'intensifie autour d'elle.

— Encore de l'eau pétillante ? lui demande le barman comme elle regagne le comptoir.

— Oui, répond Nell. Avec une larme de vodka cette fois.

Il glisse le verre vers elle. Les bulles pétillent et lui chatouillent la langue.

— Oh, merde.

Le barman regarde en l'air, les yeux braqués sur l'écran de télévision le plus proche. Qui diffuse la chaîne locale. Il s'empare de la télécommande.

— Encore. C'est pas possible.

La femme à l'écran, les sourcils froncés, l'air inquiet, porte un chemisier noir sans manche et une jupe jaune vif. Nell observe la scène, puis se lève pour se diriger vers la vitrine. De l'autre côté de la rue, elle la voit : le jaune pétant de sa tenue de bourdon, la lumière de la caméra, une camionnette régie garée non loin de là.

Le barman monte le son, et la voix de la femme résonne dans les haut-parleurs fixés sous le plafond. « *Le bébé a disparu depuis quatre jours, et sans suspect en vue, l'enquête semble au point mort. Certaines sources nous ont révélé que la nounou, Alma Romero, originaire du Honduras, avait été convoquée ce matin par la police pour être à nouveau entendue. Les forces de l'ordre demandent par ailleurs à quiconque ayant des informations d'appeler le numéro qui apparaît maintenant sur votre écran.* » La femme se tourne et désigne l'entrée du bar. « *Comme vous le savez, Jonah, au moment où le bébé a été enlevé, sa mère, l'ancienne actrice Gwendolyn Ross, se trouvait dans cet établissement avec les membres de son groupe de mamans. Ce bar, le Lama en fête, est situé...* »

L'écran devient soudain noir. Le barman a lancé la télécommande à côté de l'évier, faisant tomber un verre à bière en train de sécher.

— Et c'est reparti. Chaque fois qu'on passe aux informations, une nouvelle flopée d'adolescents débarque. Ils me présentent de fausses pièces d'identité et veulent voir le « célèbre » bar du bébé Midas dont ils ont entendu parler sur Facebook.

Il plonge les avant-bras dans la mousse.

— Et ces enfoirés ne laissent même pas de pourboires.

À travers la vitrine, Nell observe la journaliste qui traverse la rue en compagnie de son caméraman. Nell cherche le billet de dix dollars qu'elle a dans son sac, le laisse sur le comptoir, et se précipite dans la zone fumeur par la porte latérale tandis que la journaliste pénètre dans la salle, se présentant au barman.

— Bonjour, je suis Kelly Marie Stenson de la chaîne locale de CBS et je me demandais si je pouvais vous poser...

Nell transporte un tabouret de bar jusqu'à la clôture. Elle grimpe dessus, s'agrippe au fil de fer, se hisse, passant une jambe de l'autre côté. Ses mains sont moites et elle lâche prise ; ses sandales glissent sur le fil. Elle tombe lourdement sur le bitume du parking voisin. Un goût de sang dans la bouche parce qu'elle s'est mordu la lèvre, elle remarque les éraflures sur ses paumes et ses genoux mais se lève pour filer vers le trottoir à l'opposé du parking. Ce faisant, son flanc heurte l'épaule baraquée d'un homme.

— Abruti ! s'exclame-t-elle. Regarde où tu vas !

Une fois en haut de la colline, arrivée en vue du parc, elle ralentit. Alors qu'elle traverse la rue, elle sent quelqu'un marcher derrière elle, et tout lui revient. Les gens qui l'attendent au coin de la rue, l'épient, à l'affût du moindre de ses faits et gestes. Elle se remet à courir tant bien que mal, ignorant la douleur au niveau de la cicatrice de sa césarienne et le long de l'intérieur de sa cuisse droite ; l'autre trottoir, le pâté de maisons, direction la crèche. Il lui reste une heure avant de récupérer Beatrice, et pourtant elle s'efforce de garder le rythme, ses pieds en feu dans ses fines sandales. En moins de dix minutes, elle est sur place. Elle scrute la baie vitrée sur laquelle sont collés des tournesols et des papillons. Deux femmes sont agenouillées par terre devant un bébé sanglé dans un transat. L'une d'entre elles presse la poitrine du nourrisson. Les femmes... Elles ont l'air angoissées. Le bébé s'étouffe. Nell change d'angle de vue. Le bébé devant lequel elles se tiennent... C'est Beatrice.

Nell fonce vers la porte, secoue la poignée, mais le battant reste fermé. Elle frappe le carreau à coups de poing, imaginant Beatrice à l'intérieur, s'étouffant à cause d'un objet laissé négligemment à sa portée, son petit visage devenant bleu. Pour finir, la porte se déverrouille. Nell se précipite dans le couloir et rentre brusquement dans la section, son regard croisant celui, surpris, d'une jeune femme portant un jean déchiré et un tee-shirt floqué d'un cupcake rose et des mots CRÈCHE DES ENFANTS HEUREUX.

Nell se rue sans la laisser finir sa phrase et s'effondre à terre près des deux femmes. Tandis que la sonnerie de son téléphone retentit dans son sac, elle tend les mains vers sa fille et observe l'expression du visage de la petite.

Beatrice rayonne.

Nell se tourne vers une des deux femmes. La chose dans sa main : c'est un téléphone. Elle prenait une photo.

— Regardez-moi ce magnifique sourire ! s'exclame la femme, souriant à son tour à Beatrice.

— Un sourire ?

— Oui.

— Elle est en train de pousser plutôt, non ?

La femme rit et le portable de Nell sonne à nouveau.

— Pas cette fois. C'est un sourire. Vous ne l'avez pas encore vue sourire ?

— Non, répond Nell. J'attendais ce moment.

Elle se rassied sur ses talons, plongeant la main dans son sac pour prendre son téléphone, les larmes lui brûlant les yeux. Elle reste alors stupéfaite en lisant le message de Francie : Ils l'ont trouvé.

*

J'ai envie d'être avec ma mère.
Colette fait un sprint final pour atteindre le sommet de la colline. Elle est trop vieille pour avoir ce genre de pensée, et pourtant elle n'arrête pas de s'imaginer assise avec sa mère à la grande table de cuisine dans leur maison du Colorado, les chiens couchés à leurs pieds, les baies vitrées ouvertes sur le jardin tandis que son père leur prépare un verre. Et elle lui raconte tout. Elle lui avoue combien elle a peur que Midas ne soit jamais retrouvé. Lui avoue avoir pris le dossier dans le bureau de Teb, avoir fait des photocopies et les avoir montrées à Nell et Francie. Lui avoue regretter profondément avoir partagé ce qu'elle sait avec Gonze qu'elle connaît à peine. Elle voudrait lui confier aussi combien elle écrit mal depuis quelque temps, et évoquer ce qui s'est passé le matin même, dans le cabinet du Dr Bereck, quand elle a reconnu se sentir débordée, angoissée, et avoir beaucoup de mal à dormir.

« Qu'est-ce qui vous angoisse le plus ? a demandé le Dr Bereck.

— Tout, mais Poppy principalement. J'ai peur qu'elle ait un problème. »

Colette s'est efforcée en vain d'ignorer ses inquiétudes : que les membres de Poppy semblaient mous, qu'elle n'arrivait toujours pas à tenir sa tête droite, qu'elle avait l'air d'avoir du mal parfois à regarder dans les yeux.

« Quand je suis avec d'autres bébés dans mon groupe de mamans... je ne sais pas. J'ai l'impression qu'ils sont différents. Plus forts, admet Colette, s'autorisant enfin à pleurer. Tous les jours, je reçois un message du Village sur l'évolution normale des bébés et Poppy n'atteint aucune des étapes qu'ils décrivent.

— Pour commencer, arrêtez de lire ce genre de choses, a répliqué le Dr Bereck. Ces gens présupposent que les bébés se développent tous exactement au même rythme. Ce n'est pas comme ça que ça marche.

— Je sais. Mais quand même. Je ne supporte pas l'idée qu'un truc ne tourne pas rond avec Poppy. Charlie me dit que je suis dingue. Qu'elle est en pleine forme. Mais je suis sa mère. Je le sens. Il pourrait y avoir quelque chose. »

Colette a envie de dire tout cela à sa mère, mais elle ne peut pas. Elle ne sait même pas où elle se trouve. La dernière fois qu'elles se sont parlé, dix minutes il y a plus de deux semaines sur une ligne qui grésillait, Rosemary était dans les îles San Blas au large du Panamá ; pour mener des recherches sur une des dernières sociétés matriarcales existant sur la planète. Le père de Colette, ancien professeur de biologie à l'université du Colorado à Boulder, depuis peu à la retraite, l'avait accompagnée. (« En tant que membre d'une famille matriarcale, je me suis dit que j'aurais ma place », avait-il déclaré lorsqu'ils avaient appelé leur fille pour lui annoncer qu'ils partiraient une semaine après son terme et seraient absents trois mois.)

Colette est à bout de souffle en arrivant devant Alberto, le concierge, qui lui ouvre la porte. Elle a encore du mal à récupérer en sortant de l'ascenseur au deuxième étage, et tandis qu'elle s'arrête devant sa porte pour délacer ses tennis, elle entend Charlie parler au téléphone à l'intérieur.

Au moment où elle pénètre dans l'appartement, elle l'aperçoit dans la cuisine ; il écarte le combiné de son oreille.

— Waouh, articule-t-il en silence, t'es bonne.

Elle jette un coup d'œil dans le miroir suspendu au-dessus de la table dans le couloir. Ses cheveux sont trempés, ses taches de rousseur ont foncé et la couche d'écran total qu'elle s'est appliquée en sortant de chez le médecin lui blanchit la peau. C'est la première fois qu'elle court depuis la naissance, et elle a dû faire des pauses.

— Ouais, bonne pour la douche, réplique-t-elle à Charlie.

— Non, chuchote-t-il. Bonne, genre bonne.

Il lui embrasse la main, puis reprend sa conversation téléphonique.

— Ça va marcher. C'est juste que je ne peux pas laisser ce genre de choses m'empêcher de finir le nouveau livre.

Il verse du café dans une tasse qu'il tend à Colette.

— Et je ne peux pas, j'imagine, zapper les vacances. Le bébé ne me le pardonnerait jamais.

— Ni la mère du bébé, ajoute Colette, supposant que Charlie parle avec son attaché de presse d'une nouvelle invitation à présenter son livre quelque part. Il a achevé sa tournée de promotion deux mois plus tôt, mais les demandes continuent d'affluer d'autres villes. Elle se sert un verre d'eau et remarque que la table, une vieille table de ferme que Charlie a achetée au Noël précédent, est mise pour deux, avec les assiettes de sa grand-mère et les serviettes en lin. Un bouquet de marguerites bleu clair, aux pétales quelque peu flétris, trône dans un mug en acier inoxydable au centre de la table.

Elle s'empare d'un grain de raisin dans le saladier à proximité du coude de Charlie et elle enlace la taille de son homme, pressant sa joue dans le creux familier entre ses deux omoplates, respirant son odeur – déodorant et ail grillé –, et écoutant *Les Sons intra-utérins* qui émanent du petit haut-parleur posé sur l'étagère. Elle s'autorise à savourer la joie simple de l'instant. La chaleur du corps de Charlie. Poppy endormie dans sa chambre. Le rythme de l'appartement. Si seulement elle pouvait rester ainsi, dans ce moment précis, à jamais.

Colette se décolle de Charlie et observe le livre – *Devenir une famille* – posé sur le plan de travail à côté de la cafetière. Elle saisit sa tasse et le livre avant de s'installer sur un tabouret devant l'îlot de cuisine tandis que Charlie hache soigneusement un gros bouquet de persil, d'une main sûre et rapide, le combiné coincé entre l'oreille et l'épaule. Elle parcourt la première partie sur la grossesse, jetant un coup d'œil aux notes que Charlie a prises dans les marges, aux pages qu'il a cornées.

Neuf semaines : le bébé a la taille d'un grain de raisin.

Comment préparer votre partenaire à l'accouchement.

Ce qu'il faut éviter : le poisson cru, la viande mal cuite, le sport à trop forte dose et les bains chauds.

Colette sent une boule se former au fond de sa gorge en lisant ces mots qui lui rappellent les premières semaines de sa propre grossesse. La douleur dans ses seins quand elle montait l'escalier. L'odeur insupportable du savon et du parfum des autres dans le métro. La nausée qui l'avait prise au beau milieu d'un rendez-vous avec son éditrice pour discuter de la ligne directrice de son deuxième livre, à tel point qu'elle avait dû se précipiter aux toilettes.
L'incroyable choc en voyant les deux lignes roses dans la petite fenêtre du test de grossesse.
C'était juste un déréglement de son organisme. Un mois perturbé. Elle connaissait suffisamment bien son corps pour éviter la pilule ; elle l'avait essayée durant quelques mois et s'était sentie affreusement déprimée et en colère. (Charlie l'avait gentiment charriée en affirmant que si toutes les femmes réagissaient comme elle à la pilule, il comprenait pourquoi c'était un moyen de contraception tellement efficace. Ça rendait les femmes de si mauvaise humeur ; personne n'avait envie de faire l'amour avec elles.) Colette était allée consulter le Dr Bereck, pour avoir confirmation. Les corps changent, avait déclaré le Dr Bereck. Les cycles ralentissent. Elle avait presque trente-cinq ans. Les choses commençaient à se dérégler.

Cinq semaines : le bébé a la taille d'une graine de pavot.

Cinq semaines : le soir de septembre où elle a annoncé à Charlie qu'elle était enceinte. Ils ont fait l'amour après, et il est resté allongé à côté d'elle, la poitrine contre son dos, la main au creux de sa taille. « Toi. Un bébé. Mon livre, avait-il murmuré. J'ai tout ce que j'ai toujours voulu. » Elle n'avait pas bougé, s'efforçant d'imaginer ce qui l'attendait. Une grossesse. Un bébé. Être mère.

Mais elle n'y était pas arrivée. Rien ne lui était venu à l'esprit. Son imaginaire se focalisait sur autre chose. Le voyage de deux mois qu'elle et Charlie prévoyaient de faire en Asie du Sud-Est dès qu'il aurait terminé son second livre. Le marathon pour lequel elle venait de commencer à s'entraîner. Le fait d'arrêter de faire le prête-plume pour enfin écrire un livre à elle. Elle arrivait à songer à ce genre de choses. Mais ça ?

Elle avait appelé sa mère le lendemain matin, lui demandant comment elle allait s'en sortir, comment elle réussirait à rester elle-même, lui confiant avoir bu trois whiskys un soir avant de se savoir enceinte et avoir fait plusieurs joggings pour brûler des calories.

« Et si j'ai déjà fait du mal au bébé ?

— Colette, avait rétorqué sa mère, quand l'avortement était illégal, les femmes devaient se jeter du haut d'un escalier. Tu ne vas pas tuer ton bébé par accident. »

Les souvenirs s'évaporent au moment où Charlie, après avoir raccroché, lui embrasse le front. Elle ferme le livre.

— Tu as fait des œufs brouillés pour moi ? lance-t-elle. En quel honneur ?

— Ton rendez-vous chez le médecin.

Il désigne le livre d'un signe de tête.

— J'ai consulté les experts et selon eux, on est sortis d'affaire.

— Sortis d'affaire ?

Il se dirige vers la cave à vins encastrée à côté du lave-vaisselle et en sort une bouteille de champagne, faisant sauter le bouchon en un tour de main.

— Oui. Le bébé va se mettre à sourire bientôt. Et dès qu'elle fera la différence entre le jour et la nuit, son rythme va s'installer. Oh, et…

Il verse du champagne dans un verre et l'incite à descendre de son tabouret.

— On peut à nouveau faire l'amour. Bois, ma chérie.

Le corps de Colette se crispe alors que Charlie lui enlace la taille, pressant ses hanches contre elle, la faisant reculer contre le réfrigérateur. Faire l'amour ? L'idée même la révulse. Elle se sent exténuée, fourbue ; elle a mal aux seins et au dos. Elle a dormi par intermittence la nuit précédente, en écoutant Charlie arpenter le salon avec Poppy qui s'était réveillée à minuit ; il avait mis du jazz pour apaiser le bébé et lui avait lu des passages de son roman, le chapitre dans lequel un jeune soldat quitte sa mère pour partir au front. Colette savait qu'elle aurait dû sortir du lit et proposer de nourrir Poppy, ce qui l'aurait instantanément rendormie, mais elle était trop fatiguée pour s'extraire des couvertures et sentir l'air climatisé sur sa peau, pour cesser de penser à Midas. À Winnie. À Bodhi Mogaro. Est-ce que Midas était avec lui ? Est-ce que le bébé était encore vivant ?

Colette s'écarte doucement de Charlie.

— Je dois bientôt partir, tu te souviens ? J'ai rendez-vous avec Teb.

Charlie s'immobilise, ferme les yeux, et colle son front sur celui de sa belle.

— Tu as rendez-vous avec Teb.
— Tu as oublié ?
— J'ai oublié.
— Aujourd'hui, c'est toi qui t'occupes du bébé, déclare Colette. C'était moi, hier. Et je te l'ai dit, il a dû remettre notre dernier rendez-vous...
— Non, je sais. Ça m'est sorti de l'esprit. Poppy s'est réveillée trois fois la nuit dernière. Je suis crevé.
— Je suis désolée, fait Colette. Mais ce soir, c'est moi, et demain tu n'auras presque rien à faire avec elle.

Il soupire et relâche son étreinte.

— Il faut que tu tires plus de lait. J'ai utilisé celui qui était dans le congélo.
— J'en ai déjà tiré. Ce matin. C'est là-dedans.
— Et il faut qu'on reparle de tout ça.
— Tout ça quoi ?
— Notre organisation. Faire moitié-moitié pour s'occuper du bébé, ça ne fonctionne pas.

Aussitôt, Colette se sent contrariée.

— Je ne peux pas me libérer plus de temps, riposte-t-elle, s'appliquant tant bien que mal à ne pas hausser la voix et prenant au passage une cuillerée d'œufs brouillés dans la poêle. J'ai pris un peu de retard avec le livre de Teb.

Elle ne lui a pas encore détaillé l'ampleur de ce retard : à quel point elle est convaincue qu'elle ne sera jamais dans les temps, ni combien ce qu'elle écrit lui semble mauvais. Elle est trop dépassée pour admettre que oui, c'est difficile pour elle d'essayer de tout gérer, difficile de reconnaître qu'elle sait très bien qu'il n'y a plus de lessive et que la douche fuit – le son de l'eau qui coule la rend pourtant tellement folle –, et difficile d'avouer qu'elle vient de prendre un rendez-vous chez le pédiatre le lendemain pour Poppy, sur les conseils du Dr Bereck.

— Je ne te demande pas de t'occuper à temps plein du bébé, Colette. Je suis juste en train de te dire qu'il faut qu'on engage une nounou.

L'expression de Charlie s'adoucit.

— Je sais que tu as peur. Cette histoire avec Midas est horrible. Mais on ne peut pas avoir le beurre et l'argent du beurre. On ne peut pas garder des boulots à temps plein et avoir un bébé, sans se faire aider.

Il lui prend les mains.

— Ce n'est pas comme si on ne pouvait pas se le permettre. On peut se servir d'une partie de l'argent de mes parents.

Elle dégage ses mains.

— Je refuse d'avoir une nounou, Charlie.

Elle ne supporte pas l'idée de laisser le bébé avec une inconnue. Elle le contourne pour se rendre dans la salle de bains, ôtant en chemin son tee-shirt trempé de sueur.

— Qu'est-ce qu'on est censés faire, alors ?

Il la suit dans la salle de bains.

— Si tu ne veux pas d'une nounou, il va falloir que tu prennes le relais.

Elle ouvre le robinet de la douche et soulève la baignoire de bébé en plastique rose qui se trouve dans la vasque, évitant du regard les cheveux qu'elle a perdus la veille en se lavant et qui se sont amassés dans la bonde.

— Mais ce n'est pas ce que nous avons décidé.

— Je comprends. Mais avoir un enfant s'avère un tout petit peu plus difficile que ce à quoi toi et moi on s'attendait. On doit réévaluer la situation. Je dois rendre mon livre dans deux mois.

— Et moi dans quatre semaines.

— Je sais, ma chérie.

Sa mâchoire est serrée.

— Mais tu connais les enjeux avec le mien.

— Il faut que je me prépare.

Elle ferme la porte, puis se douche lentement, se frottant le corps avec un nouveau gommage qu'elle a acheté sur un coup de tête la veille, s'efforçant d'effacer sa frustration, sa fatigue. Lorsqu'elle émerge de leur chambre vêtue d'un chemisier et d'une jupe propre vingt minutes plus tard, Charlie est enfermé dans son bureau. Elle se faufile dans la chambre du bébé : les chants de baleines du CD *Les Sons intra-utérins* résonnent dans la pénombre de la pièce, l'odeur de sa fille imprègne l'air. Colette ne peut résister à l'envie de se pencher sur le berceau, de toucher la joue de Poppy et dégager de son front les quelques cheveux filiformes aussi orange qu'une tarte à la citrouille. Son visage ressemble tellement à celui de la mère de Colette.

Décidant de ne pas déranger Charlie, elle quitte en silence l'appartement, puis marche jusqu'au métro où elle reste au bout du quai, loin du kiosque à journaux, dans l'espoir d'échapper quelques heures encore aux derniers gros titres au sujet de Midas. Une fois dans la rame, elle ferme les yeux, songeant au ridicule de l'altercation qu'elle vient d'avoir avec Charlie. Il est à l'apogée de sa carrière. Après avoir reçu une énorme avance pour son premier roman et récolté des articles enthousiastes assurant qu'il était l'une des nouvelles voix les plus prometteuses de ces dernières décennies, il était sur le point d'achever son deuxième livre, très attendu.

Et elle en est là.

Dans quelques minutes elle irait s'asseoir dans le bureau du maire pour l'attendre et travailler à l'écriture d'un livre qu'il affirmerait avoir rédigé lui-même ; au passage il se ramasserait une petite fortune en droits d'auteur. En vérité, elle était trop terrorisée à l'idée d'écrire un autre livre sous son nom à elle. Son premier ouvrage, une biographie de Victoria Woodhull, la première femme à se présenter aux élections présidentielles, avait été publié six ans plus tôt. Colette avait consacré plusieurs années à ses recherches et s'était sentie incroyablement fière de son travail. Mais les ventes avaient été décevantes ; certes, elle avait soumis deux autres projets, mais aucun éditeur n'en avait voulu. Trop timorée pour tenter à nouveau sa chance, et sur les conseils de son agent, elle avait accepté de faire le prête-plume. « Juste pendant un petit moment, avait affirmé son agent. Jusqu'à ce qu'une meilleure idée te vienne pour ton prochain livre. » C'était il y a quatre ans.

Tandis qu'elle grimpe les marches de l'escalier de sa station de métro près de la mairie, l'alerte de son téléphone retentit. Elle a reçu un nouveau message. C'est Charlie.

J'ai pensé à un truc, écrit-il.

Quoi ?

Au réchauffement climatique. Quelle poisse, hein ? Elle attend la suite. Par ailleurs, qu'est-ce que tu dirais d'un dîner en tête à tête à la maison ce soir ? Une fois que la petite sera endormie.

Bonne idée.

Je te laisserai même cuisiner.

Colette s'arrête devant le vendeur ambulant à l'entrée du square de l'hôtel de ville.

— Un grand café frappé, demande-t-elle à l'homme dans la guérite. Et un donut au sucre, s'il vous plaît.

Quelle générosité, tape-t-elle sur son écran.

Je ne te le fais pas dire. Qu'est-ce que tu vas faire ?

Un soufflé.

Génial. Quel genre ?

Genre invisible.

Mais on a déjà mangé ça hier.

Il reste dix minutes à Colette avant son rendez-vous avec Teb et elle décide de boire son café sur un banc dans le parc, près d'un arbre à papillons chargé de fleurs mauves. Ce serait tellement plus facile si elle pouvait dire la vérité à Charlie. Elle a envie d'arrêter de travailler. Elle voudrait se concentrer sur Poppy. Elle casse en deux son donut, songeant à la vie qu'elle souhaiterait avoir : être mère à temps plein désormais. S'assurer que Poppy va bien. Qu'elle est aimée, en bonne santé et qu'elle a tout ce qu'il lui faut.

Colette chasse l'idée de son esprit. Elle ne peut pas dire cela à Charlie.

Elle ne peut pas être *seulement* ça.

Colette Yates, la fille de Rosemary Carpenter, *la* Rosemary Carpenter connue pour avoir écrit sur la calamité que représente la maternité, le sexisme inhérent à la vie de couple, la nécessité pour les femmes d'éviter de dépendre d'un homme. Et elle allait choisir d'être mère au foyer ?

Colette termine son donut et ouvre sa boîte e-mail, sachant qu'il lui faut reprendre ses esprits et se préparer pour son rendez-vous avec Teb. Il y a un nouveau message d'Aaron Neeley, avec les notes sur les nouveaux chapitres dont ils doivent discuter aujourd'hui.

Vous passez un peu à côté de cette partie : l'impact émotionnel que la mort de Margeaux a eu sur le maire. La chronologie ne fonctionne pas. Trouvez le portrait dans The Esquire *et relisez-le. Le journaliste qui l'a écrit a tout compris.*

Colette lève le visage vers le ciel, sent la chaleur du soleil sur sa peau. L'alerte qui lui signale l'arrivée d'un nouveau message retentit à nouveau. Elle essaie d'oublier l'e-mail d'Aaron, d'oublier aussi l'heure qu'elle va devoir passer à parler de ce livre, et l'image de Winnie assise seule dans son appartement, le berceau de Midas vide, entourée de souvenirs lui rappelant l'absence de son bébé. Tout ce à quoi elle désire penser, au moins encore pendant cinq minutes, c'est au soleil sur son visage, au dîner avec Charlie, au rendez-vous chez le pédiatre le lendemain, où elle s'entendra dire que tout va bien. Que Poppy est normale. Que toutes ses peurs sont infondées.

Elle s'empare de son portable pour voir ce que Charlie a écrit. Mais le message ne vient pas de Charlie. C'est Francie.

*

En saluant Allison, Colette s'efforce de paraître calme.

— Entrez et installez-vous, fait Allison. Il finit un autre rendez-vous.

Dans le bureau de Teb, elle s'assied à la grande table ronde et ouvre son ordinateur.

Ils l'ont trouvé. C'est tout ce que dit le texto de Francie.

Colette tape l'adresse du site du *New York Post*, prête à découvrir une terrible nouvelle. L'article figure en une.

LE SUSPECT DANS L'ENLÈVEMENT DE MIDAS ROSS A ÉTÉ TROUVÉ EN PENNSYLVANIE.

Colette soupire, laissant reposer son front dans sa paume. Francie ne parlait pas de Midas. Mais de Bodhi Mogaro.

Un Yéménite de 24 ans, potentiellement lié à l'enlèvement de Midas Ross, a été arrêté tôt ce matin à Tobyhanna en Pennsylvanie, à deux heures à l'ouest de New York.

La police l'a intercepté alors qu'il venait de pénétrer sur un terrain militaire abritant un centre logistique du département de la Défense américaine spécialisé dans les systèmes de surveillance. La police confirme qu'elle était à la recherche de Mogaro depuis deux jours, après que des témoins avaient affirmé l'avoir vu aux environs de la résidence de Gwendolyn Ross le soir du 4 juillet, à l'heure de l'enlèvement du fils de cette dernière. Un sac contenant près de 25 000 $ en liquide a été découvert dans le coffre de la voiture de Mogaro, une Ford Focus 2015, louée à l'aéroport JFK tôt dans la matinée du 5 juillet.

Vingt-cinq mille dollars en liquide.
Colette relit la phrase. Pourquoi aurait-il sur lui une telle somme d'argent ?

Le département de la Sécurité intérieure se penche désormais sur l'affaire afin de savoir pourquoi Mogaro a pu tenté de s'introduire dans le centre logistique de l'Armée et si ce dernier a bénéficié de soutien au sein même du personnel militaire. L'épouse de Mogaro, professeur d'économie à l'université de Wayne State, n'a jusqu'alors fait aucun commentaire, malgré nos nombreuses sollicitations.

L'alerte du téléphone de Colette retentit derechef. C'est Nell. Qu'est-ce que ça veut dire ?
— Colette.
Allison se tient dans l'embrasure de la porte.
— Désolée de vous déranger en plein travail, mais le maire va avoir quelques minutes de retard.
Colette hoche la tête.
— OK, fait-elle, parvenant à peine à articuler correctement. Merci.
— Et il faut que je vous dise. La photocopieuse est en panne.
Allison baisse la voix.
— Le réparateur ne sera là que dans une heure, si vous avez besoin de vous isoler. Je peux mettre un panneau. Personne ne viendra vous embêter.
Colette jette un coup d'œil à l'article.

— Ça tombe bien, lance-t-elle. J'allais justement voir si les toilettes étaient libres.

Allison affiche un grand sourire.

— Donnez-moi une minute.

Colette saisit son sac sous sa chaise et s'approche du buffet près du bureau du maire. Le dossier se trouve toujours là ; alors qu'elle s'en empare, elle s'aperçoit qu'il pèse plus lourd que deux jours plus tôt. Tandis qu'elle se dirige vers la salle de la photocopieuse, Allison, assise derrière son bureau, brandit un pouce en l'air pour lui signaler que tout est en ordre. Colette verrouille la porte derrière elle. Quelque chose tombe du dossier comme elle le sort de son sac : une clé USB. Elle la pose sur la photocopieuse et parcourt à la hâte les documents dans le dossier, en quête du nom de Bodhi Mogaro. Dans la précipitation, elle se coupe avec le papier, ce qui provoque une minuscule entaille douloureuse entre son pouce et son index et laisse une traînée de sang en haut de la page en question.

— Merde, souffle-t-elle, étalant le sang sur les mots : Liste des membres – Mères de mai.

Elle feuillette les exemplaires du questionnaire qu'elle avait dû elle-même remplir pour s'inscrire au Mères de mai sur le site du Village. Il y a le profil de Nell. Celui de Yuko. Celui de Scarlett. Celui de Francie. Comment la police a-t-elle eu accès à tout cela ?

Et le sien.

Elle l'extrait du tas, observant la photo qu'elle avait fournie en s'inscrivant, un cliché de ses vacances à Sanibel avec Charlie avant la naissance de Poppy. C'était le soir de sa demande en mariage, un an jour pour jour après leur première rencontre, leur première nuit ensemble, au lendemain de laquelle ils s'étaient réveillés dans son appartement de Brooklyn Heights et avaient vu le premier avion rentrer dans la tour. « Je resterai toujours avec toi, a-t-elle dit ce jour-là sur la plage de Floride, les cheveux pleins de sable et de sel, tenant l'alliance dans la main. Mais tu sais comment je suis, Charlie. Le mariage, ce n'est pas mon truc. » Elle se reconnaît à peine sur la photo. Cela ne fait que deux ans, et pourtant elle semble tellement jeune.

Puis, elle se rend soudain à l'évidence : Teb va voir ça. Il va comprendre qu'elle connaît Winnie. Il va comprendre – si ce n'est pas déjà le cas – qu'elle était présente ce soir-là. Il va vouloir savoir pourquoi elle ne lui a rien dit.

Elle regarde le destructeur de documents près de la photocopieuse et sans y réfléchir à deux fois, glisse le formulaire dans la fente. En un éclair, de fines lamelles de papier émergent de l'autre côté de la machine.

Elle retourne au dossier, feuilletant le reste. Des photos du patio à l'arrière du Lama en fête. Des photos de la maison de Winnie. Sa cuisine. Un rapport d'analyse que Colette est incapable de déchiffrer. Elle s'arrête sur la transcription d'un entretien de plusieurs pages.

HOYT : Vous pouvez m'épeler votre nom ?
MERAUD SPOOL : M-E-R-A-U-D S-P-O-O-L
HOYT : Et vous êtes une amie de Mlle Ross ?
SPOOL : Une ancienne amie, oui. On ne se parle plus depuis des années, mais on était proches quand on était jeunes.

HOYT : Je sais que nous sommes là pour évoquer l'incident avec Daniel auquel vous avez assisté, mais avant d'en venir là, parlez-moi un peu plus de votre relation avec Mlle Ross.

SPOOL : Nous nous sommes rencontrées au casting de *Bluebird*. Nous avions beaucoup de choses en commun, et le courant est tout de suite passé entre nous. Quand j'ai déménagé ici avec ma mère pour la série, Mlle Ross nous a proposé de rester chez elle en attendant que les travaux de rénovation soient terminés dans l'appartement que nous avions acheté. Nous allions passer les week-ends dans leur maison de campagne, dans le nord de l'État. Winnie et moi, on partageait une chambre. Elle était comme ma sœur.

HOYT : OK.

SPOOL : Bref, on a été prises toutes les deux. Winnie, évidemment, pour le rôle principal.

[rire]

HOYT : Qu'est-ce que vous avez ressenti à ce propos ?

SPOOL : Qu'est-ce que j'ai ressenti ? Pour être tout à fait honnête, ça m'a fait mal. Comme à toutes les autres filles, ce n'était pas seulement moi. Elle n'était pas celle qui dansait le mieux. Mais elle était la plus jolie.

HOYT : Est-ce qu'elle s'entendait bien avec les autres filles ?

SPOOL : Non, pas vraiment. Elle était maladroite.

HOYT : Maladroite ?

SPOOL : Ouais, genre elle ne savait jamais être elle-même, tout simplement. Elle changeait, comme un caméléon, pour essayer de correspondre à ce que les autres attendaient d'elle ; du moins à l'idée qu'elle s'en faisait. Elle s'efforçait de ressembler à l'image qui lui paraissait la plus adaptée à la situation. Mais elle a pris confiance après avoir rencontré Daniel.

HOYT : Et où est-ce qu'ils se sont rencontrés ?

SPOOL : Je n'en ai aucune idée, à dire la vérité. Il était maigrichon. Il avait de l'acné. Toutes les autres filles ont été choquées en apprenant qu'ils se fréquentaient, mais pas moi, pas après les avoir vus ensemble. Leur relation avait l'air tellement évidente. Il lui ressemblait beaucoup. Il était bosseur. Artiste. Ils s'aimaient vraiment. *[rire].* Je veux dire, comme on s'aime quand on a dix-sept ans. Un amour de gamins. Même si, à trente-neuf ans, avec trois enfants et douze ans de mariage, je commence à me dire que c'est ça, en fait, le véritable amour. Ce que je vis moi ? C'est du travail. Je parle trop, non ? Je ne suis pas certaine de répondre à vos questions.

HOYT : Vous vous en sortez très bien.

SPOOL : Bon, en tout cas, la série cartonnait. Winnie avait Daniel. Elle m'avait moi. Et puis, sa mère est morte. Et...

HOYT : Oui ?

SPOOL : Et les choses, enfin... Écoutez, vous m'avez contactée pour savoir si vous pouviez me poser quelques questions, et je suis heureuse de pouvoir aider si c'est le cas. J'ai trois fils. Je ne peux même pas imaginer ce qu'elle doit traverser. Mais j'ai peur de dire quelque chose de travers.

HOYT : Essayez de ne pas vous inquiéter de ça. On rassemble les faits, c'est tout.

SPOOL : Elle est devenue dingue. Qui ne le serait pas devenu à sa place ? Perdre sa mère si jeune. C'était horrible. Cet accident stupide, que personne ne parvenait à expliquer. Ses freins ont lâché, alors qu'elle descendait une colline ? C'était tellement bizarre. Et pour couronner le tout, le type était de retour. Archie Andersen.

Colette interrompt sa lecture. La veille, Francie a évoqué dans un e-mail que Winnie s'était fait harceler par un gars ; elle se demandait s'il avait eu le moindre contact avec Winnie depuis l'époque de *Bluebird*.

SPOOL : Il avait disparu pendant plusieurs mois parce que des mesures d'éloignement avaient été prises à son encontre, mais il a récidivé à l'enterrement de sa mère. Il a fait une scène énorme en pleurant à chaudes larmes sur le parvis de l'église. C'était beaucoup pour elle.
HOYT : Ça va ?
SPOOL : C'est tellement triste, c'est tout. Winnie et sa mère étaient si proches. Elles avaient le genre de relation que n'importe quelle jeune fille rêve d'avoir avec sa mère. Et puis, pouf, elle n'était plus là. Winnie a commencé à faire des attaques de panique. Des crises de larmes épouvantables. Ça m'a rappelé ma belle-mère, en fait.
HOYT : Votre belle-mère ?
SPOOL : Elle venait d'accoucher de ma demi-sœur à l'époque. Elle a, disons, plusieurs années de moins que mon père. Elle est devenue folle après la naissance. Elle pleurait. N'arrivait plus à dormir. Pour finir, elle a été hospitalisée un certain temps. Une psychose post-partum.

HOYT : Et dans quelle mesure Winnie vous faisait penser à cette situation ?

SPOOL : Eh bien, Winnie, elle... Elle n'était plus elle-même. Et ensuite, il y a eu l'incident.

HOYT : Racontez-moi.

Quelqu'un frappe à la porte de la salle des photocopies. Colette range précipitamment les papiers dans la chemise en carton et fourre le tout dans son sac, avec la clé USB.

— Une seconde, articule-t-elle dans l'étroit interstice lumineux entre le battant et le chambranle. Le dernier sein, j'ai presque fini.

Elle sort son tire-lait manuel, déboutonne son chemisier jusque sous son soutien-gorge et ouvre la porte.

C'est Aaron Neeley.

— Tout va bien ?

Il baisse les yeux vers sa poitrine. Colette reboutonne à tâtons son chemisier, rouge de honte.

— Oui, ça va.

— On vous attend.

— OK, super.

Elle range le tire-lait dans son sac.

— Je suis prête.

Allison lance un regard confus à Colette qui suit Aaron en direction du bureau de Teb. Ce dernier lit un tirage du manuscrit, assis dans son fauteuil, les pieds posés sur sa table de travail, révélant ses chaussettes rouges à pois blancs. Aaron désigne l'une des chaises vides devant le bureau.

— Encore une seconde, marmonne Teb.

Colette conserve son sac sur ses genoux et jette un coup d'œil à Aaron, puis au mur derrière Teb, sur lequel est accrochée une série sans cesse changeante de photographies de lui posant avec diverses célébrités. Quelques nouveaux cadres avaient été ajoutés. Teb en compagnie de Bette Midler. Teb avec un jeune homme récemment engagé au Mets. Teb en compagnie de l'ancien secrétaire d'État Lachlan Raine qui, comme cela avait été annoncé plus tôt dans la matinée, allait certainement être nominé pour le prix Nobel de la paix grâce au travail de sa fondation en Syrie.

— Sympa, non ?

Teb la regarde.

— Très.

— J'ai rencontré Raine il y a deux semaines, à mon truc au Cipriani. Il lève des millions de dollars pour ma campagne, mais franchement, ce type est complètement dingue. Je ne rigole pas, il ne peut pas s'empêcher de faire des avances aux serveuses, toutes celles qu'il croise.

Colette essaie de conserver un air nonchalant.

— Je suis choquée.

Teb glousse.

— Ouais, c'est ça.

Il pose la dernière page.

— OK, Colette. Je vais être franc. Je pense qu'on s'égare à deux ou trois endroits.

Elle passe ses cheveux derrière ses oreilles, s'efforçant de rester indifférente.

— Je vois.

Aaron observe Teb avec un mélange d'ennui et de méfiance.

— Vous pouvez être plus spécifique ?
Teb se cale dans son fauteuil et fixe le plafond.
— Le premier livre. À qui ce journaliste a comparé mon style déjà ? demande-t-il à Aaron.
— « Une prose à la Hemingway et un humour à la Sedaris », réplique Aaron.
— Pour être honnête, Teb, raille Colette, c'était un peu trop.
— D'accord, mais celui-là ? Ça ne va emballer personne.
Il adresse un regard à Aaron.
— N'est-ce pas ?
Aaron soupire profondément.
— Oui, monsieur, je ne peux qu'être d'accord avec vous. Je comprends qu'on vous demande d'écrire vite, Colette, mais on ne peut pas se contenter de quelque chose de médiocre. Pas avec les attentes que le maire a suscitées après son premier livre.
— OK.
Elle opine du chef.
— Passons en revue ce qu'on a.
Durant l'heure suivante, elle essaie de se concentrer sur ce qu'ils lui demandent, mais le poids du dossier dans son sac la distrait. Et si Teb l'a déjà parcouru ? S'il a déjà vu son formulaire d'inscription ? La télévision qui diffuse NY1 sans le son la distrait aussi. Elle ne parvient pas à détourner les yeux de l'écran, et finit soudain par voir une photo de Bodhi Mogaro, celle que la police a dû envoyer à la presse – précisément celle qu'elle a chez elle, dans le dossier sous le canapé. « *Un Yéménite en garde à vue pour violation de propriété, potentiellement en lien avec l'enlèvement*

de Midas Ross. » Une vague de soulagement l'envahit lorsqu'elle entend Allison frapper doucement à la porte, glissant la tête dans l'entrebâillement.

— Monsieur le maire, votre rendez-vous suivant vient d'arriver. Ils attendent en salle 6B. Je vous ai réservé une table pour le déjeuner.

— Génial, merci, Allison.

Teb rassemble les pages et les tend à Aaron en face de lui avant de consulter son téléphone.

— C'était utile, pas vrai ? Ça va tous nous remettre sur les rails, non ?

— Absolument, réplique Aaron.

Colette glisse son ordinateur et son carnet dans son sac, près du dossier. Elle sort dans le hall, où l'une des jeunes assistantes du service de presse fait une visite guidée, attirant l'attention de l'auditoire sur les œuvres d'art accrochées aux murs et sur la grande baie vitrée offrant une vue plongeante sur le pont de Brooklyn. Colette se fraie un chemin dans le groupe pour se réfugier aux toilettes et attendre juste derrière la porte, épiant le couloir menant au bureau de Teb. Lorsqu'elle voit ce dernier s'éloigner avec Aaron en direction de leur prochain rendez-vous, elle se dirige vers Allison qui est au téléphone à son bureau.

— Je crois que j'ai laissé tomber mon portefeuille à l'intérieur, murmure-t-elle.

Allison lui fait signe d'entrer. Colette fait mine d'inspecter le sol autour de la chaise qu'elle occupait, puis à côté du bureau de Teb, remettant discrètement le dossier à sa place.

Elle salue Allison d'un geste de la main en pressant le bouton de l'ascenseur. Deux femmes s'engouffrent dans la cabine juste avant que les portes ne se referment, cafés et briquets à la main.

— Il paraît qu'il vient du Yémen. Un musulman, souffle l'une à l'autre, d'une voix rauque de fumeuse invétérée. Ça ne peut pas être bon.

L'autre femme secoue la tête.

— Ce que j'aimerais savoir, c'est où se trouve la mère ? Pourquoi est-ce qu'elle ne donne pas d'interview ? Seule une femme qui a quelque chose à cacher refuserait de parler à la presse.

Les deux femmes observent de concert Colette. Celle-ci sourit et presse le bouton du rez-de-chaussée, le cœur battant la chamade, le sac serré contre la poitrine, avec la clé USB à l'intérieur.

9

Q̇uatrième nuit

Je me sens mieux ici.
À l'ombre des arbres, protégée sous un chapeau. À seulement deux heures de New York, et pourtant on se croirait sur une autre planète. Dieu merci. Je n'étais pas sûre de pouvoir partir, mais j'ai chargé la voiture en pleine nuit, tout simplement, et j'ai pris la route avant le lever du soleil, sans rien dire à personne. Je suis rentrée avant que les voisins ne se réveillent, en utilisant la clé sous le pot de fleurs.

C'était la seule chose à faire : quitter la ville et venir ici. Je me sens plus stable, lucide. Euphorique même. Pour être franche, je ne me suis pas sentie aussi bien depuis des mois. C'est certainement à cause de l'air pur de la campagne et de ces cachets que le médecin m'a prescrits avant ma sortie de l'hôpital, quelque chose qui apaise.

OK, revenons à nos moutons. Je ne sais pas pourquoi ça m'intimide d'écrire là-dessus, mais...

Joshua et moi. Nous sommes à nouveau ensemble.

C'est trop beau pour être vrai, et Dieu sait que j'ai peur que le charme ne se brise, mais c'est bien vrai. Je l'ai fait. Je suis allée le voir. J'ai cru qu'il allait se mettre en colère en me voyant arriver à l'improviste, en m'entendant lui dire que je voulais juste lui parler une dernière fois. Mais il ne s'est pas fâché. J'ai gardé mon calme et lui ai expliqué à quel point c'était dur sans lui, combien j'étais désespérée et déprimée ; je lui ai rappelé comme nous étions heureux au début, nos longues nuits dans le bain. Nos dimanches matin à traîner au lit en se faisant la lecture à haute voix. Shakespeare. Maya Angelou. *Le Lys de Brooklyn*. Et vous savez quoi ? Il m'a laissé parler. Non, il avait *envie* d'entendre ces choses.

— Je vais m'occuper de tout, ai-je dit. Pour toi. Pour nous.

Il a souri.

— Si je le fais, est-ce que tu vas revenir avec moi à la maison ?

Je me suis approchée, l'ai attiré vers moi. Sentir sa peau, son odeur, son corps contre le mien m'a enivrée.

— Tu as besoin de moi autant que j'ai besoin de toi. Tu le sais.

Je ne peux pas mentir. Je suis nerveuse. J'ai du mal à croire aux décisions que je prends, et celle-ci n'échappe pas à la règle. Mais je n'arrête pas de penser à ce panneau suspendu dans la salle d'attente du Dr H.

Certains veulent que les choses se réalisent. Certains espèrent qu'elles se réaliseront. D'autres font ce qu'il faut pour qu'elles se réalisent.

Cela me fait rire à présent, quand je me souviens de mon premier rendez-vous avec le Dr H. J'ai décroché cette plaque ringarde du mur et l'ai emportée dans son cabinet. La pièce sentait le shampoing moquette et un vague relent d'eau de Cologne boisée que le dernier patient avait laissé derrière lui.

« Vous plaisantez ? ai-je lancé en me débarrassant de mes tongs et en m'asseyant les jambes repliées sous les fesses, la plaque posée sur les cuisses.

— Comment ça ? a-t-il demandé, les mains croisées, le regard bienveillant. (Il vient du Milwaukee.) Comment ça, je plaisante ?

— Cette plaque. Vous rigolez ou quoi ? Il n'y avait plus d'exemplaires du fameux poster de chat suspendu dans le vide ? Vous savez celui qui dit TIENS BON ? »

Mais le message de cette plaque était juste. Je n'allais pas rester assise pour le restant de mes jours à *songer* à être avec Joshua. Je ne pouvais pas me contenter d'*espérer* être avec lui. Je devais faire ce qu'il fallait, à n'importe quel prix.

Cela ne va pas être facile. Je crois que nous le savons tous les deux. Nous resterons ici aussi longtemps que possible, jusqu'à ce que l'on sache où aller ensuite. Je pense à l'Indonésie, comme dans ce livre que tout le monde a adoré. Je me couperai les cheveux. On louera une maison dans une rizière, on fera du yoga, on ira à la rencontre de nous-mêmes. J'apprendrai à cuisiner.

Mais les détails peuvent attendre. Dans l'immédiat, je veux juste être ici, savourer l'air pur et la douce brise, avec Joshua. Ce soir, je ferai griller des steaks pour le dîner et j'ouvrirai la bouteille de vin la plus chère que je pourrai dénicher dans la cave. Nous nous allongerons dans le lit ensuite et une fois qu'il sera endormi, je ne pourrai pas m'empêcher de le regarder.

Je sais qu'il va se réveiller et se demander où je me trouve, mais je suis si bien, enveloppée dans ce peignoir en soie, à écouter les grillons en contemplant sous le ciel étoilé les champs laissés en friche par ceux qui ne peuvent plus se permettre de cultiver la terre.

Je vais dire une chose : il faut que je cesse de lire les nouvelles. Les médias – tous –, ils sont obsédés par cette histoire. L'ancienne actrice qui avait tout.

L'argent !

La beauté !

Un magnifique bébé !

Patricia Faith est même déterminée à interpréter la date – en soulignant la *coïncidence* : un bébé qui disparaît le 4 juillet et sa mère qui se retrouve du même coup libérée de son rôle de mère précisément le jour de l'Indépendance. La date, tout comme son nom, s'est révélée quelque peu symbolique. Midas. Le grand roi grec qui transformait tout en or et qui ensuite, du moins selon Aristote, est mort de faim et de soif à cause de son « vœu vain ». (Dans d'autres versions, évidemment, il est sauvé au dernier moment d'une mort certaine.)

Mais qu'est-ce que je croyais ? Bien sûr qu'ils sont obsédés. Des carrières entières ont été bâties sur ce genre d'histoire. Cela contrarie Joshua que je lise ce qui s'écrit sur le sujet, mais j'ai du mal à m'en empêcher. J'ai besoin de savoir ce que les gens disent. Ce qu'ils montrent du doigt. Surtout maintenant que Bodhi Mogaro a été trouvé. Tout le monde y va de son commentaire en ligne, telle une multitude en délire.

« *Un type pris avec 25 000 $ en liquide ? On dirait un aller simple pour la chaise électrique, non ?* »

« *Des enfants se font constamment enlever en Afrique et au fin fond de l'Amérique mais tout le monde s'en fout. Ces histoires ne se retrouvent jamais à la une du New York Times.* »

« *Pourquoi ce journal ne fait-il pas référence aux témoignages de ceux qui affirment avoir vu un homme d'environ cinquante ans, de type caucasien, assis sur un banc en face de chez elle le soir du 4 juillet ? Tous les blogs spécialisés dans la criminalité en parlent et l'information a été confirmée par au moins deux sources anonymes au sein de la police de New York. Le type est fiché comme délinquant sexuel, il est en liberté surveillée après avoir agressé un petit garçon.* »

Je dois l'admettre. Ce dernier élément m'a fait sourire. C'est moi qui l'ai glissé. Pourquoi ? Parce qu'il faudra bien que quelqu'un paie pour ce qui s'est passé et je veux être certaine que ce ne sera pas moi.

Bref, je devrais me laisser aller à me reposer, à savourer le calme intérieur qui m'habite. Ou plutôt qui devrait m'habiter, si je n'étais pas si tendue, si je n'avais pas l'impression d'entendre mon bébé pleurer à chaque instant.

10

Cinquième jour

À : Mères de mai
DE : Vos amies au Village
DATE : 9 juillet
OBJET : Conseil du jour
<u>VOTRE BÉBÉ A CINQUANTE-SIX JOURS</u>
Bon anniversaire, bébé ! Votre nouveau-né a huit semaines aujourd'hui. Vous l'avez fait ! (Difficile de se souvenir de l'époque où vous n'étiez pas encore maman, non ?) Il est temps de célébrer ces dernières semaines passées à couver, nourrir, câliner votre petite merveille. Allez-y, prenez cette part de gâteau. Vous la méritez bien.

Ils ont trouvé un petit garçon, dans le New Jersey.
Toutes les forces de police d'une petite ville balnéaire avaient été mobilisées, mais c'est un bénévole participant aux recherches qui l'a découvert. Il marchait sur la plage à un peu plus d'un kilomètre du lieu de sa disparition, le long des joncs en quête de coquillages, deux heures après s'être éloigné de ses parents durant les quelques secondes qu'il avait fallu à sa mère pour sortir les sandwichs.

Une jeune fille dans le Maine a été vue pour la dernière fois près de chez elle alors qu'elle descendait du car de ramassage scolaire. La police a poursuivi les recherches toute la nuit après avoir mis en place un barrage routier sur la nationale 8, faisant même appel à un chien spécialisé dans la recherche et le sauvetage de victimes. Le lendemain matin, la jeune fille était retrouvée vivante chez son oncle.

Cela arrive tout le temps : un gosse disparaît, et on le retrouve sain et sauf peu après. Mais comme Francie le remarque à nouveau en parcourant les histoires sur le site du Centre des enfants disparus, ces gamins sont tous retrouvés en moins de vingt-quatre heures.

Cinq jours.

Cela fait cinq jours entiers, et les forces de police ne disent *rien*. Elles ne disent pas si elles ont trouvé la moindre trace de Midas, ni si le bébé est oui ou non sain et sauf. Elles n'ont rien divulgué non plus sur le lien possible de Bodhi Mogaro – qui est toujours en garde à vue pour violation de propriété – avec l'enlèvement.

Francie saisit le biberon dans la casserole d'eau bouillante sur la cuisinière et se dirige avec Will vers le rocking-chair, à quelques centimètres du ventilateur. Elle place l'enfant au creux de son bras, se tourne de façon à le protéger du soleil filtrant à travers les rideaux, et lève le biberon vers sa bouche, dans l'espoir (elle ne peut le nier) qu'il refusera de boire le lait maternisé, qu'il n'acceptera jamais rien d'autre que le lait de son sein à elle, qu'il va se mettre à hurler, dégoûté par l'odeur chimique. Elle tapote les lèvres du bébé avec la tétine orange et celui-ci ouvre la bouche

– le liquide grisâtre et fluide coule sur son menton. Puis, il boit à grosses gorgées, vite, presque frénétiquement.

Ignorant la pointe de déception qui la transperce, Francie s'empare de la télécommande. Oliver Hood est interviewé sur CNN. Avocat en droit civil rendu célèbre pour avoir plaidé la libération de six prisonniers du camp de détention de Guantanamo, il a annoncé la veille qu'il s'occuperait à titre bénévole de l'affaire Bodhi Mogaro.

— D'après ce que je comprends, déclare l'animateur de l'émission, un homme d'une cinquantaine d'années arborant des lunettes à monture sombre et une chemise à carreaux criarde, Mogaro est actuellement maintenu en garde à vue pour violation de propriété. Mais la véritable question est de savoir si oui ou non il est impliqué dans l'enlèvement du petit Midas. Oliver Hood, que pouvez-vous me dire à ce sujet ?

Hood est un homme menu avec de gros yeux ronds.

— Eh bien, je peux vous dire beaucoup de choses, mais ce que je veux affirmer plus que tout c'est que mon client est innocent. Il ne s'est pas introduit sciemment sur cette zone militaire, et il n'a absolument rien à voir avec la disparition du petit Midas. Il s'agit d'un cas classique de délit de faciès. Quelles sont les preuves existantes contre lui ? Il a été vu aux alentours de la résidence de Winnie Ross, et il est originaire du Moyen-Orient. C'est tout.

— Eh bien, si vous…

— Et ce n'est pas le pire. J'ai parlé à deux enquêteurs et ils m'ont assuré que l'homme identifié par un témoin oculaire comme étant Bodhi Mogaro le soir du 4 juillet, l'homme qui a été vu en train de marcher près de chez Mlle Ross, apparemment au moment de l'enlèvement, en train de gesticuler et de hurler au téléphone...

Oliver Hood s'interrompt alors pour marquer le coup.

— Eh bien, cet homme n'est *pas* Bodhi Mogaro.

— Comment ça ?

Hood brandit la photographie d'un homme vêtu d'une blouse blanche de médecin.

— Il s'agit du Dr Raj Chopra qui dirige le service de chirurgie du Methodist Hospital de Brooklyn. Il se dépêchait d'aller travailler alors qu'il n'était pas de service ce soir-là, pour aider ses collègues à la suite d'un accident de bus dans lequel deux enfants et une jeune mère ont été grièvement blessés.

Francie ferme les yeux, pour se laisser le temps d'assimiler l'information. Bodhi Mogaro n'était même pas présent ce soir-là ? Si c'est vrai, il est tout à fait possible que la police n'ait aucune piste valable.

— Eh bien, d'aucuns pourraient vous dire de ne pas prendre pour argent comptant ce qu'un *enquêteur* affirme en la matière. Pas avec la pagaille qu'ils ont mise dans cette affaire. Et ce que vous avancez n'explique pas pourquoi Mogaro avait autant d'argent liquide dans sa voiture.

— J'ai longuement parlé à Bodhi, à sa femme, et à ses parents. Bodhi se trouvait là pour collecter de l'argent auprès d'amis et de proches habitant Brooklyn, pour payer les frais d'enterrement d'une tante décédée au Yémen. C'est la pratique dans la culture musulmane.

L'animateur affiche un sourire narquois.

— Au même titre que boire de la bière et fumer des cigarettes, comme Bodhi Mogaro l'a soi-disant fait le soir du 3 juillet, alors qu'il était assis sur un banc en train d'observer la maison de Winnie ? Est-ce que ça fait aussi partie de la pratique dans la culture musulmane ?

Oliver Hood éclate de rire.

— Écoutez. M. et Mme Mogaro viennent d'avoir un enfant.

Il s'empare d'un autre document posé devant lui sur son bureau, et le tend vers la caméra. Francie en a le souffle coupé. C'est la photographie de Bodhi Mogaro qu'elle a vue chez Colette ; celle où il affiche un large sourire, lunettes de soleil relevées sur la tête, avec un bébé dans les bras.

— Voici celui qu'on taxe de ravisseur d'enfant avec son propre fils de six mois. Il a bu un coup et fumé une cigarette ce soir-là ? Oui, mais allez. Il vient d'être père. Qu'on le lâche un peu.

— Et son vol ?

— Il a raté son vol. Il ne s'est pas réveillé. C'est une simple erreur. Il ne pouvait pas se payer un autre billet d'avion, donc il a loué une voiture pour rentrer chez lui.

L'animateur plisse les yeux.

— Il a été arrêté trois jours après avoir raté son avion. Je ne crois pas qu'il faille trois jours pour aller de Brooklyn à Detroit en voiture. Même la grand-mère de ma femme, qui a quatre-vingt-quatre ans, peut faire le trajet en une journée.

— Il s'est arrêté chez un oncle dans le New Jersey. Et ensuite, il s'est trompé de route. Il ne savait pas qu'il s'était introduit sur une zone militaire. Je vous assure, Chris, cet homme est innocent. Ce qui lui arrive est tragique. La police ferait mieux de trouver des preuves tangibles et de l'inculper, ou elle va devoir le laisser libre.

— OK, je dois admettre que votre argumentation est intéressante. Cette affaire va sans aucun doute être fascinante à suivre. Merci, Oliver Hood. Et maintenant, en direct de Santa Monica via une liaison satellite, j'ai le plaisir d'accueillir ma nouvelle invitée, l'auteur Antonia Framingham.

Francie se penche vers l'écran. Elle aime beaucoup cette femme. Elle a fait fortune avec une collection de romans policiers pour la jeunesse – Francie a dévoré chacun d'entre eux –, et elle a annoncé la veille qu'elle faisait don de cent cinquante mille dollars à la police de New York pour aider à faire progresser l'enquête. Sa propre fille a été enlevée quinze ans plus tôt. La police n'a jamais trouvé aucune piste sérieuse sur cette affaire.

— Pourquoi, Antonia, avez-vous décidé de faire don de cet argent ? interroge l'animateur.

— Parce que je sais qu'il n'y a rien de pire pour une mère que de perdre son enfant.

Francie baisse le regard vers Will : ses yeux pétillants la fixent tandis qu'il boit le biberon.

— Toutes les mères qui ont perdu un enfant savent...

Francie coupe le son et pose la télécommande sur la table près d'elle. Les freins d'un bus gémissent dehors, et une bouffée de gaz d'échappement pénètre dans la pièce par la fenêtre ouverte ; elle sent presque les particules sur ses lèvres. Elle refuse de penser à ce qu'a enduré Antonia Framingham. Ou à ce qu'endure

Winnie. Et surtout, elle ne veut plus penser – contrairement à ces trois derniers jours où elle n'a pas cessé de ressasser le sujet –, à ce qu'elle a enduré les trois fois où elle-même a perdu un enfant.

Le premier était une fille. Elle revoit la scène, si clairement dans son esprit lorsqu'elle est seule. La salle entièrement carrelée de blanc, l'odeur persistante de désinfectant, les visages terrifiés des autres adolescentes attendant sur les chaises en plastique inconfortables à l'accueil. Elles, au moins, étaient avec quelqu'un – des garçons tout aussi terrifiés ; des copines nerveuses qui mâchaient la moitié du paquet de chewing-gum qu'elles s'étaient partagé. Une fille était même venue avec sa mère, qui portait de grands anneaux aux oreilles et s'accrochait à la main de sa fille en disant à l'infirmière qu'elle se fichait des règles et qu'elle accompagnerait sa fille en salle d'intervention. La mère de Francie, elle, attendait dans sa voiture, tournant sur le parking du Big Lots jouxtant la clinique de peur que quelqu'un de l'église ne remarque sa présence.

« Vous êtes au courant des risques que ça représente pour votre organisme ? a demandé une infirmière à Francie ; on l'avait enfin fait entrer dans une pièce froide et stérile et on lui avait tendu une chemise d'hôpital bleue.

— Oui.

— Et vous avez la permission du père ?

— Mon père ne vit pas avec nous, a répondu Francie. Il est parti quand j'étais encore petite.

— Pas *votre* père. Celui du bébé.

— Ah. »

Elle s'est sentie prise de panique.

« Est-ce que j'en ai besoin ? »
L'infirmière a levé les yeux au ciel.
« Pas légalement, non. Mais ce serait mieux. »
Francie a continué de regarder par terre.
« Est-ce que je peux avoir le nom du père ?
— Son nom ? »
Le stylo de l'infirmière est resté en suspens au-dessus de son bloc-notes. Elle a soupiré bruyamment, de toute évidence agacée.
« Oui, son nom. J'imagine que vous le connaissez ? »
Bien sûr qu'elle connaissait son nom. James Christopher Colburn. Vingt-deux ans. Diplômé de l'université de St. James, bénévole pour une association catholique, professeur de sciences à Notre-Dame du Perpétuel Secours. Elle était restée après le cours de travaux pratiques et lui avait dit, lui avait expliqué les nausées et le test de grossesse positif. Il avait rassemblé ses affaires, il devait y aller, avait-il affirmé en lui promettant de lui téléphoner plus tard dans la soirée. Le prof de gym avait pris sa place le lendemain dans la classe. Elle ne l'avait plus jamais revu.
« Non. Je ne sais pas comment il s'appelle. »
L'infirmière a secoué la tête, ses cheveux blonds impeccablement bouclés se balançant sur ses épaules, et avait marmonné entre ses dents en griffonnant quelque chose sur le formulaire.
« Signez ici, en précisant que vous acceptez l'intervention. »
Elle a fait une bulle avec son chewing-gum.
« Il faut qu'on s'assure que vous ne le regretterez pas. »
La main de Francie a tremblé pendant qu'elle signait. Elle aurait voulu dire à cette femme qu'elle n'acceptait

pas l'intervention. Qu'elle voulait garder le bébé. Qu'elle s'en sortirait, elle le croyait. Le terme n'était pas prévu avant l'été. Elle pourrait accoucher après son diplôme, trouver un boulot pour subvenir à ses besoins et à ceux de son enfant.

Mais sa mère le lui avait interdit. « Non, Mary Frances. Je ne veux pas en entendre parler. Je n'ai pas de place dans ma vie pour ça, avait décrété Marilyn tout en pétrissant avec rudesse une boule de pâte. Les choses sont assez difficiles comme ça. J'élève déjà deux filles seule ; je n'ai pas besoin d'un bébé à nourrir par-dessus le marché. »

« Ça va ? s'est enquise Marilyn lorsque Francie s'est installée sur le siège passager de la Cutlass de sa mère une heure après l'intervention.

— Très bien. C'était rapide. »

Et elles n'en ont plus jamais parlé.

Les deux autres bébés qu'elle a perdus, les fausses couches – ont été des moments tout aussi déchirants. La première, quatre mois tout juste après leur mariage, était si prématurée que c'était presque irréel. C'est, du moins, ce que l'obstétricien à Knoxville lui avait dit. « Le stade était très précoce, ce n'était qu'un amas de cellule. Ne vous inquiétez pas. Réessayez. »

Qu'est-ce qu'il y avait d'irréel là-dedans ? avait-elle eu envie de demander, le ventre couvert de gel bleuté et translucide, alors que Lowell tenait sa main ce matin-là dans le cabinet du médecin. Et les noms qu'elle avait choisis ? Et la vie qu'elle avait imaginée ?

La seconde – deux ans plus tard, après dix-sept mois de torture à essayer en vain de tomber enceinte, pour finir par opter pour une FIV sur les conseils de son médecin – avait été provoquée à cause d'une malformation de l'embryon. « Quelque chose d'inexplicable, avait assuré cette fois le médecin. C'est rare chez une personne âgée d'une vingtaine d'années d'avoir des difficultés à procréer. Mais essayez encore. Vous aurez peut-être plus de chance à la deuxième tentative. »

Elle avait une explication. C'était précisément ce sur quoi l'infirmière à la clinique l'avait mise en garde – elle pourrait regretter sa décision. Il pourrait y avoir des conséquences. Dans les jours précédant le rendez-vous, Francie était restée allongée au lit, convaincue que le bébé était une fille, s'imaginant à quoi elle ressemblerait, espérant être assez forte pour s'opposer à sa mère et tout faire pour son enfant. Pour élever ce bébé comme *elle* l'entendait. Au lieu de quoi, elle était restée inerte. Impuissante.

Francie essuie les larmes aux coins de ses yeux et se tournant derechef vers la télévision, elle s'aperçoit que Midas est à l'écran. C'est une photo du bébé sur le dos, fixant l'objectif, ses petits poings serrés contre ses joues. Elle saisit la télécommande et remet le son. Antonia Framingham maintient un mouchoir sur son nez.

— Je ne peux pas m'empêcher d'imaginer Midas, comme je le faisais avec ma fille lorsqu'elle a disparu.

Elle renifle.

— J'ai l'impression de pouvoir le voir. Il est seul quelque part, sans sa mère, malheureux ; il se demande où elle se trouve. Il se demande quand elle va venir le chercher.

Francie éteint la télévision et lance la télécommande sur le canapé. Sa coupe est pleine pour la journée. Elle se dirige vers la cuisine et pose en silence le biberon dans l'évier. Le lait maternisé a apaisé et endormi Will ; elle l'attache délicatement dans sa poussette qu'elle porte pour descendre les quatre étages la séparant du hall d'entrée de son immeuble, puis elle sort dans la chaleur, monte la colline – six pâtés de maisons – jusqu'au parc. Elle s'arrête à l'épicerie pour s'acheter un Coca light – sa première dose de caféine depuis plus d'une semaine. Le temps qu'elle s'installe sur le banc, *son* banc, devant la demeure de Winnie, son tee-shirt lui colle à la peau dans le bas du dos. Elle immobilise la poussette à l'ombre et plonge la main dans le sac à langer pour prendre son appareil photo, soufflant sur l'objectif pour en ôter la poussière avant de se mettre debout sur le banc afin d'observer le parc par-dessus le mur d'enceinte, parcourant du regard l'étendue herbeuse jusqu'au saule noir où les Mères de mai se retrouveraient dans une demi-heure.

Elle a hâte de revoir tout le monde. Un peu plus d'une semaine s'est écoulée depuis le dernier moment de partage sous cet arbre, et cela lui manque. Elle aime attendre les rendez-vous. Sa place dans le cercle parmi les autres mères tandis qu'elles partagent conseils et combines, entourées des bébés. Elle descend du banc et braque son objectif vers la rue, voit dans son viseur quelques journalistes agglutinés devant chez Winnie, des camionnettes régies garées tout près, puis elle s'attarde sur une fenêtre à quelques maisons de là, à travers laquelle elle distingue une série de portraits de famille en noir et blanc suspendus au-dessus d'un canapé, et plusieurs grandes plantes vertes se dressant dans un coin. Elle zoome jusqu'à pouvoir lire les titres des livres soigneusement rangés sur une étagère.

Un chien se met à aboyer, et Francie fait pivoter son appareil vers le trottoir : un homme portant d'épaisses lunettes marche. Il a une bonne quarantaine, et elle l'a déjà vu à cet endroit, aller et venir devant chez Winnie, en train de promener un petit chien marron au bout d'une laisse. Il regarde toujours avec insistance vers les fenêtres, comme s'il tentait de voir à l'intérieur.

Francie ne peut s'empêcher de se demander si c'est lui : Theodore Odgard. Le type fiché délinquant sexuel qui vit quelque part dans ce pâté de maisons. Elle a découvert son nom tard la nuit précédente pendant qu'elle nourrissait Will, en parcourant le registre des délinquants sexuels sur l'écran de son téléphone. Et si c'était le même homme que celui au sujet duquel Francie a lu des trucs sur un blog spécialisé dans la criminalité – celui qui a été repéré sur un banc face à la demeure de Winnie, le soir du 4 juillet ?

Francie l'observe, toujours à travers son viseur, tandis qu'il traîne son chien. Alors qu'il passe devant chez Winnie, la porte d'entrée s'ouvre. Les battements de cœur de Francie s'accélèrent : Winnie est là !

Elle zoome aussitôt vers la porte et est déçue de voir que ce n'est pas elle mais un homme. Il ferme le battant derrière lui et descend avec précaution l'escalier. Il est plus vieux, pas loin de soixante-dix ans peut-être, et il porte un polo jaune pâle avec le nom HECTOR brodé sur la poche poitrine. Dans une explosion d'aboiements stridents, le petit chien se précipite sur lui comme il s'engage sur le trottoir. Hector se penche pour caresser l'animal, saluant d'un signe de tête l'homme à l'autre bout de la laisse et les trois journalistes assis à deux pas dans le virage. Il arpente ensuite le trottoir devant la porte de chez Winnie, mains croisées dans le dos, marquant une pause pour effleurer le buisson en fleurs bordant l'allée et faire tomber quelques pétales flétris. Francie demeure immobile, elle examine la scène. Très peu de choses ont été écrites au sujet du père de Winnie, et elle se demande si c'est lui. Non, décide-t-elle. À sa façon d'aller et venir, ce doit être un vigile. Un flic à la retraite, pourquoi pas, que Winnie a engagé pour protéger sa maison, s'assurer que personne n'essaie de pénétrer à l'intérieur, qu'aucun journaliste ne sonne à la porte ; pour faire circuler les inconnus bien intentionnés venant déposer un bouquet de roses acheté au supermarché, qui fanent aussitôt à cause de la chaleur, ou ajouter une nouvelle Sophie la girafe à la longue procession de Sophie couchées côte à côte sur le trottoir, et ce tout le long de la rue.

Elle a finalement téléphoné à Winnie. À trois reprises. Celle-ci n'a jamais répondu, mais Francie a laissé un message chaque fois, lui disant qu'elle pensait à elle, lui proposant de lui faire des courses, de lui cuisiner quelque chose qu'elle pourrait mettre au congélateur. Francie a aussi envie de lui avouer combien elle aime *Bluebird*. Elle a déniché un coffret DVD sur eBay, les trois saisons pour soixante dollars seulement – somme que Lowell ne remarquera pas sur leur relevé de compte le mois prochain, espère-t-elle. Bref, elle adore. Winnie est tellement drôle, tellement naturelle, et une danseuse tellement phénoménale.

Francie est encore contrariée par la façon dont Lowell a réagi plus tôt ce matin lorsqu'elle lui a avoué avoir appelé Winnie plusieurs fois.

« Ce n'est pas très malin de ta part, à mon avis, Francie.

— Et pourquoi ?

— Elle a sûrement envie qu'on la laisse tranquille en ce moment. Et en plus…

— En plus quoi ?

— Eh bien, on ne sait jamais.

— Comment ça, on ne sait jamais ? a rétorqué Francie. On ne sait jamais quoi ? »

Il a soupiré et paru peu disposé à aller plus loin, mais elle a insisté.

« Où était-elle quand Midas a été enlevé ? Et comment ça se fait qu'il n'y avait aucune trace d'effraction ? Tout ce que je veux dire, c'est que je ne crois pas que ce soit une bonne idée pour toi d'être trop proche d'elle. En tout cas, je n'ai aucune envie que Will passe ne serait-ce qu'une minute en sa compagnie. »

Francie était furieuse.

« Je n'aime pas du tout ce que tu insinues. »

Francie observe Hector qui disparaît au coin de la maison de Winnie ; comme elle voudrait oublier cette conversation. Elle entend son téléphone vibrer dans le sac à langer et elle passe son appareil photo autour de son cou. C'est un texto de Lowell. Pour s'excuser, présume-t-elle.

Mauvaise nouvelle. N'ai pas eu le chantier de rénovation. Ils ont choisi les autres gars.

Francie fourre le téléphone dans son sac, soudain folle d'inquiétude. Ce contrat constituait leur seule promesse de revenus. Et ils doivent payer leur loyer dans trois semaines. Will s'agite dans sa poussette. L'esprit encombré de sombres pensées, elle range son appareil photo dans son étui et part avec son bébé en direction de l'entrée du parc dans l'espoir que Will se rendorme.

Elle s'efforce de repousser ses idées noires.

Elle aime Lowell. C'est un bon mari, un homme doux.

Et pourtant. Pourquoi n'a-t-elle pas choisi un homme comme ceux avec lesquels sont bon nombre des Mères de mai ? Un homme comme Charlie, capable d'acheter un bel appartement donnant sur le parc, et qui poste toujours des photos de Colette et Poppy sur Facebook, ajoutant de tendres messages pour dire combien elles sont belles toutes les deux et combien il estime avoir de la chance. Ou comme le mari de Scarlett, un professeur titulaire qui peut pourvoir aux frais d'une grande maison en banlieue et gagne assez d'argent pour que Scarlett puisse rester à la maison sans avoir à s'inquiéter. Celle-ci a même précisé une fois qu'il s'assurait de rentrer tous les soirs à dix-huit heures pour dîner avec elle, faire le bain, et l'aider avec le coucher du bébé. Un homme complètement différent de Lowell, qui travaille sans arrêt, qui n'a jamais, pas même une fois, donné le bain, et dont l'entreprise est en train de capoter. Un homme qui commence même à lui conseiller, de plus en plus fréquemment, de trouver un moyen de gagner de l'argent. C'est lui qui a suggéré à Francie d'organiser ce rendez-vous avec les Mères de mai et de proposer de prendre en photos les bébés afin de se faire un book ; puisqu'elle aime faire des portraits de bébés, comme elle l'a dit un jour en passant, elle n'a qu'à se lancer là-dedans professionnellement.

En arrivant au saule noir un quart d'heure plus tard, ployant sous le poids du sac à langer et de l'appareil photo, elle est en nage ; ses cheveux sont trempés et frisotés. Colette est déjà là, étalant une couverture. Elle porte une robe courte bleu clair, une tresse en épi de blé lui tombe dans le dos. Francie ne comprend pas comment Colette y arrive ; comment elle fait pour paraître si fraîche et dispose. Francie n'est même pas certaine de s'être brossé les dents ce matin.

— Tu as eu des nouvelles de Nell ? lui demande-t-elle après avoir mis la poussette de Will à l'ombre.

— Pas encore.

Colette ouvre le carton de mini-muffins et le tend à Francie.

— Elle est censée m'appeler pendant sa pause déjeuner. J'espère que son premier jour de boulot se passe bien.

Sur ce arrive Gonze. Il ôte ses lunettes de soleil : il a les yeux rouges.

— Ça va ? s'enquiert Colette.

— Oui, répond-il, détournant le regard. Mes allergies, avec cette chaleur. C'est terrible.

Les autres arrivent petit à petit, et Francie ne reconnaît personne. Des femmes qu'elle n'a jamais vues auparavant, qui n'ont jamais pris la peine de venir à un moment de partage tant qu'il n'y avait pas de portrait de bébé gratuit à la clé, s'avancent prudemment vers l'arbre, se renseignant en chemin pour savoir si la réunion des Mères de mai se déroule bien là. En attendant, aucun signe de celles que Francie espérait retrouver – pas de Yuko, pas de Scarlett, ni de Gemma. Elle s'efforce de modérer sa déception tandis qu'elle dispose les accessoires qu'elle a apportés pour les portraits, invitant enfin les participantes à s'approcher pour prendre leur tour. Elle n'a jamais photographié de bébés auparavant, mais elle se jette dans l'entreprise, trop contente d'oublier un peu ses inquiétudes au sujet de l'argent, de Lowell, de la description qu'Antonia Framingham a faite de Midas : seul, terrifié, espérant désespérément voir sa mère.

— Bon, je sais que c'est morbide, mais est-ce qu'on peut parler de Midas ? lance une mère assise sur les couvertures derrière elle.

— On était chez le pédiatre ce matin, déclare une autre. On a attendu une heure et demie et mon téléphone n'a plus de batterie. Il y a du neuf ?

Francie s'efforce d'ignorer leurs voix, se concentrant sur la lumière, les zones d'ombre, sur le bébé agité et obstiné qu'elle tente de faire coopérer.

— Il y a eu une interview ce matin avec le médecin du Methodist... Celui qu'ils ont pris pour Bodhi Mogaro le 4 juillet. Il a fini premier de sa promotion à Harvard. Il ne « gesticulait » pas au téléphone. Il criait des instructions aux urgentistes qu'il avait en ligne. La jeune maman qui était dans un état critique ? Elle est morte hier soir.

— Ah, c'est triste.

— Ce truc avec Bodhi Mogaro est tout aussi affligeant, intervient une autre personne. Sa femme s'est fait interviewer. Les journalistes ont l'air de dire qu'ils viennent juste d'arriver du Yémen, mais ils sont citoyens américains. Elle est originaire du Connecticut.

— Ma mère pense que cette femme ment sur toute la ligne.

Celle qui parle éclate de rire.

— Bon d'accord, ma mère n'écoute que *The Faith Hour*, donc je ne suis pas certaine qu'on puisse avoir confiance en elle.

— En tout cas, je n'arrive pas y croire. (Gros soupir.) Que ce soit arrivé à l'une d'entre *nous*.

Alors qu'elle s'agenouille, Francie sent des aiguilles de pin lui picoter le bas des jambes, et elle retient sa respiration afin de s'épargner l'odeur nauséabonde d'une poubelle toute proche qui déborde de gobelets de café et de restes de nourriture, prise d'assaut par une nuée de mouches. Francie se penche vers le bébé, espérant qu'il reste immobile. Elle s'était imaginé qu'ils ne bougeraient pas, comme ils le font pour cette femme, peu importe son nom, qui parvient à les faire dormir au cœur d'une énorme fleur, leurs têtes couvertes d'une feuille de chou.

— Vous pouvez le changer de position, s'il vous plaît ? Il est dans l'ombre.

— Je n'arrive pas à me le sortir du crâne... L'idée de recevoir un appel pour m'entendre dire que mon bébé a disparu. Mon mari et moi, on était censés sortir en amoureux hier soir, mais je n'ai pas pu. Je n'ai pas pu le laisser avec une baby-sitter. J'ai lu quelque part que la nounou, Alma, fait partie d'un réseau qui vend des bébés.

Francie a lu la même chose la veille et elle a tout de suite envoyé un texto à Nell. Alma ? Elle fait partie d'un réseau qui vend des bébés ? C'est vrai ?

Nell a répondu un seul mot : Oui.

Francie l'a aussitôt appelé.

« Nell, c'est horrible. Comment as-tu...

— C'était précisé dans son CV, a coupé Nell. Nounou pendant trois ans. Mère de deux enfants. Membre d'un réseau de vente de bébés. »

Francie a entendu Nell faire un bruit de bouche désapprobateur dans le combiné.

« Je n'avais pas le choix ! Je l'ai prise. Je devais retourner bosser. Tu ne te rends pas compte, il n'y a quasiment pas de nounous disponibles à Brooklyn par les temps qui courent. »

Francie a toujours du mal à accepter que Nell puisse rire de tout cela.

« Il n'y a rien d'amusant là-dedans, Nell.

— Je sais, Francie. Mais la façon dont ils traînent Alma dans la boue tout en faisant flipper toutes les femmes qui ont une nounou... C'est exaspérant. Elle ne ferait jamais de mal à une mouche. Il *faut* bien en rire. Sinon, je serais capable de tuer quelqu'un. »

— Super, petit bonhomme, chuchote maintenant Francie au bébé allongé sur la couverture devant elle. C'est ça. On ne bouge pas, encore une minute, OK ?

— Vous avez vu *US Weekly* hier ?

Francie leur tourne le dos et elle ignore qui parle. Leurs voix s'entremêlent.

— Un article affirme que Patricia Faith a offert deux millions de dollars à Winnie pour une interview exclusive.

Francie entend l'alerte de son téléphone. Elle vient de recevoir un nouveau texto. Elle s'interrompt et s'empare de son portable posé par terre près de l'étui de son appareil photo. C'est encore Lowell.

Franchement, vends ton truc. Essaie de te dégoter des clientes tout de suite.

— Eh bien, moi, j'ai entendu dire qu'une société lui avait proposé de faire des vidéos de remise en forme pour les nouvelles mamans. C'est dégueulasse.

Le téléphone de Francie sonne à nouveau mais elle ne prend pas la peine de le consulter ; elle n'a aucune envie de savoir ce que Lowell a à dire en ce moment.

Elle se tourne vers le groupe. Le soleil et la chaleur lui ont donné mal à la tête.

— Suivante ? s'exclame-t-elle, remarquant Colette, les yeux baissés sur son téléphone, les sourcils froncés.

Puis, le regard de Colette croise celui of Francie : elle est inquiète.

— Regarde ton portable, articule-t-elle calmement.

Francie pose précipitamment son appareil photo sur la couverture. C'est un message de Nell.

Regardez l'émission de Patricia Faith. Tout de suite.

*

Nell a les bras levés au-dessus de la tête, ce qui remonte son tee-shirt, révélant son ventre ramolli qui déborde de la taille élastique de son jean de grossesse. Elle tient un verre à la main, et dans l'autre le poignet de Winnie. Nell se souvient du moment où cette photographie a été prise. C'était au début de la soirée. Elles se plaignaient que le congé maternité n'existe pas aux États-Unis. Elle s'était levée en chantant les paroles de *Rebel Yell*, tirant la main de Winnie pour qu'elle la suive. Elles avaient dansé. Les gens avaient chanté. Tout le monde riait.

Qui avait osé faire ça ? Qui, parmi elles, avait donné ce cliché à Patricia Faith, dont le visage suffisant a remplacé Nell sur l'écran ? Elle porte une robe noire soyeuse et sans manches, et semble avoir trouvé le temps de refaire ses mèches. Elle fixe la caméra avec tant d'intensité que Nell a l'impression que Patricia Faith peut concrètement la voir, assise, seule à une table de la cafétéria de la Simon French Corporation, les mains moites et la gorge sèche.

— Bien, récapitulons, déclare-t-elle, le menton posé sur ses doigts écartés en éventail et entrelacés. Ce matin, nous avons reçu cette photo passablement dérangeante, montrant Gwendolyn Ross le soir, peut-être même à l'instant précis, où son bébé, qui venait d'avoir sept semaines, a été enlevé alors qu'il dormait dans son berceau.

La caméra zoome sur la photographie : gros plan du visage de Winnie. Celle-ci regarde directement l'objectif, les yeux mi-clos et vides, l'air dans les vapes.

— Regardez-moi ça. Elle est saoule, décrète Patricia Faith. Et je regrette, mais je dois poser la question. Qu'est-ce que ce genre de photo signifie ? Est-ce que cela modifie, ou devrait modifier, l'histoire ? Je sais que nous nous sommes concentrés sur d'autres choses. L'incompétence du maire et le travail inadmissible de la police. Bodhi. La nounou. Mais bon, je ne sais pas. Une jeune maman, qui a accouché il y a seulement quelques semaines, et qui laisse son bébé à la maison pour se comporter de cette façon ? C'est *ça*, les mamans modernes ?

La caméra se tourne vers un des invités de Patricia Faith : un homme plus âgé au regard imperturbable, avec un bouc poivre et sel.

— Je suis heureuse d'accueillir aujourd'hui Malcolm Jeders, pasteur de l'église Calgary, également membre de la Family America. Et Elliott Falk du *Post*. Merci, messieurs, d'être ici. Malcolm, j'aimerais commencer avec vous. Quel est votre avis sur tout cela ?

— Un bébé a disparu, Patricia. C'est tragique. Mais puisque vous me posez la question, on récolte ce qu'on a semé : de nos jours les femmes croient avoir besoin de « tout avoir ». Qu'est-ce que ça signifie exactement ? Que quelques semaines après avoir accouché, elles peuvent sortir dans un bar, boire et se comporter comme des étudiantes à un tonus ?

— Le Lama en fête, s'exclame Patricia Faith. Ou plutôt La *mama* en fête ?

Elle affiche un sourire en coin à la caméra, l'air entendu, le sourcil haussé au-dessus de la monture orange vif de ses lunettes de vue.

— D'accord. Nous ne sommes pas là pour dire que les femmes devraient rester à la maison à rouler des boulettes de viande toute la journée. Mais si j'avais un enfant... un nourrisson, surtout... Est-ce que je laisserais mon bébé pour sortir dans un bar ? Non, monsieur. Quand ma mère a eu son premier enfant, sa seule priorité était le bébé, et les choses sont restées ainsi jusqu'à ce que son plus jeune entre en maternelle. Elle n'aurait jamais...

Quatre jeunes femmes portant des bols en carton débordant de salade s'installent bruyamment à la table voisine de celle de Nell, couvrant complètement le son de la télévision. Nell s'empare de son plateau et se dirige vers un box dans un coin de la salle, sous un grand écran qui sous-titre les échanges. Patricia Faith se tourne vers son autre invité.

— Elliott Falk, ravie de vous revoir. Les femmes qui figurent ici avec Winnie Ross, disons les « *mamas en fête* » par souci de commodité. Que savons-nous d'elles et de leurs rôles pendant cette soirée ?

— Eh bien, Patricia, jusqu'à présent, les noms de ces femmes n'ont pas été révélés. Mais comme nous le savons, Winnie était sortie avec les membres de son groupe de mamans. C'est un phénomène culturel plutôt récent. Je m'explique. Historiquement, les femmes ont toujours dépendu d'un cercle de femmes pour les aider à accoucher. Évidemment, elles ne s'inscrivaient pas pour entrer dans ce cercle. Il se constituait naturellement. C'étaient leurs mères, leurs tantes, les sœurs. C'est encore comme ça que les choses se déroulent dans les pays émergents. Mais aujourd'hui...

— Nell ?

Une femme se tient près de la table, un plateau garni de nourriture dans les mains. Ses cheveux sont soigneusement attachés en queue de cheval, et son badge est retourné de sorte que Nell ne peut lire son nom. Elle fouille dans sa mémoire. Elles ont assisté à la même conférence, ont bu une bouteille de vin un soir au cours d'un dîner à Los Angeles.

— Je ne savais pas que tu étais revenue de congé maternité. Depuis quand tu es de retour ?

— Depuis aujourd'hui.

— Ah, super. Et le bébé a quel âge maintenant ?

— Huit semaines.

Nell lève les yeux vers l'écran.

La femme grimace.

— Comment ça va ?

— Impec'.

— Vraiment ? Tu es contente de laisser ton nouveau-né pour venir travailler ? Je ne te crois pas.

Elle s'assied en face de Nell.

— Mon gamin a huit mois et je suis encore rongée par la culpabilité.

Nell hoche la tête et s'efforce d'avaler sa salive. Elle ne va pas pleurer, pas au beau milieu de la cafétéria, pas devant cette femme. (Elle prévoit de laisser cela aux quinze minutes qu'elle passera trois fois par jour dans les toilettes pour handicapés à regarder des photos de Beatrice en tirant son lait.)

La femme s'aperçoit de son état d'esprit.

— Oh, Nell. Je suis désolée. Ça va s'arranger.

Elle secoue une bouteille de boisson protéinée.

— Ils sont censés nous donner une salle d'allaitement...

C'est alors que Nell le remarque. Sur un autre écran, l'ancien secrétaire d'État Lachlan Raine. Le visage sombre, il répond aux questions de plusieurs journalistes devant sa maison dans le Vermont. Nell reconnaît trop bien cet air : la tête que l'on secoue lentement, l'expression toute faite du remords.

— Il faut que j'y aille.

Nell s'empare de son plateau, sans avoir touché à son déjeuner.

— J'ai une réunion dans un quart d'heure.

— OK. Mais je voulais te dire : il y a un groupe de jeunes mamans dans la société qui se retrouvent...

En glissant son plateau avec les autres dans le chariot métallique placé près des poubelles, elle se sent prise de vertiges. Plusieurs personnes s'amassent devant les ascenseurs, qui un café frappé à la main, qui un repas à emporter. Elle passe son chemin jusqu'à l'escalier et descend quatre à quatre les marches jusqu'au cinquième étage. Son portable sonne à l'instant où elle ferme la porte de son bureau.

Une vague de soulagement la submerge lorsqu'elle reconnaît le numéro. Ce n'est que Francie.

— Colette et moi, on y est, déclare-t-elle. On est rentrées dare-dare chez Colette. Attends. Je te mets sur haut-parleur.

Nell s'effondre dans sa chaise de bureau, à bout de souffle.

— La photo de moi. Vous l'avez vue ?
— Oui.

Nell ferme les yeux, et revoit intérieurement le cliché. La transpiration qui dessine des auréoles sous ses bras. La ceinture de grossesse de son pantalon. Les bourrelets de son ventre.

— Qui lui a envoyé ça ?
— Un idiot opportuniste, c'est tout, réplique Colette. Je ne crois pas que ce soit quelqu'un de notre groupe. Ça se voit à cause de la prise de vue. Celui ou celle qui a fait cette photo se trouvait au bout du patio. Et franchement, Nell, personne ne saura que c'est toi. C'est beaucoup trop flou. On ne te reconnaît pas.

— Mais alors pourquoi Lachlan Raine a été interviewé ? fait Nell.
— Comment ça ?
— Je l'ai vu, sur CNN ou un truc comme ça. Il répondait à des questions.
— Il paraît qu'il est pressenti pour le prix Nobel de la paix. Tu croyais qu'il s'exprimait par rapport à ta photo ?

Colette rit.

— Je sais que certains iront jusqu'à dire que la photographie d'une mère en train de boire est une question de sécurité nationale, mais impliquer l'ancien secrétaire d'État, ça serait peut-être extrême, même pour Patricia Faith et sa bande.

Nell pose son front dans sa paume, à nouveau traversée par une vague de soulagement. Quelqu'un frappe doucement à la fenêtre de son bureau. Ian est debout dans le couloir ; il tapote le cadran de sa montre. Nell lève un doigt pour indiquer qu'elle arrive.

Francie semble sur le point d'éclater en sanglots.

— Ça n'arrête pas d'empirer. Qu'est-ce que les gens vont penser ?

— Et alors, qu'est-ce que les gens vont penser ? rétorque Colette. On n'a rien fait de *mal*.

Le poste téléphonique de Nell sonne sur son bureau.

— Merde. Quittez pas. Sebastian m'appelle. Le bébé s'est réveillé ce matin avec de la fièvre et il est à la maison avec elle.

Il a sûrement vu l'émission de Patricia Faith. Il doit être terriblement inquiet.

— Dieu merci, tu réponds, lâche-t-il, la voix crispée. Je sais que tu as une réunion, et j'avais peur de te rater.

— Je sais. Je dois y aller maintenant. Tu as vu ?

— Comment ça, vu ? Vu quoi ?

— La photo. Patricia Faith.

— Non, mais...

— Ce n'est pas pour ça que tu m'appelles ?

— Non, chérie, écoute.

Il baisse la voix, comme si quelqu'un écoutait.

— La police est là. Ils veulent te parler. Je crois qu'il faut que tu rentres.

*

Mark Hoyt, debout dans le salon de Nell, examine les étagères de livres. Il s'est fait couper les cheveux depuis sa précédente visite il y a quatre jours.

— Madame Mackey, dit-il, se tournant vers Nell comme elle ferme la porte d'entrée derrière elle et pose son sac par terre près du canapé.

Son visage est impénétrable. Dans le taxi, après avoir annoncé à Ian que la fièvre de Beatrice était subitement montée et qu'elle devait rentrer chez elle, Nell a essayé de se convaincre que tout allait bien, se répétant qu'elle n'avait rien fait de mal. Ou du moins, rien d'illégal. Et pourtant, elle ne peut passer outre le sentiment d'effroi qui la tourmente. Mark Hoyt sait-il quoi que ce soit sur cette soirée ? A-t-il découvert quelque chose qui aurait eu lieu dans le laps de temps dont Nell n'a aucun souvenir ?

Des pas dans le couloir la font sursauter. Elle pivote et voit Sebastian arriver.

— Ah, bien, tu es là, déclare-t-il, posant une tasse de café sur la table. Ça va ?

Il chuchote mais elle perçoit un certain malaise dans sa voix.

— Oui. Et Beatrice ?

— Bien. La fièvre est tombée. Elle dort.

— Asseyez-vous, madame Mackey, suggère Hoyt.

Nell prend le café que Sebastian a posé sur la table, sachant qu'il l'a très certainement préparé pour Hoyt, et s'assied sur le canapé.

— Alors, qu'est-ce qui vous amène ? lance-t-elle à ce dernier.

Hoyt s'avance lentement vers l'énorme fauteuil près de la fenêtre et se pose sur un des accoudoirs. Elle résiste à l'envie de lui demander de s'asseoir normalement : il va abîmer le cadre comme ça. Le fauteuil est un cadeau de mariage de sa mère, et Nell sait combien d'heures supplémentaires elle a dû faire pour pouvoir le payer.

— J'ai juste quelques questions, répond Hoyt, remontant les manches de son tee-shirt en coton gris. Deux trois points en suspens à propos desquels vous pourrez peut-être nous aider.

— OK.

— Pour commencer, comment allez-vous ?

— Très bien.

Il se lève et retourne près des étagères.

— Vraiment ? Très bien ?

Il saisit une photo encadrée sur l'étagère, une photo de son mariage, et essuie la poussière sur le verre avec son pouce.

— C'est votre père ?

— Beau-père.

Il opine du chef.

— Belle robe.

Nell désigne sur l'étagère du bas un gros album coincé entre les beaux livres de Sebastian.

— Il y a tout un album. Là où c'est écrit « Mariage » sur le dos. Si c'est pour ça que vous êtes venu… regarder mes photos de mariage.

Hoyt rit.

— Non, pas vraiment.

— Dommage. C'était un mariage magnifique. On était juste seize et ma belle-mère avait préparé un repas haïtien.

Hoyt replace le cadre sur l'étagère. Son silence devient pesant.

— Bon, c'était la fin de mon congé maternité aujourd'hui. J'étais au boulot. Pas franchement le bon moment pour dire à mon patron qu'il fallait que je parte plus tôt. En plus, mon bébé s'est chopé son premier rhume après quatre jours de crèche. Je suis un peu lessivée. Est-ce qu'on peut entrer dans le vif du sujet ?

— Je suis vraiment désolé.

Il secoue la tête ; sa voix s'est empreinte d'une empathie de flic sympa.

— J'ai pensé qu'il serait préférable de se voir ici plutôt qu'à votre bureau, enfin vous voyez.

— Je vous écoute.

— On essaie encore d'éclaircir quelques zones d'ombre.

Sebastian pénètre dans la pièce avec une autre tasse de café, mais Hoyt lui fait signe qu'il va s'abstenir.

— Non merci. Trop de caféine.

Puis se tournant vers Nell, il ajoute :

— Pardonnez-moi si nous avons déjà parlé de ça. Mon esprit n'est plus aussi affûté qu'avant. Mais si je comprends bien, c'est vous qui avez organisé cette soirée au Lama en fête, n'est-ce pas ?

— En fait, pas exactement. Tout le monde avait...

— Vous avez insisté pour que Winnie soit des vôtres.

— Tout le monde voulait qu'elle vienne.

— Mais c'est vous qui avez envoyé un e-mail collectif. Vous avez écrit quelque chose comme... c'était quoi déjà... « Il faut que tout le monde vienne, surtout Winnie. Nous n'accepterons aucun refus. » Ou un truc dans ce goût-là. C'est bien ça ?

— Je ne me souviens pas exactement.

— Non ?

Il sort son carnet de sa poche arrière et le feuillette.

— Si. C'est ça. Ma mémoire n'est peut-être pas si mauvaise après tout.

Nell hoche la tête.

— Je ne peux pas vraiment dire la même chose. J'ai carrément du mal à me souvenir d'enfiler un pantalon le matin. Je manque un peu de sommeil ces temps-ci.

Hoyt sourit, comme un petit garçon, lui adressant un regard que sa femme trouve certainement irrésistible, songe-t-elle.

— Voyons voir. Quoi d'autre ? Ah, oui.

Il lève les yeux.

— L'application de Mlle Ross. Pourquoi l'avez-vous désinstallée ?

— Pourquoi je l'ai...

— « Coucou, je suis là ! » C'est comme ça que ça s'appelle je crois, non ? Ça permet aux mamans de voir leur bébé à distance. Vous avez désinstallé cette application de son téléphone ?

Nell sent le regard de Sebastian qui la fixe. Elle a eu trop honte pour lui raconter cet épisode.

— C'était idiot, en fait. On s'amusait, c'est tout.

— Vous vous amusiez ?

— C'était une blague. Winnie n'arrêtait pas de consulter son téléphone pour surveiller son bébé.

Le but de cette soirée, c'était de passer du temps sans nos bébés. Donc quand elle s'est levée pour se chercher un verre… Colette a remarqué qu'elle avait laissé son portable sur la table…

Nell s'efforce d'enrayer le tremblement dans sa voix.

— Évidemment, je m'en veux maintenant, vous n'avez même pas idée. Penser que la soirée aurait pu finir complètement différemment si je n'avais pas fait ça.

Sebastian saisit la main de Nell, glissant ses doigts entre ceux de sa femme.

— Et franchement, elle aurait pu facilement réinstaller l'appli. Ça ne lui aurait pas pris plus d'une minute.

— C'est vrai ?

Hoyt acquiesce, l'ombre d'un sourire se dessinant sur son visage.

— Je dois avouer que je ne connais rien à la technologie actuelle. Ma fille qui a onze ans se moque toujours de moi… J'en suis encore au Moyen Âge, selon elle. Bon, entre nous, je suis sûr qu'elle croit que le Moyen Âge commence en 1995. Mais elle sait se servir les yeux fermés de l'ordinateur de ma femme.

Nell n'a aucune envie d'entendre parler de la fille ou de la femme de cet homme. Elle veut qu'il parte.

— Et pourquoi avez-vous appelé le portable de Winnie Ross à deux reprises ce soir-là, madame Mackey ?

— Pourquoi j'ai…

— Le journal d'appels du téléphone de Mlle Ross indique qu'entre 22 h 32 et 22 h 34, précisément au moment de l'enlèvement d'après ce qu'on est parvenus à établir, vous l'avez appelé deux fois. Enfin…

Il lève la main afin de préciser sa pensée.

— Peut-être devrais-je plutôt dire que quelqu'un se servant de votre téléphone l'a fait ?

Nell sent sa main devenir moite dans celle de Sebastian. Hoyt hausse les sourcils, dans l'attente d'une explication, mais elle n'a pas d'explication à lui fournir. Elle ne se souvient pas d'avoir fait cela.

— Pourquoi avez-vous appelé son téléphone ?

— J'étais... Je devais être...

— Combien de verres aviez-vous bus ce soir-là, madame Mackey ?

— Je vous l'ai déjà dit. Deux.

— C'est vrai. Et Mlle Ross. Savez-vous combien de verres elle a bus ?

— Vous me l'avez déjà demandé l'autre jour.

Elle s'oblige à garder son calme.

— Franchement, qu'est-ce que ça peut faire ?

— Qu'est-ce que ça peut faire ?

— Ouais, en quoi c'est important par rapport à l'enquête ? Je ne crois pas qu'elle ait bu ce soir-là. Elle sirotait du thé glacé. Et malgré ce que les chaînes câblées peuvent prétendre, les mères ont encore le droit de boire un coup quand ça leur chante, non ?

— L'alcool peut rendre sa version des faits peu fiable, affirme Hoyt, le visage imperturbable. Et c'est valable pour vous aussi.

Beatrice pleurniche dans sa chambre, et l'esprit de Nell se brouille alors qu'elle s'efforce de déchiffrer les pleurs de sa fille. Est-ce que la fièvre est remontée ? Est-ce qu'elle a faim ? Elle s'aperçoit que Hoyt la fixe, attendant sa réaction.

— Excusez-moi, dit-elle. C'était quoi, la question ?

— Y avait-il quelqu'un avec elle quand elle a commandé à boire ? Quelqu'un susceptible d'être mal intentionné ? Qui aurait pu mettre une substance dans son verre ?

— Non. Je n'ai rien vu.

Les pleurs de Beatrice s'intensifient et Sebastian disparaît d'un pas rapide dans le couloir. Il ferme la porte de la chambre derrière lui, et Nell se tourne vers Hoyt.

— Tant qu'on en est encore aux questions, monsieur Hoyt, je peux peut-être vous en poser quelques-unes.

Quelque chose traverse son visage, remarque Nell, mais il se maîtrise aussitôt.

— Allez-y.

— Qui raconte tous ces trucs sur Alma à la presse ?

— Qui...

— Ouais, cette histoire qu'elle fait partie d'un réseau de trafic de bébés. Qu'elle pourrait être impliquée.

Nell sait qu'elle ferait mieux de se contrôler, mais sa colère et son impatience prennent le dessus.

— À moins que vous n'ayez quelque chose de vraiment concret à me dire, je jure sur la vie de mon bébé qu'elle n'a rien à voir là-dedans. Vous et vos collègues, il faut que vous arrêtiez d'insinuer le contraire. Vous allez détruire sa vie.

Nell sourit.

— C'est peut-être une immigrée, mais c'est un être humain aussi.

— Je n'ai rien insinué...

Sebastian émerge du couloir, l'air inquiet.

— La fièvre est revenue, lance-t-il. Tu devrais peut-être l'allaiter.

Nell soupire et presse ses paumes sur ses paupières afin d'essayer d'apaiser sa migraine grandissante.

— Écoutez, monsieur Hoyt, j'ai été ravie de vous voir, mais mon bébé a besoin de moi. J'imagine que j'ai le droit de vous demander de partir maintenant ?

Hoyt hoche la tête.

— Naturellement. Je reviendrai à un moment plus opportun, pas de problème. Je sais comment c'est avec les enfants.

Il lève les yeux au ciel.

— J'en ai trois.

Nell quitte sa place, les jambes lourdes, et se dirige vers la porte d'entrée qu'elle ouvre de manière ostentatoire.

— Alors vous savez comme c'est difficile quand ils sont malades.

Hoyt marque une pause.

— Bien sûr, madame Mackey. Ce n'est pas facile. Élever des enfants peut s'avérer vraiment éreintant. Surtout quand ils sont petits.

Il la fixe intensément.

— N'est-ce pas ?

Elle demeure silencieuse pendant que Hoyt se lève et avance lentement vers elle. Il s'arrête à sa hauteur et sort une carte de visite de sa poche arrière.

— C'est ma ligne directe, déclare-t-il en lui tendant le petit carton. Appelez-moi si vous pensez à quoi que ce soit qui pourrait nous aider. D'accord, madame Mackey ?

Elle prend la carte.

— Entendu.

Avant qu'elle ne puisse fermer le battant, il le coince du bout du pied, glisse la tête dans l'entrebâillement, et la regarde d'un air bizarre.

— C'est votre vrai nom, n'est-ce pas ? Madame Mackey ?

11

SIXIÈME JOUR

À : Mères de mai
DE : Vos amies au Village
DATE : 10 juillet
OBJET : Conseil du jour
<u>VOTRE BÉBÉ A CINQUANTE-SEPT JOURS</u>
Si vous n'avez pas encore mis en place une routine du dodo, nous avons une question à vous poser : Que diable attendez-vous ? Une routine aide bébé à comprendre qu'il est l'heure de se coucher ; pensez donc à le bercer, chanter, donner le bain, lire et/ou faire des câlins aussi longtemps que possible. Vous serez ensuite tous deux prêts pour une bonne nuit de sommeil !

L'entaille sur le poignet de Francie saigne et le sang coule le long de son bras pour stagner au creux de son coude. Alors qu'elle se cale contre le plan de travail pour maintenir son équilibre, Lowell se précipite vers elle, le beau torchon jaune à la main, celui avec les tournesols. Avec le sang, elle va être obligée de le jeter.

— Mon Dieu ! s'exclame-t-il, pressant le torchon sur la coupure.

— Désolée.
— Ce n'est pas grave. Serre bien fort.
— Mais cette assiette. C'était à ta grand-mère.
— Ne t'inquiète pas.

Il éponge le sang sur le lino abîmé avant de sortir les éclats de porcelaine de l'évier. Une fois que tout est nettoyé, il marque une pause.

— Ça va ?
— Oui. Plus de peur que de mal. C'était trop bizarre. L'assiette m'a glissé des doigts.

Il opine du chef.

— Je t'ai entendue hier soir. Qu'est-ce que tu faisais ?
— J'ai cru entendre Will pleurer, et ensuite je n'ai pas réussi à me rendormir. J'ai lu des trucs...

Lowell secoue la tête.

— Il y a des gens qui travaillent sur cette affaire, Francie. Des professionnels. Ils vont finir par choper ce type.

Les yeux baissés, elle presse sa blessure.

— Je sais.
— Tu es tellement angoissée, tu n'es pas à ce que tu fais. Ce n'est pas bon pour Will.

Elle fait volte-face.

— Comment ça, pas bon pour Will ?
— Il faut que tu penses à lui en ce moment, pas à autre chose. À...
— Tu rigoles ou quoi ? Notre bébé est la seule et unique chose à laquelle je pense.
— Francie. Calme-toi. Calme-toi.
— Que je me calme ? Non, Lowell, je ne me calme pas. Les *gens* qui travaillent là-dessus ? Une bande

de bouffons incompétents, oui. Tu l'as dit toi-même. Et quoi ? Je suis censée oublier ?

Elle jette le torchon sur le plan de travail.

— Cette histoire avec Bodhi Mogaro ? Tu as lu ? Il y en a qui prennent sa défense. Qui disent qu'il est victime de délit de faciès. L'ACLU s'intéresse à l'affaire. Ils n'ont rien sur lui. Il n'a pas de casier judiciaire. Aucun mobile. Sa femme affirme qu'il a raté son avion parce qu'il ne s'est pas réveillé.

Francie sent qu'elle commence à prendre un ton accusateur.

— Elle dit qu'il ne dort pas assez parce que c'est lui qui se lève la nuit pour s'occuper son fils. Pour que sa femme se repose.

Lowell ne dit mot, le visage impassible.

— Même Patricia Faith soutient que la police n'a pas le droit de prolonger sa garde à vue. Le gars s'est perdu. C'est pour ça qu'il a pénétré sur un terrain de l'État. S'ils avaient trouvé quoi que ce soit sur lui, ils l'auraient inculpé depuis longtemps.

— Oui, enfin, si j'étais toi, je ne croirais pas trop à ce que cette femme avance, rétorque Lowell, haussant les sourcils avant de ricaner doucement.

— Ce n'est pas drôle, Lowell.

— Je le sais, mais Francie, tu n'y peux rien. Franchement. Tu ne dors pas. Tu manges à peine.

Il place ses mains sur les épaules de sa femme.

— Je ne suis pas censé le dire, mais si Midas est mort...

— Arrête.

— Eh bien, tu sais quoi ? Il l'est peut-être.

Elle se dégage.

— Lowell, arrête. Tu ne te rends pas compte. C'est de la vie d'un bébé qu'on...

— Francie, écoute. Il est peut-être mort, OK ? C'est horrible, mais il faut que tu te prépares au pire.

— IL N'EST PAS mort.

Elle se rappelle alors que Will peut l'entendre depuis le salon dans la balancelle, et elle baisse la voix.

— Je le sais.

— Comment ? Comment tu le sais ? Il se passe des trucs affreux parfois, Francie.

Cette dernière ferme les yeux, et les souvenirs défilent : elle est assise sous le saule avec les Mères de mai dix jours plus tôt, le soleil lui chauffe la nuque. Et elle entend la voix de Nell. « *Il se passe des trucs affreux quand il fait chaud comme ça.* »

La pièce vacille autour d'elle.

— Tu devrais prendre soin de toi, déclare Lowell.

Francie l'entend mal, sa voix lui semble lointaine.

— Ce n'est bon pour personne que tu craques comme ça. Je vais prendre une journée. Je peux annuler un rendez-vous aujourd'hui.

Elle lève les yeux.

— Pourquoi ?

— Pour que tu te reposes.

Elle savoure l'idée : se hisser dans le lit, s'octroyer quelques heures seule. Cela fait des mois qu'elle n'a pas eu plus d'un quart d'heure de solitude. Et encore, quand Lowell s'occupe du bébé pour qu'elle fonce à l'épicerie acheter un pot de sauce toute prête. Il faut qu'elle le fasse. Il faut qu'elle arrête de s'occuper de Will de temps en temps, de réagir aux moindres pleurs, de penser à Midas, de lire les commentaires horribles et les questions que les gens commencent à poser au sujet de Winnie sur le site de Patricia Faith. Où était-elle ce soir-là ? Pourquoi ne parle-t-elle pas à la presse, pourquoi ne fait-elle pas de déclaration, n'implore-t-elle pas qu'on lui rende Midas ?

Mais Francie ne peut pas. Lowell ne peut pas prendre un jour, ils ne peuvent pas se le permettre, pas après la perte de ce contrat sur lequel ils comptaient.

— Non, ça va, souffle-t-elle. J'ai prévu de sortir me promener avec le bébé. Il faut que je commence à bouger un peu.

Lowell semble s'adoucir.

— Je te fais une offre. C'est ta dernière chance.

— Tu as besoin de travailler. Je vais m'en sortir.

— OK, si tu es sûre.

Lowell lui embrasse le front.

— Je vais prendre une douche.

Elle attend d'entendre l'eau couler pour se diriger vers la chambre. Elle ferme en silence la porte derrière elle et s'empare du carnet qu'elle a dissimulé dans le tiroir du haut, sous la lingerie en dentelle qu'elle ne porte plus depuis des mois. Elle l'ouvre à la liste qu'elle a établie des personnes présentes ce soir-là, et passe à la nouvelle liste des suspects potentiels qu'elle est en train de faire.

Elle inscrit un point d'interrogation devant le premier nom de cette dernière liste.

Bodhi Mogaro.

Et si son avocat avait raison ? Si ce n'était effectivement pas lui ? Elle parcourt les autres possibilités.

Quelqu'un lié aux affaires du grand-père de Winnie.

Alma. Nell est catégorique : Alma n'a rien à voir là-dedans, mais Francie ne sait plus qui croire désormais. Est-ce vraiment plausible que quelqu'un soit entré chez Winnie et ait enlevé Midas qui dormait dans son berceau sans qu'Alma entende quoi que ce soit ? Hier, Francie a lu que le frère de celle-ci avait été arrêté à Tucson il y a deux ou trois ans pour vol de voiture. Qu'un de ses oncles avait tué quelqu'un au Honduras.

Il n'empêche, ce qui commence vraiment à la travailler, c'est le type qui harcèle Winnie. Archie Andersen. Elle entoure son nom plusieurs fois. Il n'y a pas eu grand-chose d'écrit à son sujet, et elle n'a même pas pu trouver une photo de lui en ligne. C'était une vieille histoire ; Internet n'existait pas à l'époque, ni Facebook, ni les chaînes d'informations en continu, et le seul truc probant qu'elle avait déniché, c'était un article paru dans *People* racontant qu'Archie Andersen avait plusieurs fois réussi à faire irruption sur le plateau de *Bluebird*, ce qui avait obligé la mère de Winnie à porter plainte plus d'une fois, et en fin de compte des mesures judiciaires d'éloignement avaient été prises à l'encontre du jeune homme. Il avait seize ans et il était convaincu que lui et Winnie étaient faits l'un pour l'autre. Ensuite, il était allé à l'enterrement de la mère de Winnie et s'était mis à pleurer toutes les larmes de son corps comme s'il s'agissait de sa propre mère, jusqu'à ce que le petit ami du moment de Winnie le fasse partir de force.

Archie devait avoir la trentaine maintenant. Comme le gars du Lama en fête – celui qui avait abordé Winnie si soudainement, dès qu'elle s'était retrouvée seule au bar. La dernière personne avec laquelle celle-ci avait été vue.

Francie a envoyé un e-mail à Nell et Colette quelques heures plus tôt pour leur demander ce qu'elles pensaient du fait que la police ne s'intéresse pas à Archie Andersen. Était-ce une erreur ?

J'imagine qu'ils pensent à lui, a répondu Colette. Malgré ce que les médias suggèrent. Les flics ne sont pas si abrutis.

Mais comment Colette pouvait-elle en être tellement certaine ? Si Mark Hoyt et ses collègues se trompaient effectivement sur ce Bodhi Mogaro, il y avait probablement d'autres choses qui leur échappaient, non ? L'eau de la douche cesse de couler, puis Francie entend le rideau s'ouvrir. Elle ferme son carnet et le fourre à la hâte dans le tiroir. De retour dans le salon, elle prend Will dans la balancelle, saisit le sac à langer et l'écharpe de portage et appelle Lowell pour lui dire au revoir.

Il sort de la salle de bains en boxer, se frictionnant les cheveux avec une serviette pour les sécher tandis qu'elle ouvre la porte pour sortir.

— Tu vas où ?

— Aux Mères de mai.

Elle s'éclaircit la gorge.

— Il y a un moment de partage de dernière minute. Je viens de recevoir l'e-mail.

— Ah super, ma chérie. Je suis content pour toi.

Il fait demi-tour pour retourner dans la salle de bains.

— C'est exactement ce qu'il te faut.

*

Francie s'efforce d'ignorer le bourdonnement d'une lampe au-dessus de sa tête tandis qu'elle berce Will en faisant des va-et-vient dans l'espace d'attente désert, s'arrêtant devant une table pour jeter un coup d'œil aux piles de brochures qui l'encombre. Partager l'information pour lutter contre le terrorisme. Défendre la cause LGBT. *Si vous voyez quelque chose d'anormal, signalez-le.*

En entendant une porte claquer dans son dos, elle sursaute et fait volte-face. Mark Hoyt traverse le hall du commissariat en compagnie d'un homme mal rasé aux yeux fuyants qui porte un tee-shirt noir et un jean trop grand. Le regard de l'individu croise celui de Francie un instant avant que ce dernier ne regarde nerveusement ailleurs. L'homme parti, Hoyt s'approche de Francie.

— Madame Givens. Je regrette de vous avoir fait attendre. Venez, allons au fond.

Francie lui emboîte le pas. Ils passent devant un agent qui examine une grille de sudoku en dernière page du *Post*, assis à un bureau derrière une paroi de verre, puis ils longent un couloir à la lumière criarde.

— Est-ce que cet homme était là pour parler de l'enquête ? demande-t-elle à Hoyt.

— Non.

— C'est un suspect ?

— Non.

Le couloir est bordé de petits bureaux, et lorsqu'ils atteignent celui de Hoyt, celui-ci fait un pas de côté et invite Francie à entrer la première. On dirait le décor d'une mauvaise série policière : une vieille table de travail croulant sous les piles d'enveloppes en papier kraft dangereusement penchées, des documents éparpillés partout. Trois gobelets en carton à moitié pleins de café sont alignés près d'un ordinateur hors d'âge. Une couche fripée de moisissures marronnasses stagne dans l'un d'entre eux.

— Vous voulez un café ? demande Hoyt.

— Non, merci. J'ai arrêté la caféine.

D'un mouvement de tête, elle désigne Will sur sa poitrine.

— Pour le bébé.

Une pointe de culpabilité l'envahit : elle ment à la police. Mais bon, elle n'est pas non plus censée leur confier qu'elle n'allaite presque plus. Sans compter qu'elle va se mettre à pleurer si elle le formule à voix haute.

— Je peux sûrement vous dégoter un décaféiné si vous le souhaitez.

— Dans ce cas, je veux bien. Merci.

Il laisse la porte entrouverte derrière lui et elle parcourt du regard la pièce. Mark Allen Hoyt. Né à Bay Ridge à Brooklyn. Petit-fils et fils de flic. Six ans dans les Marines. Diplômé de l'école de police de New York. Elle a trouvé sa biographie en ligne, dans la présentation d'une conférence qu'il avait faite devant des lycéens à l'occasion d'un salon des métiers à Staten Island. Alors qu'elle tend timidement la main pour mieux voir quelque chose de l'autre côté du bureau, elle entend la porte s'ouvrir brusquement dans son dos. S'empressant de replier le bras, elle heurte d'un coup de coude un gobelet de café dont le contenu se répand sur ses tibias et sur la moquette sale sous ses pieds.

C'est Stephen Schwartz.

— Je suis désolée, balbutie-t-elle, cherchant dans son sac à langer des lingettes. Je vais nettoyer ça. Je ne voulais pas...

— Venez avec moi.

Son ton est froid, voire hostile, ce qui contrarie Francie. Certes, elle n'a pas à fouiner sur le bureau de l'inspecteur Hoyt, renversant qui plus est son café moisi dégoûtant, mais Schwartz devrait être content de la voir. Il peut penser ce qu'il veut mais si ça se trouve, elle est en mesure d'aider l'enquête ; elle détient peut-être une information susceptible de leur permettre de résoudre l'affaire et de retrouver Midas vivant. Au lieu de quoi, sans une once de gratitude dans la voix, il désigne le couloir :

— Laissez ça. Je vais demander à quelqu'un de s'en occuper.

— Mais l'inspecteur Hoyt va revenir. Il est parti me chercher un café.

Schwartz balaie sa phrase d'un revers de main.

— Venez avec moi.

Elle le suit, soulagée que Will ne se soit pas réveillé. Depuis qu'elle lui donne du lait maternisé, il dort beaucoup mieux, et elle espère que les deux cent soixante-dix millilitres qu'il a bus goulûment sur un banc devant le commissariat vont l'aider à dormir encore une bonne heure.

Au bout du couloir, Schwartz ouvre une porte. Dedans, la pièce est austère, glaciale ; un néon jaune éclaire une table blanche et quatre chaises pliantes en métal. Francie aperçoit son reflet dans le mur-miroir face à elle – ses racines de plus en plus grisonnantes, son ventre protubérant – et détourne aussitôt les yeux.

Hoyt est assis sur une des chaises, les jambes étendues devant lui, chevilles croisées. Du doigt, il lui indique une chaise et glisse vers elle un gobelet en plastique rempli de café.

— Asseyez-vous.
— Je vais rester debout si ça ne vous dérange pas. Le bébé n'aime pas vraiment qu'on reste immobile.

Nerveuse, Francie saisit le gobelet.

— Comme beaucoup de bébés.

Elle avale une gorgée de café. Le liquide est tiède et amer, plein de marc ; elle résiste à l'envie de tout recracher dans le gobelet. Schwartz ferme la porte et cale son dos contre le battant.

— Bien, Mary Frances Givens. Qu'est-ce qui nous vaut l'honneur de votre visite ce matin ?

Elle pose le gobelet de café sur la table et se remet à bercer Will.

— Je voudrais savoir où en est l'enquête.

Hoyt hausse les sourcils.

— Vous voulez savoir où en est l'enquête ?
— Oui. Ça fait six jours que Midas a été enlevé. J'aimerais savoir où les choses en sont.

Elle s'efforce d'effacer toute trace d'inquiétude dans sa voix.

— Pourquoi est-ce que vous n'avez pas encore retrouvé cet enfant ?

Schwartz jette un coup d'œil à Hoyt.

— Eh bien, vous auriez dû nous le dire plus tôt, fait-il.

Il tire une chaise, s'assied dessus, sort un petit carnet et un stylo de sa poche poitrine et, l'air concentré, il lèche la pointe.

— Pouvez-vous me donner votre adresse e-mail ?
— Mon adresse e-mail ?
— Ouais.
— Pourquoi ?
— Je vais vous envoyer un rapport détaillé. Et je vous tiendrai au courant au fur et à mesure.
— Les textos, c'est plus efficace, intervient Hoyt. Tu devrais prendre son numéro de portable.
— Bonne idée.

Schwartz s'immobilise tout ouïe, ses énormes sourcils haussés et le stylo en suspens au-dessus de la page.

— C'est quoi, votre portable ?
— Vous rigolez ?

Schwartz ricane et lance le stylo sur la table.

— Oui, on peut dire ça comme ça si vous voulez.

Francie se sent rougir de colère.

— Bon. Pouvez-vous au moins me dire ce qui se passe avec Bodhi Mogaro ? Vous allez l'inculper ? Ou c'est vrai que vous l'avez confondu avec ce chirurgien ?
— Francie, déclare Hoyt, vous savez qu'on ne peut faire aucun commentaire sur une enquête en cours.

Il sirote son café en l'observant.

— C'est pour ça que vous êtes venue aujourd'hui ? Pour voir où nous en sommes ?
— Oui. Enfin... J'ai pensé à certaines choses aussi. Des choses que vous aimeriez peut-être savoir.

Elle ne quitte pas Hoyt du regard. Contrairement à Schwartz, il porte une alliance. Il a peut-être des enfants.

— Il y a un type qui vit à quelques rues de chez Winnie.

— OK, fait Hoyt.

— Fiché comme délinquant sexuel.

Elle a raison. Hoyt *est* compatissant. En l'entendant, quelque chose dans son expression s'adoucit, et il se penche en avant, les coudes appuyés sur la table.

— Francie, ça ne vous ferait pas de mal d'arrêter de lire les blogs spécialisés dans la criminalité. Vous allez devenir folle.

— Non, vous n'y êtes pas. Apparemment, il y avait un blanc d'une cinquantaine d'années assis sur le banc près de chez elle ce soir-là, et c'est un délinquant sexuel. Oui, d'accord, je l'ai lu sur un blog, mais qu'est-ce que ça peut faire ? Vous pouvez très bien le vérifier vous-mêmes... où vivent les délinquants sexuels. Il y en a un dans le grand immeuble pas loin de là.

Francie parle trop vite, elle le sait, et elle essaie de ralentir le rythme.

— J'ai surveillé la maison de Winnie.

Elle plonge la main dans la poche avant de son sac à langer pour s'emparer des photos qu'elle a imprimées et qui sont à l'intérieur.

— Ce type traîne souvent dans le coin, il promène un petit chien. Il a l'air de s'intéresser un peu trop à sa maison. Il s'arrête toujours devant, il scrute les fenêtres. Comme s'il était en repérage pour vous parler franchement.

— Pourquoi est-ce que vous avez surveillé sa maison ?

— Enfin, je ne l'ai pas surveillée, genre avec des jumelles et tout. Je n'habite pas loin. Je passe devant quand je me promène avec le bébé. L'idée que c'est un voisin qui a enlevé Midas est très logique. Pensez-y. C'était la première fois que Winnie sortait ce soir-là. Sa première fois loin de son bébé. C'est *forcément* quelqu'un qui le savait. Quelqu'un qui l'observait.

— À vous entendre, on dirait que c'est vous qui l'observiez ! lance Hoyt.

— Quoi ? Non. Je veux dire…

Elle marque une pause pour reprendre son calme.

— C'est mon amie.

— Depuis combien de temps est-ce que vous la connaissez ?

— Depuis un moment. Quatre mois. Mais on s'est parlé par e-mails pendant des mois avant ça.

— Quatre mois ? Ça ne fait pas longtemps.

— Bah, quand même. Et en plus, c'est différent. On vient d'accoucher. Vous ne pouvez pas comprendre. Ça crée une amitié à part.

Hoyt opine du chef en silence, attendant qu'elle poursuive, mais elle n'en a pas envie. Elle n'a pas envie d'expliquer à cet homme comment c'est ; comment les Mères de mai comprennent Francie mieux que quiconque. Combien elles ont été là pour elle durant sa grossesse, quand elle avait une peur bleue de perdre le bébé, comme cela s'était passé les fois précédentes. Combien elles l'avaient aidée depuis la naissance de Will, en lui envoyant des articles, en répondant à ses questions et ses doutes sur son rôle de mère, en l'aidant à lutter contre l'isolement.

— Je ne suis pas là pour parler d'amitié, décrète-t-elle. J'ai autre chose à vous dire. À vous avouer en fait.

Hoyt jette un coup d'œil vers le miroir, et l'espace d'un instant elle se demande si quelqu'un se tient derrière et les observe.

— Il s'est passé quelque chose la nuit dernière, et ce n'est que maintenant que je me rends compte à quel point c'était bizarre.

— Et de quoi s'agit-il ? intervient Schwartz.

Il semble blasé.

— Vous vous souvenez de ce gars dont je vous ai parlé quand vous m'avez interrogée ? Le gars au bar qui s'est approché d'elle sans crier gare ?

— Oui.

— Vous devriez le retrouver. Il faudrait le coffrer.

Schwartz s'enfonce dans sa chaise, se balance en arrière, et croise les mains derrière sa tête.

— Je n'ai pas étudié le droit et à vous dire la vérité, j'ai décroché de justesse mon diplôme à l'école de police, mais je suis à peu près sûr qu'aborder une femme pour lui offrir un verre n'a rien d'illégal. Du moins, pas à New York.

— Évidemment. Ce n'est pas ce que je veux dire.

Francie fait de son mieux pour ne pas s'énerver.

— Son comportement m'a paru un peu suspect, c'est tout.

Alors que Schwartz ouvre la bouche pour répondre, Hoyt brandit la main pour l'arrêter.

— D'accord. Je vais aller dans votre sens. Qu'est-ce qu'il y a de suspect chez un type qui aborde une femme dans un bar ? Ce n'est pas pour ça que les hommes vont dans les bars ?

— Peut-être. Mais...

— Votre amie Winnie est une très belle femme.

— Oui. Je sais. Mais...

Will se tortille sur sa poitrine et Francie s'aperçoit qu'elle a cessé de le bercer.

— Mais je crois que je sais qui était ce type. Je n'y ai pensé que ce matin, en fait. Il faut suivre cette piste.

— C'est-à-dire ? fait Schwartz.

— Vous avez déjà entendu parler d'un certain Archie Andersen ? Le gars qui a harcelé Winnie ?

Schwartz soupire bruyamment et se lève pour se diriger vers la porte.

— Je retourne travailler.

Après le départ de Schwartz, Francie se tourne vers Hoyt, légèrement soulagée de se retrouver seule avec ce dernier.

— Je pense vraiment que ce type au bar pourrait être Archie Andersen. Vous vous êtes renseignés sur lui ?

Hoyt se frotte les paupières.

— Francie, on fait notre boulot, vous savez. On prend l'affaire très au sérieux.

— Vous avez des enfants ?

Sa voix se serre soudain ; elle s'en veut terriblement. Ce n'est pas le moment de pleurer.

— Trois.

Il prend son portefeuille dans sa poche arrière, et en sort la photographie cornée de trois filles dans une piscine gonflable.

— Je suis vieux jeu. Je continue d'aimer les tirages papier. C'était il y a quelques années.

Il examine le cliché de plus près, comme s'il ne l'avait pas vu depuis longtemps. Il secoue la tête.

— Elles grandissent vraiment vite.

— Vous imaginez, inspecteur, ce que ça aurait été de perdre une de ces petites filles avant qu'elle n'ait la chance de grandir ? C'est ce qui est arrivé à Winnie.

Elle soulève le sac à langer qui était suspendu au dossier de la chaise, heurtant malencontreusement avec son bras la tête de Will qui se réveille en sursaut. Sur le point de pleurer, il cligne des yeux et son visage devient rose. Francie sent la sueur perler sous l'écharpe. Elle a soudain besoin de respirer un peu d'air.

— J'ai dit ce que je voulais dire. Je n'aurais pas pu me regarder en face si je ne l'avais pas fait.

Elle se tourne vers la porte, mais Hoyt s'avance et lui barre le chemin.

— Écoutez, Francie. C'était sincère quand je vous disais qu'on fait tout pour résoudre cette affaire. Je veux retrouver ce gamin vivant autant que vous.

Elle acquiesce et tente de le contourner, mais d'une main ferme, il prend son bras.

— Et vous voulez savoir la vérité ? Dans ce genre de dossier, quand un bébé disparaît, quand il n'y a aucune trace d'effraction, pas de mobile, on doit commencer à chercher là où on n'a pas forcément envie de le faire.

Francie dégage son bras d'un coup sec et se dépêche de sortir. Will pleure de plus en plus fort, couvrant le bourdonnement de l'éclairage, mais elle perçoit néanmoins les dernières paroles de Hoyt tandis qu'elle se précipite vers le hall.

— Il est temps de s'intéresser aux mobiles de ceux qui le connaissaient. Je veux dire, des gens proches de la famille, Francie.

12

SIXIÈME NUIT

Ma mère a toujours dit que j'étais naïve. Évidemment, elle faisait référence à ma relation avec mon père : je lui pardonnais toujours ce qu'il disait, ou faisait, même quand une nuit, alors qu'il rentrait pour la énième fois saoul à la maison, il m'avait démis l'épaule en me tirant du lit par le bras pour m'ordonner de virer mes putains de chaussures du couloir parce qu'il avait failli se tuer en trébuchant dessus.

— Il s'en veut, avais-je affirmé le lendemain matin, évitant de regarder ma mère alors qu'elle m'appliquait une poche de glace sur l'épaule. Ce n'est pas sa faute.

Elle avait secoué la tête.

— Tu es si intelligente d'habitude, sauf en ce qui le concerne.

J'avais vu la déception dans ses yeux.

— Quand est-ce que tu vas apprendre ?

Elle avait sans doute raison. Je n'apprendrai peut-être jamais. En vérité, tout est tellement plus dur que ce que je croyais. C'est tellement bête de ma part d'avoir pensé pouvoir filer à l'anglaise et être heureuse. D'abord, je m'ennuie à mourir. Il n'y a *rien* à faire ici. Rien pour m'occuper l'esprit. Et Dieu sait que l'ennui, très peu pour moi. L'oisiveté, non merci.

Joshua est comme moi. Il n'aime rien tant que sortir, marcher jusqu'en ville pour acheter un sandwich au poulet et une bière bien fraîche à la petite échoppe près de la bibliothèque, ou aller nager dans la petite piscine naturelle que nous avons découverte sous le pont, perdue au milieu de nulle part, le long du chemin boisé, et s'allonger après sur un rocher à somnoler en cuisant doucement au soleil. Mais je lui ai dit aujourd'hui que je ne me sentais plus en sécurité à faire ce genre de choses. Il y a des gens dans les environs – qui promènent leur chien, distribuent le courrier –, et ils commencent à me saluer quand ils me croisent. C'est ça le problème avec ceux des campagnes. Ils fourrent leur nez partout. *Rentrez chez vous*, j'ai envie de leur dire. *Retournez à votre point de croix, votre gratin de pâtes surgelé, votre chaîne d'informations en continu.* J'ai peaufiné mes réponses ; répété mon histoire avec Joshua encore et encore, pour essayer de ne pas m'emmêler les pinceaux, pour finir par croire à mes propres mensonges.

Je devrais être une vraie pro en la matière désormais. J'ai menti toute ma vie.

Ma mère ne se sent pas bien. C'est la grippe. Elle regrette, mais elle m'a demandé d'appeler pour elle et d'annuler.

Arrête tes bêtises, je ne te demande pas de quitter ta femme. Je ne veux rien de plus que ce que nous avons.

Donneur de sperme, je soufflais, en me penchant, souriante, comme si mon interlocutrice – assez mal élevée pour me demander qui était le père à partir du moment où ma grossesse a commencé à se voir vers le cinquième mois – était le seul et unique être digne de confiance avec lequel je pouvais partager mon secret. *L'horloge biologique commençait à tourner et je n'allais pas continuer d'attendre le mec parfait, n'est-ce pas ?*

Mais cette fois, les choses ne semblent pas si simples. Les mensonges sont plus complexes, il y a plus de risques de se prendre les pieds dans le tapis. Donc plus de sortie, peu importe si on s'ennuie comme des rats. Et hors de question de se plaindre. Je vais tirer le meilleur parti d'une sale situation. Comme je l'ai fait avec mon cher père.

J'ai déjà commencé. Ce matin, Joshua s'est réveillé de mauvaise humeur et distant. Est-ce que j'ai pété un plomb ? Est-ce que j'ai exigé de savoir ce qui n'allait pas ? Non. Je l'ai laissé broyer du noir devant la télévision et je suis sortie au soleil ; j'ai marché dans le parc, cueilli des fleurs sauvages qui poussent près du ruisseau. Je les ai rapportées à la maison et les ai glissées entre les pages des livres de cuisine, comme je le faisais avec ma mère quand j'étais petite. Il était de bien meilleure humeur lorsque je suis rentrée, et après le petit déjeuner on a fait le tri ensemble dans la maison, jeté les choses qu'on n'aime pas – les oreillers miteux avec les taies qui grattent, les rideaux ringards de notre chambre, les photos de famille que je ne supporte plus de voir –, et changé les meubles de place afin qu'on se sente plus chez *nous*.

Je tiens aussi un journal, comme le Dr H m'a recommandé de le faire.

« Je crois que vous devriez écrire les choses, a-t-il dit. Ça vous aidera à vous y retrouver dans ce que vous ressentez. C'est une bonne façon de se centrer. »

Je le fais et m'efforce d'adopter la bonne attitude, mais je n'aime pas cela. Je n'ai aucune envie d'écrire. Je préférerais lui parler, allongée sur le doux canapé en cuir de son bureau, une tasse de thé à la menthe entre les mains, avec la brise soulevant les voilages et le ronronnement d'un enregistrement de bruits blancs m'apaisant les nerfs. Comme j'aimerais qu'il me fasse faire les exercices qu'il me proposait lorsque j'étais particulièrement angoissée, ceux pendant lesquels je fermais les yeux et visualisais un endroit où j'étais plus heureuse.

Je voudrais dire au Dr H où je me trouve et comment je me sens ; et que, franchement, je n'ai jamais voulu tuer personne.

Mais naturellement je ne peux pas. Je me suis renseignée : il serait obligé de me dénoncer à la police. Ce serait horrible pour nous deux. Je voudrais lui parler des voix que j'entends la nuit en même temps que les cigales et les grillons. Mark Hoyt me harcelant de questions. « *Où étiez-vous ce soir-là ? Que savez-vous ?* »

Cela dépend de ce que vous entendez par « où ».

Physiquement : je croyais le savoir mais je ne parviens pas à m'en souvenir. Cette soirée a disparu, comme si elle était effacée. Comme si elle n'avait jamais existé.

Émotionnellement, spirituellement : ça je le sais. Je vivais un enfer. J'étais perdue. Aux abois. J'ignorais comment me sortir de là. Comment gérer la situation. La tristesse incommensurable. Le sentiment d'échec. La culpabilité, parce que je n'arrivais tellement pas à être une mère parfaite.

*

Il faut que je me reprenne. Le mieux que je puisse faire maintenant, c'est décider où aller ensuite, me grouiller, et partir. De toute évidence, on ne peut pas rester ici plus longtemps.

Pas après ce que je viens de faire.

13

Septième jour

À : Mères de mai
DE : Vos amies au Village
DATE : 11 juillet
OBJET : Conseil du jour
<u>VOTRE BÉBÉ A CINQUANTE-HUIT JOURS</u>
Vous emmaillotez encore votre bout de chou ? Il est peut-être temps d'arrêter. Si emmailloter un nouveau-né peut l'aider à se sentir contenu et en sécurité, il paraît aussi que cela augmente le risque de mort subite quand l'enfant devient plus mobile et apprend à rouler sur le côté. Alors oui, un bébé emmailloté s'endort en quelques secondes, mais mieux vaut prévenir que guérir, non ?

Les paumes de Colette collent au guidon de la poussette et le soleil chauffe déjà un peu trop sa nuque ; et il n'est pas encore sept heures du matin.
— J'en peux plus, lâche Nell. Comment tu fais pour tenir le coup, toi ?
Colette ralentit pour rester à hauteur de Nell.
— On y est presque.

Elles atteignent le sommet de la colline et redescendent vers le sentier ombragé, sous l'arche, les roues de leurs poussettes crissant sur les graviers.

— J'ai l'air plus mince ? demande Nell lorsqu'elles s'arrêtent sur la grande esplanade où une colonie de bambins âgés de deux ans environ, chacun en maillot de bain avec un gilet jaune fluorescent par-dessus, avancent main dans la main en direction du parc. Sebastian attend que je me désape à nouveau devant lui. J'aimerais bien éviter d'avoir un cul de vache quand même.

— Tourne-toi. Je vais vérifier.

Nell éclate de rire et fait volte-face pour montrer son dos à Colette, mais elle se rembrunit en apercevant quelque chose au loin.

— Oh, mon Dieu, murmure-t-elle. Regarde.

C'est Midas.

Son visage est imprimé sur une bannière maintenue par deux vieilles qui s'efforcent de la fixer sur le mur d'enceinte du parc. Colette s'approche d'une femme obèse aux cheveux gris tirés en arrière en queue de cheval haute. Elle appuie ses avant-bras sur les montants métalliques d'un déambulateur. Non loin de là, un petit groupe de femmes dépose des œillets roses en cercle sur le bitume.

— Qu'est-ce que vous faites ? s'enquiert Colette.

La femme étire son cou pour regarder de plus près à l'intérieur de la poussette. Poppy dort profondément, les bras repliés contre les oreilles de part et d'autre de la tête.

— Comme elle est mignonne, chuchote la femme. Nous organisons une veillée de prières pour le petit Midas. Ça commencera dans une heure à peu près.

Nell surgit aux côtés de Colette, et la femme leur tend à chacune un prospectus qu'elle vient de prendre sur une table pliante installée derrière elle.

PRIONS POUR MIDAS

Une femme peut-elle oublier l'enfant qu'elle allaite ? N'a-t-elle pas pitié du fruit de ses entrailles ? Quand bien même elle l'oublierait, moi je ne t'oublierai point.

— Esaïe 49.15

Colette lit la phrase imprimée sous le message : LE DÉLAISSEMENT PARENTAL EST UN CRIME. Puis, elle voit la photo. Celle de Nell et Winnie au Lama en fête, celle que Patricia Faith a montrée pendant son émission. Le cliché est sans merci : Nell, verre à la main et ventre à l'air. Winnie, fixant l'objectif, regard vide, yeux mi-clos.

Colette rend le prospectus à la femme et saisit la main de Nell.

— Allez, on y va.

— Vous devriez vous joindre à nous, déclare la femme. Le bébé a besoin des prières de tout le monde. Et nous avons une invitée d'honneur.

Elle se penche vers les deux amies et souffle :

— Patricia Faith.

— Je ne crois pas, non.

Colette manœuvre d'une main la poussette, et de l'autre fait avancer Nell qui, lorsqu'elles atteignent enfin le trottoir à la sortie du parc, est sur le point de pleurer. Un jeune homme avec une barbe brune et, malgré la chaleur, un bonnet difforme sur la tête, sort d'une camionnette garée au coin de la rue, une caméra de télévision dans les bras.

— Cette photo…

Les mots de Nell restent coincés dans sa gorge.

— Ce n'est pas… On a l'air…

— Allons chez moi, décide Colette.

— Il faut que je me prépare pour aller travailler.

Nell a les larmes aux yeux.

— Juste quelques minutes. Charlie n'est pas là. Je vais nous faire un café.

Colette prend Nell par le bras, et elles se mettent à marcher d'un bon pas.

— Qui sont ces gens ? fait Nell comme elles approchent de l'appartement de Colette.

Alberto leur ouvre la porte et elles engouffrent leurs poussettes dans l'ascenseur. Nell baisse les yeux sur le prospectus qu'elle serre encore à la main.

— Qu'est-ce qu'ils veulent ?

— La marquer au fer rouge, je crois.

L'appartement est silencieux. Colette met de l'eau à chauffer pour faire du café et coupe le cake au citron qu'elle a fait plus tôt le matin même, après s'être levée avec le bébé à cinq heures. Nell s'assied sur le canapé, Beatrice serrée contre sa poitrine.

— Que se passe-t-il ?

— Je ne sais pas.

— Ça pue. Ça se sent : ils vont lui faire porter le chapeau.

— Ouais.

Colette s'assied devant l'îlot central. Des palpitations résonnent dans son crâne.

— C'est surprenant que ça prenne si longtemps en fait.

— C'est n'importe quoi.

Nell se met à respirer par saccades.

— Tout ce qu'on a fait, tout ce qu'elle a fait, c'est sortir un soir.

— Nell, arrête. On n'a rien fait de mal. N'essaie même pas...

— Il suffit de regarder tout ça, non ? Ce n'est pas difficile de comprendre où Patricia Faith veut en venir. Dans son émission hier, elle n'a pas arrêté de passer et repasser la vidéo de Winnie, celle du lendemain de la disparition de Midas. En examinant chacun de ses gestes et en demandant pourquoi elle n'avait pas fait une seule déclaration depuis.

— Oui, approuve Colette. Il ne faut plus qu'on regarde cette merde toutes les deux.

— C'est impossible, Winnie n'a pas pu...

Colette presse ses tempes.

— Je ne sais pas.

— Non, ne dis pas ça. Elle n'a pas pu faire un truc aussi diabolique. On la *connaît*.

Colette regarde Nell, hésitante.

— On la connaît ? Est-ce qu'on se connaît vraiment toutes autant que nous sommes ?

— En tout cas assez pour savoir s'il y a une cinglée parmi nous. Je sais que tout le monde est systématiquement prêt à blâmer les mères, mais je refuse de croire qu'elle est responsable de ce qui est arrivé.

Elle essuie des deux mains les larmes sur ses joues.

— J'ai lu cet article affreux hier. Sur Winnie et un truc qui s'appelle le complexe de Médée, celle de la mythologie grecque. Son père était roi, et elle s'est vengée de l'infidélité de son mari en tuant leurs enfants.

— Arrête de lire ces trucs, Nell. Je ne rigole pas. Il n'en sortira rien de bon.

— Et ce que les gens écrivent sur Winnie dans les commentaires. L'indignation collective. Ils disent tous qu'elle n'aurait pas dû laisser son bébé avec une inconnue pour aller se saouler. Que même si Midas est retrouvé, il faudrait lui enlever la garde, qu'elle n'est pas faite pour être mère.

Nell étouffe un sanglot.

— Est-ce qu'ils ne savent pas combien c'est difficile ? La pression, pour que les bébés restent en vie, rien que ça. Et ce n'est pas gagné d'aimer quelqu'un sur commande. C'est tellement facile de tout foirer, comme nos mères l'ont fait.

Sa voix se brise.

— Franchement, il y a des jours, j'ai l'impression que je vais m'effondrer. Je suis tellement crevée. Je sais que ça arrive, mais tu imagines ? S'en prendre à ton propre enfant ?

Colette observe Poppy, endormie dans la poussette près d'elle.

— Pourquoi est-ce que j'ai fait ça ? articule Nell. Pourquoi est-ce que j'ai désinstallé cette appli ? Et avec ça, j'ai perdu sa clé. Je ne peux pas…

— Nell, arrête. Ne laisse pas ces gens te pourrir la tête. Tu n'as rien fait de mal. Aucune d'entre nous n'a rien fait de mal. Même si tu as perdu sa clé, ce n'est pas comme si quelqu'un l'avait trouvée et s'était dit : « Tiens, voilà la clé de Winnie. Je vais m'en servir pour entrer chez elle et enlever son bébé. » Quel que soit ce qui s'est passé, c'était *prémédité*.

Nell acquiesce.

— Je n'arrête pas de me le répéter, mais par *qui* ? Pourquoi est-ce qu'ils n'ont aucune piste ? Pourquoi est-ce que son téléphone et sa clé n'ont pas été retrouvés ?

Elle détourne le regard.

— Il faut que je t'avoue un truc.

Le ton de Nell met Colette mal à l'aise.

— OK.

— J'ai trop bu.

Colette laisse échapper un petit rire.

— Nell. Sans blague ?

— J'ai dit que j'avais seulement...

— Nell, je sais. Tu n'es pas la seule à avoir trop bu ce soir-là. On était en virée. Sans les bébés. Ce n'est pas un crime de...

— C'est bizarre, coupe Nell. J'ai bu deux ou trois verres, et puis soudain... Enfin, il y a un grand pan de la soirée que j'ai complètement oublié. Ça ne me ressemble pas. Me saouler autant, oublier des trucs. Ça ne m'arrive pas d'habitude.

Elle hésite.

— Et mon tee-shirt était déchiré, au niveau de l'épaule. Je m'en suis rendu compte le lendemain matin. J'ai peur qu'il se soit passé quelque chose que je n'arrive pas à me rappeler.

— Comme quoi ?

— Je ne sais pas. C'est une impression que j'ai... quelqu'un près de moi, qui me touche. L'individu qui a Midas était peut-être là ce soir-là, il cherchait Winnie, et il m'a pris son téléphone et sa clé ; et je ne m'en souviens pas. Mais ensuite, je me dis non. Ce n'est pas possible. Je me le rappellerais, non ? Je ne sais plus ce qui est vrai maintenant. C'est comme si je devenais dingue, ça me fait flipper.

Nell jette un coup d'œil à Colette.

— Et pourquoi est-ce qu'elle n'arrêtait pas de surveiller Midas dans son berceau ? Tu t'es posé la question ?

Colette hoche la tête.

— On aurait dit qu'elle attendait quelque chose.

— J'ai envie qu'on en finisse, affirme Nell. Je veux qu'on me dise où était Winnie et que ce soit logique. Qu'on me dise qu'il est vivant.

Elle pleure de plus belle.

— S'il est mort, je ne pourrai jamais...

Elle s'interrompt et prend, dans le paquet qui traîne sur la table, une lingette pour se moucher. Ce qui laisse sur sa peau un film laiteux un peu brillant.

— Je veux qu'on me dise que ce n'est pas elle.

— Ouais, fait Colette doucement, les yeux tournés vers le canapé dans le salon.

Elle se lève.

— Moi aussi.

*

Nell approche un tabouret de l'îlot de cuisine, Beatrice recroquevillée sur son épaule.

— Depuis combien de temps tu as ça ?
— Trois jours.
— Et tu n'as pas regardé ce qu'il y avait dessus ?
— Non.

Colette s'attache les cheveux avec l'élastique qu'elle portait au poignet et insère la clé USB dans son ordinateur. Un dossier apparaît, contenant plusieurs fichiers.

— Je n'aurais pas dû la prendre. Je me suis persuadée de ne pas regarder et de la remettre à sa place la prochaine fois que je verrais Teb.

Elle ouvre d'un clic le premier fichier, et une image vidéo apparaît sur l'écran.

— Oh, mon Dieu ! s'exclame Nell. C'est moi.

Nell est assise sur un canapé près d'un homme ; Sebastian, comme le suppose Colette. Elle est pâle et ses yeux sont injectés de sang. Colette lance la vidéo.

« *Ça ne vous dérange pas si on filme ?* C'est Mark Hoyt qui parle. *C'est le nouveau protocole.*

— *Pas du tout. Est-ce que je peux avoir un verre d'eau avant de commencer ?* »

— C'est le lendemain matin, quand ils sont venus chez moi.

Nell se penche vers l'écran.

— La vache, je suis vraiment grosse à ce point-là ?

« *La nuit a été dure ?*

— *La nuit est toujours dure avec un nouveau-né.* »

— Et si on voyait ce qu'il y a après ? demande Nell. Je ne peux pas me regarder.

Colette ferme la vidéo et ouvre le deuxième fichier. Le lecteur vidéo démarre à nouveau.

— C'est Scarlett, dit Colette. Ils ont dû interroger tout le monde.

Stephen Schwartz surgit dans le champ et s'installe aux côtés de Scarlett.

« *D'après nos informations, vous n'êtes pas sortie hier soir.*

— *Non. Des proches de mon mari nous rendent visite. Je n'arrive pas à y croire. C'est horrible.* (Son visage est empreint d'inquiétude.) *C'est inimaginable. Vous avez une idée de ce qui s'est passé ?*

— *C'est pour ça que nous interrogeons les gens qui connaissent Winnie. Cet homme dans votre groupe.* (Schwartz baisse les yeux vers son carnet.) *Gonze, c'est comme ça que vous l'appelez, n'est-ce pas ?*

— *Oui.*

— *Vous le connaissez bien ?*

— *Non, pas vraiment. J'ai beaucoup participé aux moments de partage quand j'étais enceinte, mais nous déménageons et j'ai beaucoup à faire maintenant. Pour vous parler franchement, j'ai toujours pensé que ce surnom était puéril.* »

— Pff, lâche Nell. On peut voir le reste ?

Colette ferme la vidéo et ouvre le troisième fichier de la liste.

— Yuko, dit-elle, refermant sans tarder le fichier pour consulter le suivant : Gemma assise à une table de salle à manger. Un homme dans son dos porte leur fils.

« *Je suis arrivée là-bas vers vingt heures vingt, je crois. Je peux vérifier sur mon téléphone. J'ai envoyé un texto à James en arrivant pour savoir si tout allait bien avec le bébé.* »

L'angoisse étreint Colette. Est-ce que son entretien avec Mark Hoyt est là-dessus ? Est-ce que Teb sait déjà qu'elle était là ce soir-là ? Elle clique sur le dernier fichier de la liste, prête à se voir surgir à l'écran. Elle entend Nell laisser échapper un petit cri de surprise.

C'est Winnie. Chez elle, assise dans le coin du canapé modulable. Ses cheveux détachés pendent sur ses épaules et ses yeux sont gonflés. Elle fixe l'objectif, le regard vide.

« *Vous avez un peu dormi ?* »

C'est une voix féminine cette fois.

« *Un peu.
— Bon. Tant mieux.* »

La femme apparaît à l'écran. Elle porte un pantalon noir et un chemisier rose sans manches.

« *J'ai juste quelques questions à vous poser et je vous laisse tranquille. D'abord, d'après nos informations, vous êtes suivie par un psychiatre.* »

La femme tire un repose-pied et s'assied dessus, face à Winnie.

« *C'est tout sauf une question.* »

La femme prend un ton plus doux.

« *Vous en avez parlé à l'inspecteur Hoyt hier soir.
— Ah bon ?
— Vous ne vous souvenez pas ?
— Vous me posez tous tellement de questions. C'est dur de garder le fil.
— Vous voyez ce médecin depuis longtemps ?
— Oui.
— Et vous êtes suivie pour quoi ?
— Dépression.* »

Elle hausse les épaules.

« *Pour trouver du soutien. Mon père m'a obligée à le faire après le décès de ma mère.
— Et à quand remonte votre dernier rendez-vous ?
— Il y a quelques mois.* »

La femme hausse les sourcils.

« *Vous ne l'avez pas vu depuis votre accouchement ?*

— *Non.* »

La femme s'apprête à poursuivre mais Winnie lui coupe la parole.

« *Je me sentais bien après la naissance de Midas. Je ne m'étais plus sentie aussi bien depuis plusieurs années.*

— *OK. Il faut que je vous pose aussi quelques questions sur Daniel.* »

Winnie se tortille sur son siège.

« *Daniel ? Pourquoi ?*

— *C'était votre petit ami au lycée. Pourquoi avez-vous rompu ?* »

Le visage de Winnie s'assombrit.

« *Tout me dépassait à l'époque. Daniel n'échappait pas à la règle.*

— *Mais vous êtes restés proches.*

— *Oui. Il a été mon premier amour.*

— *Après son mariage. Est-ce que vous avez eu une aventure ?*

— *Une aventure ?*

— *Je sais, c'est un peu gênant, mais je dois…*

— *Non, nous n'avons jamais eu d'aventure. Je ne suis pas certaine de…* »

Colette entend le bruit d'une clé qui s'insère dans la serrure de la porte d'entrée de l'appartement.

— C'est qui ? chuchote Nell.

Le battant s'ouvre et Charlie entre, deux cafés sur un plateau à emporter et un sac en papier blanc dans les mains.

— Ah, salut, lance-t-il, se débarrassant de ses écouteurs.

Colette ferme son ordinateur.

— Salut, chéri.

Elle s'efforce de conserver une voix assurée.

— Tu reviens plus tôt que prévu.

— En fait, ils font un atelier chant au café ce matin. Les bébés et les nounous m'ont gentiment mis à la porte.

Il jette un coup d'œil à Poppy dans sa poussette, puis regarde Colette.

— Qu'est-ce que vous regardiez ?

Colette décroise ses mains posées sur ses cuisses.

— Une vidéo. Sur l'apprentissage du sommeil.

— Ah ouais ?

— Oui, intervient Nell. Poser le bébé dans son berceau avec une brique de soupe. Fermer la porte. Et revenir quelques semaines plus tard. Ce genre de truc.

Charlie éclate de rire.

— Après la nuit qu'on vient d'avoir, la soupe, je suis preneur.

Il s'avance vers l'îlot de cuisine et pose les cafés et le sac sur le plan de travail près de l'ordinateur de Colette.

— Je t'ai pris un croissant aux amandes et un café. Et Nell, si j'avais su que tu étais là...

— T'inquiète. Il faut que je file au boulot de toute façon.

Charlie embrasse Colette sur le front.

— Moi aussi. À tout à l'heure.

Colette attend que Charlie ferme la porte de son bureau. Lorsqu'elle entend le jazz filtrer de la pièce, elle baisse le volume de son ordinateur et remet la vidéo.

« *Non, nous n'avons jamais eu d'aventure. Je ne suis pas certaine de savoir où vous voulez en venir avec cette question.*

— Je suis désolée, Winnie. Je sais que c'est difficile, mais nous devons vous interroger pour avoir tous les éléments en main et essayer de comprendre la situation. »

Des larmes coulent lentement des yeux de Winnie.

« *Daniel a toujours été un ami sur lequel je pouvais compter.*

— Je comprends. »

La femme chargée de l'enquête tend un Kleenex à Winnie avant de se pencher vers elle, son carnet suspendu au bout de ses doigts.

« *Parlons d'autre chose. Dites-moi, si vous voulez bien, où vous étiez hier soir. Après avoir quitté le bar.*

— Je vous l'ai déjà dit.

— Eh bien, vous en avez parlé à l'inspecteur Hoyt. Mais j'aimerais vous entendre de mes propres oreilles. »

Winnie clôt les paupières.

« *Je suis allée au parc.*

— Au parc.

— Oui. C'était la première fois que j'étais seule depuis mon accouchement. Et ce bar... Ce n'était pas là que j'avais envie d'être. Je voulais être dehors, alors j'ai décidé de marcher. Et j'ai fini dans le parc.

— Est-ce que quelqu'un vous a vue ?

— Je ne sais pas.

« — *Sur le chemin du retour, peut-être ? Ou dans le parc ? Avez-vous croisé quelqu'un, ou parlé à qui que ce soit ?*
— *Pas que je me souvienne.*
— *Est-ce que vous avez du mal à vous rappeler certaines choses ?*
— *Non.* »

Winnie fixe ses mains sur ses cuisses durant quelques instants, puis soudain lève la tête.

« *Vous avez entendu ?*
— *Quoi ?*
— *C'est Midas.*
— *Midas ?*
— *Chuuut, écoutez.* »

Winnie se lève, tendant manifestement l'oreille vers un bruit en arrière-fond.

« *Là. Vous avez entendu ?*
— *Non, qu'est-ce que vous...*
— *Il pleure.* »

Winnie sort du champ.

« *Je l'entends pleurer.*
— *Winnie...* »

Celle-ci réapparaît sur l'écran.

« *Il a arrêté.* »

Elle regarde vers le couloir, en direction de la chambre d'enfant.

« *Mais ça vient d'où ?*
— *Winnie, écoutez. Je vais appeler votre médecin. Nous pensons qu'il serait bon que vous preniez rendez-vous avec lui...*
— *Je n'ai pas besoin de médecin.* »

Elle passe les doigts dans ses cheveux, puis les prend à pleines mains.

« *Il faut que vous retrouviez mon fils. Il est en train de pleurer. Maintenant. Il m'appelle. Et vous êtes assise là, à me poser les mêmes questions encore et encore. Qu'est-ce que vous faites là ?* »

Elle se dirige vers la porte-fenêtre donnant sur la terrasse et l'ouvre.

« *Pourquoi vous n'êtes pas dehors, à chercher mon bébé ?* »

La femme se lève et s'approche à la hâte de la caméra.

« *Faisons une pause.* »

Le reste de ses propos est inaudible, puis l'écran devient noir.

Colette écoute le silence qui les entoure. Une douleur intense lui étreint la poitrine.

— Oh, mon Dieu, souffle Nell. Elle a perdu la tête. Tu... Est-ce qu'elle a...

*

Nell s'assied sur les toilettes, un tire-lait accroché au sein. Elle baisse les yeux sur l'écran de son téléphone et, malgré ses bonnes résolutions, ferme les photos de Beatrice pour taper l'adresse du site web de Patricia Faith. L'émission est diffusée, comme Nell s'y attendait, en direct de l'esplanade du parc. L'animatrice se tient sous la grande banderole sur laquelle est inscrit : PRIONS POUR MIDAS.

Nell hésite mais lance la vidéo : son écran s'anime. Patricia, en robe fleurie très ajustée, s'adresse à une femme qui pousse une double poussette.

— Pardonnez-moi, s'exclame-t-elle. Vous avez une minute ?

La femme s'immobilise, et Patricia s'avance vers elle avec précaution sur ses talons de huit centimètres. Dans son dos, Nell remarque un cercle de femmes, œillets roses dans les mains et têtes baissées, en train de prier.

— Je m'appelle Patricia Faith, j'anime *The Faith Hour* à la télévision.

— Oui, réplique la femme. Je sais.

— Nous sommes ici aujourd'hui pour parler de ce que certains appellent « le phénomène du Lama en fête ».

— Je crois que vous êtes la seule à employer cette expression.

— Donc vous en avez entendu parler ?

— Oui, acquiesce la femme. Malheureusement.

— Merveilleux. Vous êtes mère, manifestement. Vous avez l'air d'aimer votre enfant.

Patricia hausse les sourcils.

— Que pensez-vous de ces groupes de mamans qui se retrouvent dans des bars, pour boire de l'alcool ? Il y en a même certaines qui font ça l'après-midi, avec leurs enfants, paraît-il.

Elle essuie discrètement du bout du doigt la sueur perlant d'un de ses sourcils et tend le micro à son interlocutrice.

— Qu'est-ce qu'on en a à foutre, voilà ce que je pense.

Patricia Faith se tourne vers la caméra et grimace.

— Ce ne sont pas les gamins qui boivent. Vous comprenez ça, Patricia, n'est-ce pas ?

— Oui, mais les parents, si. Avec tous les endroits qui existent pour se réunir, n'est-ce pas irresponsable ? Le soir où Midas a été enlevé, sa mère se trouvait dans un bar.

Elle montre à la femme le prospectus qu'elle tient à la main, celui avec la photo de Nell et Winnie.

— Vous avez vu ça ? C'est le soir...

Nell ferme son téléphone et éteint le tire-lait, interrompant de ce fait le ronronnement de la machine. Elle n'a pas du tout obtenu la quantité de lait qu'elle avait espérée, mais il fait chaud et lourd dans les toilettes, et elle doit retourner travailler. Elle reboutonne son chemisier, range le petit biberon, et attend que les toilettes se vident avant de sortir de la cabine. Il lui faut un café – elle se sent faible depuis qu'elle a quitté l'appartement de Colette, cette image de Winnie l'obsède.

Alors qu'elle avance dans le couloir, elle est surprise de voir Ian qui l'attend, les mains appuyées sur le linteau du chambranle de la porte de son bureau, sa mèche rebelle dessinant comme un point d'interrogation sur son front – détail que bon nombre de jeunes femmes dans la société trouvent irrésistible d'après ce que sait Nell. Sa ceinture du jour : des flamants roses brodés sur un fond bleu ciel.

— Salut, lui glisse-t-il alors qu'elle pénètre dans son bureau.

Elle range son tire-lait sous son bureau.

— Tu as une seconde ?

— Bien sûr.

Il est accompagné d'une jeune femme que Nell a croisée à quelques reprises ; elle travaille à l'éditorial. Elle a dans les vingt-cinq ans et porte une robe en dentelle blanche sur un jean noir avec des ballerines plates orange. Son chignon décoiffé est impeccable, et elle tient un dossier à la main.

— Tu connais Clare ? demande Ian.

Nell opine du chef et se redresse, consciente de son chemisier trop étroit et de la façon dont le tissu fronce entre les boutons. Elle n'a pas encore trouvé le temps d'aller s'acheter des vêtements à sa taille. Ian s'avance avec nonchalance vers la fenêtre et se hisse sur le rebord, après avoir déplacé certaines des photos de Beatrice que Nell a mises sous verre et placées là plus tôt dans la matinée.

— C'est ton deuxième jour, hein ? Comment ça se passe ?

— Super, merci.

— C'est vrai ? Ça va ? Se remettre au boulot, et tout ?

Il porte des chaussettes de couleurs différentes ; délibérément, présume Nell.

— Il faut retrouver ses marques. Mais je suis contente d'être de retour.

— Ouais, je sais comment c'est.

Elle sourit. Non, il n'en a aucune idée. Il a quarante-quatre ans et il est célibataire, même s'il sort paraît-il avec l'une des assistantes de *Wedded Wife*, le magazine du groupe spécialisé sur le mariage. Il ne sait pas du tout ce que cela fait de laisser un bébé, encore nourrisson, à la crèche neuf heures par jour.

— Je suis content que tu reviennes, je dois dire, affirme Ian. On a perdu tellement de bons éléments à cause des bébés depuis que je suis là. Elles se mettent en congé maternité, nous promettent qu'elles vont revenir, et vlan !

Nell hausse les sourcils.

— Vlan ?

— Oui, vlan. Quelques jours avant le jour prévu pour leur retour, on reçoit un appel.

Il prend un peu une voix de fausset.

— « Je ne peux pas. Je ne peux pas laisser mon bébé. » Je suis bien content que tu ne nous aies pas fait ça.

L'image surgit dans son esprit. Plaquer ce branleur par terre, lui faire bouffer la moquette.

— Mille mercis, Ian.

— De rien. Bon maintenant, Clare et moi, on a besoin d'un coup de main.

Il fait signe à Clare d'approcher.

— On n'est pas d'accord sur une couverture et on a décidé de consulter directement l'experte.

Clare sort deux tirages de son dossier et les pose côte à côte sur le bureau de Nell. Ce sont des maquettes de la couverture du *Gossip !* de cette semaine – le plus gros magazine du groupe – avec l'actrice Kate Glass qui a récemment accouché. Elle est sur une plage, dans deux poses différentes, vêtue d'un haut de bikini et d'un short, avec à la main un drapeau américain, sous le gros titre : COMMENT J'AI RETROUVÉ MON CORPS.

— Qu'est-ce que tu en penses ? demande Ian.

— Qu'est-ce que j'en pense ? répète Nell, consciente que Clare la scrute, attendant sa réponse.

— Ouais. En tant que jeune maman, ça résonne comment en toi ?

— Laissez-moi voir.

Nelle s'empare des images.

— Eh bien, je suis bien contente de l'apprendre.

Ian incline la tête.

— Quoi ?

— Qu'elle ait retrouvé son corps.

— C'est dingue, n'est-ce pas ? fait Clare. Ça fait tout juste cinq semaines qu'elle a eu son gamin.

— Waouh, s'écrie Nell. Ça a dû être effroyablement difficile pour elle. Essayer de s'occuper d'un nouveau-né, et tout ça sans corps.

Nell se tourne vers Clare.

— Alors, qu'est-ce qui s'est passé ? Est-ce que quelqu'un lui avait volé ? Est-ce qu'une battue a été organisée dans une salle de sport de Cleveland pour retrouver ses abdos ?

Ian rit.

— Je t'ai dit qu'elle était hilarante, glisse-t-il à Clare, les yeux rivés sur les tirages. C'est un peu bête, je sais. Mais ces couvertures post-natales me tuent chaque fois. Les femmes adorent ce genre de truc.

Il examine les deux échantillons, en miroir.

— Je me demande si on ne devrait pas virer ce drapeau d'un coup de Photoshop.

— Je ne crois pas.

— Ah bon ?

Nell ne peut se retenir.

— Non. Toutes les jeunes mamans pensent toujours à emporter un drapeau américain quand elles vont passer une journée à la plage. C'est connu.

Il rit derechef, mais faiblement. Son impatience est manifeste.

— Désolée, soupire Nell. C'est juste…

Elle jette un coup d'œil à Clare.

— Ce magazine... Ce n'est pas franchement celui que je préfère parmi tous ceux qu'on publie.

— Je sais, je sais. Mais il ne faut pas oublier : si on n'avait pas les recettes publicitaires de *Gossip !* on ne pourrait jamais faire *Writers and Artists*.

— OK, pardon. Laisse-moi voir encore une fois.

Elle observe à nouveau les deux clichés.

— Je préfère celle-là, décrète-t-elle, brandissant l'image de la main gauche. Et oubliez le drapeau. C'est ridicule.

Clare applaudit en silence, ses ongles vernis de rose à deux centimètres de sa bouche.

— Je te l'ai *dit* : c'est la meilleure photo.

Ian hoche la tête, pensif, en rassemblant les clichés.

— Je ne sais pas. Je pense toujours qu'on fait une erreur majeure.

— Une erreur majeure ?

Nell balaie cette phrase d'un revers de main. Se faire photographier dans un bar, saoule et en surpoids, en pantalon de grossesse deux mois après avoir accouché, et retrouver cette photo sur un prospectus distribué à tous les habitants de Brooklyn, ça, c'est une erreur majeure. Mais les photos qui se trouvent devant elle, franchement, c'est des conneries.

— Ça va aller. Les clichés sont presque identiques de toute façon.

Ian secoue à nouveau la tête.

— Ce n'est pas ce que je veux dire.

Il regagne la fenêtre, contemple Lower Manhattan et l'Hudson River à quelques pâtés de maisons de là.

— C'est une erreur de ne pas opter pour le petit Midas en couverture.

Ian se tourne vers Nell, mais celle-ci demeure de marbre.

— On en a parlé un million de fois, se plaint Clare. Tout le monde va l'avoir en une. Nous, on fait le pari de récupérer tous les lecteurs qui en ont marre du petit Midas.

— Mais personne n'en a marre du petit Midas, rétorque Ian. Les gens ne veulent pas lire moins. Ils veulent lire plus.

Il braque son regard sur Nell.

— N'est-ce pas ? Tu n'as pas envie d'en savoir plus, toi ?

— Non, répond Nell. À quoi bon couvrir constamment cette histoire ? En dehors des recettes publicitaires, je veux dire. Cette famille a besoin…

— Mais qui est le père de Midas ? coupe Ian, de plus en plus contrarié. Pourquoi est-ce qu'elle ne dit rien sur lui ?

— J'ai entendu dire que c'était un don de sperme, et…

— D'accord, Clare, d'accord. Mais alors pourquoi ne pas le déclarer publiquement ? Pourquoi ne pas aller chez Oprah, comme tant de mères dans sa situation l'ont fait auparavant ?

— Oprah est à la retraite.

— Tu sais bien ce que je veux dire, Nell. C'est ce à quoi on s'attend maintenant, et Gwendolyn Ross le *sait*. Elle a grandi dans le milieu de la presse. Pourquoi reste-t-elle tellement silencieuse ? Qu'est-ce qu'elle cache ?

— Souviens-toi : on fait six pages sur elle, précise doucement Clare. Tout ce dont on parle ici, c'est la couverture.

— Je comprends. Mais est-ce que les lecteurs vont aller jusqu'à cet article ? Est-ce qu'il ne serait pas plus judicieux de se concentrer sur Midas ? Il est temps d'obtenir des réponses. On a envoyé un reporter dans le Queens pour tenter de faire parler la nounou. D'après ce que j'ai compris, elle n'a jamais *vu* le bébé en chair et en os. Elle n'est pas allée dans sa chambre. Mais ce reporter est nul. Et ce phénomène du Lama en fête ? On pourrait tenir des semaines avec ça.

— Je crois qu'on devrait s'élever au-dessus de ça, suggère Nell.

Il tourne brusquement la tête vers elle.

— S'élever *au-dessus* de ça ? C'est pour ça qu'on est payés, Nell. Notre boulot, c'est de *créer* ce genre de choses.

Elle sait que la conversation est futile.

— Bref, quoi qu'il en soit, je reste d'accord avec Clare pour la couverture. J'achèterais plus volontiers le magazine avec Kate Glass en une.

Ian soupire.

— OK, très bien. J'espère que vous avez raison, les filles. Les chiffres sont en berne. La madame là-haut n'est pas contente.

Il quitte le rebord de la fenêtre.

— Bon, j'imagine qu'il faut retourner travailler.

Il s'achemine vers la porte, puis s'arrête.

— Oh, la vache. J'oubliais presque, Nell. Je voulais te voir pour autre chose aussi. On t'envoie voir du pays.

— Voir du pays ?

Il éclate de rire.

— N'aie pas peur. Tu vas juste devoir partir dans les deux semaines qui arrivent. Pour quatre jours.

Il marque une pause pour souligner son petit effet.
— Aux Bahamas. Ils étudient la possibilité d'implanter notre nouveau centre de données là-bas, et ils veulent que tu y ailles. Que tu rencontres les acteurs clés sur place. Tu vas moitié travailler, moitié te la couler douce. Qu'est-ce que tu en dis ?
— Quatre jours ?
— Ouais. C'est les pieds dans l'eau.
— Super ! s'exclame Nell, s'obligeant à sourire. Je n'oublierai pas mon drapeau.

*

Nell relit le paragraphe pour la quatrième fois dans le manuel de formation, s'appliquant à rester concentrée mais une pensée la taraude.
Partir quatre jours.
Elle n'arrive pas à se projeter. Le vernissage de la première exposition de Sebastian aura lieu dans trois semaines. Il va travailler tard tous les soirs et ne pourra pas être revenu à Brooklyn avant dix-huit heures, l'heure à laquelle la crèche ferme. Qui ira chercher Beatrice ? Comment Nell va-t-elle pouvoir tirer assez de lait pour quatre jours ? Elle chasse ces questions de son esprit, le voyage, sa réalité (sa mère pourrait peut-être prendre quelques jours et venir de Rhode Island), et elle tente à nouveau de se concentrer. Mais elle est trop distraite. Elle réduit le PDF.
Elle va arrêter.
Elle va descendre, sur-le-champ, dans le bureau de Ian. *Et vlan !* s'exclamera-t-elle. *Au moins j'ai tenu deux jours.*

Non, elle ne va pas descendre. Elle va carrément monter, au dix-huitième étage, pour voir elle-même la madame de là-haut. Adrienne Jacobs, la directrice artistique de trente-cinq ans de la Simon French Corporation, l'ancienne blogueuse de mode, la première femme et la plus jeune personne à prendre la tête de cette société vieille de quatre-vingt-dix-huit ans. La femme du frère de Sebastian. La belle-sœur de Nell.

Nell s'imagine. Arriver là-bas, passer devant les assistantes d'Adrienne, pénétrer dans le bureau vitré aux murs d'un blanc immaculé, les deux canapés blancs, le tapis assorti importé de Turquie qui a coûté plus que ce que Nell gagne en un an. *Vlan !*

Et ensuite ? Ils ne peuvent pas assumer le loyer de leur appartement avec le seul salaire de Sebastian ; et les mensualités de son prêt étudiant, et les vacances qu'ils se sont promis de prendre à Noël – les premières en quatre ans ? C'est la première fois depuis qu'ils se connaissent qu'ils s'en sortent financièrement. Beaucoup mieux que ce qu'ils avaient pu imaginer à Londres quand Sebastian était étudiant en art et qu'elle préparait son master tout en faisant quelques vacations en cybersécurité dans une petite fac. Quand ils mangeaient des nouilles chinoises plusieurs fois par semaine, apportaient leurs propres popcorns au cinéma pour économiser quatre livres.

Et ce n'est pas comme si elle pouvait trouver un autre boulot du jour au lendemain. Pas avec son parcours professionnel, son passé, et ce qu'il lui faudrait dire à ses interlocuteurs si elle se présentait pour un nouveau poste.

Elle a de la chance d'avoir ce job. Elle n'arrête pas de se le répéter depuis son premier jour à la Simon French Corporation il y a un an et demi ; et même encore avant, lorsque Sebastian lui a parlé de cette opportunité par un froid matin d'automne ; elle venait de rentrer dans leur appartement londonien après une journée de cours, les bras chargés de commissions.

« Tu rigoles ? lui avait-elle répliqué, figée.

— Non. »

Ses yeux brillaient d'excitation.

« Adrienne a téléphoné elle-même quand tu n'étais pas là. Elle te propose la place. Vice-présidente de la technologie. Responsable de tous les trucs de leur sécurité internet.

— Les trucs de leur sécurité internet ? Est-ce que c'est le terme officiel ?

— Tu pourras refaire ce qui te plaît le plus.

— Sebastian, non. Elle n'a pas besoin...

— Ce n'est pas par charité, Nell. Adrienne me l'a assuré elle-même. "Personne n'est mieux placé que Nell pour ce poste", c'est ce qu'elle a dit. Elle te veut dans l'équipe. Elle a promis de s'occuper de tout. »

Il s'éclaircit la gorge.

« Et je lui ai tout expliqué. Qu'il faut t'appeler Nell maintenant.

— Je ne peux pas travailler là-bas.

— Et pourquoi pas ?

— Parce que leur magazine principal, c'est *Gossip !*. Et que j'ai des principes. »

Nell arpente son bureau, se souvenant du regard de Sebastian. Il avait récemment été contacté par le MoMA, on lui avait proposé le travail dont il rêvait, et il était sur le point de décliner l'offre. Ils ne pouvaient pas revenir à New York seulement avec ce que le musée promettait, sans compter qu'ils avaient commencé à essayer de faire un bébé. Mais est-ce qu'elle pouvait vraiment lui dire non ? Après tout ce qu'il avait fait pour elle. Il n'avait jamais jugé ses erreurs passées. Il l'avait acceptée comme elle était, n'avait jamais cherché à la changer, contrairement aux autres. En outre, c'était l'occasion de rentrer aux États-Unis. De rentrer à la maison. De se rapprocher de sa mère.

« OK, d'accord, avait déclaré Nell. Je parlerai à Adrienne. »

Sebastian avait traversé la pièce en souriant et l'avait embrassée en lui prenant les sacs de courses des mains.

« Merci. Et ne parle pas du fait qu'on essaie d'avoir un enfant. »

Nell entend son alerte e-mail lui signaler l'arrivée d'un nouveau message. Elle regagne son bureau. Elle doit se remettre au travail, songe-t-elle. Elle consulte sa boîte de réception et elle s'aperçoit qu'elle a reçu six nouveaux messages des Mères de mai. L'activité du groupe a repris : quand la nouvelle de ce qui est arrivé à Midas est tombée, les communications sont passées au point mort, personne n'a semblé sur le coup savoir quoi dire ou comment réagir.

Yuko posait une question. Salut, les mamans, j'ai besoin d'aide. Nicholas s'est réveillé avec le dos tout rouge. Ci-joint une photo. Est-ce que je dois m'inquiéter ?

Nell parcourt les réponses.

J'ai l'impression que c'est juste une réaction à la chaleur, avance Gemma.

Évite le médecin ! écrit Scarlett. Il va te donner un truc agressif et toxique quand il suffit de lui mettre de la crème au calendula.

Nell supprime les messages, se demandant si Winnie reçoit toujours les e-mails des Mères de mai. Elle la revoit sur la vidéo de son entretien avec la police, le visage émacié, papillonnant des paupières en balayant la pièce du regard. Les paroles de Ian résonnent dans sa tête.

« Qui est le père de Midas ? Pourquoi est-ce qu'elle se cache ? Il est temps d'obtenir des réponses. »

Nell ferme les yeux. Pour la dixième fois depuis qu'elle a regardé le contenu de la clé USB, et pour la centième fois depuis qu'elle sait que Midas a disparu, elle se demande à nouveau si le site web du Village est bien sécurisé. Est-il vraiment impossible d'accéder aux données ? N'y a-t-il pas moyen de consulter le formulaire d'inscription que Winnie a rempli pour intégrer le groupe des Mères de mai – précisément le même que celui qu'elles ont toutes rempli ? *Votre nom. Le nom de votre compagnon. Parlez-nous un peu de votre famille.*

Nell se lève et ferme la porte de son bureau. De retour à sa table de travail, elle sent son cœur palpiter comme elle ouvre la page d'accueil du Village et tape, piratant le système pour accéder à l'administrateur du site. Il ne lui faut pas plus de cinq minutes. C'est inné chez elle, depuis son premier cours d'informatique au collège – « elle a l'instinct », selon l'expression d'un de ses professeurs ou, comme elle se plaît à le penser, un superpouvoir. En première année de fac, elle avait participé à un concours de codage informatique au niveau national et avait remporté la finale, ce qui lui avait permis de décrocher un stage prestigieux – après avoir été sélectionnée parmi huit mille participants – au département d'État, travaillant directement avec Lachlan Raine, le secrétaire d'État lui-même.

Nell remarque le profil de Francie en tête de liste et ouvre le document. La photographie qu'elle a donnée correspond parfaitement à ce que Nell aurait pu attendre : un selfie avec Lowell, cliché de l'échographie à la main. Nell parcourt rapidement ce que Francie a écrit – après avoir rencontré Lowell dans leur ville natale du Tennessee, elle l'a suivi à Knoxville où il a étudié l'architecture pendant qu'elle a pris des cours de photo. En parallèle, elle est entrée comme assistante dans un studio spécialisé dans le portrait et a fait un peu de freelance sur son temps libre, photographiant les chats des gens. « On vient plus ou moins d'arriver à New York et j'ai hâte de rencontrer toutes les autres mamans ! » a conclu Francie.

Nell ferme le profil de Francie et parcourt les autres, surprise parfois de lire certaines choses ; se rendant compte à quel point elle connaît vraiment peu ces femmes en réalité. Yuko avait été secrétaire juridique avant d'avoir son fils. Gemma était originaire de la même ville du Rhode Island que Nell ; elle était allée dans le lycée rival.

La sonnerie soudaine de sa ligne directe la fait sursauter et elle s'empresse de fermer le site.

— Bonjour, Nell Mackey à l'appareil.

Quelqu'un respire bruyamment à l'autre bout du fil.

— Allô ? Qui est à l'appareil ?

— Nell, c'est moi.

Elle s'écarte de son bureau.

— Colette ?

Un silence s'installe, puis Nell entend Colette pleurer.
— Colette, qu'est-ce qui se passe ? Ça va ?
— Je suis dans la salle de photocopies à côté du bureau du maire, chuchote-t-elle. Je crois qu'il y a quelqu'un derrière la porte.
— Comment ça ? Tu vas bien ?
— Non.
Elle marque une pause.
— J'ai ouvert le fichier de la police. Et j'ai vu un truc. Qui n'a pas été rendu public. Je ne sais pas...
— C'est quoi, Colette ? C'est quoi ?
— Ils ont trouvé un corps.

*

Francie caresse en passant le tissu bouloché du canapé Ektorp avant de poursuivre son chemin dans le dédale de rayons pour s'arrêter derechef afin de contrôler le prix d'un rocking-chair en skaï blanc. Elle tapote les fesses de Will et consulte son téléphone. Colette a rendez-vous avec le maire cet après-midi, et elle a accepté de parcourir à nouveau le dossier de Midas pour voir s'il y a quoi que ce soit sur Archie Andersen. Francie a bon espoir qu'après sa visite au commissariat de police la veille, Mark Hoyt a compris qu'ils ont omis quelque chose de crucial. Ils auraient dû localiser et interroger Andersen depuis longtemps.

Francie déambule en direction de la section chambre à coucher. C'est la cinquième fois qu'elle vient à IKEA en deux semaines. Lowell a enfin installé le climatiseur de fenêtre dans leur salon – un modèle d'occasion qu'elle a acheté sur les petites annonces du Village –, sauf que c'est de la camelote qui souffle un air tiédasse et fétide. Elle désespère de trouver un rempart à la chaleur qui ne fait qu'empirer, mais elle ne supporte pas de faire fonctionner ce truc – qui sait quelles vapeurs toxiques ça peut émettre ? Elle fait de son mieux pour faire avec, se réfugie à la bibliothèque, aux cours de musique, et ici à IKEA, que Will semble particulièrement apprécier. C'est peut-être l'éclat de l'éclairage fluorescent, ou l'impression de pénétrer dans une caverne quand ils avancent dans les entrailles lumineuses et interminables du magasin ; en tout cas, il s'apaise dès qu'ils arrivent et cela donne à Francie au moins trois quarts d'heure de calme relatif, ce qui lui permet de se tranquilliser, de s'éclaircir les idées.

Will commence à gigoter au rayon des coussins, et elle accélère le pas en direction du café. Ça sent la boulette de viande à plein nez quand elle entre, mais elle fonce vers une table vide près de la fenêtre. Une fois assise, elle prend le biberon d'eau et la boîte de lait maternisé dans son sac, verse la poudre dans le biberon et le secoue. Ce faisant, elle remarque une jeune maman assise près d'une poussette, qui enfourne une grosse bouchée de saumon rose tout en fixant la boîte d'Enfamil trônant devant Francie.

Francie détourne les yeux, honteuse et gênée alors qu'elle glisse la tétine dans la bouche de Will. Elle aimerait avoir le courage d'expliquer à cette femme qu'elle sait que le lait maternel est meilleur mais que le sien s'est tari. Son corps ne peut plus nourrir son bébé.

Will a presque terminé son biberon quand le portable de Francie sonne. C'est Colette.

— Ah, bien, dit-elle, soulagée. J'attendais ton appel.

— Je sais. Désolée.
— Alors ? fait Francie. Qu'est-ce que tu as trouvé ?
— Rien.
— Rien ? Tu es sûre ?
— Écoute, Francie. Il faut que t'arrêtes de m'envoyer des textos là-dessus. Je ne te dis pas les problèmes que je vais avoir si quelqu'un ici découvre ce que j'ai fait.
— Je sais, excuse-moi. Mais je ne comprends pas. Tu as regardé dans le dossier ?
— Oui.
— Et ?
— Et il n'y a rien sur cet Archie.

Un soupir d'exaspération échappe à Francie.

— *Rien ?* Comment c'est possible ? Mark Hoyt n'a donc pas la moindre envie de faire son boulot ? Est-ce qu'il a vraiment décidé de ne pas l'interroger, ni même de le chercher ?
— Ça ne veut pas dire qu'il n'a rien fait. Ce n'est pas là-dedans, c'est tout. Ce n'est pas dans ce dossier. Mais tout n'est pas là. Merde. Francie, il faut que...
— OK, mais attends. Et le type auquel Winnie parlait dans le bar ? Il y a quelque chose sur lui ?
— Il n'y a rien de nouveau dans le dossier.

Francie perçoit des voix en arrière-fond.

— Il faut que j'y aille, souffle Colette avant de raccrocher.

Francie est sur le point de fondre en larmes lorsque Will finit son biberon de lait maternisé. Elle se lève, et la tête lui tourne. Elle était trop contrariée ce matin pour pouvoir manger, et elle songe à commander quelque chose mais l'idée de ce que l'on sert dans ce café lui soulève le cœur. Elle sort de l'établissement et se dirige vers la sortie du magasin avant de se rendre compte qu'elle a pris la mauvaise direction. Elle revient sur ses pas, mais se perd, ne sachant plus exactement par où aller. Will se met à pleurer, et Francie se précipite vers les tapis ; là, elle se retrouve coincée derrière une femme avec une poussette qui marche à une allure d'escargot et bouche le rayon.

— Excusez-moi, lance Francie, s'efforçant de se frayer un passage.

Mais elle reconnaît alors le visage de la femme :
— Scarlett.

Scarlett la regarde, interdite, et la gêne envahit Francie : Scarlett ne la reconnaît pas.

— C'est moi, Francie.

Scarlett émet un petit rire confus.

— Bien sûr. Désolée. Mes neurones ont arrêté de fonctionner tout à coup. Avant je mettais ça sur le compte de la grossesse, mais il faut que je me trouve une autre excuse maintenant.

Scarlett baisse les yeux vers Will qui se tortille dans l'écharpe ; il pleure de plus en plus fort.

— Comment ça va, l'engorgement ? Ça a marché les patates ?

— Oui, ment Francie, incapable de faire face à un nouveau conseil dans l'immédiat.

— Ah, tant mieux. Et toujours pas de caféine ?

Francie hésite.

— Non. Pas une goutte. Depuis une semaine. Comment tu vas ?

— Fatiguée. Entre le bébé et le déménagement, je n'ai pas eu un moment à moi.

Scarlett jette un coup d'œil au drap qui recouvre la poussette et ajoute à voix basse :

— Il dort depuis presque deux heures. Dieu merci.

— Deux *heures* ? Will n'a jamais fait deux heures de sieste.

Scarlett fronce les sourcils.

— Jamais ? Tu es sûre qu'il mange assez ?

— Oui, répond Francie. Je crois.

Scarlett acquiesce, et Francie ne peut s'empêcher de remarquer son air plus ou moins suffisant.

— J'ai de la chance avec ce petit bonhomme. C'est un bon dormeur.

— Moi aussi, fait Francie d'une voix chevrotante, c'est dur depuis que Midas...

Scarlett ferme les yeux.

— J'en suis malade. Je n'arrive même pas à imaginer ce que Winnie doit endurer.

— Je sais.

Malgré elle, Francie se met à pleurer.

— Pour te parler franchement, je suis un peu submergée là. Le bébé n'arrête pas de se réveiller la nuit, et c'est difficile parce que Lowell a besoin de dormir. Notre appartement est petit.

Elle rit.

— Ce n'est pas une belle maison avec quatre chambres, ça s'est sûr. Enfin, après il se rendort, mais moi je n'arrive pas à trouver le sommeil ; je pense à Midas. Il doit y avoir une explication, ce n'est pas possible, n'est-ce pas ? Comment ils sont entrés, et pourquoi quelqu'un voudrait prendre un bébé ?

Elle devrait se taire, elle le sait, mais les mots se bousculent sur ses lèvres.

— La police a travaillé tellement n'importe comment. Tu ne crois pas ? Cet inspecteur Hoyt. Il n'a vraiment pas l'air de savoir ce qu'il fait. Midas est forcément encore vivant. Je refuse de croire le contraire. Colette vient de m'appeler. On fait vraiment tout ce qu'on peut pour essayer de comprendre ce qui s'est passé.

Elle a envie de dire à Scarlett que Colette était son dernier espoir pour retrouver la trace d'Archie Andersen, qu'elle avait cherché et cherché sur Internet à en savoir plus sur lui – s'il avait fait de la prison, s'il vivait toujours à New York, s'il se trouvait près de chez Winnie ce soir-là. Francie sort une lingette du sac à langer et se mouche.

— En plus, je n'ai certainement pas assez mangé. Tu ne veux pas grignoter un truc avec moi, ou prendre un café au moins ? J'en ai marre d'être seule…

Lorsque Francie regarde son interlocutrice, elle ne sait plus où se mettre : Scarlett la dévisage, horrifiée. Francie baisse les yeux, mortifiée. *Je dois avoir l'air d'une folle !* songe-t-elle. En train de craquer au beau milieu du rayon tapis, avec un tee-shirt plein de taches sorti du linge sale et les cheveux en pagaille.

— Excuse-moi, articule-t-elle. Je ne voulais pas t'embêter…

— Pas du tout, réplique Scarlett. J'adorerais boire un café.

Elle sourit vaguement, les yeux pleins de pitié.

— Mais les déménageurs doivent venir faire un devis.

— Bien sûr, murmure Francie. Je comprends.

— Mais déjeunons la semaine prochaine. Dans le parc, pourquoi pas ? lance Scarlett, tout en se mettant en marche. On est encore un peu entre Brooklyn et la nouvelle maison. Je t'envoie un e-mail.

Francie la salue et s'éloigne dans la direction opposée, déposant au passage dans un panier de couverts à salade un paquet de serviettes en papier rose qu'elle avait décidé d'acheter. Elle finit par retrouver le chemin des caisses et serpente entre les clients qui s'efforcent de pousser leurs lourds chariots chargés de cartons rectangulaires. Une fois dehors, sur le trottoir brûlant, elle repère un bus à l'arrêt de l'autre côté de la rue et se précipite pour le prendre.

Elle s'installe à l'arrière et, la tête appuyée contre la vitre, tente d'évacuer la honte. Mais qu'est-ce qu'il lui a pris ? Scarlett est tellement posée, elle a tellement confiance en elle – une maison à Westchester. Acheter de nouveaux meubles. Encore une mère avec un bébé facile et une vie idéale. Et elle n'a rien trouvé de mieux que de pleurnicher à IKEA avec un nourrisson qu'elle n'arrive pas à maîtriser et un mari qui refuse d'acheter un climatiseur neuf pour le salon, ou une nouvelle poussette ; alors que le frein de celle que sa tante leur a offerte a cessé de fonctionner deux jours plus tôt. Francie en a des visions cauchemardesques : la poussette lui échappe, avec Will à l'intérieur, et descend toute seule la colline, trop vite pour qu'elle puisse la rattraper ; et au bout il y a la rue. Lorsque Lowell a téléphoné de son bureau l'après-midi précédent, elle était en panique et lui a demandé de passer chez Target avant de rentrer à la maison pour acheter tout de suite une nouvelle poussette. Ce qu'il a refusé.

Le mouvement du bus apaise Will. Francie fouille dans son sac en quête de la bouteille de Coca light qu'elle a entamée plus tôt dans la matinée. Le liquide est tiède mais elle la vide en se remémorant ce que Lowell lui a suggéré la veille. Ils étaient couchés, Will entre eux deux, et Lowell lui a conseillé de consulter son médecin.

— C'est une idée de ma mère, a-t-il expliqué. Je l'ai appelée aujourd'hui. Elle pense que tu pourrais prendre quelque chose pour calmer ton anxiété et tes crises de larmes.

— Je n'ai pas besoin de cachets, a répliqué Francie. Il faut qu'ils retrouvent Midas, c'est tout. Il faut que j'aide ce bébé à retourner auprès de sa mère.

Un homme s'installe sur le siège vide à ses côtés et elle se pousse vers la vitre. Elle ne veut plus penser – ni à Lowell, ni à Scarlett, ni aux idées de sa belle-mère. Elle s'empare de son portable dans son sac et vérifie la météo – il va faire plus de trente-cinq – avant d'ouvrir Facebook. Son attention s'attarde sur le message figurant en haut de la page, qui l'invite à regarder « Une petite soirée de liberté », l'album de leur soirée au Lama en fête que Yuko a créé. Francie n'a pas encore eu le cran d'aller voir les photos mais cette fois, elle appuie sur le document, espérant se changer les idées, et parcourt les clichés que chacune a déposés. Yuko et Gemma appuyées à la balustrade du patio au Lama en fête. Nell et Colette trinquant. Le cœur de Francie se serre lorsqu'elle tombe sur une photographie de Winnie. Elle est assise, le menton dans la main. Et une autre où elle observe la foule, l'air étrange, presque rêveur, le soleil se couchant dans son dos.

C'est alors que Francie remarque un détail, en arrière-plan : une tache rouge vermillon.

Avec ses doigts, elle agrandit le cliché. La casquette rouge.

C'est le type auquel Winnie parlait. Il est debout, seul, un verre à la main. Et il figure aussi sur une autre photo, le visage clairement visible cette fois. Et il ne se contente pas d'être là, non. Il les fixe, les observe, le regard braqué vers Winnie.

— Pardon, dit-elle un quart d'heure plus tard, enjambant les genoux de l'homme assis près d'elle alors que le bus arrive à son arrêt.

Elle se précipite dehors et file en direction de son immeuble, excitée par son idée. La porte d'entrée est entrouverte. Francie a demandé plusieurs fois à Lowell de réparer le loquet, qui ne s'enclenche plus. Ce n'est pas prudent. Dans le petit vestibule, le courrier est empilé sur la table en bois bancale. Elle aperçoit une facture de carte de crédit et une grande enveloppe avec son nom écrit en majuscules vertes. Elle fourre la facture dans le sac à langer, sachant qu'il va falloir qu'elle trouve le moyen de payer les cent dollars de vêtements de bébé qu'elle a commandés chez Carter's avant de savoir que le contrat de rénovation avait échappé à Lowell, et ignore l'autre enveloppe – l'écriture ressemblant vaguement à celle de sa mère, elle n'a aucune envie de s'en occuper dans l'immédiat, certaine qu'il s'agit vraisemblablement de cette stupide robe de baptême que cette dernière veut à tout prix leur envoyer. Elle monte à la hâte l'escalier, met enfin la main sur son ordinateur portable enseveli sous les recettes qu'elle a imprimées le matin. Orientant du bout du pied la balancelle de Will, elle va sur Facebook et ouvre l'album de Yuko.

Oui.

C'est lui. Le type auquel Winnie parlait. Francie examine chaque cliché, vérifiant s'il est présent ou non en arrière-plan. Ce faisant, elle ne résiste pas à l'envie d'observer à nouveau Winnie. Le regard perdu dans le vague. Sa façon de regarder l'écran de son téléphone. C'est étrange, mais Francie s'efforce de ne pas y penser. Elle s'applique à rester concentrée sur la bonne nouvelle.

Maintenant, elle a un plan.

14

Huitième jour

À : Mères de mai
DE : Vos amies au Village
DATE : 12 juillet
OBJET : Conseil du jour
<u>VOTRE BÉBÉ A CINQUANTE-NEUF JOURS</u>
Il vous reste probablement un peu de poids à perdre. Ne laissez pas ces kilos de grossesse vous tirer vers le bas. Non, réagissez ! Embarquez votre poussette (et peut-être quelques participantes à votre groupe de mamans) et partez faire une marche rapide dans le parc. Mangez de préférence des légumes ou des fruits entre les repas. Mâchez lentement. Évitez les glucides. Et vous pourrez remettre votre vieux jean en un rien de temps.

Colette s'assied à l'îlot de cuisine, les mains de Charlie sur sa poitrine gonflée.

— Charlie, allez, souffle-t-elle, tentant de le repousser délicatement. Pas maintenant. Il faut que je travaille, tu le sais bien.

— Oui, souffle-t-il. Mais le bébé vient de s'endormir dans la poussette et tu es là à travailler alors qu'il est tard. Tu as bien mérité ton quart d'heure de pause réglementaire.

Il glisse ses mains sur son ventre, se fraie un chemin sous l'élastique de son bas de pyjama en coton et lui saisit l'intérieur des cuisses.

— Ne m'oblige pas à signaler qu'une employée du maire ne respecte pas le droit du travail.

Elle se tortille pour échapper à son étreinte.

— S'il te plaît, Charlie, arrête. Il faut que je finisse ce chapitre.

Il se lève, soupire.

— Chérie, tu me tues. Ça fait trois mois.

— Je sais.

— Il faut qu'on fasse quelque chose.

Elle pivote vers lui, s'appliquant à dissimuler son irritation.

— Charlie, je sais. Mais là, maintenant ? Je travaille. Je ne rentre pas dans ton bureau quand tu écris pour essayer de te séduire.

Il rit.

— Tu sais quoi, ma chérie ? Si l'envie te prend, ne serait-ce qu'un tout petit peu, d'entrer dans mon bureau pour me séduire pendant que j'écris, franchement n'hésite pas. Même si je suis au téléphone avec mon éditrice. Même si mes parents sont là. Même si, je ne sais pas moi, je suis en pleine audience avec le pape. J'arrêterai toute discussion, et je me plierai à tes désirs sur-le-champ, je te sortirai le grand jeu.

Colette sourit.

— C'est bon à savoir.

Il désigne de la tête son bureau dans le couloir.

— Tu veux essayer ? Pour voir si c'est vrai ?

— Que le pape est là ?
— Non.
— Ça ne m'intéresse pas alors.

Elle s'étire les jambes et pose ses orteils sur celles de Charlie.

— Je regrette. Il faut que je me concentre. J'en suis à chercher dans le dictionnaire des synonymes pour le verbe *aller*. Tu vois où j'en suis.

Il libère son pied, se dirige vers le réfrigérateur pour prendre le biberon de lait maternel qu'elle a préparé plus tôt.

— Tu sors ? lui demande-t-elle.
— Oui.
— Tu l'emmènes où ?
— Courir.
— Je le ferai en revenant. Mon rendez-vous ne devrait pas durer longtemps.

Charlie opine du chef.

— Prends le chapeau jaune, poursuit Colette. Les autres sont trop grands.
— Ouais. Je sais.
— Tu as l'écran total ?
— Ouais.
— Il est censé faire encore plus chaud aujourd'hui.
— Ouais.

Charlie referme la porte du frigo, tournant résolument le dos à Colette.

— Je sais m'occuper de ma fille.
— Tu m'en veux ?
— Ouais.

Il fait volte-face, exaspéré.

— C'est frustrant.

— Tu vas divorcer ?

Il ricane malgré lui.

— Oui, Colette. Je vais divorcer.

— Tu me laisseras la machine à espresso ?

Charlie pose le biberon sur le plan de travail et s'approche d'elle.

— Nan.

— La cafetière à piston au moins ?

— Adresse-toi à mon avocat.

— Tu m'aimes ?

— Beaucoup. Mais mon Dieu, qu'est-ce que tu peux être bornée.

Il se penche et lui embrasse le front.

— À plus tard.

Après s'être servi une tasse de café, Colette se dirige vers la fenêtre et observe la rue en contrebas. Elle se sent barbouillée tellement elle est exténuée. Elle a passé la majeure partie de la nuit dans le fauteuil, somnolant entre les tétées de Poppy, sachant qu'elle devrait mettre la petite dans son berceau pour qu'elle apprenne à s'endormir seule comme tous les experts le préconisent ; la laisser pleurer un peu si nécessaire. Mais Colette n'a pas pu se résoudre à le faire. Son instinct lui recommandait de rester avec Poppy, de la laisser dormir dans ses bras toute la nuit si c'était ce dont elle avait besoin.

La visite chez le pédiatre ne s'était pas bien déroulée.

— Elle est en retard, avait déclaré le médecin. C'est clair. Elle a une faiblesse musculaire dans le haut du corps, un peu plus prononcée du côté droit. Et je trouve qu'elle tient bizarrement la tête.

— Qu'est-ce que ça veut dire ? avait interrogé Colette, serrant Poppy contre sa poitrine.

— Il est trop tôt pour en savoir plus. Tout ce qu'on peut faire dans l'immédiat, c'est la surveiller. Vous allez revenir dans trois mois.

— *Trois mois* ? Pourquoi si longtemps ? Il n'y a rien à faire avant ?

— Pas à cet âge. Il n'y a qu'à attendre et voir comment elle évolue. Les choses se mettent en place avec le temps chez les enfants.

Charlie surgit sur le trottoir. Il ajuste ses écouteurs, puis se met à courir lentement avec la poussette en direction de l'entrée du parc. Il avait réagi à la nouvelle comme elle s'y attendait. Calmement.

— OK, on lui ramènera dans trois mois, a-t-il déclaré. S'il nous dit à ce moment-là qu'on doit s'inquiéter, on commencera à s'inquiéter.

Une voiture déboule soudain à toute allure alors que Charlie s'apprête à traverser, sans attendre que le petit bonhomme passe au vert. Colette retient son souffle mais Charlie regagne le trottoir en criant quelque chose au chauffard. Il reprend ensuite sa course, traverse, et tourne au coin du mur d'enceinte. Elle ferme les rideaux, pose son café sur la table, s'agenouille près du canapé et s'empare à tâtons de l'enveloppe contenant la clé USB.

Elle la glisse dans la poche intérieure de son sac et part prendre une douche. Elle s'attarde sous l'eau froide, s'efforçant de se réveiller, de s'éclaircir l'esprit, de se débarrasser des pensées qui la taraudent depuis la veille. Ils ont trouvé un corps.

L'information était succincte : un mot de Mark Hoyt au sommet de la pile de documents. *Un corps a été découvert aux environs de dix-sept heures hier. Envoyé au laboratoire. L'identité devrait être confirmée avant midi demain. Vous tiens au courant dès que possible.*

Elle ferme les yeux sous l'eau froide. Le rêve qu'elle a fait la nuit précédente défile sous ses paupières closes. Winnie était dans un pré, debout devant le corps sans vie de Midas. Colette s'approchait pour prendre le bras de Winnie et lorsque celle-ci se tournait vers elle, elle s'apercevait qu'elle s'était trompée. Il ne s'agissait pas de Winnie. C'était Francie.

Elle sort de la douche et s'habille rapidement. Une heure plus tard, lorsque Collette arrive au troisième étage de la mairie, Allison n'est pas à son bureau. Elle patiente quelques minutes dans le hall d'accueil, puis se dirige vers la porte du bureau de Teb, et par l'entrebâillement jette un coup d'œil à l'intérieur. Ses pas sont silencieux tandis qu'elle marche lentement sur la moquette en direction du buffet, plongeant la main dans son sac pour prendre la clé USB. Elle est sur le point de glisser cette dernière par terre, sous une rangée de chaises, lorsque Allison surgit de dessous le bureau de Teb.

— Bonjour, s'exclame-t-elle.

— Oh, mon Dieu.

Colette serre la clé USB dans sa main.

— Vous m'avez fait une peur bleue.

— Désolée, fait Allison, se passant la main sur l'estomac. Waouh. Ça m'a donné le vertige.

— Qu'est-ce que vous faites ? demande Colette.

— Écoutez, soupire Allison, est-ce que quelqu'un a pu entrer et prendre quelque chose dans le bureau du maire pendant que vous étiez là à travailler ?

— Prendre quelque chose ?

Colette s'éclaircit la gorge.

— Non, pas que je me souvienne.

— Flûte.

— Qu'est-ce qui ne va pas ?

— Oh, rien. Je suis certaine d'avoir posé un truc ici pour le maire et il n'arrive pas à mettre la main dessus. Il est en colère après moi.

— Je peux vous aider à chercher, suggère Colette. C'est quoi ?

Allison balaie la proposition d'un revers de la main.

— Arrêtez. Vous avez déjà bien assez à faire. Vous n'avez pas besoin en plus d'essayer de réparer mes bêtises. Mais...

Elle fronce les sourcils.

— Il faut que vous attendiez dehors. Il m'a demandé de ne laisser personne entrer dans le bureau en son absence. J'imagine qu'il ne parlait pas de vous, mais je suis déjà pas mal dans la mouise là, donc...

— Évidemment, coupe Colette. Je vais attendre dehors. Pas de problème.

Colette suit Allison jusque dans le hall d'accueil. Au-delà des canapés, devant la grande baie vitrée dominant le square de l'hôtel de ville, un jeune homme installe une petite estrade tandis qu'un autre, l'air de s'ennuyer ferme, tient une pancarte à l'effigie du sceau de la ville. Colette s'installe dans un des fauteuils en cuir et replace la clé USB dans son sac. Allison s'approche alors d'elle, une grande enveloppe kraft à la main.

— C'est arrivé pour vous.

Le nom de Colette est inscrit en majuscules vertes sur l'enveloppe, suivi de l'adresse de la mairie. Qui peut lui envoyer du courrier à l'hôtel de ville ? Personne n'est même censé savoir qu'elle vient ici régulièrement.

— Quand ? s'enquiert-elle.

— Hier, en fin de journée.

Colette saisit l'enveloppe et la flanque dans son sac.

— Merci.

— De rien. Avec un peu de chance, vous n'aurez pas à attendre trop longtemps, mais pour vous parler franchement, ça s'annonce mal.

Allison désigne d'un mouvement de tête les deux jeunes hommes qui installent l'estrade.

— Il se passe quelque chose de bizarre ici aujourd'hui.

Allison regagne son bureau et Colette s'enfonce dans son fauteuil, songeant à l'enveloppe. Une voix intérieure lui conseille de ne pas l'ouvrir maintenant. Pas ici, avec tous ces gens autour.

Durant la demi-heure qui suit, Colette feuillette nonchalamment de vieux numéros du *New Yorker*. Puis, elle finit par entendre des voix dans le couloir. Aaron pénètre dans le hall d'accueil en compagnie d'une femme en tailleur pantalon gris, et Colette entrevoit à sa taille une arme dans son étui. Colette a l'impression de la connaître.

— À plus tard ! lance la femme à Allison.

Et c'est en entendant sa voix que Colette se rappelle. C'est la policière qui a interrogé Winnie.

Celle qu'elle a vue sur la clé USB. Comme celle-ci s'engouffre dans l'ascenseur, Aaron s'approche de Colette tenant d'une main son portable, et dans l'autre un épais dossier. Colette se lève, mais il lui fait signe de se rasseoir.

— Pas encore, désolé. Il y a un imprévu. Le maire s'excuse. Donnez-nous dix minutes de plus.

— Je peux revenir à un meilleur moment.

— Non, je fais tout ce que je peux pour vous caser, rétorque-t-il, jetant un coup d'œil par-dessus l'épaule de Colette en direction de Joan Ramirez, l'attachée de presse du maire qui se tient devant la porte du bureau de ce dernier.

Aaron opine du chef à son intention.

— Encore dix minutes.

Il effleure l'épaule de Colette et fait volte-face pour partir, mais ce faisant, le dossier lui échappe et le contenu s'étale par terre aux pieds de celle-ci. Elle se baisse pour l'aider à rassembler les documents, glissant la main sous son fauteuil.

Et là, elle se fige.

C'est une photo de Midas. Colette s'en empare et l'examine. Il porte un body à rayures grises et suce son poing. Il semble allongé sur un tapis blanc.

— Colette ?

Aaron lui tend la main, paume ouverte. Elle se lève et lui donne la photo.

— Merci, souffle-t-il en lui faisant un clin d'œil.

Il s'éloigne vers Joan et l'invite à entrer dans le bureau du maire. Colette reprend sa place. La pièce tourne autour d'elle. Elle se prend le front dans les mains, résistant à l'envie de baisser la tête contre ses genoux comme le lui avait conseillé un chauffeur de car de ramassage scolaire quand elle était en élémentaire. Assise derrière lui, il avait remarqué qu'elle devenait verte tellement elle avait mal au cœur. *Un corps a été découvert.* Cette photo. La policière. La conférence de presse sur le point d'avoir lieu.

Midas est mort.

De quoi d'autre pourrait-il s'agir ?

Elle entend la voix de Teb et lève les yeux : il marche dans sa direction. Elle se lève, son sac serré contre elle.

— J'ai une mauvaise nouvelle, Colette, déclare-t-il, avec sérieux. Il y a un truc dont il faut que je m'occupe. Je suis vraiment désolé.

— De quoi s'agit-il ? demande-t-elle.

Mais au même moment, Aaron surgit, glissant la main dans la poche intérieure de sa veste pour prendre son portable qui sonne.

— Ouais, fait-il dans l'appareil. OK. Bien.

Aaron raccroche.

— Le commissaire Shah vient d'arriver, monsieur. Il monte.

Aaron jette un coup d'œil vers l'estrade devant la baie vitrée, puis se tourne vers Teb.

— Vous devriez peut-être changer de cravate. Quelque chose de moins solennel.

Teb opine du chef et tourne les talons pour regagner son bureau.

— Désolé, Colette, fait Aaron lui prenant le bras pour l'accompagner jusqu'à l'ascenseur.

Il appuie sur le bouton.

— C'est frustrant quand ça arrive, je sais. Mais les choses deviennent incontrôlables. C'est l'essence même de ce boulot.

Les portes de l'ascenseur s'ouvrent, et Elliott Falk du *New York Post* surgit.

— Je vais demander à Allison de vous appeler pour reprendre un rendez-vous, lance Aaron.

Les portes de l'ascenseur se referment entre eux. Lorsqu'elles s'ouvrent à nouveau, Colette se précipite dehors et hèle un taxi. Elle s'engouffre dans l'habitacle et claque la portière.

— Vous allez où ?

— Brooklyn, répond-elle, glissant sur le cuir chaud et craquelé de la banquette. Prospect Park West.

Elle presse le bouton du téléviseur installé devant elle et l'écran s'allume. La musique d'une publicité vantant les mérites d'un matelas résonne dans la voiture. Le chauffeur klaxonne soudain comme un fou à l'entrée du pont de Brooklyn. Une émission matinale reprend, au beau milieu d'un sujet culinaire. Comment faire manger plus de légumes aux enfants ? Le chauffeur augmente le volume de sa radio, rivalisant avec le son du téléviseur. Il écoute une station d'informations.

Colette se penche vers l'avant.

— Vous avez entendu quelque chose sur Midas ? Vous savez, le bébé qui a disparu ?

— Le riche ?

— Oui.

— Il est mort, répond le chauffeur du tac au tac. C'est un ex-petit ami qui l'a tué apparemment.

— Non, fait Colette d'une voix étranglée. Où est-ce que vous avez entendu ça ?

— C'est ma femme qui me l'a dit l'autre jour.

Il fait la moue.

— Cette histoire l'obsède.

L'alerte du portable de Colette retentit. C'est Nell.

Il faut que je te voie. On se retrouve à 17 heures ? Au Spot. Je partirai discrètement du boulot plus tôt. Je dois récupérer Beatrice à 18 heures.

Je ne peux pas, tape Colette. Pas aujourd'hui.

Trois points. La réponse de Nell est immédiate. S'IL TE PLAÎT. C'est important.

Colette pose son téléphone sur ses cuisses et ferme les yeux. N'oublie pas de respirer. Elle revoit la doula agenouillée devant elle aux pires moments du travail, qui lui répétait encore et encore cette phrase. Tout se résume à la respiration.

Je ne rigole pas, écrit Nell. Il faut que je te parle.

Très bien. J'y serai.

— Excusez-moi, fait le chauffeur, un quart d'heure plus tard. Nous y sommes.

Charlie est en train de se faire un sandwich dans la cuisine lorsqu'elle entre dans l'appartement.

— Déjà de retour ? lance-t-il.

Elle lâche son sac par terre, éteint la musique qu'il écoutait, et allume la télévision, zappant de chaîne en chaîne.

— Qu'est-ce que tu fais ?

— Le maire tient une conférence de presse. Je crois que ça concerne Midas...

Sur une chaîne câblée, elle voit enfin le maire, juché sur une estrade, debout devant un pupitre, brandissant la main pour faire taire les journalistes.

— Le corps a été découvert dans les bois, à une centaine de mètres de la résidence de Winnie Ross dans le nord de l'État de New York. Parce que le corps a été brûlé, nous avons sollicité l'aide du FBI pour nous aider à l'identifier.

— Non.

Charlie s'approche de Colette et lui prend la main.

— Ils ont trouvé Mid...

— Chuuuuut.

— Nous avons eu la confirmation aujourd'hui qu'il s'agit du corps d'Hector Quimby, que la famille Ross employait depuis longtemps.

Teb consulte les notes posées devant lui.

— M. Quimby s'occupait depuis trente ans du jardin de la propriété des Ross et il était également chargé de l'entretien de leur maison de Brooklyn, là où Midas a disparu au cours de la soirée du 4 juillet.

Une photographie apparaît à l'écran. L'homme a une bonne soixantaine, une moustache et des cheveux gris, des yeux bleu clair.

— Nous ne savons pas encore s'il y a un lien entre la mort de M. Quimby et l'enlèvement de Midas Ross, mais nous poursuivons l'enquête.

— Comment le corps a été découvert ? lance une voix parmi la foule de journalistes.

— Les enquêteurs du FBI et de la police de New York ont été mis sur la piste du corps de M. Quimby...

Teb se racle la gorge.

— Excusez-moi. Ce sont des chiens de détection qui cherchaient la piste de Midas Ross et qui les ont amenés à la place jusqu'au corps de M. Quimby.

Colette décroise ses doigts de ceux de Charlie.

— Une seconde.

Elle se dirige vers la cuisine, ramasse son sac et s'enferme dans les toilettes. Elle s'assied sur la cuvette, sort l'enveloppe kraft et l'ouvre. Rien ne lui permet de savoir qui l'envoie. Pas de lettre. Pas de signature. Une feuille de papier, c'est tout.

Il s'agit d'une photo d'identité judiciaire.

Il est adolescent sur le cliché. Il n'a pas de rides sous les yeux, pas de poil gris dans son bouc. Il fixe l'objectif avec défi. La pancarte qu'il tient devant la poitrine indique sa date de naissance et le lieu de son arrestation. Mais pas de quoi il est inculpé. Ni même son nom.

Mais bien sûr, c'est lui. Gonze.

*

Francie rentre son ventre, consciente de l'homme qui s'approche, mais celui-ci passe son chemin et s'installe au fond du bar. Elle vérifie l'heure encore une fois : 15 h 32. Il a trente-deux minutes de retard. Il a peut-être menti. Il ne va pas venir.

— Un autre verre de rosé ?

Le regard du barman glisse sur son décolleté qu'elle ajuste sans réfléchir.

— J'imagine, répond-elle, baissant les yeux sur le texto que sa belle-mère, Barbara, lui a envoyé quelques minutes plus tôt avec une photo de Will allongé sur une couverture dans le parc. Tout va bien. J'espère que la séance photo se passe bien. Bonne chance !

Sa main tremble en tendant un billet de dix dollars au barman, songeant encore à l'altercation qu'elle a eue avec Lowell le matin même : en sortant de la chambre, il l'avait trouvée assise sur le canapé, s'efforçant de retenir ses larmes, en train de donner un biberon de lait maternisé à Will.

« Qu'est-ce qu'il y a cette fois ? avait-il lancé.

— Comment ça, qu'est-ce qu'il y a ?

— Tu as l'air triste.

— Non.

— Francie...

— C'est rien. Je n'ai pas envie d'en parler. »

Elle ne peut pas dire à Lowell ce qui la contrarie ; qu'elle a téléphoné à Mark Hoyt la veille pour lui signaler qu'elle avait trouvé des photographies du type qui avait abordé Winnie au Lama en fête.

« Je suis vraiment déçue d'avoir à faire ce travail moi-même, a-t-elle déclaré à Hoyt, impressionnée par l'autorité de sa propre voix. Mais c'est comme ça. Je vais vous les faire parvenir par e-mail, à moins que, pour des raisons de sécurité, vous ne préfériez envoyer un officier chez moi pour les récupérer ?

— Francie, écoutez, avait répliqué Hoyt. Il faut que vous arrêtiez.

— Que j'arrête ? Est-ce que vous...

— Vous m'avez très bien compris, madame Givens. Arrêtez. Trouvez une autre occupation. Emmenez votre petit faire de la balançoire. Ou consultez votre médecin peut-être. Assurez-vous que tout va bien. Mais laissez-nous faire notre travail.

— Consulter mon... »

Un rire lui échappe.

« Non, mais vous vous rendez compte du travail lamentable que vous faites ? Êtes-vous au courant qu'un nouveau-né compte sur vous pour le ramener à sa mère ? Consulter mon médecin ? Vous plaisantez, ou quoi ? Je n'ai pas besoin qu'un autre homme…

— Au revoir, madame Givens. »

Évidemment, elle ne pouvait raconter cela à Lowell qui la regardait comme si elle était folle, le dos appuyé contre le plan de travail, les bras croisés sur la poitrine.

« Je commence à m'inquiéter pour toi, Francie. »

Elle a la nausée à présent, quand elle se remémore ce qu'elle lui a dit ensuite, comme elle l'a accusé d'être froid, de manquer d'empathie, pendant qu'il s'habillait ; comme elle a repoussé son baiser alors qu'il s'apprêtait à partir chercher sa mère à l'aéroport. (Lowell avait apparemment téléphoné à Barbara pour lui demander de venir pour quelques jours, il lui avait dit que Francie était débordée et qu'un coup de main avec le bébé ne serait pas de trop, sans même lui en parler d'abord.) Francie déteste se disputer avec Lowell. Cela n'arrivait quasiment jamais auparavant, mais désormais, depuis le bébé, tout ce qu'il fait la contrarie. Il faut qu'elle lui demande pardon, elle le sait, et qu'elle tourne la page, surtout avec Barbara à la maison, qui dort dans le salon et entend tout ce qu'ils se disent. Elle saisit son téléphone, mais sent alors deux mains sur sa taille.

Elle fait volte-face, téléphone à la main. Il est tellement beau de près, constate-t-elle, étonnée : ses yeux d'un bleu de glace, sa mâchoire carrée et déterminée, ses cheveux bruns sous la casquette rouge. Avant qu'elle ne puisse articuler quoi que ce soit, il la soulève de son tabouret et l'attire à lui pour l'embrasser comme elle ne l'a plus été depuis très longtemps ; elle en oublie complètement Lowell.

*

Il recule d'un pas.

— Tu es *bien* la femme avec laquelle je suis censé avoir rendez-vous, n'est-ce pas ?

— Oui. Bonjour.

Francie regrette la nervosité dans sa voix.

Il se laisse choir sur un tabouret à côté d'elle et fait un signe au barman pour se commander une bière et un shot de whisky, sans même proposer à Francie de lui offrir un nouveau verre.

— Désolé, je suis en retard. J'ai eu un imprévu.

Il avale son shot d'une seule gorgée et enchaîne avec une longue rasade de bière. Francie saisit son verre de vin en lui jetant un coup d'œil oblique. Elle avait raison. Il a une trentaine d'années, le même âge qu'Archie Andersen probablement. Il passe une autre commande et elle remarque la force de ses doigts serrés autour du verre, ses biceps moulés dans son tee-shirt. Il est beaucoup plus baraqué que ce qu'elle avait cru en l'observant au Lama en fête.

— J'aime bien ton style, déclare-t-il, s'essuyant la bouche du revers de la main.

Elle hausse les sourcils.

— Ma robe, tu veux dire ?

Son regard se promène sur sa poitrine et son cou, puis il fixe ses yeux ourlés de faux cils qu'elle a mis une heure plus tôt dans les toilettes du Starbucks d'à côté.

— Euh, ouais. Ça aussi. Mais c'est surtout que tu n'as pas perdu de temps. La plupart des filles veulent échanger des e-mails pendant des jours avant qu'on ne se rencontre.

Francie est fière de la rapidité avec laquelle elle a été capable d'élaborer ce plan, et tout cela grâce à Nell. Hier, après s'être cassé le nez en contactant Mark Hoyt, elle a envoyé un e-mail à Nell au bureau.

Je sais qu'il y a peu de chances que ça marche, mais j'ai trouvé des photos du type qui a parlé avec Winnie au Lama en fête, a écrit Francie. Tu crois qu'on pourrait s'en servir pour essayer d'en savoir plus sur lui ?

Il a fallu sept minutes à Nell pour répondre. C'est tout ce que je peux trouver. J'ai utilisé une application de reconnaissance faciale. Il a l'air sympa.

Francie a ouvert le lien : ses photos accompagnées d'un profil tiré de « Partenaires sexuels », un site de rencontres dans lequel il ne révélait que très peu de choses sur lui – son poids, sa taille, son penchant pour les gros seins, mais pas son nom (à moins que ce ne soit réellement Doktor Danger).

Qu'est-ce que tu vas faire avec ça ? a ajouté Nell.

Rien, a répondu Francie. Le garder sous la main, au cas où.

En vérité, elle a passé l'heure suivante à se maquiller, se prendre en photo, s'efforçant d'adopter des poses aussi suggestives que possible, pour finir par créer son profil sur « Partenaires sexuels ». Trois messages depuis le compte Gmail qu'elle a créé pour l'occasion sous une fausse identité, et le tour était joué : elle a obtenu un rendez-vous. En lisant ce que les gens avaient écrit sur le site, elle s'était sentie déprimée, puis immensément reconnaissante d'être avec Lowell, de la vie qu'ils menaient, de la magnifique famille qu'ils avaient fondée.

Le type se penche vers elle.

— Tu sens incroyablement bon, lui glisse-t-il.

— Merci. Mais avant d'aller plus loin, je ne connais pas ton nom.
— Mon nom ? Comment veux-tu que je m'appelle ?
— Comment *je* veux que tu t'appelles ?
— Ouais.
Elle perçoit l'odeur du tabac dans son haleine.
— Tu n'as qu'à choisir mon nom, pourquoi pas ?
Francie fait mine de réfléchir quelques instants.
— J'aimerais bien que tu t'appelles Archie.
Il rit.
— Comme le mec du dessin animé ?
Elle rit aussi, s'appliquant à dissimuler sa déception. Ça ne peut pas être lui. À moins d'être un acteur chevronné, il n'aurait pas pu répondre avec autant d'aplomb si elle avait visé juste.
— Archie. C'est chouette.
— Bien, fait-elle.
Très bien même, peu importe, songe-t-elle. Ce n'est peut-être pas Archie Andersen, mais il va quand même pouvoir répondre à quelques questions cruciales : pourquoi a-t-il abordé Winnie, de quoi ont-ils parlé, où est-ce que Winnie est allée ce soir-là ?
— Tu peux être ma Veronica, susurre-t-il. Il nous faudrait une Betty mais bon.
Il jette un coup d'œil par-dessus l'épaule de Francie et sans un mot, il lui prend la main, la fait descendre de son tabouret et l'entraîne au fond de la salle. Elle s'efforce tant bien que mal de marcher aussi vite que lui, tout en limitant les éclaboussures de vin sur sa robe et en s'appliquant à ne pas perdre l'équilibre sur ses talons. Ils longent un étroit couloir sombre imprégné de relents d'urine, puis pénètrent dans une arrière-salle

déserte où trône dans un coin un billard et dans l'autre un canapé éculé.

Il l'emmène jusqu'au canapé, l'attire à lui, et colle ses lèvres sur son oreille.

— On est plus tranquilles ici, chuchote-t-il avant de l'inciter à reculer jusqu'à ce qu'elle tombe lourdement sur le canapé, renversant quasiment tout le contenu de son verre. Il s'assied près d'elle, pose sa main calleuse sur le genou de Francie, et la remonte lentement sur sa cuisse.

— Attends un peu, souffle-t-elle en ôtant sa main.

Et à son plus grand soulagement, deux individus pénètrent alors dans la pièce. Bottes poussiéreuses aux pieds et ceinture porte-outils à la taille, ils se dirigent vers le billard ; vraisemblablement des ouvriers d'un chantier voisin en pause déjeuner. Francie ne peut s'empêcher de penser : et si, par un incroyable coup du sort, ils la connaissaient ? Si c'étaient des collègues de Lowell, des types avec lesquels il a travaillé sur un projet d'immeuble ?

— Je n'ai que quarante minutes avant de retourner bosser, Veronica, déclare le faux Archie.

Il semble contrarié. Elle ne peut pas vraiment lui en vouloir. « Partenaires sexuels » n'est pas exactement le site grâce auquel on rencontre des gens qui se retrouvent dans un bar en pleine journée pour discuter de leurs centres d'intérêt communs. Et elle n'a d'ailleurs pas beaucoup de temps devant elle non plus. Elle a promis à Nell de la retrouver au Spot à dix-sept heures ; Nell veut leur parler, à elle et Colette. D'ici là, il faut qu'elle aille au bout de son plan. Un plan qu'elle a fomenté toute la nuit.

Elle se lève, passe par-dessus les jambes étendues du faux Archie, et pose ses mains sur ses cuisses, lui présentant bien sa poitrine et l'enveloppant de son parfum.

— Je vais aller nous chercher un autre verre.

Au bar, Francie résiste à l'envie de regarder encore une fois la photographie de Will au parc. Pourtant, elle se sent encore coupable d'avoir menti à Lowell et à Barbara en leur racontant qu'après avoir mis une petite annonce sur le site du Village, elle avait été contactée pour prendre en photo un bébé de neuf mois. De retour au canapé avec les verres, elle s'efforce de paraître détendue et confiante. Elle se rassied près du faux Archie.

— Alors. Veronica.

La bouche de celui-ci est à nouveau tout près de son oreille.

— De quoi veux-tu parler ?

Francie avale une longue gorgée de vin, puis récite la phrase qu'elle s'est répétée le matin même.

— J'ai besoin d'un verre. J'ai perdu mon boulot.
— Ah, merde.

Il enlève sa casquette et plonge son nez dans son cou.

— Oui, j'étais serveuse. Dans un bar super sympa à Brooklyn. Le Lama en fête.

Il s'enfonce dans le canapé.

— Ah, j'y vais parfois.
— Tu rigoles ?
— Pas du tout. C'est à côté de chez moi.
— Incroyable.

Elle plisse les yeux et l'observe avec attention.

— Ah, mais attends une minute. C'est *toi*.

Il fronce les sourcils.

— Toi qui ?
— Toi !

Elle pose son verre sur la petite table poisseuse et se retourne vers lui, posant ostensiblement une main sur son genou.

— Tu étais au Lama en fête le soir du 4 juillet, non ?

Il réfléchit.

— Euh, ouais. Comment tu le sais ?
— C'était toi, le mec. Quelle coïncidence.

Elle rit et lui flanque une petite claque sur le genou.

— Mes collègues ne vont pas y croire. On n'a pas arrêté de parler de toi.

Il semble stupéfait.

— De moi ? Pourquoi ?
— C'est toi le type qui parlait à cette femme. Cette Winnie trucmuche.
— Cette quoi ?

Francie est surprise des efforts convaincants qu'il fournit : on dirait vraiment qu'il ne sait pas de quoi elle parle.

— Gwendolyn Ross ? L'actrice ? Son gamin qui s'est fait enlever ?
— Quand ?
— Vraiment ? Tu ne lis donc pas les journaux ? Tu ne regardes pas la télévision ?
— Le sport seulement.

Elle n'arrive pas à y croire. Il n'est réellement au courant de rien.

— Tu te souviens d'avoir parlé à une femme au bar ce soir-là ? Une jolie femme ? Tu t'es peut-être même éclipsé avec elle un petit moment, non ?

Un éclair de lucidité le frappe enfin.

— Cette femme s'est fait enlever son gosse ?
— Oui. Son fils Midas. Il a disparu ce soir-là.
— Oh, la vache. J'ai entendu parler de cette histoire. Les filles au boulot en parlent tout le temps. Midas. Comme le dieu grec.

Il pose à son tour sa bière sur la table et se penche en riant.

— C'est dément. Attends que je raconte ça à mes potes.
— Pourquoi ? demande Francie d'un air conspirateur. Qu'est-ce qu'ils vont en penser, tes potes ?
— C'est eux qui m'ont mis au défi de le faire.

Toute frivolité disparaît de la voix de Francie.

— De faire quoi ?
— De lui parler. La draguer, quoi.

Il semble abasourdi.

— Elles étaient plusieurs mamans ce soir-là, au fond, sur le patio.
— Oui, je me souviens d'elles. Elle faisait partie de ce groupe.
— Mes potes m'ont promis de me filer vingt dollars si j'arrivais à en lever une. Tu vois bien, une blague, quoi. Genre, qui est capable de se taper une MILF ? J'ai relevé le défi. La première m'a rembarré avant même que je puisse lui offrir un verre, mais ensuite elle... cette Winnie trucmuche comme tu dis... Elle était à fond.

Il ricane.

— *Carrément* à fond.

Francie boit une nouvelle gorgée. Il faut qu'elle lève le pied. Le vin lui embrouille l'esprit.

— En fait, tu ne la connaissais pas avant ce soir-là ?

— Non.

Un petit rire satisfait lui échappe.

— Mais après, je la connaissais déjà mieux, ça c'est sûr.

Elle prend une voix plus douce et le regarde par en dessous ses faux cils.

— Tu m'intrigues.

Silencieux, il la dévisage. Puis saisissant son ourlet, il le soulève, raccourcit sa robe et révèle ses cuisses fraîchement rasées, encore brillantes de lait pour le corps à la pêche.

— Tu es sûre que tu veux savoir ? C'est vraiment dingue.

Elle s'oblige à jouer les allumeuses.

— J'aime bien les choses dingues.

— Ah, ouais ? Bah, tu vas me le prouver, Veronica.

— Comment ça ?

— Disons que j'ai une histoire incroyable à te raconter.

— OK.

— Mais il faut que tu la mérites avant.

Son visage est à quelques centimètres de celui de Francie.

— Embrasse-moi, et je te dirai tout.

Il se penche vers elle, presse sans aucune délicatesse ses lèvres sur les siennes, et lui enfonce la langue dans la bouche. Il finit par s'écarter d'elle. Une saveur âcre de bière reste dans la gorge de Francie.

— Je lui ai payé un verre, articule-t-il.

Francie hausse les sourcils, étonnée, puis les fronce.

— Il n'y a rien de dingue là-dedans.

— Non, c'est juste le début.

Du bout du pouce, il lui caresse la clavicule.

— Tu veux en savoir plus ?

Elle acquiesce tandis qu'il glisse la main sous sa robe, l'obligeant doucement à écarter les jambes. Il serre l'intérieur de sa cuisse avant de tripoter l'élastique de sa culotte.

— Vas-y, dit-elle d'une voix caverneuse qui la déroute elle-même.

— Je lui ai demandé de venir chez moi.

Un des ouvriers autour du billard leur jette un coup d'œil au moment où le faux Archie prend la main de Francie pour la poser sur sa braguette. Il bande. Il presse la main de la jeune femme sur son jean et l'incite à la remuer.

— Et alors ? Elle t'a suivi ? demande Francie.

Il l'embrasse. Puis, l'esprit de Francie se brouille. L'odeur de bière dans l'haleine de cet homme à côté d'elle. Sa barbe rêche sur son menton. Elle a l'impression de voir quelqu'un d'autre : pas celui qu'elle appelle Archie, non, mais son prof de science. M. Colburn.

— Non, malheureusement. Elle a dit qu'il fallait qu'elle pense à son gamin. Il avait l'air de la contrarier.

Francie écarte les doigts en éventail et presse plus fort ; c'est comme si elle se faisait engloutir. Elle ferme alors les paupières.

— Winnie avait l'air contrariée ?

— Ouais.

Il écarte sa culotte et Francie sent qu'on lui plaque les bras sur le tissu râpeux de la couverture bon marché qui recouvre le lit de M. Colburn. Elle a envie de hurler mais ne peut pas.

— Elle a dit qu'elle n'avait qu'une envie, c'était de venir chez moi. De me monter dessus.

La main de Francie caresse plus vite le jean.

— Qu'elle détestait être coincée à la maison. Devoir tout le temps s'inquiéter de ce bébé.

Francie chuchote dans son oreille :

— Elle a dit ça ? Qu'elle détestait avoir un bébé ?

— Quelque chose dans le genre. On s'est enfermés dans les toilettes. Je n'arrivais pas à la lâcher. C'était incroyable. Je lui ai demandé de rester un peu plus longtemps au moins. De me laisser lui payer un autre verre.

— Et ?

— Elle s'est mise à me crier dessus. En me disant qu'elle avait des trucs à faire. Qu'elle n'était pas comme ça. Qu'elle était une bonne mère.

Sa respiration s'accélère dans le cou de Francie, et celle-ci sent son corps se raidir.

— J'aurais pu tuer quelqu'un pour pouvoir la ramener chez moi. La pousser sur mon lit. Lui arracher sa robe.

Il retire sa main de l'entrejambe de Francie et s'empare de son poignet ; paupières closes, bouche ouverte, il presse sa paume sur sa braguette, l'oblige à remuer plus vite.

— Winnie. Mon Dieu. Qu'est-ce qu'elle était bandante.

Un gémissement sourd résonne dans toute la pièce tandis que des larmes montent aux yeux de Francie.

Ils les observent. Les deux gars au billard. Debout, immobiles, appuyés sur leurs queues plantées telles des fourches à leurs côtés. Archie n'a pas l'air de remarquer qu'elle pleure. Il fixe le plafond, se passe la langue sur les lèvres, tête à la renverse reposant sur le canapé.

— Son gamin. Kidnappé.

Il secoue la tête, se redresse et tend la main vers sa bière.

— J'espère que la police est en train de l'interroger. Cette fille était carrément cinglée.

*

Au Spot, Nell s'installe à une table près de la fenêtre. Elle laisse son thé noir refroidir dans sa main tandis qu'elle parcourt les photographies de Beatrice qu'elle a prises la veille ; des dizaines de clichés de ses petites mains, de ses orteils minuscules, de ses plantes de pieds jaunes comme du beurre, tellement tendres qu'on a envie de les manger.

Elle regarde à nouveau vers la porte dans l'espoir de voir arriver Colette et Francie. Elle est impatiente d'aller chercher Beatrice à la crèche – tant le nombre d'heures qu'elle passe à contempler des photos des pieds de sa fille pendant qu'elle paie des inconnues pour s'en occuper est absurde.

Nell replace son téléphone dans son sac, et soudain Colette est là ; debout près de sa table, la tête de Poppy surgissant d'une écharpe. Colette a les yeux rougis et ses taches de rousseur ressortent sur sa peau anormalement pâle.

— Ça va ? s'enquiert Nell.
— Tu as vu ?

Colette se laisse tomber sur la chaise en face de Nell.

— Ils ont identifié un corps.

Nell opine du chef.

— J'ai vu ça au travail. Quand j'étais à la cafétéria. Tout le monde était collé à l'écran. J'ai cru que c'était Midas. Depuis que tu as appelé hier, j'étais certaine que le corps allait être celui de Midas.

— Je sais. Moi aussi.

Colette se penche vers Nell.

— Il faut que je te parle d'un truc. J'ai reçu ça par la poste...

Nell remarque Francie qui vient de rentrer dans la salle et s'est arrêtée, les yeux plissés, pour déchiffrer l'ardoise du jour.

— Ah, bien, elle est là, dit Nell, faisant un signe à Francie et s'apercevant avec surprise qu'elle porte une robe courte et moulante, laissant entrevoir son soutien-gorge noir en dessous.

— Vous avez vu ça ? lance Francie, s'approchant de la table. Le corps ?

Son mascara a coulé sous ses yeux qui sont ourlés de longs faux cils, telles les jambes filiformes d'une araignée.

Nell acquiesce.

— Oui. C'est...

Elle s'assied.

— Et Bodhi Mogaro ? Ils l'ont relâché ?

La nouvelle de sa libération avait été annoncée plus tôt dans la journée, lors d'une conférence de presse d'Oliver Hood. Debout sur les marches de la prison aux côtés de Mogaro, sa femme et sa mère, Hood avait exigé des excuses des officiers de police chargés de l'enquête, du commissaire Rohan Shah, et du maire Teb Shepherd.

« Nous retrouverons la police de New York au procès », avait-il déclaré.

— J'ai vraiment besoin d'un café, ajoute Francie. Et d'un verre d'eau.

Elle avale un peu ses mots et un voile de transpiration brille au-dessus de sa lèvre supérieure.

— Francie, tu es saoule ? fait Nell.

Irritée, Francie la regarde.

— Non, Nell. Je ne suis pas saoule. J'allaite en ce moment, je te rappelle.

Elle s'empare du verre d'eau devant Nell et boit longuement.

— Ce qui est arrivé à cet Hector m'a bouleversée. J'ai appris la nouvelle en venant ici. Est-ce qu'ils savent qui l'a tué ?

— Non, mais écoute... commence Colette.

Francie la coupe aussitôt.

— Il avait les clés de chez elle. Il a très bien pu entrer. Ou laisser quelqu'un d'autre entrer. Ils vont comprendre ça, n'est-ce pas ? Même un imbécile comme Mark Hoyt va être capable de faire le lien, non ?

— Oui, réplique Nell. Et ils cherchent des volontaires pour organiser une battue aux environs de la propriété pour tenter de retrouver Midas. On devrait y participer.

Francie fait la moue.

— Pour retrouver son corps ?

Colette se penche en avant.

— Écoutez. J'ai quelque chose à vous dire... quelque chose de très dérangeant qui s'est produit aujourd'hui.

Elle sort une enveloppe de son sac à langer ; son nom est inscrit en grosses lettres vertes dessus.

— C'est arrivé pour moi aujourd'hui au bureau du maire.

Nell observe les lettres capitales. L'encre verte. Elle plonge la main dans son sac à ses pieds et en sort une enveloppe similaire, adressée à son nom avec la même écriture.

— Et moi, j'ai reçu ça au bureau, articule-t-elle. C'est pour ça que je voulais vous voir. Pour vous montrer ça.

Elle avait trouvé l'enveloppe dans sa boîte aux lettres en rentrant de déjeuner et l'avait ouverte, assise au bout de la table de conférences, en attendant que la réunion au cours de laquelle elle devait faire part aux autres responsables de la société des changements dans le système de sécurité ne commence. Elle avait bafouillé durant toute son intervention, tant le contenu de l'enveloppe l'avait perturbée.

Francie écarquille les yeux.

— Oh, mon Dieu. J'en ai reçu une moi aussi. À la maison, ce matin. Je ne l'ai pas encore ouverte. Qu'est-ce qu'il y a dedans ?

Elle s'empare de l'enveloppe de Nell et en sort la photo d'identité judiciaire.

— Qui a envoyé ça ?

— Aucune idée, répond Colette, murmurant presque.

— Quelqu'un qui sait que je travaille pour le maire. C'est-à-dire vous, les filles, et Gonze ; et je ne sais pas, mais je doute que ce soit lui qui ait envoyé ça.

— Il a été arrêté pour quoi ?

— Il n'y a rien là-dessus, répond Nell. J'ai un peu fouillé, mais…

— Fouillé ?

Francie dévisage Nell.

— Où ?

— Sur deux ou trois sites. Je voulais voir ce que je pourrais trouver. Enfin, pourquoi m'envoyer ça ? Et c'est encore plus flippant maintenant. Pourquoi nous envoyer la même chose à toutes ?

Elle baisse la voix.

— Je suis allée sur le site du Village, sur l'administrateur des Mères de mai. Je l'ai piraté pour consulter son profil, en savoir un peu plus sur son compte.

— Comment...

Francie continue de fixer Nell.

— Peu importe. Je sais le faire, c'est tout.

— Et ? intervient Colette.

— Et rien. Il n'a pas indiqué grand-chose. Il a grandi à Manhattan. On le savait, je crois. La personne qui partage son existence s'appelle Lou. Il n'a même pas mis de photo.

— Tu devrais y retourner, suggère Francie à voix basse elle aussi. Pour regarder le profil de Winnie. Voir si elle précise qui est le père de Midas.

Nell hésite, puis se penche vers ses deux interlocutrices.

— Je l'ai déjà fait.

Un homme heurte sans ménagement la chaise de Nell qui sent quelque chose se renverser sur son épaule. Elle fait volte-face, contrariée, et s'aperçoit qu'elle connaît la personne en question : un homme de son immeuble.

— Nell, salut. Ah, désolé.

C'est le type qui vit à l'étage d'en dessous, celui qui porte toujours un de ses ourlets de pantalon relevé, prêt à enfourcher le premier vélo venu ; celui avec la femme qui fait la moue.

— Comment vas-tu ? poursuit-il. Et le bébé ?
— Super, merci.
L'homme hoche la tête.
— On dirait qu'elle a un peu de mal à dormir, hein ?
— Comment ça ?
— Lisa et moi, on l'entend pleurer parfois. À travers le plafond.
— Ah, oui. Eh bien...
— Lisa a fait des recherches là-dessus en fait. Tu lui donnes une tétine ?
— Une tétine ? Oui.
— Ah. Parce que Lisa a lu que ça pouvait aider les bébés à arrêter de pleurer.
— C'est vrai, fait Nell. J'imagine que vous n'avez pas d'enfants...
— Il y a aussi ces nouveaux trucs pour les emmailloter. Dodo enchanté, ou un machin comme ça. Si le bébé pleure...
— Merci du conseil, coupe Nell dont la patience est à son terme. Mais ça va aller. En fait, ce n'était pas le bébé qui pleurait la nuit dernière.
— Ah bon ? C'était qui ?
— Mon mari. Sebastian.
— Sebastian ?
— Oui. Il a encore regardé *Au fil de la vie*. Il se fait avoir chaque fois.
L'homme lui adresse un sourire contrit.
— Je vois. À plus, Nell.
Elles demeurent toutes trois silencieuses tandis qu'il finit de mettre du lait et du sucre dans son café au comptoir à deux pas de leur table. Puis, dès qu'il quitte la salle, Colette se penche vers Nell.

— Qu'est-ce qu'il y a dans le profil de Winnie ?

— Rien, répond Nell. En fait, elle n'a pas de profil. Je n'ai pas trouvé d'abonnement à son nom. Rien.

— Qu'est-ce que ça signifie ?

— Je ne sais pas exactement. Je suppose qu'elle l'a effacé, et que le système n'en a pas conservé de trace. Et franchement, comment lui en vouloir ? Vous l'imaginez en train d'ouvrir sa boîte de réception en espérant avoir une bonne nouvelle au sujet de Midas, et se retrouver à ouvrir seize messages sur la rééducation du périnée.

Colette se prend la tête dans les mains.

— Ça devient dingue. Je ne sais pas du tout ce qu'on est censées faire maintenant.

— Moi, si, rétorque Francie.

Elle observe Colette puis Nell, le regard curieusement impénétrable, comme couvert d'un voile.

— On va tout faire pour retrouver Midas. On ne va pas l'abandonner. Pas tant qu'il reste de l'espoir. Pas tant qu'on n'a pas la certitude d'avoir fait tout ce qui est en notre pouvoir pour le ramener où il est censé être ; c'est-à-dire, en sécurité avec sa mère.

15

HUITIÈME NUIT

Je pense à une chose depuis quelques jours : la promesse que je me suis faite quand j'ai appris que j'étais enceinte. Quel souvenir ! Je me revois, au-dessus des toilettes de la pharmacie Duane Reade, trop anxieuse pour attendre de faire le test à la maison ; et les deux lignes rose fuchsia qui ont tout de suite dessiné une croix, comme celle qui figurait sur le test que ma mère avait suspendu au-dessus de la porte de sa chambre.

Je ne serai pas, me suis-je promis, comme toutes ces mères.

Qui n'arrêtent pas de lire des livres. Je ne serai pas du genre à m'inquiéter de la présence de phtalates dans mon shampoing ou de pesticides dans ma crème. Ou encore de bisphénol A dans le Tupperware du chinois où j'achète à emporter. Jamais, je ne parlerai hyper fort à mon gamin en faisant la queue à l'épicerie dans l'espoir que tout le monde entende et se rende compte à quel point je suis compréhensive, combien nous sommes proches ; comme si élever un gosse était une putain de performance théâtrale.

Je resterai moi-même.

Et ensuite, combien de temps il m'a fallu pour oublier ma promesse ?

Trois minutes.

Oui, trois minutes ; le temps d'envelopper le test dans du papier toilette, de le ranger dans mon sac, de me laver les mains, et de sortir. Trois minutes, et j'étais devenue une tout autre femme.

Une maman.

Comment je l'ai compris ? Parce que au coin de la rue, alors qu'il n'y avait aucune voiture en vue, j'ai attendu que le petit bonhomme passe au vert pour traverser. Jamais je n'avais fait ce genre de choses auparavant. Tous ces gens qui se dépêchaient de me dépasser dans cette rue vide, leurs cafés à emporter à la main éclaboussant leurs vêtements, en route pour faire du sport ou aller bruncher, pendant que je restais là, immobile, les mains à plat sur mon ventre, persuadée qu'à l'instant où je poserais le pied sur la chaussée, une voiture surgirait de nulle part et renverserait le bébé (et moi par la même occasion).

Et je ne suis plus jamais redevenue moi-même. Tout à coup, j'étais cette autre personne. Comme si un escalator s'était matérialisé sous moi, m'avait soulevée contre mon gré pour me transporter dans cet univers où – pouf ! – tout devenait potentiellement menaçant : les fours à micro-ondes, les plaques d'égout, la poussière des travaux d'à côté. Il fallait s'inquiéter de tout. Je ne pouvais rien ignorer, au risque de perdre le bébé. De me le faire enlever.

J'ai fait de mon mieux pour le protéger.

En vain.

*

L'heure a tourné. Je viens de me réveiller d'une sieste en dents de scie ; j'espérais dormir un peu pour me sentir mieux, m'éclaircir les idées. Trouver le courage d'être plus honnête.

Je commence à regretter ma décision.

Voilà, c'est dit. J'ai enfin le cran de mettre ça sur le tapis. Et ce n'est pas fini :

Ça ne marche pas, entre nous. Peu importe ce que je fais, j'ai bien peur que Joshua ne soit pas heureux avec moi. C'est difficile depuis qu'on est ensemble. Il est bougon, il m'ignore, me repousse même.

Il fait comme si je n'étais pas là. Comme si ce que je ressentais ne comptait pas. (Je ne le lui avouerai jamais, mais franchement, il est *exactement* comme son père.)

Ce matin, je lui ai rappelé que nous avions tous les deux voulu cette situation. Et ensuite, j'ai ajouté des choses que j'aurais préféré ne pas formuler. Que j'avais peut-être fait une erreur. Que j'étais plus heureuse avant. Que j'allais devoir vivre avec ce que j'ai fait pour le restant de mes jours et que cela ne valait peut-être plus la peine à mes yeux. Je peux être tellement méchante parfois. J'aurais dû me taire.

J'ai essayé de considérer l'histoire de son point de vue. À quel point mon besoin constant de parler de certaines choses peut être fatigant, surtout maintenant qu'ils ont relâché Bodhi. Le fait que je n'ai pas encore tout résolu. Ma vie n'a aucun secret pour lui, bien sûr – il sait combien j'ai toujours été *intelligente*, comme j'explosais les tests de quotient intellectuel quand j'étais gamine, résoudre un problème était inné chez moi comme affirmait ma mère. Et maintenant, je crois qu'il attend que je le sorte de là, que je trouve la bonne stratégie. La meilleure façon de nous mettre à l'abri.

Mais vous savez ce qu'il est grand temps d'admettre aussi ? Je ne suis pas si intelligente que ça. En vérité, je suis une imbécile.

On ne peut pas partir en Indonésie. Joshua ne peut pas obtenir de passeport, évidemment. J'aurais dû y penser depuis le début – c'est précisément le genre de choses que le Dr H m'aurait aidée à anticiper. Percevoir les ratés dans ma logique, mon incapacité à comprendre les choses les plus simples. Nous voilà donc de retour à Brooklyn, dans notre bulle, à chercher un nouveau plan en faisant profil bas, se réorganiser pour passer à autre chose.

Les Mères de mai sont partout. Parfois, je m'approche de la fenêtre et j'écarte le rideau pour sentir un peu le soleil sur mon visage, et je les vois. Il y a quelques heures, c'était Yuko, marchant à l'ombre dans la rue, son matelas de yoga roulé sous le bras, ses écouteurs enfoncés dans les oreilles. Et vingt minutes plus tard, Colette. Elle était avec un type, Charlie j'imagine. Le grand écrivain. Il portait Poppy en écharpe sur sa poitrine et tenait la main de Colette. Ils riaient tous les deux en se passant à tour de rôle un café frappé. Elle tenait d'un bras un gros bouquet de fleurs qu'ils avaient sûrement acheté au marché bio. La famille de Brooklyn idéale, quoi. Tout a l'air tellement facile pour eux.

Ce que les gens comme eux ne saisissent pas, c'est à quel point il est difficile d'assister à ce genre de scène pour des personnes comme *moi*. Pour des personnes qui n'ont pas ce qu'ils ont. Par exemple, Joshua et moi, nous sommes allés hier au *drive* nous chercher à manger. Je regardais par la vitre et j'ai vu une maman dans la voiture d'à côté. Assise au volant, elle regardait devant elle mais son bras était tendu vers la banquette arrière et elle tenait la main d'une petite fille sanglée dans son siège auto. C'était si simple et si beau. Elle ne pouvait pas se douter qu'elle me brisait le cœur. Dans la ville, on sent le rythme des enfants. Les éclats de voix et les rires tôt le matin, les petits corps rassemblés, qui courent à travers les jets d'eau dans les jardins loin de la rue, qui se disputent à la balançoire sur l'aire de jeux. Puis, l'accalmie à midi, quand ils rentrent chez eux, se lavent les mains, déjeunent, et dorment comme des bienheureux, ronflant légèrement la bouche ouverte, avant de se réveiller à nouveau quelques heures plus tard pour repartir de plus belle.

Je ne supporte plus de rester enfermée plus longtemps, mais je ne supporte pas non plus l'idée d'en croiser une dans la rue, d'avoir à faire la conversation, à raconter comment je me sens et où j'étais. D'avoir à entendre l'inévitable question : *Mon Dieu, qu'est-il arrivé à Midas ?*

Oh, non. Joshua se réveille. Il faut que j'y aille. Il déteste vraiment me voir pleurer.

16

Neuvième jour

À : Mères de mai
DE : Vos amies au Village
DATE : 13 juillet
OBJET : Conseil du jour
<u>VOTRE BÉBÉ A SOIXANTE JOURS</u>
Parlons un peu… sexe. Vous avez très probablement été trop fatiguée ces dernières semaines pour vous pencher sur la question. S'il est normal d'avoir la libido dans les chaussettes après un accouchement, les choses commencent très certainement à rentrer dans l'ordre de ce côté. Et il est fondamental, en tant que jeune maman, de ne pas oublier d'être aussi femme. Il est donc peut-être temps d'ouvrir une bonne bouteille de vin, de mettre un peu de musique, et de voir ce qui se passe. (Mais souvenez-vous, mesdames : JAMAIS SANS CONTRACEPTION.)

Assise sur les marches chaudes et rugueuses du perron d'une maison en grès rouge, Francie grignote un bretzel au chocolat, caressant la peau lisse d'une ampoule sur son talon, son appareil photo posé sur les genoux.

C'est tellement logique, songe-t-elle à nouveau.

Sa façon de regarder Winnie pendant leurs moments de partage, comme il lui chuchotait dans l'oreille, lui gardait une place à côté de lui sur les couvertures. Comme s'il était obsédé par elle. Et où est-il allé, quand il a disparu de façon aussi soudaine au Lama en fête ? Francie aurait dû se concentrer sur cela dès le début, au lieu de se laisser entraîner sur de fausses pistes. Archie Andersen, qui en quelque sorte semblait s'être évanoui dans la nature. Le faux Archie Andersen. Repenser à ce type la révulse – ses mains sur son corps, son haleine fétide. Elle s'est sentie dégoûtée depuis l'instant où elle s'est éclipsée, en prétendant aller aux toilettes pour en réalité déguerpir de ce bar aussi vite que possible.

Elle n'avait pas dit à Nell ou Colette qu'elle l'avait rencontré, ni ce qu'il lui avait appris. Ce n'était pas nécessaire. Ce type était un menteur. Elle l'avait compris dès qu'elle l'avait vu. Il y avait *peut-être* du vrai dans ce qu'il avait dit. Il s'était *peut-être* passé un truc entre eux. Et alors ? Winnie était célibataire, elle pouvait bien faire ce qu'elle voulait. Francie n'avait jamais couché avec qui que ce soit d'autre en dehors de Lowell (le prof de science ne comptait pas), mais elle savait comment cela fonctionnait dans le vrai monde. Surtout de nos jours, en particulier à New York, et sans aucun doute pour une femme aussi belle que Winnie. Mais dire ça à propos de Midas ? Dire qu'elle ne voulait pas de son propre enfant ?

Non.

Francie connaissait les femmes qui n'aimaient pas leurs enfants. Elle avait grandi avec l'une d'entre elles. Winnie n'était pas de ce genre.

Une porte claque de l'autre côté de la rue. Francie saisit son appareil, zoome sur une femme en legging et débardeur qui s'élance dans l'escalier du 584 ; l'adresse que Nell a relevée dans le profil de Gonze sur le site des Mères de mai. La femme marque une pause au pied des marches pour s'étirer les ischio-jambiers, puis prend la direction du parc, et se met à courir quelques mètres plus loin. Francie s'impatiente. Elle est assise sur ce perron depuis plus d'une heure, et les patients commencent à arriver pour leurs rendez-vous chez le chiropraticien qui a son cabinet au rez-de-chaussée. Barbara, la mère de Lowell, doit aller chez le coiffeur à midi et Francie a promis d'être de retour bien avant pour s'occuper du bébé. Appareil à la main, se promettant de rester encore dix minutes pas plus, elle parcourt les clichés qu'elle a pris récemment – les bébés du moment de partage des Mères de mai cinq jours plus tôt avec lesquels elle n'a encore rien fait, Hector Quimby en polo jaune pâle, debout devant la demeure de Winnie.

Francie ferme les yeux : elle revoit Hector, lorsqu'elle l'épiait depuis son poste d'observation sur le banc, les mains croisées derrière le dos, en train de faire lentement les cent pas devant chez Winnie. Qui était-il ? Selon Patricia Faith, le corps d'Hector a été retrouvé après que sa femme a appelé la police, disant que son mari était allé s'occuper de deux ou trois choses chez les Ross et qu'il n'était pas rentré à la maison. Ils étaient mariés depuis cinquante-deux ans. Avaient dix petits-enfants. Il était chauffeur bénévole au sein d'une association de livraison de repas pour les personnes âgées. Et il travaillait pour les Ross depuis près de trente ans ; il considérait Winnie comme sa fille. L'autopsie a révélé qu'il avait été tué et qu'ensuite le corps avait été amené dans les bois ; après quoi quelqu'un l'avait aspergé d'essence et y avait mis le feu.

Francie se lève et range son appareil dans sa sacoche. La journée est terminée, il est temps de rentrer, décrète-t-elle intérieurement. Il fait trop chaud pour rester assise ici plus longtemps. Un point positif par rapport à la présence de Barbara chez eux, c'est que Lowell était rentré la veille avec un climatiseur tout neuf ; il avait fallu que sa mère se plaigne de celui d'occasion. Francie va donc regagner ses pénates, l'allumer, et jouer avec Will pendant quelques heures au frais, dans l'appartement. Son estomac gargouille tandis qu'elle descend d'un pas lourd les marches du perron et tourne pour descendre la colline, mais elle entend alors claquer à nouveau la porte de l'immeuble de Gonze.

C'est lui.

Autumn dans une écharpe, il descend l'escalier tout en mettant des lunettes de soleil sur son nez, puis tourne vers l'ouest en direction du parc. Francie passe sa sacoche en bandoulière et lui emboîte le pas, s'efforçant d'ignorer la douleur que lui inflige son ampoule, et maintenant une certaine distance entre elle et celui qu'elle suit. Ce dernier tourne vers le nord sur la Huitième Avenue et poursuit son chemin jusqu'au Spot, deux pâtés de maisons plus loin. Francie traverse et s'accroupit derrière un break Volvo, surveillant l'établissement à travers les vitres du véhicule. Lorsque Gonze s'installe sur un tabouret au comptoir longeant la vitrine, Francie sort son appareil et l'observe à travers le viseur : tout en remuant son café – un double express avec un nuage de lait qu'il apportait d'habitude à chaque moment de partage –, il parcourt un journal trouvé devant lui.

Il sirote à petites gorgées, passe un coup de téléphone, puis se dirige vers la sortie. Francie passe derrière une autre voiture et colle son portable à son oreille, faisant semblant de parler à quelqu'un. Elle se retourne prudemment, l'aperçoit qui remonte la colline, et le suit depuis le trottoir d'en face, en se cachant autant que possible derrière les véhicules stationnés. Il s'apprête à prendre à droite, dans la direction opposée à son appartement, et Francie s'élance pour traverser la chaussée. Mais soudain il s'arrête et fait volte-face. Francie est au milieu de la rue, en plein dans sa ligne de mire. Elle pivote et rebrousse chemin en courant, mais elle trébuche sur le bord du trottoir. Elle essaie en tombant d'épargner son appareil mais une violente douleur lui transperce le genou.

— Oh, mon Dieu, ça va ?

Une vieille femme se tient au-dessus d'elle, un petit chien portant des chaussons en laisse à ses côtés.

— Attendez, je vais vous aider.

— Ça va, fait Francie, se relevant.

Une grande entaille lui barre le genou, et un filet de sang coule sur sa jambe.

— Vous êtes sûre ? Laissez-moi vous donner un mouchoir.

— Ça va, répète Francie, éloignant d'un geste la vieille femme.

Elle ramasse sa sacoche et fait demi-tour, percutant Gonze.

*

Une poche de glace dans une main et deux cafés dans l'autre, Gonze sort de la petite cuisine qui donne directement dans le salon.

— Merde, lance-t-il, posant les tasses sur la table basse. J'ai oublié que, contrairement à moi qui ne peux pas m'en passer, tu as arrêté la caféine.

— J'ai repris.

Francie saisit la tasse et la poche de glace.

— Attends. Je vais aller chercher quelque chose pour cette entaille. C'est assez moche.

Il passe par la double porte vitrée à l'autre extrémité de la pièce et disparaît dans la chambre. Un grand écran de télévision encastré dans un meuble-bibliothèque diffuse *The Faith Hour* : une vue d'hélicoptère de la propriété de Winnie dans le nord de l'État de New York, où une centaine de personnes sont rassemblées pour participer aux recherches. Patricia Faith, depuis quelques jours en direct de la salle de bal d'un hôtel Ramada désigné comme quartier général des recherches, est installée à une grande table en compagnie du pasteur d'une église locale. Patricia semble particulièrement inquiète aujourd'hui.

— À mon avis, déclare-t-elle, il y a une alternative.

Elle brandit un doigt impeccablement manucuré.

— Hector Quimby était impliqué dans la disparition du petit Midas. Il a peut-être été payé par quelqu'un… Ne spéculons pas encore par qui… pour enlever Midas et se débarrasser de lui. Et ce plan n'a peut-être pas fonctionné comme prévu.

Elle brandit un autre doigt.

— Ou, il n'est qu'une tragique victime supplémentaire dans cette histoire déjà tragique. Il savait peut-être quelque chose qu'il n'était pas censé savoir. Il fallait peut-être le réduire au silence.

Le pasteur secoue la tête.

— Sauf votre respect, mademoiselle Faith, je connais Hector et Shelly Quimby depuis près de quarante ans. J'ai baptisé leurs enfants, et leurs petits-enfants. Et je peux jurer sur la bible de mon grand-père que cet homme profondément chrétien et bienveillant n'a rien à voir avec la disparition ou le meurtre d'un bébé.

— Et que pouvez-vous nous dire sur Winnie Ross ? demande Patricia, plissant les yeux en dévisageant son interlocuteur. Sa famille possède cette maison depuis des décennies. Vous les connaissez ?

L'homme s'essuie la bouche avec un mouchoir en tissu.

— Non, je ne peux pas dire que je les connais. Pour autant que je sache, aucun membre de la famille Ross n'a jamais franchi la porte d'aucune église de la région.

Francie se détourne de l'écran, prise de vertiges. Gonze lui ausculte le crâne, passant ses doigts dans ses cheveux, appuyant doucement sur chaque centimètre carré de son cuir chevelu. Pas de trace de bosse et pourtant sa tête résonne. Alors que Gonze s'absente pour aller chercher une crème, elle observe son appartement, qui est petit et propre. Une table basse en acajou est placée devant le canapé deux-places en tissu sur lequel elle se trouve, et de petites photographies sous verre – des prises de vues de rues – sont suspendues au mur près de la table où trône un vase de roses pompons. Francie se lève et s'avance sur la pointe des pieds vers la bibliothèque. Son genou lui fait mal. Elle examine les quelques clichés encadrés d'Autumn et de Gonze, d'Autumn et d'une femme. La salle de bains est située juste en sortant du salon et elle jette un coup d'œil à l'intérieur ; un flacon de démaquillant et un gel pour les cheveux sont soigneusement alignés sur le rebord de fenêtre donnant sur un puits de lumière.

Elle entend le pas traînant de Gonze qui s'approche et elle referme la porte de la salle de bains.

— C'était sous la table à langer, dit-il, brandissant un tube de Neosporin. Où est-ce que ça pouvait être sinon ?

Il accompagne Francie jusqu'au canapé.

— Assieds-toi. Je vais t'en mettre un peu sur le genou.

— Je peux le faire, réplique Francie, s'emparant du tube.

Il s'installe sur une chaise en face d'elle.

— Où est-ce que tu courais si vite ?

— Je faisais de l'exercice, c'est tout.

Elle désigne son ventre rebondi.

— Ils disent que les kilos de grossesse fondent quand tu allaites, mais ils mentent.

— Avec ton appareil photo.

— Ouais. J'essaie de me lancer dans le portrait. On ne sait jamais quand on peut rencontrer un client potentiel.

Il acquiesce et jette un coup d'œil vers l'écran.

— Je ne sais pas pourquoi j'ai allumé l'émission de cette horrible bonne femme. Elle se délecte de la mort d'Hector.

— Hector ?
— Ouais. Hector Quimby. Le type...
— Je sais de qui tu parles, coupe Francie. Mais tu as prononcé son nom comme si tu le connaissais.
Gonze l'observe un instant.
— Ah bon ?
Francie détourne le regard. La poche de glace lui picote la peau.
— Tu as un bel appartement, réussit-elle à articuler ; puis, par la double porte ouverte, elle aperçoit trois guitares sur leurs pieds. Tu joues de la guitare ?
Il hausse les épaules.
— Pas autant qu'avant.
— Ah, ouais ?
Elle sirote son café.
— Alors, parle-moi de Lou.
Une alarme retentit dans la cuisine.
— Je reviens tout de suite.
Il réapparaît en tenant avec des maniques un quatre-quarts qu'il dépose sur un dessous-de-plat sur la grande table.
— Je suis parti me promener en oubliant ça dans le four. Heureusement que je m'en suis souvenu avant d'incendier l'immeuble.
Il coupe le gâteau avec un couteau à la lame longue et fine.
— Franchement, je suis nul en cuisine. Mais j'essaie.
— Juste une petite part, précise Francie. J'essaie de réduire les glucides.
Gonze lui tend une part sur une serviette, et ils mangent en silence. Ses jambes gigotent tout le temps, remarque Francie ; il n'arrête pas de se racler la gorge

aussi, et ses yeux sont irrésistiblement attirés vers l'écran qui se trouve derrière elle.

— Tu sais, j'ai pensé à un truc, déclare Francie. Tu n'as jamais raconté ton expérience de la naissance.

— Mon expérience de la naissance ? Je ne pensais pas avoir mon mot à dire.

— Pourquoi ?

— Parce que ce n'est pas moi qui ai fait le travail.

— Tu parles de la maman ?

— Bah, oui.

Gonze rit et chiffonne la serviette dans ses mains.

— La maman.

— Vous avez adopté ?

— Adopté ? Non.

— Comment tu as eu le bébé alors ?

— Comment j'ai eu le bébé ?

Il plisse les yeux.

— Eh bien, tu vois, Francie, quand deux personnes s'aiment...

— Non, je veux dire...

Gonze éclate de rire.

— Je plaisante. Avec Lucille.

— Lucille ?

Francie avale sa bouchée de gâteau avec difficulté.

— Attends. Lou, c'est Lucille ?

— Ouais. Ma femme.

— Mais tu es homo.

Il s'enfonce dans sa chaise et hausse les sourcils.

— Ah bon ?

Francie glousse nerveusement.

— Non ?

— Pas que je sache.

— Mais je ne t'ai jamais entendu parler de ta femme ! Et les moments de partage du groupe de mamans, ce n'est pas franchement une chose...

Il opine du chef.

— J'avais bien l'impression que vous pensiez toutes ça. Mais non. Je suis aussi hétéro qu'on puisse l'être, et je n'ai pas adopté. On a fait ça à l'ancienne. C'était une césarienne programmée.

Il sourit en coin.

— Mais Autumn avait sa petite idée. Elle est arrivée avec quelques semaines d'avance, et cette nuit-là j'étais en concert dans une autre ville. Je suis sûr que Lucille nous en veut encore à Autumn et à moi. Ce n'était pas une naissance facile.

— Et entre vous, ça va ?

— Entre moi et Lou ? Non. Pas vraiment.

Il se lève et s'empare du gâteau sur la table pour le déplacer, tournant le dos à Francie.

— Tu sais comment c'est, après une naissance. Il faut s'adapter.

Il fait volte-face.

— En fait, s'il n'y avait pas les Mères de mai, je serais perdu. On se sent seul, quand on s'occupe de son gamin et qu'on est un mec. Mais vous avez toutes été super, les filles. Je ne savais pas trop, tu vois. Un papa, qui se pointe dans un groupe de mamans. Disons que je me sentais un peu nerveux. Ça a été plus dur cette semaine, sans les moments de partage. Vous me manquez toutes.

— Toutes ? répète Francie. Ou Winnie seulement ?

Il incline la tête.

— Winnie ? Comment ça ?

— Enfin, peut-être qu'elle ne te manque pas en fait. Tu la vois si ça se trouve depuis ce soir-là. Tu en sais peut-être plus que ce que tu laisses entendre.

Francie se sent euphorique, elle ne peut le nier, de le regarder ainsi dans les yeux et de formuler à voix haute ce qu'elle est en train de lui dire.

Il croise les bras sur sa poitrine et s'appuie à une des chaises autour de la table. Il semble ne pas savoir comment réagir.

— Et non seulement ça, mais tu as l'air un peu obsédé par elle.

Elle plante ses deux pieds dans le sol et place sa serviette et la poche de glace sur la table basse devant elle.

— Bon, je ne vais pas y aller par quatre chemins. On sait tout sur toi.

Francie jurerait avoir vu les mâchoires de Gonze se serrer.

— Vous savez tout sur moi ?

— Oui. Ton arrestation. Ton casier judiciaire. Ça te dit quelque chose ?

— Mon casier judiciaire ?

— Oui, exactement.

Elle marque une pause.

— Alors, qu'est-ce que tu as fait ?

Un sourire se dessine lentement sur le visage de Gonze.

— Si vous savez tout sur moi, tu n'as qu'à me le dire, toi.

— Eh bien, c'est ce que j'ignore justement. Nell a essayé de trouver mais elle n'a pas réussi.

— Nell a essayé de trouver ?

— Oui.

— Et comment elle a fait ?

La panique qu'elle avait cru distinguer sur son visage fait désormais place à autre chose. De la colère.

— Je ne sais pas précisément, en fait. Elle sait comment pirater des sites. Elle a obtenu des informations sur toi. En consultant ton profil des Mères de mai.

À peine ces mots sont-ils sortis de sa bouche que Francie regrette de les avoir prononcés. Ce n'est peut-être pas prudent d'exposer ainsi Nell, mais le ton moralisateur de la voix de Gonze l'a énervée, sans parler du regard qu'il lui a lancé. Elle se redresse, prête à exiger des explications : pourquoi a-t-il quitté le bar, où est-il allé, qu'est-ce qu'il cache ? Mais avant qu'elle ne puisse formuler quoi que ce soit, Gonze s'avance vers elle.

— Vous avez toutes enquêté sur mon compte ? Fouillé un peu partout, c'est ça ?

— Oui, mais...

Elle n'a pas le temps de finir sa phrase ; il fond sur elle, lui saisit le poignet et l'oblige sans ménagement à se lever du canapé.

*

Le bébé pleure dans ses bras et il s'efforce de l'apaiser, sentant monter en lui la colère. Les boutons de chaleur d'Autumn la rendent plus irritable que d'ordinaire. Le médecin a dit qu'elle avait passé trop de temps dans l'écharpe avec cette chaleur – il fait plus de trente-deux degrés depuis trois jours –, mais il n'y a qu'ainsi qu'elle fait la sieste, et il a besoin qu'elle dorme durant la journée pour avoir un peu de temps pour lui.

Il va dans la cuisine et jette le reste du quatre-quarts dans la poubelle. Ce faisant, il revoit l'expression de Francie, la peur sur son visage lorsqu'il l'a ramenée vers la porte et poussée dans le couloir. Il berce le bébé sur son épaule et ouvre le robinet pour rincer les assiettes. Il s'est trompé en pensant pouvoir faire confiance à ces femmes. En pensant pouvoir intégrer leur groupe, trouver sa place parmi elles et croire...

Il inspire profondément, s'efforçant de retrouver son calme. Il a besoin de dormir. Il n'a presque pas fermé l'œil la nuit passée ; il a songé à Winnie, au message qu'elle lui a envoyé hier matin pour lui annoncer qu'ils avaient trouvé le corps d'Hector, avant même que la nouvelle ne tombe. Il n'avait pas pu la joindre – elle ne répondait pas à ses appels – et maintenant, il ne savait pas quoi faire. Il éteint le robinet et en se penchant pour prendre un torchon sous l'évier, il croit entendre des pas dans l'appartement. Il se dépêche de gagner le salon et tend l'oreille. Il y a quelqu'un derrière sa porte, qui tourne une clé dans la serrure.

*

— Salut, chéri.

Dorothy pose son sac par terre près de la porte d'entrée.

— Mon Dieu, ce qu'il fait chaud aujourd'hui. Il paraît qu'on atteint un record de...

Elle s'interrompt en remarquant l'expression sur son visage, puis avance lentement vers lui, l'enlace, prenant soin de ne pas écraser Autumn qu'il tient dans ses bras.

— Tu vas bien ?

Il hoche la tête, apaisé par l'odeur familière, les bras qui le serrent.

— J'ai complètement oublié que tu venais.

Elle recule d'un pas et lui prend le visage dans les mains, étudiant son regard.

— C'est toujours bon pour toi, aujourd'hui ?
— Oui, bien sûr.
— Qu'est-ce qui ne va pas ?
— Rien, maman. Ne t'inquiète pas. Je suis juste fatigué.
— Comment ça se passe, le voyage de Lucille ? demande Dorothy, ôtant ses sandales et allant les placer près de la porte avant de faire demi-tour pour prendre Autumn dans ses bras.
— Il a été prolongé.

Il repart dans la cuisine, met les tasses dans l'évier.

— Elle ne sera pas de retour avant demain. Mais j'ai l'impression qu'elle va bien.

Il est content que Dorothy ne puisse pas voir son visage. Elle comprendrait aussitôt qu'il ment.

Lou a appelé la veille de Los Angeles en disant que son dernier rendez-vous était décalé d'un jour. Il sait que ce n'est pas vrai, qu'elle reste pour passer une nuit de plus avec lui. *Cormac.* Ce putain de patron. Ce connard qui fait du CrossFit et qui a un chauffeur. Cela fait un an qu'il est tombé sur leurs e-mails, en cherchant le numéro du dentiste sur le téléphone de Lucille pendant qu'elle se douchait.

Les petits noms. Les lieux de rendez-vous.

Lou a juré que ça n'avait été qu'une aventure, qu'elle avait déjà tout arrêté. Elle était prête à faire ce qu'il voulait, avait-elle affirmé, ce qu'il n'arrêtait pas de lui demander depuis quelque temps : un bébé.

— Est-ce que ma petite-fille est parée pour la fête des Grands-Mères ?

Dorothy avait pris Autumn pour sa première fête des Grands-Mères alors que le bébé n'avait que vingt-trois jours. Lou était déjà retournée travailler. Elle était sur le point de conclure un gros contrat lorsqu'elle avait perdu les eaux deux semaines avant la césarienne programmée, et elle avait été contrariée de devoir lâcher l'affaire avant que tout ne soit bouclé. Elle avait affirmé aller au bureau pour quelques heures seulement en cette première journée de reprise, mais elle n'était rentrée à la maison qu'à 21 h 30, et depuis elle s'était remise à travailler soixante heures par semaine. Ou du moins, c'est ce qu'elle prétendait.

« Tu ne crois pas que tu devrais lever le pied ? lui a-t-il demandé quelques semaines plus tôt, la voix empreinte d'une certaine rage afin qu'elle sache qu'il n'allait pas continuer d'avaler ses couleuvres. C'est trop de *travail*, non ? »

Elle s'était raidie et avait quitté la pièce.

« Et comment je suis censée faire ? avait-elle crié depuis leur chambre à coucher. Si on n'a pas mon salaire... »

— Tu es sûr que ça va ? s'enquiert à nouveau sa mère en pénétrant dans le salon, Autumn dans les bras.

La petite porte une robe en coton ornée de marguerites jaunes.

— Oui, maman. Ça va. Vraiment.

— OK.

Elle attache Autumn dans sa poussette.

— C'est toi qui lui as acheté cette robe ?
— Je n'ai pas pu résister.
Dorothy s'approche pour lui toucher la joue.
— Qu'est-ce que tu vas faire ?
— Je ne sais pas trop encore.
— Dormir, j'espère.
— Ouais, sûrement.
Il lui embrasse le front.
— Merci, maman.

Il ferme la porte et attend quelques instants avant de prendre la direction de la chambre. Là, il ouvre le tiroir de la table de chevet et en sort une enveloppe. Il regarde à l'intérieur, pour s'assurer que tout est là, puis enfile ses tennis devant la fenêtre en jetant un coup d'œil dans la rue en contrebas pour vérifier que le champ est libre : oui, sa mère est bien partie.

Il sait exactement où il va et il marche vite, sans douter une seconde de ce qu'il entreprend. Que Nell aille se faire foutre, songe-t-il. Et Francie aussi. Elle n'avait rien de mieux à faire que de le suivre ce matin, de se « cacher » derrière cette voiture, et de l'observer pendant qu'il buvait son café au Spot ? Qu'elles aillent toutes se faire foutre. Lorsqu'il arrive aux abords de chez Winnie dix minutes plus tard, il s'aperçoit que les journalistes faisant le pied de grue devant la demeure de la jeune femme sont moins nombreux, la plupart sont sans aucun doute partis dans le nord de l'État pour rendre compte de la progression des recherches.

Il reste à distance, de l'autre côté de la rue, les yeux dissimulés derrière ses lunettes de soleil. Plusieurs dizaines de Sophie la girafe sont venues s'ajouter à celles déjà présentes la veille, remarque-t-il, déchiffrant les ultimes messages adressés à Midas – En priant pour le petit Midas. RENDEZ-NOUS MIDAS – accrochés sur le tilleul argenté devant chez Winnie. Il lève le nez vers les fenêtres, se figurant ce qui se passe derrière les rideaux épais et soyeux. Il imagine Mark Hoyt dans la cuisine, accroupi près de l'îlot, examinant une petite tache qui s'avérera être de la sauce *marinara* tombée sur le carrelage dix jours plus tôt ; les experts de la police scientifique relevant les empreintes potentielles sur les carreaux de la chambre de Midas, examinant sa chambre au peigne fin, vérifiant une fois de plus la porte-fenêtre s'ouvrant sur la terrasse. Gonze voit la porte d'entrée ; il se souvient de la première fois où il a pénétré dans cette chambre.

Il se détourne du bâtiment et sort l'enveloppe pliée de sa poche. Il l'a reçue par la poste deux jours plus tôt. Il ne sait toujours pas qui la lui a envoyée, ni pourquoi, et il avait décidé d'ignorer les documents qu'elle contenait, persuadé que celui ou celle qui se trouvait derrière cela était forcément mal intentionné.

Il traverse la chaussée et s'approche d'Elliott Falk qui, appuyé contre le capot à l'ombre d'une Subaru marron, fume une cigarette.

— Vous voulez une exclu ?

Falk souffle une bouffée de fumée.

— Pourquoi pas ? Ça parle de quoi ?

— Du soir où Midas a été enlevé. De la femme sur la photographie que Patricia Faith a rendue publique. Celle qui était saoule au Lama en fête.

Les yeux de Falk s'illuminent.

— Qu'est-ce que vous savez sur elle ?

— Elle s'appelle Nell Mackey.

— Nell Mackey ?
— Ouais. Vous devriez vous renseigner sur elle.
— Me renseigner sur elle ? Et pourquoi ?
Il lui tend l'enveloppe.
— Elle n'est pas celle qu'elle prétend être.
Falk se débarrasse d'une pichenette de son mégot et sort les documents de l'enveloppe. Il siffle longuement tout en les parcourant en diagonale.
— Waouh, merci.
Son interlocuteur essaie de répondre mais les mots restent coincés dans sa gorge. Il fait volte-face et s'éloigne en direction du parc, les yeux rivés vers le sol, la honte lui étreignant la poitrine.

17

Dixième jour

À : Mères de mai
DE : Vos amies au Village
DATE : 14 juillet
OBJET : Conseil du jour
<u>VOTRE BÉBÉ A SOIXANTE ET UN JOURS</u>
Ce n'est pas pour vous affoler, mais vous devriez commencer à faire attention à la forme du crâne de votre bébé. Certes, faire dormir votre bout de chou « sur le dos » est ce qu'il y a de mieux, mais passer trop de temps allongé sur le dos peut aussi provoquer chez lui un phénomène de tête plate, soit une plagiocéphalie positionnelle. Mais vous pouvez y remédier en vous assurant qu'il passe chaque jour suffisamment de temps à plat ventre. Et si le phénomène de tête plate vous semble trop prononcé, consultez sans tarder votre médecin.

— Ellen ! Ellen ! Allez un petit sourire !
— Ellen, vous savez ce qui s'est passé avec Midas ?
Sebastian pousse brutalement la foule autour d'eux, bloquant d'un bras les objectifs et de l'autre protégeant tant bien que mal Nell.

— Vous avez quelque chose à déclarer sur votre photo au Lama en fête ? Vous étiez vraiment saoule avec Winnie ce soir-là ?

— Vous avez l'air en forme, Ellen ! Qu'est-ce que vous pensez de la nomination de Lachlan Raine pour le prix Nobel ?

Abasourdie par les flashs et le crépitement constant des obturateurs, Nell serre la main de Sebastian avant de s'engouffrer sur la banquette arrière de la voiture. Sebastian claque la portière derrière elle, et debout sur le trottoir la salue d'une main tandis qu'elle indique l'adresse de son bureau au chauffeur. Ce dernier jette un coup d'œil dans son rétroviseur. Elle est en train de brandir son sac devant la fenêtre pour faire écran. Ses lunettes de soleil sont pleines de buée à cause de ses larmes.

— Vous êtes actrice, ou quoi ?

— Non. Démarrez, s'il vous plaît, implore-t-elle.

Comme le chauffeur s'engage dans la rue, l'écran devant elle s'anime : une matinale quelconque. Trois femmes sont assises à une table, chacune devant une tasse de café, l'air jovial. Nell déteste ces stupides écrans qui ont récemment été installés à l'arrière de tous les taxis. Comment est-ce possible, s'interroge-t-elle, que les gens aient tellement peur aujourd'hui de rester seuls face à eux-mêmes au point de ne plus supporter ne serait-ce qu'un simple trajet en taxi dans New York sans s'assommer l'esprit avec du « divertissement » inepte ? La voix de sa mère la veille au téléphone résonne encore dans sa tête. *Respire, Nell. Tout va bien se passer.*

Nell s'apprête à couper le volume lorsqu'elle entend son nom.

— Ellen Aberdeen fait à nouveau la une de l'actualité, déclare l'une des femmes, aux cheveux blonds façon Barbie et au front aussi immobile que du verre. Hier soir, Elliott Falk du *New York Post* a révélé qu'Aberdeen, qui a maintenant trente-sept ans, vit à Brooklyn et travaille pour la Simon French Corporation. Elle se fait appeler Nell Mackey. Elle s'est mariée, j'imagine.

Une de ses acolytes glousse.

— Le premier rendez-vous n'a pas dû être facile. « C'était toi dans l'affaire Aberdeen ? »

— Attendez une minute, s'il vous plaît, s'exclame la troisième femme, brandissant une main en signe de protestation. Elle avait vingt-trois ans et elle était stagiaire à l'époque. Il en avait soixante-six, il était secrétaire d'État et candidat à la présidence du pays. Pourquoi on ne parle que d'*elle* dans cette affaire ?

Une photographie surgit sur un grand écran dans leur dos : Nell, ce soir-là au Lama en fête.

— Ce n'est pas tout, réplique la première femme. Vous n'allez pas me croire, mais c'est *elle* qui était au bar le soir où...

Nell coupe le son, et presse ses deux poings fermés sur ses yeux, sentant la panique l'envahir à nouveau. *Non, non, non. Pourvu que tout ça ne recommence pas.*

Un cliché de Nell et du secrétaire d'État prend la place du précédent – la photographie initiale : tous deux sur l'escalier de secours, Nell pieds nus, assise sur ses cuisses, une bouteille de tequila posée devant eux. Puis les autres, toutes celles qui ont fait, quinze ans plus tôt, la une de la presse partout dans le monde.

Nell, debout aux côtés de sa mère le jour de sa remise de diplôme à l'université de Georgetown. Seule à l'arrière d'un taxi, après que l'affaire a été révélée, avec ce regard de bête traquée en couverture de *Gossip !*.

Elle plonge dans les ténèbres, laissant les souvenirs remonter à la surface de sa mémoire. Le regret persistant d'avoir cédé à ses avances – à la façon qu'il avait de s'adresser à elle, de la regarder la première fois qu'ils se sont rencontrés, lorsqu'il serrait la main à tour de rôle de tous les stagiaires alignés. Et les cadeaux qu'il laissait dans le premier tiroir de sa table de travail dans le bureau qu'on lui avait attribué à proximité immédiate du sien ; elle avait commencé à travailler pour lui seulement quelques semaines auparavant, après avoir décroché un stage au département d'État. Elle avait postulé sur un coup de tête pendant sa dernière année à Georgetown, qu'elle avait pu fréquenter grâce à une bourse. Sans cela, elle n'aurait jamais pu y entrer. Avec l'argent que gagnaient sa mère et son beau-père, ils n'auraient jamais été capables de financer ses études.

« *Bravo, Ellen*, s'était exclamée sa mère lorsque Nell l'avait appelée pour lui annoncer qu'elle avait été choisie parmi plus de huit mille candidats. *Tu iras très loin. Je le sais.* »

Cela avait commencé par une pièce rare rapportée d'un récent voyage en Inde. Puis, elle avait trouvé une boîte à bijoux, avec un mot attaché expliquant qu'il avait vu l'objet dans une vitrine à Paris et qu'il avait aussitôt pensé à elle ; il n'avait pas pu s'empêcher de remarquer que les cristaux de péridot sur le couvercle étaient assortis à ses yeux. Et pour finir, elle avait découvert un délicat collier en or avec un pendentif à son initiale, E.

Pour Ellen, précisait la carte. *Je resterai au bureau tard ce soir. Passe vers 20 heures.*

Elle avait toutes sortes de raisons de refuser. Il avait trois fois son âge. Il était marié et père de quatre filles, son aînée avait à peine un an de moins que Nell. Kyle, son petit ami dévoué et affectueux depuis quatre ans, venait de la demander en mariage. Mais Nell n'avait pas dit non. Lachlan avait récemment annoncé qu'il se présentait à la présidence des États-Unis. Elle avait vingt-deux ans, elle n'osait pas contester les instructions, et elle était curieuse de savoir ce qu'il voulait.

Il était assis à son bureau lorsqu'elle avait frappé ; il l'avait invitée à entrer, en lui demandant de fermer la porte derrière elle. Il avait besoin d'aide pour s'y retrouver avec le nouveau système informatique. Il était naturel, charmant, riait de son manque flagrant de compétences techniques. Il était sur le point de se commander de la nourriture indienne, avait-il assuré ; est-ce que des crevettes korma la tentaient ? Ils avaient mangé par terre, appuyés contre son bureau pendant que des hommes armés en costume sombre du service de sécurité allaient et venaient à l'extérieur, derrière la porte fermée. Raine lui avait fait goûter son riz au lait et lui avait raconté la fois où il avait assisté au fameux discours de Martin Luther King sur l'esplanade du mémorial de Lincoln, ainsi que sa récente rencontre avec le Premier Ministre anglais au cours de laquelle ils s'étaient sifflé deux bouteilles de vin au dîner pour ensuite s'endormir devant *Zoolander* dans la salle de projection privée du 10 Downing Street.

Le Nez. C'est ainsi qu'ils l'avaient surnommée après que leur courte aventure avait été révélée au grand jour : un élève de lycée avait vendu la photographie qu'il avait prise depuis son toit et qui montrait Nell et Lachlan assis sur l'escalier de secours de la jeune fille. Kyle était sorti ce soir-là, et Nell avait accepté lorsque Lachlan lui avait proposé de la raccompagner chez elle. Assise avec lui à l'arrière d'une berline banalisée, elle avait encore acquiescé lorsqu'il s'était invité à monter seulement quelques minutes.

« C'est toujours très intéressant de voir comment vivent les jeunes gens comme toi de nos jours », avait-il déclaré, parcourant son petit appartement de Dupont Circle et desserrant sa cravate.

Elle voit encore le visage de Kyle, son regard lorsqu'elle était rentrée à la maison le soir où la photographie avait paru à la une du *Washington Post*. Kyle était assis à leur minuscule table de cuisine et sirotait un bourbon. Par terre à côté de lui se trouvait une valise. Celle de Nell.

« Il faut que tu partes.

— Non, je t'en prie. On peut parler... »

Il avait levé la main.

« Ellen, stop. Je ne veux pas le savoir. »

Il avait eu l'air dégoûté en la regardant.

« Ici ? Dans notre chambre ?

— Non, avait-elle répliqué. Jamais de la vie. Ce n'est arrivé qu'une fois. Je n'ai pas su dire...

— Je ne veux pas le savoir. C'est terminé entre nous. »

Elle s'était assise en face de lui.

« Mais Kyle. Les invitations au mariage. On vient juste de les envoyer.

— Ma mère a commencé à téléphoner aux gens, pour leur dire que tout était annulé. »

Kyle a vidé son verre, s'est levé, et est allé lentement le laver dans l'évier. Il l'a posé sur l'égouttoir, puis il s'est dirigé vers la patère près de la porte et s'est emparé de son manteau.

« J'ai parlé à Marcy. Elle a accepté que tu restes chez elle. Je ne veux plus te voir ici à mon retour. »

Trois jours plus tard, elle était remerciée à son stage. Elle avait appris la nouvelle par un journaliste qui l'avait appelée pour lui demander si elle avait une déclaration à faire ; précisément un de ceux qui l'avaient traitée de briseuse de couple. De traînée. De fille boulotte avec un gros nez – d'où le surnom – qui avait un problème avec papa mais pas la moindre considération pour la femme de cet homme. Priscilla Raine s'était tenue aux côtés de son mari lors de la conférence de presse ; stoïque, elle l'avait écouté exprimer ses regrets au peuple américain d'une voix contrite, faussement pénitent. Il admettait avoir été faible, avait-il expliqué, insinuant que Nell l'avait séduit, affirmant qu'elle lui avait dit qu'il était « beau » et avait proposé de travailler plus tard s'il avait besoin. Il avait enlacé les épaules de son épouse, puis il avait déclaré avoir demandé pardon à sa famille ; il avait ajouté qu'il consultait souvent son pasteur, qu'il avait commencé une cure pour son problème d'alcool, et qu'il renonçait à briguer la présidence des États-Unis. Ils – les médias, les experts, la presse *people* – avaient tous proclamé que Nell s'était vantée de cette aventure auprès de ses amis en affirmant que Lachlan allait quitter sa femme pour elle. Ce qui était complètement faux. Nell n'avait même jamais pensé une chose pareille. Et encore moins désiré que ce fût le cas.

Des coups de klaxon tirent Nell de ses pensées, et elle se rend compte que c'est le taxi dans lequel elle se trouve. Le chauffeur se penche par la vitre et brandit le poing à l'intention d'un jeune homme à vélo.

— Dégage ! C'est quoi, ton problème ?

La puanteur du camion de poubelles trois véhicules devant eux envahit l'habitacle.

C'est Alma qui avait vendu la mèche, qui avait révélé la véritable identité de Nell à Mark Hoyt qui ensuite l'avait transmise à la presse. Ça ne pouvait être que ça. Nell en était persuadée depuis l'instant où elle avait reçu ce coup de téléphone d'Elliott Falk la veille au soir. Le journaliste lui avait demandé de confirmer son identité en lui précisant que toute l'histoire serait mise en ligne dix minutes plus tard.

Nell n'avait pas prévu de parler à Alma de son passé, mais c'était sorti malgré elle, lors de leur première rencontre, quand elle avait compris qu'elle l'engagerait. Nell avait eu *besoin* de lui dire. Alma allait être avec Beatrice cinquante heures par semaine. Il fallait qu'elle sache, au cas où se produisait vraiment ce que Nell redoutait depuis quinze ans – c'est-à-dire être démasquée.

Ce qui est le cas maintenant.

Le taxi traverse Manhattan. Nell s'efforce de se reprendre, mais les larmes continuent de couler. Elle se déteste. Tout le travail qu'elle a accompli, les efforts qu'elle a fournis pour devenir quelqu'un d'autre.

Les années de thérapie, terrée à Londres, où l'accent lui était devenu naturel, où elle avait obtenu son master, travaillé dans une petite faculté, enseigné à des élèves trop jeunes pour avoir la moindre idée de qui elle était vraiment. Même Sebastian ne savait rien au début. Ce n'était qu'à leur huitième rendez-vous qu'elle lui avait tout raconté, convaincue qu'il la quitterait aussitôt.

Mais non. Il l'avait attirée à lui au contraire.

« Je suis désolé que ça te soit arrivé à toi, avait-il murmuré.

— J'étais d'accord, avait-elle fait, s'écartant de lui pour le regarder dans les yeux. Il n'y a pas que lui dans l'histoire. »

Sebastian avait opiné du chef et lui avait pris les mains.

« Je sais. Mais tu n'étais qu'une gosse. »

Nell examine son reflet dans la vitre du taxi : ses cheveux courts, son tatouage, son incroyable petit nez mutin qui la surprend encore parfois quand elle se regarde dans le miroir le matin, et que son père lui a offert. Ce père qu'elle voit à peine, qui vit à Houston avec sa seconde femme et leurs deux fils et qui appelle de temps en temps. Tout cela ne compte pas, ces efforts pour avoir l'air d'une autre, pour *être* une autre. Elle reste elle-même. Elle le sera toujours.

— Nous y voilà, s'exclame le chauffeur.

Nell lui tend un billet de vingt dollars, ouvre la portière, et pose un pied sur le trottoir où l'attend à nouveau une horde d'objectifs.

*

Deux heures plus tard, assise à son bureau, elle parcourt la version finale du manuel de formation en picorant le sandwich à l'œuf que Sebastian lui a préparé ce matin, sachant qu'elle ne pouvait plus déjeuner à la cafétéria de la société. Les gens la dévisageraient trop.

Quelqu'un frappe doucement à sa porte.

— Bonjour, Nell.

Ian vient de glisser sa tête dans l'entrebâillement. Puis, il entre.

— Tu tiens le coup ?

Elle fait pivoter sa chaise dans sa direction et s'oblige à sourire.

— Oh, tu vois bien. C'est un peu dur en ce moment.

Nell est certaine que les rédacteurs de *Gossip !* à l'étage sont en train d'évoquer son histoire en se demandant ce qu'ils doivent faire, comment ils vont s'y prendre pour publier quelque chose sur la question.

— Ça devrait se calmer dans quelques jours. Ils trouveront du sang frais ailleurs.

Les requins comme toi, songe-t-elle.

— Le nombre de caméras et d'appareils photos ce matin quand je suis arrivé. C'était dingue.

— J'ai parlé au responsable de la sécurité, déclare-t-elle. Ils essaient de voir ce qu'ils peuvent faire pour éloigner les gens de l'entrée de l'immeuble.

— Ils ne peuvent rien faire. Ils m'ont appelé. Le trottoir est un lieu public.

Il marque une pause.

— Tu sais comment ça marche, Nell. Les journalistes ont absolument le droit d'être ici.

— Ouais, enfin…

Elle hausse les épaules.

— On ne sait jamais. Il pourrait y avoir une crise humanitaire quelque part. Des élections truquées. Même un État qui bombarde ses propres citoyens. Et les Américains préféreraient lire des choses là-dessus plutôt que sur ma pomme. L'espoir fait vivre, n'est-ce pas ?

Ian se penche vers elle, l'air perplexe.

— Il faut que je te dise, et c'est sincère... Cet accent anglais ? *Génial*. Franchement, je n'y ai vu que du feu.

Comme elle reste silencieuse, son sourire s'efface.

— Je suis vraiment désolé pour le bébé de ta copine. Ça doit être terrible.

Nell acquiesce.

— Tu étais là ce soir-là, c'est ça ?

— Oui.

— Tu faisais partie de celles qui sont entrées chez elle ? Avant que la police ne boucle le périmètre ?

Nell acquiesce derechef.

— Argh !

Ian ferme la porte.

— Alors, qu'est-ce qui s'est passé à ton avis ?

Il lui adresse un clin d'œil.

— Tu peux me parler, hein ? Ça restera entre nous.

— Arrête ton char, Ian. Ce n'est même pas la peine d'essayer.

Il soupire et s'appuie contre le battant.

— OK, Nell, écoute. Ça m'embête, c'est moi qui dois m'y coller, mais on pense que tu devrais t'arrêter quelque temps.

— M'arrêter ?

— La pression, avec tout ce cirque, ça doit forcément t'atteindre.

— Je vais très bien. J'y ai déjà survécu, et j'y survivrai encore.

— Ouais.

Il hoche la tête.

— Le truc, Nell, c'est que tu n'es pas vraiment au top depuis ton retour.

— Au top ? Ian, lâche-moi un peu, je t'en prie. Ça fait moins d'une semaine que je suis revenue.

— Justement. On t'en a peut-être trop demandé en te faisant revenir aussi vite après...

— Ian, je...

— Tu seras payée. Considère ça comme un congé longue durée exceptionnel. Un congé maternité prolongé si tu veux. De quelques mois. Même un peu plus si ça peut t'aider.

Nell éclate de rire.

— Vraiment ? Un congé maternité prolongé ? C'est la nouvelle politique de la boîte ? Les femmes vont être aux anges !

Ian ricane, et Nell s'applique à ravaler sa colère.

— Et quand est-ce que vous voulez que je reparte en congé maternité ?

— Aujourd'hui.

— Aujourd'hui ? Ian, la formation pour le nouveau système de sécurité commence demain. Je me suis préparée pour ça. Je suis revenue travailler plus tôt pour superviser tout le processus.

— J'ai parlé à Eric, et il va reprendre le flambeau.

Ian se tourne vers la fenêtre, évitant son regard.

— Il ne pourra pas faire le travail comme toi, mais il va s'en sortir, on a confiance en lui ; il est capable de prendre ta place au pied levé. Rentre chez toi te reposer. Profite de Chloe.

— Elle s'appelle Beatrice. Écoute, je sais que ça vous arrangerait, mais je n'ai rien fait de mal. Ils m'ont retrouvée, c'est tout. Mais ce qui s'est produit il y a quinze ans...

— Nell, coupe Ian en la fixant. Je suis désolé.

— Parle à Adrienne.

Il se mord la lèvre.

— Pourquoi ?

— Parce qu'elle sait. Elle sait depuis le début. Et elle s'en fout. Vous ne pouvez pas m'obliger à partir.

— C'est Adrienne qui m'envoie. Elle en est malade. On en est tous malades. Mais on ne peut pas se permettre ce genre de publicité. Ça détourne l'attention.

Nell s'arme de courage et rétorque :

— L'attention de quoi ? Ça vous empêche d'écrire dessus, oui ! Ça vous empêche de réfléchir à quelle photo de moi vous allez coller en une de *Gossip !* la semaine prochaine ! C'est ça, le problème ? Je peux enfiler un bikini et me trouver un drapeau, si ça peut vous aider.

Il continue de la fixer sans sourciller.

— Arrêtons de nous prendre le chou. Rassemble tes affaires. On reparlera de tout ça dans quelques semaines. On verra où on en est.

Nell ferme les yeux et revoit le film : le jour où elle s'est retrouvée à ranger ses affaires dans un carton au département d'État. Les gens détournant le regard tandis qu'elle se dirigeait vers l'ascenseur. La multitude de caméras qui l'attendait à la sortie du bâtiment. Et les années suivantes, l'impossibilité de trouver un travail, les refus qui s'accumulaient, l'expression des employeurs potentiels. Il a renoncé à la course à la présidentielle pour *elle* ?

Elle ouvre les yeux et dévisage Ian.

— Non.

— Non ?

— Non. Je ne pars pas. Vous ne pouvez pas me virer.

— Personne ne cherche à virer personne...

— Je ne pars pas, Ian. Je prendrai un avocat au besoin. Mais je ne pars pas.

— Mais, Nell. Je suis... c'est...

— Excuse-moi, Ian, je ne vais pas y aller par quatre chemins, mais il faut que tu me laisses tranquille. Considère ça comme une permission d'absence exceptionnelle de mon bureau.

Elle se tourne vers son ordinateur.

— Je dois finir de préparer une formation pour demain.

Ian ouvre la porte et sort en silence dans le couloir. Nell se lève pour refermer le battant derrière lui, remarquant au passage le jeune homme qui s'éloigne d'un pas maladroit ; il cherchait sûrement à les espionner dans l'espoir de prendre en douce une photo pour sa page Facebook ridicule, songe-t-elle.

Elle regagne sa table de travail, lit distraitement le manuel de formation, s'efforçant d'arrêter de penser. S'efforçant d'oublier Ian. Le gamin dans le couloir. Les journalistes dehors. L'article qu'elle a lu avant qu'Ian n'entre dans son bureau.

Le matin même où l'ancien secrétaire d'État, Lachlan Raine, est nominé pour le prix Nobel de la paix, nous apprenons qu'Ellen Aberdeen est directement liée à la disparition du petit Midas. En effet, la mère ivre qui dansait le 4 juillet, le soir de l'enlèvement, n'est autre que la jeune femme elle-même.

Nell se penche vers son sac posé par terre et cherche son portefeuille à l'intérieur, songeant à Alma. Celle-ci lui a confié quelques secrets aussi le matin où Nell lui a révélé la vérité sur son passé : les types dans le Queens qui lui ont vendu de fausses cartes de sécurité sociale par exemple, et les mensonges que son mari a racontés pour obtenir son poste de gérant au Hilton près de l'aéroport. Depuis quelque temps, Nell se demande si la police a découvert tous ces détails.

Elle trouve enfin la carte de visite de Mark Hoyt et compose le numéro, fixant la photographie de Beatrice sur son bureau. Hoyt décroche à la deuxième sonnerie.

Nell raccroche aussitôt. Elle compose un autre numéro, et s'effondre en larmes en entendant une voix douce dire :

— Allô ?

— Maman, souffle-t-elle. J'ai besoin de toi. Tu peux venir ?

*

Colette fait glisser le pendentif en émeraude sur la fine chaîne en or dans un sens et dans l'autre. Elle s'est réveillée ce matin en trouvant le boîtier sur l'oreiller de Charlie. *La pierre de naissance de Poppy, pour l'anniversaire de ses deux mois*, était-il écrit sur la carte. *Merci d'être une mère aussi super.*

Elle saisit son portable. Je suis tellement désolée, tape-t-elle, réprimant la boule qui lui monte dans la gorge à l'idée des images partout dans les journaux et sur toutes les chaînes de télévision le matin même. Les photos de Nell, toute jeune femme ; les séquences à sa descente de taxi devant l'immeuble de la Simon French Corporation, tentant tant bien que mal de dissimuler son visage derrière son sac. Pourquoi est-ce que tu ne m'as rien dit ?

Le Nez. C'était Nell. Colette se souvient parfaitement du scandale. Sa mère avait été une des militantes pour les droits des femmes à s'élever contre ce qui s'était passé, à tenter de rétablir la vérité de la situation. C'est-à-dire qu'il ne s'agissait pas de l'histoire d'une jeune femme aux mœurs légères ayant cherché à coucher avec son puissant patron – version que les médias étaient si désireux de colporter –, mais de celle d'une jeune femme tombée aux mains d'un prédateur puissant.

Elle jette encore une fois un coup d'œil à l'horloge au-dessus du bureau d'Allison, essayant d'ignorer les picotements dans ses seins. Ce n'est pas possible : la première fois qu'elle oublie d'emporter son tire-lait, elle va réellement en avoir besoin. Elle a été tellement contrariée en voyant les nouvelles à propos de Nell ce matin qu'elle a eu du mal à rassembler ses esprits et n'a pas tiré de lait avant de partir. Ensuite, alors qu'elle était en retard, elle a dû rebrousser chemin pour récupérer son portefeuille qu'elle avait laissé chez elle. Et maintenant, elle se rend compte qu'elle n'a pas pris le tire-lait manuel qu'elle emporte toujours ; il est resté sur l'îlot de cuisine. Et Teb est en retard alors qu'il lui a promis d'être à l'heure. Il sait qu'elle doit être de retour chez elle à quatorze heures dernier carat.

Il faut qu'on finisse à l'heure aujourd'hui, c'est important, a-t-elle textoté à Teb plus tôt dans la matinée. Charlie a un rendez-vous.

Et pas n'importe quel rendez-vous. Le rédacteur en chef du *New York Times Magazine* a invité Charlie à un déjeuner de dernière minute pour évoquer la possibilité de publier en exclusivité un extrait du nouveau roman de Charlie.

« Non, Colette, je ne peux pas prendre le risque, a décrété Charlie hier soir. Si tu ne peux pas reporter ton entrevue avec Teb, je vais trouver une baby-sitter.

— Je serai de retour, avait-elle affirmé. Je te le promets. Teb me l'a promis. Je serai à l'heure. »

Elle ramasse son sac et se dirige vers les toilettes, ses talons résonnant bruyamment sur le parquet. La première cabine est occupée ; elle s'assied sur la cuvette de la seconde et consulte son téléphone. Nell a répondu à son message.

Qu'ils aillent se faire foutre. Ça m'a détruit une fois. Ils ne m'auront pas deux. Pas maintenant que j'ai Beatrice.

La femme de l'autre cabine sourit à Colette lorsque celle-ci s'approche de l'évier, mais son expression change au moment où elle remarque la poitrine de sa voisine. Colette regarde dans le miroir : deux grandes auréoles grises ornent son chemisier blanc. La femme finit rapidement de se laver les mains, et s'éclipse. Colette se tourne alors vers le sèche-mains automatique et tire sur son chemisier pour tenter de le faire sécher sous le souffle d'air chaud, mais à peine séchées les taches réapparaissent. Et le papier toilette plié qu'elle glisse dans son soutien-gorge dessine comme des faux plis sur le tissu.

Elle presse son sac contre sa poitrine, mais la douleur persiste. Elle sent que son lait continue de perler par intermittence tandis qu'elle regagne le hall d'accueil. Son téléphone sonne dans son sac. C'est un texto de Charlie. Il faut que je parte. J'imagine que tu es en route. Je laisse le bébé en bas, avec Sonya. Ça va aller. On s'est parlé. Tu pourras la récupérer là-bas.

— Colette.

Allison est debout devant elle.

— Il vous attend.

Colette met son portable sur silencieux et maintient son sac contre elle tout en se dirigeant vers le bureau de Teb. Sonya ? Cette fille du premier étage qu'ils ont rencontrée, quoi, deux fois, à la fête des voisins ? Teb est enfoncé dans son fauteuil. Il consulte son téléphone. De la tête, il désigne un des fauteuils en cuir devant lui sans s'excuser pour son retard.

— Asseyez-vous.

— Comment ça va ? s'enquiert-elle.

— Bien, répond-il.

Mais le ton de sa voix est froid et son expression de marbre.

— On dirait que...

Il l'ignore et presse le bouton du poste téléphonique posé sur son bureau.

— Aaron, venez.

La porte s'ouvre quasiment aussitôt, comme si Aaron attendait l'appel. Ce dernier lui adresse un signe de tête et avance jusqu'au buffet sur lequel trône une pile de dossiers dont il s'empare. Elle peut voir le nom de Midas inscrit sur le premier.

— OK, Colette.

Le regard de Teb est dur.

— On a un gros problème.

L'estomac lui tombe dans les talons. Ils savent.

Ils savent qu'elle était avec Winnie ce soir-là, et qu'elle a mis son nez dans le dossier. Ils ont analysé le sang qu'elle a laissé sur un document après s'être coupée avec une des feuilles quelques jours plus tôt, et ils ont découvert qu'il s'agissait de son ADN. Ils ont appris d'une façon ou d'une autre qu'elle avait pris la clé USB, qui se trouvait encore chez elle, planquée dans un vieux sac au fond de son placard. Le coussinet de papier toilette improvisé sature, son lait suinte sur son soutien-gorge. Alors qu'elle se creuse les méninges pour savoir par où commencer – comment expliquer pourquoi elle lui a caché la vérité, et pourquoi elle n'a pas pu s'empêcher de regarder le dossier de Midas –, Teb ajoute :

— Ce livre est affreux.

Il se frotte les yeux.

Elle soupire.

— OK.

Teb se laisse aller dans son fauteuil.

— Colette, qu'est-ce qui se passe ? Pourquoi est-ce que c'est si mauvais ?

Pourquoi ? Une grossesse inattendue. Le manque de sommeil. Ses angoisses au sujet de la santé de Poppy. La panique à l'idée que Midas soit mort.

— C'est peut-être en partie parce que vous êtes plus occupé maintenant, suggère-t-elle. Ce n'est pas comme la dernière fois. On a eu un peu de mal à se voir régulièrement comme convenu...

Teb secoue la tête.

— Non. Ce n'est pas ça. Le problème, c'est qu'on n'a pas l'impression que c'est moi qui l'ai écrit.

— Eh bien, ce n'est pas vous qui l'avez écrit.

Aaron fusille Colette du regard comme Teb pivote son fauteuil vers elle.

— Comment ça ?

La bouche de Colette s'assèche ; elle aurait voulu emporter une bouteille d'eau dans son sac.

— Je veux dire que vous n'avez pas écrit ce livre, Teb. C'est moi.

— Colette, fait Aaron, son ton sonnant comme un avertissement. Je ne suis pas certain...

— Je regrette, coupe-t-elle. Évidemment, je retravaillerais le texte avec plaisir, mais il faut qu'on s'organise pour parler plus longuement de certaines scènes que vous voulez inclure. Avec tout le respect que je vous dois, Teb, c'est difficile de s'asseoir avec vous et d'avoir une conversation aboutie.

— Il me semble que le maire veut dire que ça ne fonctionne pas, déclare Aaron.

— J'ai bien compris. Alors, voyons comment on peut y remédier.

Aaron s'apprête à répondre mais Teb l'interrompt.

— Je suis désolé, Colette, mais il faut qu'on demande à un autre écrivain d'intervenir.

— Un autre écrivain ?

Aaron se penche en avant.

— Nous avons parlé avec l'éditrice, explique-t-il. On va engager quelqu'un pour boulonner le texte. Quelqu'un de plus connu. Le gars d'*Esquire*.

— Vous plaisantez ? Vous vous êtes déjà mis d'accord ? Sans m'en parler ?

— Allez, Colette, fait Aaron en se pinçant l'arête du nez. Ce livre va faire partie intégrante de la campagne du maire pour briguer un deuxième mandat. Vous le savez très bien. On ne peut pas soumettre ce que vous avez écrit à la maison d'édition, et encore moins aux électeurs. On est dans une merde noire avec cette histoire d'enlèvement d'enfant. Ce cinglé de promoteur immobilier inonde notre adversaire de fric. On tient à peine le coup.

Elle cherche la bonne réponse pour en fin de compte décider de se taire. C'est terminé.

Elle n'a plus à faire semblant d'être capable de gérer le bébé et le travail. Elle va pouvoir rester à la maison avec Poppy.

— Vous êtes sûr de votre choix ?

Elle s'adresse à Teb, mais c'est Aaron qui lui répond.

— J'ai bien peur que oui, Colette.

Son téléphone sonne.

— Et malheureusement, il faut qu'on y aille.

Teb fixe la fenêtre, évitant soigneusement de la regarder.

— Les gens de la banque nous attendent, poursuit Aaron en boutonnant son veston et désignant la porte. Colette, merci beaucoup.

Son ton est léger, comme s'ils concluaient une conversation au cours de laquelle ils avaient prévu de se retrouver pour bruncher.

— Le maire a vraiment apprécié travailler avec vous.

Elle se lève, attendant au fond que le maire dise quelque chose, mais celui-ci garde le silence. Elle sort du bureau et se dirige vers l'ascenseur. Ses pensées se bousculent. Que va-t-il se passer maintenant ? Que va devenir sa carrière ? Il faudrait qu'elle appelle l'éditrice, ou son agent ; il faut qu'elle s'explique.

Mais soudain, elle se souvient de Poppy, seule avec une femme qu'elle ne connaît pas.

Elle passe devant l'ascenseur sans s'arrêter, se précipite dans l'escalier, et dévale les étages. Dehors, elle ne voit pas de taxis et décide de traverser à toute allure le square de l'hôtel de ville pour aller prendre le métro. Elle descend quatre à quatre les marches de la station. Une rame est à quai et les portes commencent à se fermer alors qu'elle franchit le tourniquet. Elle accélère et arrive juste à temps pour passer son bras dans l'interstice, ce qui n'empêche pas les portes de se refermer sur son coude. Les battants se rouvrent de quelques centimètres et elle les empoigne des deux mains pour les écarter suffisamment et se faufiler à l'intérieur de la rame. Après quoi, elle s'assied sur un siège vide. La femme à côté d'elle sent la laque à cheveux, et Colette croise le regard d'une autre femme, plus vieille, aux pieds de laquelle sont entassés des sacs de courses en plastique orange. La femme émet un bruit réprobateur.

— Et tout le monde perd du temps, marmonne-t-elle d'un air renfrogné.

Colette détourne les yeux. Une douleur lancinante résonne dans son coude.

Du rap s'échappe des écouteurs d'un homme assis en face d'elle. Elle se bouche les oreilles et essaie de se concentrer pour trouver comment expliquer à Charlie la situation. Il ne sait pas à quel point l'écriture de ce livre était laborieuse, combien elle s'exténuait à la tâche. Qu'allait-il dire ? Colette ouvre les yeux. L'homme face à elle a ouvert un exemplaire du *New York Post*, celui avec en couverture la photographie de Nell au Lama en fête.

Soudain le crissement des freins et des pleurs de bébé retentissent. La femme aux côtés de Colette lui saisit la cuisse et la rame s'immobilise d'un coup. Un vieil homme près des portes perd l'équilibre et tombe.

— Excusez-moi, souffle la femme près d'elle, ôtant sa main.

Un jeune couple aide l'homme à se relever, et les passagers lèvent le nez des écrans de leurs téléphones, se dévisageant les uns les autres alors qu'un silence interdit s'installe dans le wagon. La vieille femme aux sacs à provisions émet un nouveau bruit de bouche désapprobateur et marmonne quelque chose mais sa voix est aussitôt couverte par celle du conducteur.

— La police est sur les voies. Votre attention, s'il vous plaît, la police est sur la voie du quai F au niveau inférieur. Il y a aussi un individu.

Quelques parasites crépitent dans le haut-parleur, puis :

— Il est attaché à quelque chose.

L'électricité s'arrête subitement ; le vrombissement du système de climatisation s'interrompt aussitôt et la lumière s'éteint. Un silence spectral s'installe dans la rame. Colette perçoit un mouvement général autour d'elle : les gens se tournent vers leurs téléphones, et elle aussi, même s'ils savent tous qu'ils n'auront pas de réseau.

Il faut que je rentre à la maison retrouver Poppy.

La porte au bout du wagon s'ouvre.

— Vous ne vous y attendiez pas, hein ?

Le type porte un short en jean et un débardeur blanc en coton fin qui révèle ses bras virils et musclés. Serpentant entre les passagers debout, il avance d'un bon pas vers les portes à l'autre extrémité de la rame.

— On ne pensait pas voir un kamikaze à New York, pas avec ce crétin de président, hein ?

La panique étreint la poitrine de Colette. Elle revoit le visage de Poppy, son air au beau milieu de la nuit pendant qu'elle tétait, son œil d'un bleu profond et plein d'amour la fixant. Colette n'arrive toujours pas à croire qu'elle puisse elle-même éprouver un amour aussi infini. On dirait qu'il n'a pas de fond, comme la carrière abandonnée inondée dans laquelle elle avait peur de sauter lorsqu'elle était petite, celle qui plus tard avait englouti un garçon de son lycée ; le corps n'avait jamais été retrouvé. Elle saisit son téléphone sur ses cuisses et tape un message à l'intention de Charlie. Elle ne pourra pas l'envoyer puisqu'il n'y a pas de réseau, mais si quelqu'un trouve son appareil, s'il survit à l'explosion...

Je vous aime plus que tout au monde. Poppy. S'il te plaît, dis-lui...

La lumière revient, puis la climatisation se remet en marche.

— Mesdames et messieurs, je suis le conducteur. Nous allons ouvrir les portes à l'avant de la rame.

Avancez pour sortir. Aussi rapidement et calmement que vous le pouvez.

Colette se lève, s'engage dans le flot silencieux de passagers qui se sont mis en branle dans le couloir. Dans la voiture suivante, une adolescente est restée assise seule près de la fenêtre, son portable à la main, une larme glissant sur sa joue. Elle porte des collants avec des losanges, déchirés à un genou, et un piercing doré brille sur l'une de ses narines. Colette lui touche le bras et la fille lève les yeux.

— Il faut que j'appelle ma mère mais je n'ai pas de réseau.

— Viens, dit Colette, incitant la jeune fille à se lever. On va marcher ensemble.

Tenant la jeune fille par le coude, elle la fait doucement avancer. Lorsqu'elles arrivent dans la voiture de tête, Colette s'aperçoit avec soulagement que la rame est déjà engagée dans la station ; elles n'auront pas à marcher sur les voies. Elle attend son tour pour sortir puis, avec l'adolescente, elles se mettent à courir comme tout le monde sur le quai, franchissent les tourniquets, et montent l'escalier. La fille disparaît dans la foule, et Colette se hâte de gagner la sortie. Au pâté de maisons suivant, elle voit quelqu'un sortir d'un taxi et se précipite, bousculant un homme qui s'apprêtait à s'engouffrer sur la banquette arrière.

— Désolée, s'exclame-t-elle. Il faut que je rentre chez moi.

Elle claque la portière tandis que l'homme la couvre d'injures en tambourinant, poing fermé, sur la vitre.

— Brooklyn, lance-t-elle au chauffeur en lui indiquant l'adresse. Dépêchez-vous, s'il vous plaît.

Elle ferme les yeux. Lorsque le taxi arrive devant son immeuble, c'est comme si plusieurs heures étaient passées. Le ciel a perdu toute luminosité et en pénétrant dans le hall, elle sent ses jambes flageoler. Elle s'approche du comptoir derrière lequel se trouve le concierge.

— J'aurais besoin du numéro de l'appartement de Sonya.

Au premier étage, elle se reprend et frappe doucement à la porte de Sonya. Pas de réponse. Elle frappe derechef, si fort cette fois qu'elle se fait mal au poing.

— Sonya ? Vous êtes là ?

La porte d'en face s'ouvre. C'est un homme d'une trentaine d'années environ. Un petit chien lui mordille les talons et de la musique classique résonne en arrière-plan.

— Qu'est-ce que vous faites ? demande-t-il, son talon nu repoussant gentiment le chien.

— Elle ne répond pas. Elle a mon bébé. Je suis sa voisine du dessus.

— Elle est partie.

— Partie ?

— Ouais, je l'ai entendue sortir. On entend tout à travers ces cloisons.

— À quelle heure ?

— Je ne sais pas. Il y a vingt minutes ?

Vingt minutes ? Est-ce que Charlie avait du lait à lui laisser ? Est-ce qu'il lui a donné l'écran total ? Colette ne connaît pas le numéro de téléphone de cette femme. Elle n'est même pas certaine de son nom de famille.

Elle pivote et se précipite dans l'escalier, monte les marches deux par deux. Elle va appeler Charlie, le déranger en plein rendez-vous, exiger qu'il rentre pour l'aider à chercher le bébé. Tout en fouillant dans son sac à la recherche de son portable, elle enfonce sa clé dans la serrure.

Charlie.

Il est là, allongé par terre près de Poppy qui s'amuse avec ses pieds sur le tapis de jeu. Colette lâche son sac et court vers son bébé pour la prendre dans ses bras et lui embrasser frénétiquement le visage ; visiblement dérangée, Poppy gémit. Charlie respire bruyamment ; il s'est endormi. En quête de lait, Poppy colle son nez sur la poitrine de Colette. Toute la fatigue de cette dernière lui tombe sur les épaules. Autour d'elle, la pièce vacille. Colette clôt les paupières, s'imagine couchée près de Charlie, lovée contre lui ; et elle lui raconte tout. Ce qui s'est passé dans le métro, son boulot. L'angoisse qui l'habite, le besoin désespéré de savoir que Midas est encore en vie. Elle veut lui dire combien elle se sent coupable quand elle s'éloigne du bébé, combien elle travaille dur pour tenter de tout faire fonctionner. Elle a envie de le réveiller et de lui avouer qu'elle ne pourra pas attendre trois mois, date du prochain rendez-vous de Poppy chez le médecin, pour commencer à s'inquiéter. Elle est déjà terrifiée.

Mais elle a trop peur. Trop peur de commencer et de se mettre à pleurer sans pouvoir s'arrêter ; et que sa tristesse, son angoisse ne l'engloutissent. Elle est tellement submergée, tellement convaincue d'être en train de perdre tout ce qu'elle possède.

— Tu dois vraiment le faire là, devant moi, comme ça ?

Le son de la voix de Charlie la fait sursauter. Il est réveillé.

— Faire quoi ?

— Ça. La couvrir de baisers.

Colette garde le silence. Elle ne trouve pas les mots pour lui répondre.

— Ce n'est pas facile de voir combien tu es affectueuse avec elle quand tu me fuis chaque fois que je te touche.

— Charlie, non. S'il te plaît. J'ai pensé... Tu as...

— Je n'y suis pas allé.

— Pourquoi ?

Il se lève et s'éloigne dans le couloir en direction de son bureau.

— Je savais que tu serais hyper contrariée si je laissais le bébé. Je ne voulais pas te faire ça.

Elle le suit, lui saisit le bras, mais il se dégage.

— Pas maintenant, Colette. J'ai besoin de temps.

— Charlie. Excuse-moi. Écoute, il y a des trucs...

Mais il a déjà fermé la porte.

18

Onzième jour

À : Mères de mai
DE : Vos amies au Village
DATE : 15 juillet
OBJET : Conseil du jour
<u>VOTRE BÉBÉ A SOIXANTE-DEUX JOURS</u>
Nous avons toutes connu quelques jours d'intense fatigue, et même des moments où l'on s'est senties tristes et submergées. Mais ce genre de choses devrait s'estomper maintenant que vous et votre bébé prenez vos marques. Toutefois, si vous – ou quelqu'un que vous aimez – commencez à vous demander si ce que vous ressentez dépasse le baby blues, ne laissez pas la honte ou l'orgueil vous empêcher de consulter votre médecin. Demander de l'aide est parfois la meilleure chose que l'on puisse faire pour son bébé.

Le premier roman de Charlie à la main, Francie avance lentement dans l'étroit rayon fiction de la librairie installée au fond du Spot, cherchant à se convaincre que tout va bien se passer, que Nell va sortir de ce pétrin. Elle ignorait tout ce que les journalistes racontent à son sujet. Elle n'avait même jamais entendu parler du scandale – le candidat à la présidentielle qui se retire de la bataille électorale après avoir eu une aventure avec une gamine de vingt-deux ans, stagiaire au département d'État. Francie avait seize ans à l'époque, et sa mère n'était pas du genre à exposer sa famille aux scandales sexuels du monde politique (ni à quoi que ce soit, bien ou mal, concernant un démocrate).

Et ensuite, il y a Gonze. La façon dont il l'a mise à la porte sans ménagement deux jours plus tôt, sans s'expliquer sur son arrestation. Ce qui n'a fait que multiplier les interrogations de Francie.

Toutefois, le pire, c'est ce qui s'est produit ce matin. Tout en se dirigeant vers l'avant du magasin pour payer le livre de Charlie, Francie revoit la scène et la nausée s'empare d'elle à nouveau. Barbara était assise dans le canapé. Elle regardait la télévision en attendant que Francie ait fini de lui préparer le sandwich à l'œuf mollet qu'elle mange tous les matins. Francie faisait de son mieux pour ignorer sa belle-mère qui n'arrêtait pas de cancaner sur son entourage. La nièce de son amie qui venait d'avoir un quatrième enfant, une adorable petite fille. Le nouveau salon de manucure qui avait ouvert en ville, où elle s'était fait faire les ongles avant de venir. Un salon tenu par quatre femmes qui n'avaient probablement pas de papiers pour vivre légalement dans le pays. Des *Asiatiques*.

Francie a entendu le nom de Colette au moment où le grille-pain éjectait les toasts. Elle s'est tournée vers la télévision et Colette est apparue à l'écran, courant sur le trottoir près de son immeuble, essoufflée et rouge.

« Laissez-moi tranquille ! s'est-elle exclamée en passant devant les objectifs, ses bras protégeant tant bien que mal son visage. Je n'ai rien à déclarer.

— Colette Yates est la fille de Rosemary Carpenter, la célèbre militante pour la défense des droits des femmes, a indiqué le journaliste. En couple avec le romancier Charlie Ambrose, ils viennent d'avoir un enfant il y a deux mois. Colette était une des femmes présentes dans le bar avec Winnie ce soir-là », a poursuivi le journaliste, et selon leurs sources Colette était proche de Teb Shepherd, le maire, mais ce dernier n'avait pas souhaité réagir à cette information. Et soudain, ils s'étaient mis à parler d'elle – Francie. Ils avaient même une photo d'elle, ce soir-là au Lama en fête, le visage collé à celui de Nell.

Le journaliste avait ajouté que Francie était mère au foyer, et comme Lowell pénétrait dans la cuisine, Francie avait entendu Barbara pousser un petit cri de surprise. « Son mari, Lowell Givens, est l'un des propriétaires de Givens and Light, un tout nouveau cabinet d'architectes de Brooklyn.

— C'est horrible, avait déclaré Barbara, ignorant Francie et fixant Lowell droit dans les yeux. Qu'est-ce que ça va vouloir dire pour tes affaires ? »

Francie tend le livre au caissier, sachant qu'elle ne devrait pas acheter l'ouvrage de Charlie, qu'elle devrait attendre de l'emprunter à la bibliothèque. Mais la bibliothèque n'ouvre pas avant midi, et son appartement est si petit, elle a besoin de s'aérer, de s'éloigner de Barbara et de la façon dont elle la regarde. Le jugement. La déception.

Francie ramasse sa monnaie et fait volte-face à la recherche d'une table. C'est alors qu'elle la remarque, sur le trottoir dehors.

Elle porte des lunettes de soleil et une longue veste informe. Ses cheveux sont ramassés sous une casquette, mais elle la reconnaît. C'est elle.

— Winnie !

Le nom lui échappe plus fort qu'elle ne l'aurait cru, ce qui fait aussitôt taire les clients autour d'elle, qui attendent leur café. Francie se fraie un chemin jusqu'à la sortie et se précipite sur le trottoir.

— Winnie ! Attends, Winnie !

Serrant Will contre sa poitrine, elle se met à courir avec maladresse derrière Winnie qui remonte à la hâte la colline.

— Winnie, attends, s'il te plaît !

Elle ne comprend pas pourquoi Winnie ne s'arrête pas. Will commence à geindre alors qu'elle accélère le rythme et elle la rattrape enfin, pile au moment où elle arrive chez elle. Winnie fouille dans son sac à la recherche de sa clé.

— Winnie, s'il te plaît. Il faut que je te parle. Je me suis inquiétée.

Francie essaie de reprendre son souffle.

— Tu as reçu mes messages ? Je suis tellement désolée, on...

Dans un crissement de freins, une voiture s'immobilise brusquement, les pneus avant sur le trottoir. Un petit gros en short à carreaux avec un chapeau feutre sur la tête surgit du siège conducteur, s'emparant de l'imposant appareil photo suspendu à son cou.

— Gwendolyn ! Regardez par ici. Comment allez-vous ? Gwendolyn !

Winnie s'empresse d'insérer sa clé dans la serrure de sa porte et Francie s'engouffre avec elle dans le vestibule frais et sombre, non sans avoir au préalable trébuché sur le seuil. Avant que Winnie n'ait le temps de claquer la porte au nez de l'homme, le flash de l'appareil photo illumine les murs. Puis Francie emboîte le pas à Winnie qui monte les quatre marches en marbre, et la suit dans le couloir. D'épais rideaux de soie sont tirés dans le salon. L'odeur de renfermé et de nourriture en décomposition prend Francie à la gorge. Winnie ouvre brusquement les rideaux de la porte-fenêtre donnant sur la terrasse. Francie prend quelques instants pour s'habituer à la luminosité du soleil. Deux grands tapis roulés sur eux-mêmes sont appuyés contre le mur du fond. Des cartons sont empilés n'importe comment dans un coin. Des Tupperware de nourriture traînent sur la table et par terre ; une bouteille de vin vide gît, couchée, devant la porte-fenêtre. Francie ne peut que remarquer les deux verres à pied non loin de là, près d'une robe en soie rose abandonnée en bouchon.

Winnie se débarrasse de sa veste. Elle a l'air squelettique.

— J'ai reçu tes messages. Excuse-moi. Je n'ai pas eu l'énergie de te rappeler.

Francie reste immobile, debout au centre de la pièce, tapotant les fesses de Will, s'efforçant de reprendre son souffle.

— Winnie. Je ne sais pas quoi dire. Est-ce que tu... Est-ce que tu déménages ?

— Déménages ? répète Winnie.

Francie désigne les tapis, les cartons.

— Ces cartons...

— Ah.

Winnie balaie la pièce du regard.

— Ce sont les policiers qui ont fait ça. Dans les jours qui ont suivi...

Elle ne prend pas la peine de finir sa phrase.

— J'ai vu ce qui était arrivé à Nell. Et maintenant toi et Colette. On ne parle que de vous aux informations.

— Nous ? Ne t'en fais pas pour nous. Comment vas-tu ? Je ne peux pas...

— Très bien.

— Très bien ?

Francie a du mal à trouver ses mots, elle est sidérée de voir combien Winnie a changé. Elle est si émaciée. Si transparente. Elle n'a plus rien à voir avec la femme que Francie a tant admirée, il y a encore quelques mois, en la voyant pour la première fois traverser la pelouse en direction du saule noir, enceinte jusqu'au cou. Plus rien à voir avec la femme ravissante et aimable qui s'est assise en face d'elle au Spot un peu plus tard, ni avec la jeune fille belle et fraîche du DVD de *Bluebird* que Francie n'a pas arrêté de regarder.

— Qu'est-ce que tu veux que je te dise, Francie ? fait Winnie. Mon bébé a disparu. Il n'y a pas de mot pour décrire ce que je traverse.

Francie sent les larmes lui monter aux yeux. *Je comprends*, a-t-elle envie de dire. *Plus que tu ne le crois. Je sais ce que signifie perdre un enfant.* Mais elle n'ose pas.

— Est-ce que je peux faire quoi que ce soit pour t'aider ? Tu as besoin de quelque chose ? Est-ce que tu sais ce qui s'est passé ?

Ses phrases s'enchaînent trop vite.

Winnie se détourne vers la terrasse.

— Je n'en ai aucune idée, évidemment.

— J'y ai beaucoup pensé, réplique Francie. La police a fait tellement n'importe quoi, je n'arrive pas à y croire. Au début, j'étais certaine que c'était Bodhi Mogaro. Je les ai crus, tu vois. Et après, j'ai commencé à penser aux autres possibilités. Comme ce type auquel tu parlais au bar.

Winnie fait volte-face pour la regarder ; une lueur de *quelque chose*, Francie ne parvient pas à identifier quoi, brille dans ses yeux. Ou peut-être est-ce son visage, et sa façon de parler. Elle semble si empruntée, si vide.

— Le type au bar ?

— Celui qui t'a abordée ce soir-là. Celui que tu... enfin, celui avec lequel tu as bu un verre.

— Je n'ai pas bu de verre ce soir-là, avec personne.

Will s'apaise, pose sa tête sur la poitrine de Francie. Celle-ci est prise d'une furieuse envie de partir mais elle résiste. Pourquoi Winnie lui ment-elle ?

— Tu étais où alors ? Après avoir quitté notre table ?

Winnie évite le regard de Francie ; ensuite c'est comme si elle n'avait pas entendu ce que son interlocutrice venait de dire. Elle se tourne et part en direction de la cuisine. Elle revient quelques instants après avec une bouteille de vin et deux gobelets en plastique. Elle sert le vin, tend un gobelet à Francie que celle-ci accepte, immobile. Elle revoit Winnie lors du dernier moment de partage des Mères de mai dans le parc, les lèvres dans les cheveux de Midas, refusant d'un revers de la main le vin que Nell lui proposait. « *Non merci. L'alcool ne me réussit pas toujours très bien.* »

— Je suis allée au parc, affirme Winnie.
— Au parc ? Pourquoi ?
— Pour voir ma mère.

Le gobelet tremble dans la main de Winnie.

— Ta mère ? Mais Winnie, ta mère est morte.

Winnie fusille Francie du regard.

— Merci, Francie. Je suis au courant.

Elle avale une gorgée de vin.

— Il y a un cornouiller là-bas que mon père et moi on a rapporté de notre maison dans le nord de l'État. On l'a planté dans le parc une nuit, à l'endroit que ma mère préférait, près de la grande pelouse. C'est un secret dont je n'ai jamais parlé à personne, un endroit où je me sens proche d'elle. J'y suis allée cette nuit-là.

— Pourquoi ?
— Elle me manque.

Winnie ouvre la porte-fenêtre de la terrasse et sort. Francie l'imite. Des rires perçants d'enfants qui jouent dans le bac à sable de la crèche non loin de là retentissent. Autour d'elle, l'air est lourd. Des pots de fleurs desséchées sont alignés sur la balustrade.

— Ce n'est pas génial comme alibi.
— Comme alibi ? Comment ça ?
— Le fait que je sois au parc. Personne ne m'a vue. Je sais ce que les gens racontent. Je sais où...

Elle avale une nouvelle gorgée de vin.

— Je ne ferais jamais de mal à mon bébé.

Francie se souvient du gobelet qu'elle tient à la main, et le porte à ses lèvres. Elle s'efforce d'avaler un peu du breuvage malgré la boule qui grossit dans sa gorge.

— J'ai cru que le pire qui pouvait m'arriver, c'était de perdre ma mère. J'avais tort.

Francie tend la main vers le bras de Winnie, mais celle-ci s'éloigne.

— Je ne veux plus qu'on m'interroge. Je n'arrive pas à penser de façon rationnelle, linéaire. Le temps passe en boucle.

Ses traits semblent se durcir alors qu'elle remarque quelque chose au loin. Francie tourne le regard dans la même direction qu'elle et voit une femme sur un petit balcon à l'autre bout du jardin, un bébé sur l'épaule, en train d'arroser une jardinière de zinnias roses. La femme pose l'arrosoir par terre et enlève certaines feuilles avant de rentrer à l'intérieur, fermant la porte-fenêtre derrière elle.

— Mères et bébés. Vous êtes partout. J'espère que vous vous rendez compte de la chance que vous avez.

Winnie avale le fond de son gobelet, puis baisse le regard vers Will.

— Je ne voudrais pas être grossière, Francie, mais j'ai du mal à supporter…

Le regret submerge Francie. Pourquoi n'y a-t-elle pas pensé ? C'est tellement égoïste de sa part de contraindre Winnie à voir Will. Ce doit être si difficile pour Winnie au quotidien, de rencontrer constamment des mères avec leurs bébés. Elle comprend pourquoi maintenant Winnie l'a fuie devant le café.

— Pardonne-moi, Winnie, souffle Francie. J'aurais dû me montrer plus prévenante.

Elles rentrent à l'intérieur, et Francie ferme la porte-fenêtre. Winnie monte l'escalier et, dos tourné, dit à l'intention de Francie :

— Je ne te raccompagne pas.

— Si tu as besoin de quoi que ce soit...

Francie marque une pause.

— Il est vivant, Winnie. Je le sens. Je t'en prie. N'abandonne pas tout espoir. Moi, j'y crois encore.

Winnie disparaît à l'étage.

Francie traverse le salon, vacillante, passe devant une autre pile de cartons – attristée à l'idée de ces inconnus passant au peigne fin la maison de Winnie, mettant la main sur tout ce qu'elle possède –, et ouvre la porte. Elle avance sur le trottoir, sans trop savoir où elle va, peu à peu consciente des pas qui se précipitent vers elle. Le type au chapeau feutre déboule du coin de la maison, armé de son appareil photo.

— Hé ! Mary Frances ! Qu'est-ce que Winnie a dit...

L'obturateur de l'appareil ne cesse de s'enclencher pendant qu'il hurle ses questions, mais Francie ne fait guère attention à lui. Elle marche, tête baissée, couvrant son bébé avec ses bras, l'esprit confus.

*

— Qu'est-ce que tu fais ? demande Lowell à Francie plus tard ce soir-là.

Assise sur le sol du salon, l'estomac noué, elle place en cercle des bougies à la lavande autour de Will, allongé sur une couverture devant elle.

Elle s'applique à parler d'une voix sereine.

— C'est du *hygge*.

Lowell opine du chef.

— Ah, ouais ? Et c'est quoi ?

— Ça fait fureur au Danemark.

Francie souffle sur sa tasse de camomille insipide, consciente que Lowell l'observe. La surveille.

— Ça signifie « se sentir bien ». C'est pour ça que les gens sont si calmes et heureux là-bas. J'ai pensé que ça pourrait aider Will avec son humeur.

— C'est une bonne idée.

Lowell s'assied sur le canapé et s'ouvre une bière.

— Et toi, ton humeur ?

Francie enfile des chaussettes en coton propres aux pieds de Will. L'article disait qu'il était préférable de se mettre sur une peau de mouton, mais elle n'avait pas osé dépenser de l'argent pour acheter celle qu'elle avait vue en ligne, sachant que ces chaussettes en coton Carter's feraient l'affaire.

— Mon humeur ? Très bien. Pourquoi ?

— Comment ça, pourquoi ? Je ne peux plus demander à ma femme comment elle se sent ?

— Eh bien, ta mère m'a dit cet après-midi que nos sols, selon elle, sont insalubres. Et que je devrais les laver à l'eau de Javel.

Francie parle à voix basse. Dans la chambre, Barbara macère dans son bain du soir, le visage enduit de boue, en train d'écouter une émission radiophonique sur son iPod.

— Qu'est-ce que tu as répondu ?

— Rien. Mais je ne peux pas passer de javel sur les sols. *De la javel* ? Avec un *bébé* ? J'ai l'impression qu'elle cherche la petite bête dans notre appartement. Elle désapprouve la moitié de ce que je fais.

— Francie.

Le visage de Lowell s'assombrit.

— Ce n'est pas vrai. Tu te fais des films.

Francie sirote sa tisane, s'ingéniant à lutter contre son anxiété. Elle n'a pas envie d'évoquer Barbara, elle préférerait parler de Winnie, de la conversation qu'elle a eue avec elle plus tôt dans l'après-midi. Mais c'est impossible, pas avec Lowell. Elle ne lui a rien dit de ce qui s'est passé, sachant à quel point il se fâcherait s'il savait qu'elle avait emmené Will chez Winnie. Pour ne rien arranger, Barbara était restée à la maison tout l'après-midi, les cheveux hérissés de bigoudis en plastique, à chuchoter au téléphone dans leur chambre. Francie suppose qu'elle appelait ses copines dans le Tennessee pour leur demander si elles avaient entendu qu'il avait été question de Lowell aux informations, leur répéter qu'elle avait bien raison depuis le début par rapport au danger que représentait New York. Barbara avait émergé de la chambre lorsque Lowell était rentré à la maison, et à ce moment-là, Francie avait beaucoup trop peur pour mentionner quoi que ce soit.

— Francie, allez. Elle n'est pas méchante. Les choses étaient différentes de son temps. Elle veut juste…

— Oh, mon Dieu !

Francie sursaute en entendant Barbara crier dans la salle de bains et quelques gouttes de tisane chaude tombent sur le bras de Will qui se met aussitôt à pleurer. En se levant d'un bond, Lowell heurte la table et renverse un peu de bière, ce qui éteint deux bougies. Il fonce dans le couloir en direction de la salle de bains et frappe à la porte.

— Maman !

Il tourne la poignée mais la porte est fermée.

— Maman ! Ça va ?

— Je le savais ! s'exclame Barbara d'une voix triomphante. Je le dis depuis le début.

— De quoi tu parles, maman ?

La porte s'ouvre brusquement et Barbara surgit dans le couloir, enveloppée dans une serviette éponge, une fine couche de masque purifiant sur le visage, des bulles de savon dégoulinant de son menton.

— Ils l'ont interpellée pour l'interroger en bonne et due forme, déclare Barbara.

Son masque se craquelle.

— Cette amie à vous. La mère. Je *savais* qu'elle cachait quelque chose.

19

ONZIÈME NUIT

Une vision m'obsède : on m'éventre.

Une lame longue et fine pénètre dans mon ventre, juste sous le nombril, sans résistance ; et remonte droit jusqu'au cœur. Je suis vide à l'intérieur. Aussi noirs que des cendres, mes organes sont poussière. J'effleure mon cœur et il s'émiette en millions de particules de suie, une poudre noire qui s'éparpille par terre et dans laquelle mes empreintes de pas s'impriment partout où je vais.

J'ai toujours été comme ça. Insupportable. Mon père le disait toujours quand j'étais petite fille. « Laisse-la tranquille », lui criait ma mère. « Comporte-toi mieux », me chuchotait-elle quand il n'était plus dans les parages. « Arrête de lui donner le fouet pour te faire battre. »

J'ai cru que je changerais en devenant mère, mais j'avais tort. Le bébé n'a fait qu'empirer les choses. Et maintenant, tout le monde va connaître la vérité sur mon compte. C'était inévitable, n'est-ce pas, qu'ils s'intéressent à moi ? Francie, cette imbécile de fouineuse qui se mêle de tout.

La couverture de Midas. Pourquoi est-ce que je ne m'en suis pas occupée plus tôt ? Pourquoi

Pourquoi

Pourquoi pourquoi pourquoi

Je perds les pédales. Il faut que je garde mon calme. Une voix hurle dans ma tête, comme à travers un mégaphone. Je visualise cette voix. Elle a des moustaches et porte un grand haut-de-forme, des lunettes rondes à monture d'acier, et des chaussures vertes qui remontent en pointe sur les orteils.

Hé ! Vous, madame, crie-t-elle dans le mégaphone. *Il faut rester calme. Ce n'est pas le moment de devenir hystérique.*

(Ha, ha, tu sais quoi, la voix ? J'ai réussi. Mon père affirmait que toutes les femmes le devenaient, et c'est précisément ce que je suis devenue. *Hystérique.*)

On va disparaître. Je sais que je n'arrête pas de le dire, mais cette fois c'est vrai. Demain. Le problème, c'est que... enfin...

Il n'y a plus d'argent. J'avais trop peur de vérifier mais je l'ai finalement fait. Hier. Sept cent quarante-trois dollars et douze cents. C'est tout.

Il a fallu que j'annonce la couleur à Joshua.

« Mais ne t'inquiète pas », ai-je ajouté hier soir ; je lui tournais le dos pour éviter de voir la surprise et la colère dans son regard. « Il en reste un peu. » (Pour la première fois depuis des mois je suis contente que le Dr H ne soit pas là. « Je vous l'ai dit des millions de fois : faites attention à cet argent », m'avertissait-il tout le temps, avec cet air de déception incarnée, comme si j'étais encore adolescente.)

Et aujourd'hui Francie m'a sautée dessus ; j'ai oublié l'argent, elle m'a rappelé d'autres problèmes plus importants. Et s'ils ne me croient pas ? J'ai enfin formulé cette question à voix haute hier soir. Et s'ils remettent en cause l'histoire qu'on a inventée ?

Et s'ils m'envoient en prison ?

Mais Joshua s'est contenté de regarder ailleurs. Il suffit d'évoquer cette possibilité et il est terrifié, je sais. Plus tard, pendant qu'on dînait en silence, j'ai bien compris à quoi il pensait.

Mademoiselle Je-Sais-Tout n'est pas capable de nous sortir de ce pétrin. Elle est experte en maths et elle n'a toujours pas résolu un problème pourtant simple, hein ? Savoir où aller, c'est quand même pas sorcier ?

Il n'y a plus de temps à perdre. Ils s'intéressent trop à moi maintenant. Tennessee. Montana. Alaska. On conduira jusqu'à ce qu'on sache où on veut aller, ou jusqu'à ce qu'on tombe en panne sèche. On se posera. Je trouverai un boulot. On louera une petite maison. Joshua aimerait quelque chose d'isolé, à l'abri des regards. Un endroit où on peut se fondre dans le décor, recommencer depuis le début. Un endroit où jamais personne ne nous trouvera.

C'est ce que je voudrais aussi. Enfin, je crois du moins, quand j'essaie de visualiser les choses. Un jardin à l'arrière. Quelques poules peut-être.

Un revolver à portée de main pour se protéger. Au cas où.

20

Douzième jour

À : Mères de mai
DE : Vos amies au Village
DATE : 16 juillet
OBJET : Conseil du jour
<u>VOTRE BÉBÉ A SOIXANTE-TROIS JOURS</u>
Cela fait neuf mois que vous avez accouché. Il est temps de parler ÉQUILIBRE. On sait comment c'est. S'occuper du bébé. Faire les courses. Retrouver sa ligne. Pour certaines d'entre nous, se préparer à retourner travailler. Ce n'est pas facile. Le mieux pour vous – et votre bébé –, c'est de faire votre possible pour trouver l'équilibre qui vous convient. Engagez peut-être une aide à domicile quelques heures par semaine, ou demandez à une amie de garder votre bébé le temps que vous alliez faire du sport. Dépensez peut-être un peu plus et faites-vous livrer vos courses. Trouvez ce qui fonctionne pour vous. Après tout, à maman heureuse, foyer heureux, c'est bien connu, non ?

Nell a l'impression d'avoir un corps de ciment, les jambes plâtrées. Elle l'entend pleurer, mais le bruit est étouffé. Le bébé est sous l'eau et l'appelle. Elle essaie de bouger, mais elle n'a pas assez de force.

— Nell.

Elle perçoit le parfum à la vanille de la crème pour les mains de sa mère et elle ouvre les yeux. Margaret est debout devant elle.

— Je suis en retard pour aller travailler ? demande Nell.

— Non. Il n'est pas encore sept heures.

Sa mère s'accroupit près d'elle.

— Je déteste te réveiller mais il faut que tu voies quelque chose.

Nell remarque l'expression de sa mère. Elle se redresse.

— Beatrice va bien ?

— Oui, ma chérie. Elle va très bien. Elle dort profondément. Sebastian vient de partir travailler. Mais viens dans le salon avec moi.

Nell s'extrait du lit encore chaud et suit sa mère dans le couloir. Margaret est arrivée la veille au soir ; elle avait quitté son travail dès le coup de téléphone de Nell, elle avait conduit quatre heures, de Newport à Brooklyn, sans s'arrêter. Elle dormait sur un matelas gonflable dans le salon, le baby phone près d'elle pour s'occuper de Beatrice afin que Nell et Sebastian puissent enfin dormir une nuit entière, ce qui ne leur était plus arrivé depuis la naissance du bébé.

La télévision est allumée dans le salon, et Nell voit Teb Shepherd, le maire, debout sur une estrade, se décalant d'un pas pour céder la place à Rohan Shah devant une rangée de micros.

Nell se tourne vers Margaret.

— Qu'est-ce qui s'est passé ?

Shah lève la main.

— Silence, s'il vous plaît, silence, déclare-t-il avant de s'interrompre pour saisir une petite bouteille d'eau et boire une gorgée. Hier soir, nous avons été amenés encore une fois à fouiller la voiture de Winnie Ross, et nous avons découvert une couverture de bébé bleue sous le capot du véhicule. La couverture correspond à la description de celle qui a été prise dans le berceau de Midas le soir de son enlèvement. Nos experts ont confirmé que l'ADN de Midas Ross avait été partiellement identifié sur les fibres textiles de la couverture, ainsi que des traces de son sang.

— Non, gémit Nell, la poitrine serrée.

— Pourquoi avez-vous fouillé encore une fois la voiture ? crie quelqu'un dans l'assistance.

Shah poursuit en élevant la voix.

— Vers six heures environ ce matin, Winnie Ross a été interpellée et inculpée dans l'affaire de la disparition de son fils, Midas Ross.

Nell pousse un petit cri et sa mère s'approche d'elle pour lui prendre la main.

— Est-ce que vous avez trouvé le corps ?

— Nous vous transmettrons plus de détails plus tard dans la journée. Pour l'heure, je souhaiterais remercier l'inspecteur Mark Hoyt pour sa diligence dans cette affaire. Et, bien sûr, saluer M. le maire. Vous ne leur avez pas fait de cadeaux, mais tous ceux qui ont planché sur ce dossier ont accompli un travail remarquable.

Shah rassemble ses papiers sur le pupitre.

— C'est tout pour l'instant, mesdames, messieurs. Merci.

Nell agrippe la main de Margaret en voyant à l'écran Winnie, qui sort sous escorte de l'arrière d'un 4 × 4 banalisé pour être emmenée au quartier général de la police de Lower Manhattan. Mains menottées derrière le dos, flanquée de deux hommes en uniforme, elle fixe les objectifs à travers ses mèches de cheveux sombres.

Elle pénètre dans le bâtiment, et le visage du présentateur la remplace à l'écran. Mais aussitôt, la séquence recommence depuis le début : Winnie qui sort du véhicule, marche vers le commissariat de police, lève un regard vide vers les caméras, le visage impassible.

*

Non. Francie berce Will, arpentant le couloir et répétant à voix haute.

— Non.

Elle s'empare de son téléphone sur le plan de travail et tape. Est-ce que vous recevez mes messages ? Il faut qu'on se parle. J'ai une idée.

Elle voudrait que Will cesse de pleurer. Elle a besoin de temps pour réfléchir. Elle entre dans la cuisine, soulagée d'être enfin seule. Lowell est parti à l'aéroport déposer sa mère. Francie n'a pas mangé depuis le déjeuner de la veille. Elle meurt de faim, mais rien ne la tente dans les placards. Elle ouvre le congélateur et saisit un paquet de maïs qu'elle pose sur sa nuque. Il fait une chaleur étouffante dans l'appartement – l'air est confiné –, et elle aimerait bien allumer la climatisation mais ce matin, Lowell lui a demandé à voix basse d'éviter de le faire pour limiter leur facture d'électricité jusqu'à ce qu'elle soit payée pour ses portraits ; oui, elle lui a menti en lui racontant qu'elle avait décroché quelques demandes.

— Non.

Elle prononce encore le mot, plus fort cette fois. Ils n'ont pas trouvé son corps. Il peut très bien être encore en vie.

La sonnette retentit à nouveau. Elle n'arrête pas de sonner depuis deux heures. Des journalistes en mal de déclarations. Mme Karan, sa propriétaire, lui a téléphoné plus tôt pour lui demander de les faire partir, en se plaignant qu'ils avaient renversé ses géraniums sur le perron. Francie consulte son téléphone, impatiente de recevoir une réponse de Nell et Colette, et tape à nouveau avec son pouce libre.

Je ne rigole pas. On devrait contacter Scarlett. Je crois qu'elle pourrait nous aider.

Cette femme sur son balcon que Francie a vue depuis la terrasse de Winnie, celle qui arrosait ses plantes : Francie pense qu'il s'agissait peut-être de Scarlett. D'emblée, elle n'en était pas sûre, mais la nuit dernière pendant que Lowell dormait dans leur lit et Barbara sur le canapé, elle s'est enfermée dans leur salle de bains et, dans la moiteur de la pièce sans fenêtres, elle a relu le carnet qu'elle range dans son tiroir à sous-vêtements, au cas où quelque chose lui aurait échappé. Une demi-heure plus tard, nue dans la baignoire, l'eau glacée de la douche tombant en pluie sur son dos et sa nuque, deux rideaux de cheveux plaqués sur ses joues, elle s'était souvenue d'un détail : le dernier moment de partage des Mères de mai quelques semaines plus tôt, lorsque Scarlett leur avait dit que Winnie était déprimée. Francie revoyait clairement la scène. Elles étaient assises sur les couvertures, en train de siroter le vin que Nell avait acheté. Scarlett avait avoué combien elle était inquiète au sujet de Winnie. Elles étaient voisines et s'étaient promenées ensemble à plusieurs reprises.

Francie dépose doucement Will dans la balancelle, glisse la tétine dans sa bouche, et programme la vitesse de bercements la plus rapide.

Winnie lui a peut-être dit quelque chose, tape-t-elle. Quelque chose qui pourrait aider.

Elle envoie son message, et son portable sonne aussitôt. C'est Colette. On dirait qu'elle pleure.

— Francie, il faut que tu arrêtes. Tu délires.
— Non. Pas du tout.

Francie se met à pleurer aussi.

— La couverture bleue. La police n'a pas fouillé la voiture de Winnie avant hier soir ?
— Non, ce n'est pas ce qu'ils ont dit. Ils l'ont fouillée une seconde fois. Quelqu'un...
— J'y ai pensé toute la nuit. Je n'ai pas fermé l'œil. Si Winnie s'est confiée à Scarlett au sujet de sa dépression, elle lui a peut-être parlé d'autre chose. Il y a peut-être un élément auquel personne ne pense...
— Non.

Francie perçoit l'impatience dans la voix de Colette.

— Écoute-moi, Francie. Je sais que c'est dur. C'est dur pour nous toutes. Mais je m'inquiète sérieusement.
— Oui. Moi aussi. Je m'inquiète...
— Non, Francie. Je veux dire : je m'inquiète sérieusement pour toi.
— Pour moi ? Mais il ne s'agit pas de moi...
— Il faut que tu te reposes, Francie. Tu n'es plus rationnelle. Tu as besoin...

— Mais ils n'ont pas dit qu'il était mort. Ils n'ont pas trouvé son corps.

Francie a la gorge tellement serrée qu'elle a l'impression d'étouffer.

— Il est peut-être encore vivant. Il n'est peut-être pas trop tard pour le sauver. Il a besoin de sa mère...
— Non !

Le mot transperce les oreilles de Francie.

— Il ne peut pas être avec sa mère, Francie. C'est sa mère qui lui a fait du mal. Il faut que tu l'acceptes. Tout est fini.

*

Francie jette le téléphone sur le canapé. *Fini ?*

La sonnette retentit derechef, puis elle entend des pas dans l'escalier. Quelqu'un frappe bruyamment à la porte. C'est Mme Karan, qui vient lui dire qu'elle ne peut plus vivre dans un tel remue-ménage. Elle préfère leur demander de partir. Elle les expulse : elle, Lowell, le bébé. Ils n'auront plus nulle part où aller.

— Francie ? Il y a quelqu'un ?

C'est une voix masculine.

Elle s'approche de la porte.

— C'est qui ?
— Daniel.
— Daniel ?

La tête lui tourne. Ce nom. Il lui rappelle quelque chose. *Daniel.*

Elle ferme les yeux et presse ses tempes. L'article qu'elle a lu. L'entretien que Winnie a accordé après le décès de sa mère. *J'ai pu compter sur Daniel. Il est la seule chose qui m'aide à surmonter la douleur.*

L'homme frappe plus fort.

Le petit ami de Winnie ? Il est ici, devant chez elle ? C'est Winnie qui l'envoie ? Avec un message peut-être... Quelque chose susceptible de la mener jusqu'à Midas ?

— Francie, ouvre. S'il te plaît. Il faut que je te parle.

Elle tourne le verrou et entrouvre la porte pour jeter un coup d'œil dans le couloir. Elle murmure :

— *Gonze* ?

*

— Tu étais son petit ami ?
— Oui, répond-il. Il y a longtemps.
— Et maintenant... Vous êtes *ensemble* ?
— Non, non. Pas du tout.

Will se met à pleurer et Francie se lève. Mais Gonze s'approche de la balancelle du bébé d'abord et le prend dans ses bras. Il le cale contre sa poitrine et arpente le salon.

Elle se rassied dans le fauteuil, tout en observant son bébé.

— Mais vous deux...
— On est très amis, c'est tout.

Il fixe le sol, évitant le regard de Francie.

— Après la mort de sa mère, elle m'a quitté. Elle s'est éloignée de tout le monde, moi y compris. J'ai fait tout ce que j'ai pu pour la faire changer d'avis, mais elle refusé de me voir.

— Je ne comprends pas. Pourquoi tu es venu ici ?

Il rit d'une étrange façon ; avec une certaine amertume presque.

— Je ne sais pas, à dire la vérité. Je voulais te voir, c'est tout. Tu es peut-être la seule à te rendre compte de ce qui se passe.

— Comment ça ?

— Ce n'est pas Winnie qui a fait ça.

Francie est tellement fatiguée ; son esprit est embrouillé. Elle n'aime pas que Gonze tienne Will dans les bras, mais elle est à nouveau prise de vertige.

— Ton arrestation. Qu'est-ce…

— Comment vous l'avez su ?

— On a vu ta photo d'identité judiciaire.

— C'est bien ce que je me disais. Vous l'avez trouvée en ligne. Mais pourquoi…

— Non. Pas en ligne. Quelqu'un nous l'a envoyée.

Il s'immobilise.

— L'a envoyée à qui ?

— À nous. Moi, Nell, et Colette.

— Comment ça, quelqu'un vous l'a envoyée ? Qui ?

— Je ne sais pas. C'est arrivé par la poste. Colette l'a reçue à son nom au secrétariat du maire. Il n'y avait pas d'expéditeur.

— Au secrétariat du maire ?

Il ferme les yeux.

— Je ne comprends pas.

— Qu'est-ce que tu as fait ?

— J'ai presque tué une personne.

Francie se lève et lui prend Will des bras.

— Sors d'ici. Tout de suite.

Elle se détourne, pour protéger Will.

— Je vais appeler la police.

— Non, Francie, écoute-moi. Ce n'est pas ce que tu crois. C'était pour protéger Winnie. Elle était en danger.

Elle baisse un peu sa garde.

— En danger ?

— Il y avait un type qui la harcelait.

— Oui, je sais. Archie Andersen. J'ai lu des trucs sur lui.

Gonze acquiesce.

— Winnie et moi, on était déjà séparés. Elle n'était pas au courant, mais, quand elle a repris le travail, je me suis mis à la suivre aux répétitions pour m'assurer qu'elle arrivait saine et sauve, qu'il ne la traquait pas. Winnie pensait qu'il l'avait oubliée, mais ensuite il a réapparu à l'enterrement d'Audrey. Ça l'a terrifiée. Je voulais être certain qu'elle était en sécurité.

— Et ?

— C'était son troisième jour de travail après la mort de sa mère. Il l'attendait au coin d'une rue ; elle venait juste de sortir du métro. Au début, je ne savais pas vraiment si c'était lui, mais je l'ai gardé en ligne de mire. Il l'a suivie à l'intérieur et après, il l'a empoignée pour l'obliger à monter l'escalier. Je me suis jeté sur lui en une seconde. Il ne m'a même pas vu venir. Je lui ai frappé tellement fort la tête par terre que je lui ai fissuré le crâne. Il est resté à l'hôpital pendant des semaines.

— Tu as fait de la prison ?

— Neuf mois. J'ai été accusé d'agression avec violence et j'ai plaidé coupable en échange d'une peine plus clémente. Un an de prison, mais je suis sorti avant pour bonne conduite. Le juge a accepté de traiter l'affaire à huis clos à la demande des avocats de Winnie, et on a réussi à éviter les fuites dans la presse. Winnie a quitté la série après ça. Elle a fait tout ce qu'elle pouvait pour que le public l'oublie.

— Il s'en est sorti ? Archie Andersen ?

— Suffisamment pour partir vivre en Virginie-Occidentale où il a tué un couple de personnes âgées dans un cambriolage qui a mal tourné. Il est en prison depuis onze ans.

Francie secoue la tête.

— Il n'y a rien eu là-dessus dans la presse.

Gonze lui adresse un coup d'œil.

— Ah bon ?

La bouche sèche, Francie embrasse le front of Will. Il est en prison.

— Pourquoi ne pas nous avoir dit, Winnie et toi, que vous étiez amis tout simplement ?

— Winnie n'aime pas parler d'elle.

Gonze s'assied sur le canapé.

— Tu l'as remarqué peut-être ? Après la naissance de nos enfants, elle m'a encouragé à venir aux moments de partage des Mères de mai. Mais elle m'a demandé de ne pas révéler notre histoire. Ça n'aurait suscité que des questions. Elle n'aime pas évoquer ces années-là.

— Je n'arrive pas à y croire. Tu as fait de la prison pour elle ?

— Oui.

Son visage s'assombrit soudain.

— Et je le referais sans hésiter. Je ferais n'importe quoi pour la protéger.

Il regarde par terre.

— Elle, et Midas.

Francie l'observe un moment.

— Écoute, dit-elle, prenant place près de lui. J'ai une idée. Ça m'est venu hier. Je crois que ça pourrait aider.

Il continue de fixer le sol mais Francie croit percevoir un changement dans son expression. Lorsque enfin il lève les yeux, il sourit.

— Aider Winnie ?

21

Treizième jour

À : Mères de mai
DE : Vos amies au Village
DATE : 17 juillet
OBJET : Conseil du jour
<u>VOTRE BÉBÉ A SOIXANTE-QUATRE JOURS</u>
Lorsqu'on a un bébé, tout le monde semble avoir un avis sur la question (Ah ! Et on sait de quoi on parle !). Comment faire ? D'abord, prenez ce que vous entendez avec des pincettes (ou une bonne grosse pince). Rien de tel pour saper votre confiance que vous remettre en question au moindre conseil. Même s'ils sont toujours bien intentionnés. Si nous aimons nos bébés plus que tout, beaucoup de gens (Oui, nous pensons à vous, grand-mère !) veulent s'assurer que le petit bout est entre de bonnes mains.

Colette caresse la lumière du soleil qui chauffe le cou de Charlie. La main de ce dernier est posée sur la taille de la jeune femme.
— Tu te rends compte que tu n'as quasiment jamais pleuré devant moi depuis quinze ans qu'on vit ensemble ?

Elle acquiesce et clôt les paupières. L'image de Winnie pénétrant dans le commissariat sous escorte repasse en boucle dans son esprit. Une nouvelle vague de chagrin la submerge.

— On aurait dû parler de ça plus tôt, déclare Charlie, l'attirant plus près de lui.

La veille, après avoir vu les nouvelles au sujet de Winnie, Colette a craqué, elle lui a tout avoué. Qu'elle avait photocopié le dossier de la police et volé la clé USB. Qu'elle avait tout fait pour garder la tête hors de l'eau, mais qu'elle s'inquiétait pour Poppy, qu'elle n'arrêtait pas de la surveiller, à l'affût de la moindre amélioration. Que c'était difficile de maintenir l'équilibre entre être une bonne compagne, être une bonne mère, et être un écrivain digne de ce nom.

— Qu'est-ce que tu veux faire ? lui demande Charlie.

— Je ne sais pas.

Poppy pleurniche dans le babyphone, et Colette se lève pour aller la voir, mais Charlie lui touche le dos.

— Laisse-la essayer de se débrouiller seule.

Colette se détend et revient près de lui.

— En fait, je mens. Je sais ce que je veux faire. Je veux faire en sorte qu'elle aille bien. Je veux juste être une maman pendant quelque temps. Après, je me remettrai à écrire. À écrire mes propres trucs.

Elle essuie ses larmes sur la taie d'oreiller.

— Même si mon cerveau ne fonctionne plus et que je n'ai pas de sujet pour l'instant.

Charlie sourit.

— Fais ce que font toutes les jeunes mamans. Écris sur ce que c'est qu'avoir un bébé.

— Il faut que je la prenne, fait Colette ; Poppy pleure à nouveau.

— Je vais y aller.

Il se redresse, tâtonne par terre pour trouver son caleçon.

— C'est samedi. Reste au lit. Dors.

Colette éteint le babyphone et replonge sous les draps. Elle sent l'odeur de Charlie sur son oreiller. Dehors, près de la fenêtre, les sansonnets se rassemblent sur l'escalier de secours pour manger à la mangeoire qu'elle a installée quelques jours plus tôt. Colette ferme les yeux : comme elle aimerait rester là toute la journée. Elle fait taire son chagrin et efface les images de Winnie menottée, même si elle sait que d'un moment à l'autre ils annonceront avoir retrouvé le corps de Midas.

Son téléphone sonne sur la table à côté d'elle. Elle voudrait l'ignorer mais elle ne peut pas.

Elle se redresse et tend la main.

— Salut.

— Tu es en chemin ?

Colette marque une pause.

— Non.

— Il est presque neuf heures. Tu viens toujours, n'est-ce pas ?

Colette se frotte les yeux.

— Nell, je ne sais pas trop. Je...

— Colette, non, coupe Nell. Ne fais pas ça. Tu as dit que tu serais là. On a promis toutes les deux.

Nell s'interrompt.

— Je ne plaisante pas, Colette. Il faut qu'on le fasse. On lui a promis de le faire.

Charlie fait du café tandis que Poppy roucoule gaiement dans le transat à ses pieds lorsque Colette pénètre dans la cuisine. Elle a enfilé sa robe jaune.

— Il faut que je sorte. Je n'en ai pas pour longtemps, lance-t-elle.

— Tu ne m'as pas dit ça, rétorque Charlie. Pour aller où ?

— J'ai un truc rapide à faire.

Elle l'embrasse.

— Je reviens très vite. Et tu sais ce qu'on fait ce soir ?

Il enlace sa taille et colle ses lèvres sur celles de Colette.

— J'ai une petite idée.

Elle rit.

— Ça, oui. Et je nous ai réservé une table pour dîner dehors.

— Nous trois ?

— Non. J'ai trouvé une baby-sitter.

— Tu rigoles ? Qui ?

— Sonya, la voisine. Tu savais qu'elle avait été la nounou de deux jumeaux pendant deux ans ?

Il incline la tête.

— Évidemment. Et merci. Ça va être sympa.

Il l'embrasse lentement.

— Prends un parapluie, il commence à pleuvoir. Et reviens vite.

*

Nell attend devant le Spot, un journal dégoulinant sur la tête pour se protéger de la pluie, un café frappé à la main.

— Désolée, je suis en retard, fait Colette.

— Viens.

Nell vide son gobelet de café et le jette dans la poubelle toute proche.

— Francie m'a déjà téléphoné trois fois.

Colette accélère l'allure pour emboîter le pas de Nell, sachant que c'est la seule chose à faire. Francie s'est pointée chez Colette tard la veille au soir. Elle avait les yeux gonflés et les mots sortaient de sa bouche en rafales : Gonze était venu la voir, il lui avait révélé que Winnie avait été sa petite amie au lycée. Francie lui avait confié ce que Scarlett avait dit au dernier moment de partage des Mères de mai, à propos de la dépression de Winnie. Et Francie était persuadée que Scarlett était la femme qu'elle avait vue sur le balcon depuis la terrasse de Winnie.

— Il pense que je devrais parler à Scarlett, avait dit Francie à Colette. C'est vraiment une bonne idée, selon lui. Mais je lui ai envoyé plusieurs e-mails et elle ne répond pas. Gonze me conseille de suivre mon instinct et de continuer d'essayer. Il faut absolument que je lui mette la main dessus. Quitte à lui déposer un mot dans sa boîte aux lettres. On pense tous les deux que c'est peut-être notre dernier espoir de retrouver Midas et d'aider Winnie.

— Francie, mais c'est une idée complètement dingue ! s'était exclamée Colette.

— Non. On ne s'est même pas rendu compte que Winnie était dépressive. En plus, elle fait partie de ce genre de femmes. Celles qui savent toujours quoi faire. Je te jure. Il faut qu'on lui parle.

Colette n'avait pas été capable de se débarrasser du regard désespéré de Francie, et elle y songeait encore tout en se hâtant de marcher aux côtés de Nell.

— OK, alors c'est quoi, le plan ? fait Nell.

— On va l'accompagner et elle va déposer sa lettre ; et ensuite, je suggère qu'on aille boire un café. Là, on parlera à Francie, on lui dira qu'on est vraiment inquiètes pour elle.

— Je me passerais bien de la première partie pour passer directement au café. Imagine ce que Scarlett va penser quand elle lira la lettre ?

— Je sais, c'est ridicule, mais je ne peux pas faire mieux.

Un coup de tonnerre retentit alors qu'il se met à pleuvoir plus fort. Colette se rapproche de Nell pour s'abriter sous son parapluie.

— J'ai parlé à l'éditrice de Charlie. Elle a traversé exactement la même chose après la naissance de son premier enfant. Elle m'a donné le nom de trois psychologues.

— Bien, souffle Nell. Si Francie refuse de prendre rendez-vous, on appellera Lowell. Il faut qu'il comprenne que le problème est plus profond qu'il ne le croit.

Elles tournent au coin de la rue, et Colette aperçoit Francie qui attend devant un immeuble au bout du pâté de maisons. Quelqu'un se tient près d'elle sous son parapluie.

— C'est Lowell ? demande-t-elle.

Nell plisse les yeux.

— C'est Gonze. Elle t'a dit qu'il serait là ?

— Non. Je croyais qu'on serait juste nous trois.

— Vous êtes en retard, leur lance Francie comme elles arrivent à leur hauteur.

Elle brandit une enveloppe.

— Vous voulez lire ? Gonze...

Elle se tourne vers lui.

— Excuse-moi. *Daniel* trouve que ça va.

— Je suis sûre que c'est bien, approuve Colette. Qu'est-ce que tu as écrit ?

Francie lèche l'enveloppe et la ferme.

— Ce dont je t'ai parlé hier soir, c'est tout. Qu'on se demande si elle sait quelque chose qui pourrait aider.

— Super, fait Colette.

Francie inspire profondément et grimpe les quelques marches du perron. Gonze s'approche de Colette.

— Ça ne t'embête pas ? demande-t-il, désignant de la tête son parapluie.

Colette et Nell se serrent pour lui faire une place. Son épaule effleure celle de Colette et celle-ci sent son souffle dans son cou tandis qu'ils observent Francie, penchée sous son propre parapluie, qui examine les boîtes aux lettres.

— J'avais raison ! C'est son appartement, s'exclame-t-elle, précisément à l'instant où une femme ouvre la porte d'entrée de l'intérieur, heurtant la hanche de Francie.

— Oh, excusez-moi, dit la femme.

Et elle maintient la porte ouverte.

— Vous entrez ?

Francie jette un coup d'œil en arrière à ses acolytes, et Colette secoue la tête.

— Non. Laisse-la, c'est tout...

Francie franchit le seuil.

— Oui, merci.

— Nom de Dieu, lâche Nell à mi-voix.

— On y va, riposte Colette alors que Francie disparaît dans l'immeuble.

Colette se précipite sur le perron, Nell sur les talons, et saisit la porte avant qu'elle ne se referme.

— Tu viens ? lance-t-elle à Gonze.

— Non, répond-il en mettant sa capuche. C'est mieux que je reste ici, je crois. Au cas où.

— Oui, tu n'as qu'à faire le guet, réplique Nell.

Puis, chuchotant exagérément, elle ajoute :

— Si on n'est pas revenues dans trois jours, appelle la police.

Colette et Nell pénètrent dans le hall.

— Francie ! s'écrie Colette en direction de la cage d'escalier recouverte de moquette. Laisse la lettre et partons.

— Je n'ai vraiment pas le temps pour ce genre de truc, renchérit Nell se dirigeant vers l'escalier. Ma mère part aujourd'hui.

Colette suit Nell jusqu'au deuxième étage où elles trouvent le parapluie mouillé de Francie appuyé contre le mur près d'une porte ouverte. Colette entre dans l'appartement directement dans une petite cuisine. Des cartons empilés, portant des inscriptions en lettres majuscules, sont soigneusement alignés dans le couloir : BATTERIE DE CUISINE. DRAPS. ASSIETTES. Des biberons, des vitamines prénatales, des herbes chinoises et des boîtes de tisane favorisant la lactation encombrent le plan de travail.

Francie se tient dans le salon, qui est simplement séparé de la cuisine par un îlot recouvert de carrelage blanc, et inspecte les lieux.

— Comment est-ce que tu es entrée ? lui demande Nell.

— La porte... Elle s'est ouverte toute seule.

Colette regarde la poignée qui est abîmée ; elle remarque aussi une vis par terre.

— Francie, tu es entrée par effraction ?

— Non. La poignée a tourné toute seule.

— Trop, c'est trop, décrète Colette. Laisse la lettre dehors.

— Je vais le faire, répond distraitement Francie, passant devant Colette pour s'engouffrer dans le couloir où gisent les cartons avant de s'éloigner vers la chambre. Attends une minute.

Colette soupire, puis s'aperçoit que Nell est en train de feuilleter un carnet sur le plan de travail.

— Regarde ça, murmure-t-elle. C'est un diagramme qui indique tous les repas et les changes du bébé.

Elle tourne une page.

— Mon Dieu, elle note même toutes les fois où elle entend un rot.

— Tu ne le fais pas, toi ? interroge Colette.

— Oh, si, réplique Nell. Mais seulement les rots de Sebastian. J'ai tout une étagère de carnets.

Francie réapparaît dans la cuisine mais poursuit son chemin.

Sans un mot, elle ouvre la porte-fenêtre et sort sur le balcon. La balustrade est ornée de pots de fleurs et d'aromates ; il y a même quelques jeunes plants de tomates. Pendant quelques instants, Francie scrute le jardin, puis elle regagne le salon, les cheveux humides de pluie. Elle jette un coup d'œil dans un placard situé juste avant la cuisine.

— Vous croyez qu'elle a planqué une caméra ?

— Non, répond Colette.

Elle s'approche du placard et ferme la porte.

— C'est impossible.

Colette prend Francie par les épaules.

— Laisse la lettre. C'est tout ce que tu peux faire.

Nell s'approche à son tour.

— Colette a raison, Francie. Allons au Spot. Ça a été dur ces derniers jours. C'est moi qui offre les muffins aujourd'hui.

Nell pince le bourrelet de chair à sa taille.

— Tu as vu ça ?

Francie s'essuie le nez.

— Vous pensez qu'elle va appeler quand elle verra la lettre ?

— Oui, je crois, répond Colette. Tu fais ce qu'il faut. Mais allons-y.

Francie approuve.

— J'ai laissé mon sac dans la chambre.

Elle s'éloigne à nouveau dans le couloir et Colette s'avance vers la porte-fenêtre pour la fermer.

Nell se tourne vers le couloir :

— Ça craint si j'utilise ses toilettes ? Je n'aurais pas dû boire ce café.

Mais soudain son expression se fige, et elle se dirige vers la porte d'entrée.

— Qu'est-ce qui se passe ? lance Colette.

Nell brandit une main.

— Écoute.

Colette entend alors un bébé qui pleure.

— Ce ne peut pas être elle, chuchote-t-elle.

— Je sais. Elle est partie, n'est-ce pas ?

— Chuuuut, bébé. Chuuuuut.

Des pas montent rapidement les marches.

— On est presque arrivés.

— Oh, mon Dieu, murmure Nell, s'emparant du bras de Colette. C'est elle. Elle est de retour.

Colette suit Nell dans le couloir et elles s'engouffrent toutes deux dans la chambre en refermant la porte derrière elles. Elles entendent Scarlett entrer dans la cuisine.

— Qu'est-ce qu'on fait maintenant ? interroge Nell.

— Je ne sais pas.

Nell fonce vers la fenêtre.

— Est-ce qu'il y a un escalier de secours ?

— Francie, dit Colette. Tu es avec nous, là ? Elle est rentrée.

Mais Francie ne semble pas l'entendre. Elle se tient devant un bureau dans un coin de la pièce et fouille dans un tiroir, le regard vide. Scarlett chante dans la cuisine.

— *Petit escargot porte sur son dos, sa maisonnette. Aussitôt qu'il pleut, il est tout heureux...* OK, mon chéri. C'est l'heure de manger. Chuuuuut. Maman est là. On va d'abord changer ces vêtements mouillés, d'accord ?

La porte de la chambre s'ouvre, et le cri perçant de Scarlett envahit l'espace.

*

— Colette.

Les cheveux mouillés de Scarlett lui tombent dans le dos, son visage est figé par la peur. Elle fixe Nell et Francie, enlaçant son bébé qui gigote sous la capuche anti-pluie de son porte-bébé.

— Qu'est-ce que vous faites ici ?

Colette rit nerveusement.

— Scarlett. Mon Dieu, quelle honte. Nous sommes vraiment désolées. C'est...

Francie avance d'un pas.

— On est ici pour Winnie.

— Winnie ? Je ne comprends pas. C'est au sujet des e-mails que tu m'as envoyés ?

— Oui. Tu ne m'as pas répondu. Qu'est-ce que tu voulais que je fasse ? Il fallait bien que je vienne.

L'inquiétude transparaît dans la voix de Francie et une lueur d'égarement brille dans ses yeux. Soudain, Colette songe : où est Gonze ? Pouquoi est-ce qu'il ne les a pas prévenues du retour inopiné de Scarlett ?

— Franchement, Francie, si je t'avais répondu, je t'aurais demandé d'arrêter. Le nombre d'e-mails que tu m'as envoyés. C'est un peu perturbant.

— Je t'ai vue l'autre jour, sur ton balcon, quand j'étais chez Winnie.

— Sur mon balcon ? Comment ça ? On était absents.

— Non, je t'ai vue, rétorque Francie. Tu arrosais tes plantes.

Scarlett secoue la tête.

— OK...

— Winnie s'est confiée à toi, coupe Francie. C'est ce que tu nous as dit au dernier moment de partage. Elle a avoué qu'elle se sentait déprimée.

Le bébé de Scarlett pleure doucement ; il a faim. Elle se met à le bercer sur place.

— Oui, et…

— Et tu étais chez toi ce soir-là, n'est-ce pas ?

Son ton est sec.

— Avec tes beaux-parents ?

— J'ai dit aux enquêteurs tout ce que je savais.

Scarlett se tourne vers Colette et Nell.

— Je regrette, mais ce que vous faites… Les e-mails à répétition. Et maintenant ça, venir ici, entrer par effraction chez moi… Vous dépassez les bornes.

Elle est en colère à présent.

— Sans compter que c'est illégal.

Colette sent une bouffée de chaleur monter dans son cou.

— Scarlett, nous sommes désolées. Nous voulions juste te laisser une lettre…

— Et comment est-ce que vous êtes entrées d'ailleurs ?

— Ta porte… elle n'était pas fermée, répond Francie.

— Ma porte était ouverte ?

Elle rougit.

— Qu'est-ce que je suis bête.

— Nous ne voulions pas…

Colette s'efforce de garder son calme.

— Nous…

— On n'avait pas l'intention d'entrer chez toi, intervient Nell, s'approchant de Francie pour poser une main sur son bras. Et si on partait ? On va te laisser tranquille.

Les pleurs du bébé de Scarlett s'intensifient. Elle fait volte-face pour regagner la cuisine.

— Bonne idée.

Colette soupire malgré elle.

— Allez.

Nell pousse Francie vers la porte, mais celle-ci se dégage et retourne vers le bureau.

— Francie, siffle Nell. Ce n'est plus drôle. Allez, viens.

Francie s'empare en silence d'une pile de papiers dans le tiroir du haut et la leur tend.

— « Remèdes naturels pour soulager l'engorgement mammaire », « Six trucs pour aider bébé à faire ses nuits ».

— Francie, allez...

Francie leur montre les pages suivantes, des sorties papier d'articles trouvés en ligne.

GWENDOLYN ROSS ARRÊTÉE DANS L'AFFAIRE DE LA DISPARITION DE SON FILS

LACHLAN RAINE RECONNAÎT AVOIR EU UNE AVENTURE AVEC ELLEN ABERDEEN, SA STAGIAIRE AU DÉPARTEMENT D'ÉTAT

Francie feuillette à nouveau la pile. C'est l'e-mail de Nell. Le Lama en fête. 20 heures le 4 juillet. Il faut que tout le monde vienne, et surtout Winnie. Nous n'accepterons aucun refus.

Francie ouvre alors un carnet, les mains tremblantes. Et elles lisent toutes trois ce qu'elles ont sous les yeux.

Et s'ils ne me croient pas ? J'ai enfin formulé cette question à voix haute hier soir. Et s'ils remettent en cause l'histoire qu'on a inventée ?

Et s'ils m'envoient en prison ?
Mais Joshua s'est contenté de regarder ailleurs.
Il suffit d'évoquer cette possibilité et il est terrifié, je sais.

Francie tourne la page, et une poignée de papiers pliés tombe par terre à leurs pieds. Nell les ramasse et les déplie.
Les photos d'identité judiciaire de Gonze. En trois exemplaires.
Colette ferme les yeux. Elle n'entend que le bruit de la pluie tambourinant sur la lucarne au-dessus de leur tête.
— Oh, mon Dieu, souffle Nell.
Colette ouvre les paupières.
— *On y va*, articule Francie en silence.

*

Scarlett est debout dans l'embrasure de la porte. Le bébé pleure de plus belle.
— Il a faim, on dirait, lance Francie. Est-ce que je peux t'aider ?
— Tu peux partir, réplique Scarlett. Mon mari est en train de garer la voiture et il va être de retour d'un instant à l'autre. Et croyez-moi, il ne va pas être aussi compréhensif que moi.
Colette s'avance vers la porte. Elle s'imagine déjà dévalant l'escalier, courant sur le trottoir sous la pluie pour retrouver Charlie et Poppy. Comme si rien de tout cela n'était vrai. Mais elle croise alors le regard de Nell, puis celui de Francie, et instinctivement elle s'approche de Scarlett.

— Qu'est-ce que tu fais ? lance Scarlett, les mains sur la tête du bébé.

Colette s'empare de la capuche du porte-bébé. Scarlett se détourne, mais Colette aperçoit les cheveux du nourrisson, puis elle voit son visage.

— Midas, dit Francie dans son dos tandis que Scarlett part brusquement vers la cuisine.

Colette la suit, les jambes flageolantes.

Le bébé hurle. Colette s'approche à nouveau de Scarlett et glisse les mains dans le porte-bébé pour saisir l'enfant. Elle sent Scarlett qui se penche vers l'évier, et voit le couteau dans son poing.

En un éclair, une douleur virulente lui irradie le flanc. Elle entend la voix de Nell. Elle voit le visage de Poppy.

Puis, tout devient noir.

*

Je pose le couteau sur la table.

Francie reste immobile. Nell est agenouillée près de Colette qui s'est effondrée par terre. Le bébé crie sur ma poitrine.

— Voilà, regardez ce que vous avez fait, dis-je en baissant les yeux vers lui. Vous avez contrarié Joshua.

— Scarlett, qu'est-ce que tu...

Francie s'approche de moi.

— Donne-le-moi. Donne-moi Midas.

— Midas ? Midas est mort. Il s'appelle Joshua.

Mon bébé a les yeux terrifiés ; je lui chuchote :

— Ne t'inquiète pas, mon chéri. Ça va aller.

La pièce commence à vaciller. Les particules de poussière brillent dans l'air. Elles sont là en visite.

C'est chez moi qu'a lieu le moment de partage des Mères de mai.

Nell pleure, le portable collé à l'oreille. Il faut que je réfléchisse. Et vite. Je me dirige vers elle et lui arrache l'appareil de la main.

— Non ! Rends-le-moi.

Elle panique complètement.

— Il faut qu'on appelle les secours.

Je dépose le téléphone dans l'évier, et allume le robinet.

— Pas de coups de téléphone pendant nos moments de partage, mesdames. C'est malpoli.

Je me tourne vers Francie.

— C'est valable pour toi aussi.
— Pour moi aussi ?
— Oui.

Je tends la main, paume ouverte.

— Donne-moi ton portable.

Francie met la main sur la poche arrière de son short ; toujours le même short Old Navy vert pomme, maculé de taches de lait, et qui lui va comme un sac. La pauvre fille.

— Mon téléphone ? Je ne…

Je m'avance vers Colette, fait pivoter Francie en enfonçant mes ongles dans son biceps flasque, et m'empare de son portable qui se trouve effectivement dans sa poche arrière. Je le lance dans l'évier pour qu'il rejoigne celui de Nell, puis je vais arroser le tout de produit à vaisselle bleu. Aussitôt, les appareils disparaissent sous un nuage de bulles. J'aperçois mon reflet dans la vitre du placard : j'ai des poches sous les yeux et ma coiffure ne ressemble à rien. Je suis horrible.

Je me tapote les joues pour me redonner des couleurs et arrange un peu mes cheveux. J'aurais vraiment dû faire un effort pour ce moment de partage. Je sais à quel point l'apparence compte pour ces bonnes femmes.

— Désolée, fais-je en regardant Francie. Je ne voulais pas te bousculer. Joshua est un peu grognon en ce moment et ça commence à me taper sur le système. Mais vous savez ce que c'est, les filles, hein ?

Je me dirige vers la porte de mon appartement, remets tant bien que mal le verrou en place, et accroche la chaîne de sûreté. Je m'agenouille ensuite et, prenant mon courage à deux mains, je pousse une pile de cartons devant la porte. En me relevant, la tête me tourne un peu.

— Pas la peine d'aller au parc avec cette pluie, je dis en me dirigeant vers le réfrigérateur. On n'a qu'à rester ici. C'est plus confortable. En plus, il faut que je donne à manger à ce bébé.

Je prends un biberon de lait maternel congelé ; j'arrive presque à la fin de la réserve que j'ai pu tirer avant que mon lait ne tarisse. J'aurais dû être plus disciplinée là-dessus, je sais. J'aurais dû mettre mon réveil en pleine nuit pour tirer plus de lait, prendre plus de plantes, boire plus de cette affreuse tisane qui favorise la lactation. Encore une fois, j'ai merdé.

— Assieds-toi, j'ordonne à Francie en posant le biberon dans le four à micro-ondes. Et s'il te plaît, ne me dis pas que réchauffer le lait maternel au micro-ondes détruit toutes ses cellules immunitaires. Je sais. J'ai lu les mêmes livres que toi. Mais j'ai choisi d'adhérer à ma propre philosophie en matière d'éducation. Ça s'appelle « Mères : allez toutes vous faire foutre ».

Je ris et jette un coup d'œil à Colette, immobile dans une flaque de sang sur le carrelage de la cuisine.

— Tu pourrais peut-être écrire un bouquin là-dessus pour quelqu'un, je lui lance.

J'emporte le biberon dans le canapé. Puis, quelque chose me frappe :

— Attendez. Où sont vos bébés ?

Francie reste silencieuse, et soudain son expression change. Elle semble se ressaisir.

— C'est le jour des mamans ! s'exclame-t-elle en s'installant près de moi, les yeux rivés sur Joshua. Tu te rappelles ? On avait dit pas de bébé. Pas vrai, Nell ?

— Le jour des mamans ?

Je dégage la tête de Joshua du porte-bébé et je lui fourre la tétine dans la bouche.

— C'est bizarre. J'ai dû raté cet e-mail. J'espère que vous n'avez pas faim, c'est tout. Je n'avais pas prévu cette petite réunion.

Par terre, Colette gémit, et je m'aperçois que Nell presse l'un de mes torchons favoris sur la plaie à sa taille.

— Tu as apporté des muffins ? je lance à Colette.

Nell est blafarde.

— Des muffins ?

— Ce n'est pas son truc, d'habitude ? Elle se ramène toujours avec des muffins, et nous avec notre ennui.

Joshua se tortille sur ma poitrine et j'ôte la tétine de sa bouche. Il rote. Enfin à peine un rot, mais je le compterai comme tel. Je me lève pour aller le consigner dans mon carnet mais décide en fait de me rasseoir. Je le ferai plus tard, quand elles seront parties.

— Bon, et si on se faisait un café ? suggère Francie.

— Un café ? Et l'engorgement ? Je t'ai dit que la caféine empirait les choses.

— Je sais. J'ai arrêté. Will boit du lait maternisé maintenant.

— Du lait maternisé ? Vraiment ? C'est dommage.

Joshua m'observe. Il est inutile de continuer d'éviter son regard, je le sais. Instantanément, je perçois le reproche, la colère dans ses yeux. Il ressemble tellement à son père. À me demander sans cesse comment j'ai fait pour en arriver là, pourquoi je ne m'y suis pas mieux prise pour éviter cette situation comme j'avais promis de le faire. Je regarde ailleurs.

— Du café ? Attendez une minute.

Je regagne la petite cuisine et ouvre les placards.

— Non. J'ai déjà mis la cafetière dans les cartons. Il va falloir qu'on se contente de la tisane d'allaitement. Bon, où sont les tasses maintenant ?

Je mets de l'eau à chauffer, et en farfouillant dans un carton devant la porte, je tombe sur la tasse ringarde CAPE COD, L'ENDROIT RÊVÉ DES AMANTS que le Dr H m'a achetée pour rire ; sur une aire de repos durant notre premier week-end ensemble il y a deux ans. La première fois que nous avions fait l'amour ailleurs que sur le sol de son bureau avec l'enregistrement de bruits blancs à fond au cas où le patient suivant arrive en avance. Le week-end où pour la première fois il m'a dit qu'il m'aimait. Bien avant que je ne comprenne le monstre qu'il était.

Au fond du placard, je déniche un pot intact de cornichons et une boîte de haricots noirs. J'ouvre les cornichons, transvase les haricots dans un saladier propre et lorsque l'eau bout, je prépare les tisanes et apporte le tout sur la table basse du salon.

— Super ! s'extasie Francie, mais son expression ne montre pas qu'elle me sait gré de mes efforts.

La connaissant, elle doit trouver minable que je n'aie pas fait au moins un gâteau. Elle prend sa tisane.

— Bon, comme tu le sais, on commence toujours nos moments de partage de la même manière, poursuit-elle.

— Tu veux que je raconte mon expérience de la naissance, c'est ça ?

Je ris.

— C'était mon idée, non ?

Francie acquiesce.

— Et comme c'est toi qui reçois, on t'écoute.

J'insiste pour que Joshua accepte la tétine accrochée à son tee-shirt.

— OK. J'ai accouché le jour de la fête des Mères. Je me suis allongée pour faire une sieste...

— Non, coupe Francie. Avant ça. Commence par la grossesse.

— Ah, d'accord. Voyons... Le Dr H ne voulait plus d'enfant. Il a prétendu que je l'avais piégé, mais je prenais la pilule. Je fais partie du un pour cent.

Je ris.

— Pas cet un pour cent là. L'autre. Celui qu'on met en garde dans la notice de la pilule contraceptive.

— Le Dr H ?

— Mon psychanalyste. Le père de Joshua. En parlant de lui, j'ai dit que c'était mon amoureux une fois.

Je fais la moue en me souvenant de ce moment dans le bar du Queens, près de l'hôtel où l'on se retrouvait parfois.

« Mon amoureux va prendre un autre whisky sour, s'il vous plaît », j'ai fait à la barmaid ce soir-là, une femme dans les soixante-dix ans avec des boucles d'oreilles en toc qui déformaient ses lobes.

Derrière elle, un gobelet en polystyrène plein de mégots imbibés d'eau traînait entre les bouteilles poussiéreuses de vodka aromatisée.

Elle s'est retournée pour préparer le cocktail et hors de lui, il m'a murmuré :

« Ne m'appelle plus jamais comme ça. »

Sa main agrippait ma cuisse à tel point qu'il m'a laissé cinq marques de doigts violettes que j'ai découvertes plus tard en me déshabillant devant lui.

« On n'est pas des putains d'adolescents », a-t-il ajouté.

— Il est marié, j'explique à Francie. Mais on était ensemble depuis deux ans.

Je lève les yeux au plafond.

— Enfin, par intermittence.

Francie hoche la tête.

— C'est lui qui gare la voiture en ce moment ? Ton mari ?

— Hmm ?

Ah oui, c'est vrai, j'ai dit ça tout à l'heure.

— Non. Je n'ai pas de mari.

— Donc le Dr H…

— On ne se parle plus depuis des mois, depuis que je lui ai annoncé que j'allais garder Joshua. Il est un peu dingue. Trouble de la personnalité narcissique à mon avis. Ces gens-là ont du mal à aimer. C'est lui qui m'a appris ça en fait. « *La seule personne que votre père était capable d'aimer, c'était lui-même.* » C'est ce que disait toujours le Dr H, mais je vous jure, il aurait pu parler de lui.

Contre toute attente, je sens une boule grossir dans ma gorge. Le sujet n'est pas facile pour moi.

— Bref, mes parents n'étaient pas les meilleurs modèles qui soient, et je n'avais pas prévu d'avoir d'enfant. Mais ensuite Joshua s'est annoncé et je n'ai jamais rien désiré de plus au monde. Dès l'instant où la petite croix rose est apparue, j'ai eu l'impression de le connaître.

Je caresse le dos de Joshua, en songeant à cette époque, quand je nageais dans le bonheur en le sentant grandir en moi. Quand je lui lisais des histoires dans la baignoire. Quand je l'emmenais se promener le matin à la nouvelle aire de jeux en lui promettant de revenir avec lui en porte-bébé un jour. Je marchais pieds nus dans le bac à sable, l'imaginais en train de ramasser des cailloux, d'apprendre à grimper aux arbres. Tous les trucs que les gosses sont censés faire.

— Il gigotait tellement. Les coups de pied qu'il m'envoyait. Toujours à me dire ce qu'il voulait.

Je ris en rajoutant une pincée de sucre dans ma tisane.

— Vous vous souvenez comme ils nous parlent quand ils sont dans le ventre ?

À voir le vide sur le visage de Francie, je comprends que je me suis égarée.

— Désolée. Le Dr H me disait toujours que je parlais trop et que je courais le risque d'ennuyer les gens à mourir.

Je presse mes tempes pour tenter d'organiser mes pensées, de me concentrer sur ce que je raconte, non pas sur la façon dont Joshua m'observe.

— Allez, concentre-toi, Scarlett, je dis.

Je souris à Francie.

— Je savais précisément comment je voulais accoucher. Tu sais, sans péridurale, peau à peau instantané, éventuellement le saupoudrer de poudre de fée naturelle mais ne surtout pas le nettoyer avant de me le donner dans les bras. Le truc, c'est que le jour J personne n'a semblé s'intéresser à mon projet. Avant même que je ne puisse le toucher, ils me l'ont pris pour le mettre sur une espèce de petite table à roulettes avec plein de lumières et de tubes.

« Je ne me souviens pas du nom du docteur mais je me rappelle très bien qu'elle hurlait, qu'elle aboyait ses ordres aux autres. Ensuite, elle a attaché toutes sortes de fils à Joshua et l'a emporté hors de la pièce. Je n'ai même pas pu voir son visage pour me rendre compte s'il ressemblait ou non à ce que j'avais imaginé.

L'autre médecin était resté avec moi et me disait qu'il fallait recoudre là où ils avaient ouvert. « *Allongez-vous, maman. Il faut qu'on prenne soin de vous d'abord.* »

— Tu veux un cornichon ?

Je tends le bocal à Francie.

— Non ? Nell ?

Les yeux de Nell sont gonflés. Elle secoue la tête.

— Bref, encéphalopathie hypoxo-ischémique. C'est ce que le médecin m'a dit. En d'autres termes, il a manqué d'oxygène à la naissance. Ou si vous préférez, mort fœtale. *Mort fœtale.* Ça pourrait être le nom d'un groupe de punk féminin, non ?

Je me mets encore à rire et m'aperçois que j'ai du mal à m'arrêter.

— Désolée, je dis enfin, je ne trouve pas du tout ça drôle en fait. Pour vous parler franchement, je suis tellement rongée par la culpabilité. J'ai fait *tellement* attention pendant ma grossesse. J'ai fait tout ce que j'ai pu pour le protéger. Je ne sais pas ce qui s'est passé. Je ne voulais pas lui faire de mal…

Francie touche ma cuisse.

— Scarlett. Tu ne pouvais rien…

— Bref, je fais, en me levant pour fuir la pitié qui suinte sur son visage. Une autre femme est venue me demander si je voulais prendre mon fils dans mes bras avant qu'ils ne se chargent de son petit corps. Je ne savais pas si j'avais envie de faire ça. « C'est ce que les gens font ? » je lui ai demandé. « Oui », elle a répondu. « Pour tourner la page. » C'est l'expression qu'elle a employée. Quelqu'un avait pensé à lui mettre un bonnet avant qu'ils ne me l'apportent. Comme si c'était encore utile de faire attention à ce qu'il ne prenne pas froid.

Je m'interromps pour avaler quelques haricots froids. Je me rends compte que je suis affamée. Je ne me souviens même pas de la dernière fois que j'ai mangé.

— Ils m'ont précisé que j'avais quarante-huit heures pour déclarer sa mort. Je ne l'ai jamais fait. À dire la vérité, ça me stresse un peu. Vous pensez que c'est un délit ?

Je me dirige vers la porte-fenêtre pour l'ouvrir. J'ai besoin d'air. En berçant Joshua, je m'empare des jumelles sur l'étagère et observe la maison de Winnie au-delà des jardins humides. Comment va-t-elle ? Je ne l'ai pas vue depuis deux jours, depuis que Daniel est venu la voir. Je l'ai surpris en train d'ouvrir les rideaux, de lui préparer à manger. Il s'est assis près d'elle sur le canapé et lui tendait des mouchoirs en papier qu'il sortait un par un de la boîte posée sur ses genoux. Elle n'a pas touché à l'assiette qu'il avait placée sur la table basse.

Ah oui, c'est vrai, je me dis en reposant les jumelles à leur place. Elle n'est pas chez elle. Ils l'ont mise en prison.

Je me tourne vers Francie.

— Bref, c'est tout.

Je ris.

— Voilà, mon expérience de la naissance. Je suis bien contente que mon tour soit passé. J'ai voulu me lancer l'autre soir quand Winnie a refusé. Mais je ne sais pas, je me suis sentie timide.

— Quel soir ? interroge Nell.

— Le soir du 4 juillet. Au Lama en fête.

— Tu étais là ?

— Oui. Je suis restée à l'intérieur au début, au comptoir. Je vous observais. Je voulais me joindre à vous, mais c'était bizarre. Je n'ai jamais vraiment eu l'impression d'avoir ma place dans ce groupe. Ensuite, j'ai rencontré ce type.

Je l'ai vu, debout au comptoir, qui me fixait. J'ai tout de suite compris ce qu'il voulait. Je venais de le voir tenter sa chance avec Winnie. Le regard insistant. Le sourire. Sa manière de reluquer mon corps quand il s'est finalement approché. Winnie l'avait envoyé bouler immédiatement, mais je n'ai pas pu résister.

— J'ai accepté qu'il m'offre un verre, je dis à Francie. Et de fil en aiguille...

J'ai senti ses mains sous ma robe dans les toilettes. Il m'a suppliée de le suivre chez lui. Si seulement j'avais dit oui. Je soupire et secoue la tête.

— Ça faisait un moment.

Francie reste immobile.

— Il portait une casquette rouge ?

— Difficile de ne pas le remarquer, hein ? Il était tellement beau. Mais ouais, il portait cette stupide casquette rouge.

— Je ne comprends pas, intervient Nell. Comment est-ce que tu as pris le bébé ? Avec Alma...

— Alma a eu de la chance.

— De la chance ? s'étonne Nell.

— Oui. Quand j'ai quitté le bar avec la clé que tu m'avais donnée, j'étais persuadée que j'allais devoir la neutraliser. Mais elle m'a simplifié la tâche. Elle dormait comme une souche.

Des larmes ruissellent sur le menton de Nell.

— Je t'ai donné la clé ?

— Oui. On s'est parlé ce soir-là au comptoir. Tu ne t'en souviens pas ?

Nell ferme vigoureusement les paupières.

— Si... C'est bien ce que je me disais. Mais tout le monde affirmait que tu n'étais pas là. Que c'était à Gemma que j'avais parlé.

— Non. Attends une seconde.

Je me lève et marche jusqu'au petit placard juste devant l'entrée de la cuisine pour en sortir une perruque blonde et un chapeau de cow-boy en paille. J'enfile la perruque mais elle a du mal à tenir. Je regarde à l'intérieur et le téléphone de Winnie tombe à mes pieds.

— Ah, le voilà. Je me demandais où je l'avais foutu.

Je remets la perruque et me tourne vers Nell.

— Ça te rappelle quelque chose ?

— C'était toi.

— Oui. Je n'arrivais pas à le croire quand tu m'as reconnue. Colette et Daniel... pardon, *Gonze*... sont restés près de moi pendant au moins dix minutes et ils n'y ont vu que du feu. Évidemment, ils étaient trop occupés à se regarder dans le blanc des yeux. Tu te souviens, Colette ? Tu as parlé à Daniel de ton boulot avec le maire, en lui faisant promettre de garder ce petit secret entre vous.

« Au bout d'un moment, j'ai décidé de pousser un peu le bouchon et de m'approcher de votre table pour entendre ce que vous disiez. Je me suis mise à la balustrade, et j'ai fait mine de consulter mon téléphone. C'est là que j'ai pris cette photo de toi, Nell, où tu as l'air tellement déchirée.

Je ris encore malgré moi.

— J'ai envoyé ça à l'inspecteur Hoyt et ça a fonctionné beaucoup mieux que je ne l'avais espéré. Je m'étais dit que Hoyt s'intéresserait un peu à toi, ça me permettrait de gagner du temps. Au lieu de quoi, ça a fait diversion pour tout le monde. Le vrai problème, le fait que la police n'ait toujours pas réussi à retrouver le bébé, est passé au second plan.

Je plonge les doigts dans le bocal de cornichons pour en prendre un autre.

— J'ai assisté à toute la scène. Winnie qui a laissé son téléphone. Toi qui as désinstallé l'appli. Et qui as mis le portable dans ton sac. Ensuite, tu m'as foncé dedans alors que j'allais aux toilettes. J'étais sur le point de rentrer chez moi. « Allez », tu as fait. « Taxons une clope. Ça fait une éternité. »

« On est allées dans l'espace fumeurs et un très gentil monsieur t'a donné une de ses cigarettes. J'avais un verre de vin rouge, et toi une Camel avec un gin tonic dans lequel j'avais rajouté mes quatre derniers Xanax. En moins d'une demi-heure, j'avais le téléphone de Winnie et la clé. Crois-moi. Joshua et moi, enfin réunis ? *Jamais* je n'avais cru que ça serait possible. J'ai continué de venir à vos petites réunions après l'accouchement mais pas en me disant que ça me le rendrait.

— D'ailleurs, articule Francie, quand tu venais, tu avais un bébé.

— Non.

Je hausse les sourcils.

— J'avais mis une poupée en porcelaine dans une poussette. Allô ? Merci au fait de ne pas m'avoir demandé de le prendre dans vos bras. Le niveau d'égocentrisme dans ce groupe m'a *vraiment* sauvé la mise.

— Oh, mon Dieu, tu...

Nell éclate en sanglots.

— Je t'ai suivie dans les toilettes, oui. Tu t'es débattue au début, mais tu étais pas mal partie déjà. Chut. Écoutez.

Je perçois du bruit dans le couloir.

— On attend encore du monde ?

— Non, répond Francie en brandissant sa tasse. Ma tisane est froide. Je peux en avoir une autre ?

— Bah, oui.

Je hisse Joshua sur mon épaule et enjambe Colette pour aller dans la cuisine.

— Alors, tu vas déménager à Westchester avec Joshua ? me demande Francie pendant que j'allume la cuisinière. Ça va être chouette.

— Westchester ? Jamais de la vie !

Puis, la mémoire me revient.

— Ça aussi, c'était un mensonge. Mon Dieu, je suis vraiment nulle. Je ne sais pas trop où on va aller. Ma mère est morte depuis plusieurs années et ce n'est pas avec mon père que je vais aller vivre, ça c'est sûr. On est allés dans le nord de l'État pendant quelques jours, dans la maison de Winnie, mais on ne peut pas y retourner pour l'instant.

Francie écarquille les yeux.

— Attends. Tu veux dire que…

— Que Winnie est au courant ? Non. Mais on peut tout trouver sur Internet si on le veut vraiment. Comme les photos d'identité judiciaire de Daniel, par exemple. Ou ton vrai nom, Nell, quand on est physionomiste et qu'on accède à LexisNexis. L'adresse de la maison de campagne de Winnie Ross figurait sur le rapport que la police a établi après la mort de sa mère. J'étais persuadée qu'il y avait peu de chance qu'elle ait caché une clé, mais bingo ! Sous le pot de fleurs. Exactement là où ma mère cachait la nôtre.

Une ombre me traverse en songeant à ces quatre jours avec Joshua, comme on était bien ensemble.

— On serait restés là-bas, si ça n'avait tenu qu'à moi. Mais cet Hector s'est pointé pour tondre la pelouse et il a tout foutu en l'air.

— Hector.

Francie me fixe avec gravité.

— Scarlett, tu n'as pas...

— Je n'ai pas eu le choix. Il nous a vus. Je n'y croyais pas quand il est entré dans la cuisine pendant que je préparais des œufs brouillés pour le petit déjeuner. « Vous êtes censé être à Brooklyn », je lui ai dit. J'avais surveillé ses allées et venues. Une fois que les journalistes cessaient de faire le pied de grue devant chez Winnie pour rentrer chez eux le soir, il arrivait. Il lui apportait des commissions. Arrangeait un peu la maison. Il n'était pas censé venir dans le nord de l'État... Ça ne faisait pas partie de mon plan. Mais il était là, et il a payé le prix. Et maintenant, c'est au tour de Winnie.

Je m'avance vers la porte-fenêtre pour la fermer, tamiser le bruit des sirènes qui fendent l'air. Je saisis la tasse de Francie et repars vers la cuisine pour faire infuser un nouveau sachet.

— Je ne voulais vraiment pas que Winnie aille en prison, c'est sincère. La malheureuse a eu suffisamment d'épreuves à traverser. J'ai essayé de rejeter la faute sur les autres. Vous n'avez pas idée du nombre de fois où j'ai appelé la police, pour leur donner des informations ! Le type sur le banc. Le délinquant sexuel qui habite à deux pas d'ici. Alma. La pauvre. Ils ne vont pas tarder à l'expulser.

Je repose la bouilloire sur la cuisinière et à ce moment-là, j'entends du raffut dans mon dos. Nell pousse les cartons et Francie se jette sur la porte pour tenter de la déverrouiller. Avant que je ne comprenne ce qui se passe, quelqu'un enfonce la porte et Daniel surgit.

— Daniel ! je m'exclame. Je savais bien que j'avais entendu du bruit. Tu es en retard.

— Je t'ai envoyé des textos, il fait à Francie. Je l'ai vue arriver. J'ai essayé de rentrer dans l'immeuble, mais...

Il s'interrompt en remarquant Colette par terre. Il blêmit.

— Daniel, elle a Midas, dit Francie calmement.

Il me dévisage d'un drôle d'air. Puis il s'approche de moi, il semble si grand tout à coup. La lumière change autour de nous : une ombre grise envahit la pièce, comme si des nuages dissimulaient le soleil. Mes jambes me lâchent et je me rattrape au plan de travail, en couvrant d'une main la tête de Joshua. La dernière fois que je me suis sentie aussi mal c'était pendant mon premier trimestre de grossesse.

— Tu as enlevé Midas ? fait Daniel.
— Il s'appelle Joshua.
— Joshua ?
— Daniel, s'il te plaît, ne t'approche pas si près de moi. Va t'asseoir. Il y a des haricots.

Francie est maintenant à sa hauteur.

— Scarlett, on cherche juste à t'aider. Tu as eu une dure journée. Toute seule avec le bébé.
— C'est vrai, j'admets. C'est dur.
— Je sais.

Francie pose une main sur le crâne de Joshua.

— C'est dur. Oui.

Je regarde Daniel et malgré son regard implacable, je perçois chez lui une profonde tristesse.

— Ça doit être encore plus dur pour toi. En tant qu'homme, d'essayer de faire tout ça.

Je parviens à rire.

— Oui. Tu es blanc, riche, et diplômé. Snif, snif. Quel fardeau ! Mais franchement, être père au foyer ? Ça ne doit pas être facile.

— Donne-moi le bébé, articule Daniel.

Il saisit mon bras. Sa peau est douce, sa main ferme ; exactement ce que je m'étais imaginé.

— Non, je le garde, je réplique. Tu en as déjà un.

Les sirènes hurlent désormais, je suis appuyée dos au mur, et j'entends des pas monter l'escalier. C'est peut-être Gemma, ou Yuko avec son matelas de yoga. Elles sont en retard. Mais soudain la porte s'ouvre et des hommes en tee-shirts noirs se précipitent dans la pièce.

Francie prononce le nom de Midas et Daniel pose les mains sur Joshua. Tout le monde crie tellement, je ne comprends pas ce qui se passe.

Je sens l'odeur de la pluie.

Je suis dans l'escalier, je descends les marches d'un pas lourd. Pliée en deux sur le trottoir, je prie pour que la voiture se dépêche d'arriver. La douleur me déchire le dos et je remarque le regard du chauffeur. Du liquide coule entre mes jambes ; je suis couchée sur un lit d'hôpital, je voudrais que le Dr H soit là. Grace, l'infirmière, me conseille de respirer.

Douleur et ténèbres. Je sais que quelque chose ne tourne pas rond. Vraiment pas rond. Je sais que je vais perdre Joshua. Encore une fois.

— Attendez ! je hurle.

Francie me maintient les bras, et Daniel m'arrache Joshua.

— Vous ne pouvez pas me le prendre. Laissez-moi le regarder. Je veux voir à quoi il ressemble !

— Mains en l'air ! s'exclame Grace.

Mais ce n'est pas Grace. C'est un policier.

— Je vous en prie, ne me l'enlevez pas. Je veux le prendre dans mes bras. Le mettre en peau à peau, tout de suite.

Un poids m'écrase la poitrine.

— C'est primordial à la naissance.

— Mains en l'air ! répète plus fort Grace, son revolver braqué sur ma tête.

Je colle mes mains sur le mur et ferme les yeux.

Pour tourner la page.

Mes doigts glissent sur la paroi jusqu'au couteau suspendu à la barre aimantée. Je sens la lame froide et lisse, enroule mes doigts autour du manche, et tire. Les champs magnétiques se détachent, se libèrent l'un de l'autre.

Francie vocifère et j'entrevois sur la lame le reflet de la lumière du soleil qui filtre à travers la porte-fenêtre.

Je ferme les yeux, et avant que le couteau ne pénètre ma chair, je prononce une dernière fois son nom.

Joshua.

Épilogue

UN AN PLUS TARD

À : Mères de mai
DE : Vos amies au Village
DATE : 4 juillet
OBJET : Conseil du jour
VOTRE BÉBÉ A QUATORZE MOIS
Pour célébrer ce jour férié, le conseil du jour parle d'indépendance. Avez-vous remarqué que votre bout de chou jusque-là intrépide a soudain peur de tout quand vous n'êtes plus dans son champ de vision ? L'adorable chien des voisins devient un prédateur terrifiant. L'ombre au plafond se transforme en monstre manchot. Il est normal que votre bébé commence à appréhender les dangers du monde. C'est à vous maintenant de l'aider à gérer ses peurs, en lui rappelant qu'il est en sécurité, et que même si maman n'est pas à ses côtés, elle sera toujours là pour le protéger, en toutes circonstances.

Winnie met ses lunettes de soleil et glisse ses cheveux courts sous une casquette avant de sortir dans le petit jardin. Elle traverse rapidement la rue, tête baissée pour se protéger du vent.

Un homme avec un haut-de-forme se tient près d'un amplificateur à l'entrée du parc, une marionnette sur chaque main, une rangée d'enfants émerveillés assis devant lui. Une rafale envoie valser son chapeau, et Winnie se détourne de la foule pour partir dans la direction opposée. Elle longe le trottoir jusqu'à l'autre entrée. Elle s'engage avec sa poussette sous l'arche, roule sur les graviers et une fois en haut de la colline, avance sur la grande pelouse. Là, elle ralentit pour observer autour d'elle. Deux jeunes femmes en haut de maillot de bain sont allongées à plat ventre, des pages du *New York Times* étalées sur l'herbe devant elles. Café frappé à la main, elles rient. Tout près, plusieurs hommes torse nu jouent au foot, soulevant des nuages de poussière et s'interpellant en créole. Winnie les repère au loin, là où elles avaient promis d'être : sur des couvertures, sous leur saule noir.

Elle traverse la pelouse, évitant de regarder le cornouiller en fleurs à sa gauche, sous lequel une dizaine de personnes environ sont rassemblées ; des ballons rouge, blanc et bleu flottent au bout de leurs fils attachés aux pieds d'une table en plastique. Elle repense au soir, un an plus tôt, où elle s'est assise sous cet arbre, celui de sa mère. Elle n'est pas revenue dans le parc depuis. Elle avait quitté le Lama en fête vingt minutes plus tôt et avait marché sans but à travers les rues désertes avant de décider où aller. Les moustiques tournaient au-dessus de sa tête et la chaleur étouffante de ce soir de juillet lui était tombée dessus lorsqu'elle s'était assise en tailleur, le dos calé contre le tronc noueux, pour écrire à sa mère.

C'était une chose qu'elle faisait depuis des années, venir ici avec le carnet relié en cuir qu'elle avait trouvé le soir de la mort d'Audrey, enveloppé dans du papier argenté. Sa mère l'avait laissé sur la table de la salle à manger en partant acheter de la glace. L'inscription sur la première page – l'écriture délicate d'Audrey – s'était quasiment effacée : *Tu as peut-être dix-huit ans aujourd'hui mais tu resteras à jamais mon bébé. Joyeux anniversaire, Winnie.*

Le carnet était presque plein désormais. Winnie l'avait rempli de longues lettres adressées à sa mère chaque fois qu'elle avait eu besoin de lui confier quelque chose : qu'elle avait quitté *Bluebird.* Qu'elle et Daniel s'étaient séparés. Qu'elle avait utilisé une partie de l'argent familial pour créer une fondation pour les jeunes danseurs. Qu'Archie Andersen avait été emprisonné, enfin, la même semaine où son père était mort d'une crise cardiaque durant un voyage d'affaires en Espagne. C'était aussi sous le cornouiller que Winnie avait écrit à Audrey deux ans plus tôt pour lui annoncer que ça y était, elle avait trouvé le bon donneur de sperme. Elle allait avoir un bébé.

Elle n'avait pas prévu initialement d'aller sous l'arbre de sa mère le soir de l'enlèvement de Midas mais dès l'arrivée d'Alma, elle avait compris qu'elle préférerait se retrouver seule plutôt que d'aller dans un bar bondé. Après s'être glissée dans la chambre de Midas pour l'embrasser et lui souhaiter bonne nuit alors qu'il dormait déjà, elle avait pris le carnet sur l'étagère. Plus tard ce soir-là, pendant que les feux d'artifice des particuliers sur la pelouse illuminaient le ciel, elle avait pleuré en écrivant à la lueur d'un lampadaire. Elle voulait dire à sa mère combien le bébé était facile. Comme il sentait bon et à quel point elle avait l'impression qu'il était tout petit lorsqu'elle le tenait dans ses bras. Et il avait exactement les mêmes yeux qu'Audrey, si bien que parfois, lorsqu'il la regardait, elle croyait la voir.

Un groupe à quelques pas de Winnie entonne « Joyeux anniversaire », et celle-ci remarque Nell qui lui fait de grands signes sous le saule noir. Winnie accélère l'allure, s'efforçant de mettre de côté les souvenirs de ce soir-là. Ce n'est qu'une fois près des couvertures étalées qu'elle s'aperçoit qu'elle s'est trompée : elle ne connaît pas ces femmes.

— Bonjour, fait l'une d'elle. On peut vous aider ?
— Winnie !

Francie s'agite sous l'arbre voisin.

— On est là !

Derrière elle, Colette et Nell disposent des paquets cadeaux sur une couverture. Beatrice, Poppy et Will jouent dans la poussière à côté d'elles.

— Excusez-moi, dit Winnie aux femmes tandis que Francie avance dans sa direction.

Sa fille, Amelia, née deux semaines plus tôt, dort dans une écharpe de portage sur sa poitrine.

— Te voilà, fait Francie. (Winnie devine du soulagement dans la voix de cette dernière.) Je suis vraiment contente que tu sois venue.

Winnie la suit jusqu'à leur nouvel emplacement.

— On a perdu notre arbre, déclare Colette en lui souriant.

— On a été remplacées par des femmes plus jeunes, précise Nell. Encore heureux, ce n'est que sous notre arbre !

Elle secoue la tête à l'intention de Colette qui sort d'un sac des serviettes en papier et des assiettes.

— Pour la cinquième fois, tu vas me laisser faire, oui ?

Colette écarte les mains de Nell.

— Mais je peux soulever des *serviettes* ! s'exclame-t-elle. D'ailleurs, Poppy et moi, on est allées à notre dernier rendez-vous chez le kiné hier. Elle est exactement où elle doit en être, et...

Elle place une main sur son flanc, là où elle a été blessée.

— Et moi, je ne suis pas loin de me sentir à nouveau moi-même.

Francie observe Winnie.

— Ça va ?

— Très bien.

— Ouais ? Tu sors un peu de chez toi ?

Sur le chemin dallé derrière les arbres, un couple surgit sur des rollers.

— Un peu.

Colette ouvre le couvercle d'une grande boîte contenant un gâteau.

— Waouh, un gâteau avec un... carré orange ? s'étonne Nell.

— C'est censé être une maison.

Colette lèche ses doigts pleins de glaçage.

— Je l'ai fait moi-même.

— Tu rigoles, ou quoi ? Jamais j'aurais deviné !

— C'est génial ! s'extasie Francie. Cette maison est quasiment à l'échelle. Lowell n'arrête pas d'affirmer qu'on vient d'acheter une maison avec trois chambres mais il exagère, sauf s'il croit que quelqu'un va dormir dans le placard. C'est tellement sympa, les filles, d'organiser tout ça pour moi.

Elle s'empare d'une serviette dans la pile.

— Ces hormones. J'avais oublié comme on est émotive quand on vient d'accoucher.

Elle se mouche.

— Vous allez me manquer, les filles.

Nell éclate de rire.

— Francie, tu es faite pour vivre à Long Island. Tu seras maire de cette ville avant Noël, je te promets. Même si, au rythme où tu vas, tu seras peut-être aussi mère de six enfants d'ici là.

— Sortir, mama.

Midas regarde Winnie et se tortille dans sa poussette en désignant les autres enfants. Winnie le détache et le pose par terre. Il s'empresse alors de les rejoindre.

Colette distribue des parts de gâteau et elles mangent en silence.

— Je ne sais pas si on a envie d'en parler, fait Colette. Mais comme ça, ce sera fait : j'ai regardé l'émission hier soir.

— J'en étais sûre ! s'exclame Nell. Moi aussi.

Elle jette un coup d'œil à Winnie.

— Ça te va si on en parle ?

Winnie sourit.

— Oui.

Elle l'a regardée aussi : « Le petit Midas, ou les mésaventures et les malheurs d'une mère moderne », avec Patricia Faith. Deux heures d'émission spéciale en première partie de soirée, pour l'anniversaire de l'enlèvement de Midas.

Daniel était arrivé à l'improviste la veille, en fin d'après-midi avec des hamburgers et un pack de six bières.

— Je ne sais pas si tu veux regarder, avait-il déclaré. Mais si c'est le cas, je tape l'incruste et je regarde avec toi.

Elle connaissait déjà la plupart des détails. Mark Hoyt était venu la voir chez elle quelques jours après le retour de Midas à la maison, et il lui avait fait part des aveux de Scarlett. Son enfant mort-né. Comment, une fois rentrée de la maternité, elle avait passé des heures dans l'obscurité de son appartement à surveiller Winnie avec des jumelles et à s'imaginer que Midas était son bébé. Le fait qu'elle avait menti et raconté aux Mères de mai que Winnie était dépressive. Qu'elle avait prétendu que la voiture de celle-ci était la sienne et avait payé un jeune serrurier trois cents dollars pour s'introduire à l'intérieur et placer la couverture de Midas sous le capot du véhicule.

— Elle a interviewé Scarlett, dit Colette. C'était déchirant.

Francie cesse de mâcher.

— Tu plaisantes. Je n'ai pas pu regarder ça.

— Elle est allée la voir en prison. Scarlett est toujours détenue en psychiatrie, et pourtant Patricia Faith a eu l'autorisation de la mettre devant une caméra pendant une heure. Apparemment, Patricia Faith aurait fait une importante donation à l'établissement pénitentiaire.

Nell secoue la tête.

— Scarlett n'a vraiment personne qui s'occupe d'elle ?

— Je m'applique à ne plus penser à tout ça, réplique Francie. Pendant la naissance d'Amelia, je n'ai pas pu m'empêcher d'imaginer ce qu'elle a vécu. Vous vous rendez compte ? Être allongée là, sans savoir ce qui se passe. Où ils ont emmené son bébé. Pour ensuite s'entendre dire…

— Non, coupe Colette. Je ne peux pas.

— Quand ils m'ont tendu Amelia, je n'ai pas arrêté de demander aux infirmières : elle va bien ? Elle respire ? Elles ont dû me répéter plusieurs fois qu'elle se portait à merveille. Ce n'est qu'après que je me suis permis de croire qu'elle était bel et bien née.

— Elle a dit à Patricia Faith que son plus grand regret était d'avoir survécu au coup de couteau qu'elle s'était infligée, le jour où on a trouvé Midas.

Le regard de Colette s'attarde sur le groupe de jeunes mamans sous le saule noir.

— Et aussi d'avoir emmené cette poupée en porcelaine à l'aire de jeu et au cours d'éveil musical, sans la sortir de la poussette. Personne n'a jamais rien remarqué.

Du bout de sa fourchette, Winnie pousse sa part de gâteau dans son assiette.

Avez-vous déjà eu l'impression de perdre l'esprit, Winnie ?

Avez-vous déjà songé à vous faire du mal ?

Nous avons consulté votre dossier médical. Vous avez souffert de troubles anxieux après le décès de votre mère. Nous regrettons de devoir vous poser la question, Winnie, mais avez-vous déjà pensé vous en prendre à Midas ?

— Je n'ai pas pu regarder jusqu'à la fin, déclare Nell. Ces histoires de maltraitance avec son père. Et ce psychiatre qui l'a mise enceinte ? Quel type horrible.

*

Ils n'arrêtaient pas de lui conseiller de sortir – les Mères de mai, Daniel, le pédiatre –, tout le monde affirmait que cela lui ferait du bien de faire une pause, de laisser Midas quelques heures. Mais elle ne voulait pas faire de pause.

« J'ai trouvé une appli pour ton téléphone, avait déclaré Daniel alors qu'ils mangeaient des sandwichs au parc la veille.

— Ça s'appelle "Coucou, je suis là !". Tu pourras toujours le surveiller. Je crois qu'elles ont raison, Winnie. Tu as besoin d'une pause. »

Mais ensuite elle avait laissé le téléphone sur la table, avec sa clé dedans. Une bouffée de regret l'envahit. Elle ferme les yeux ; se revoit au bar en train de commander un autre thé glacé. Lucille avait appelé Daniel, Autumn ne cessait pas de pleurer et il fallait qu'il rentre à la maison, puis ce gars s'était approché, lui avait glissé la main autour de la taille en se penchant vers elle. Cette haleine fétide, le rythme de la musique, la foule oppressante autour d'elle.

Elle avait eu besoin de respirer.

Elle avait tout de suite compris. Appuyée contre le tronc d'arbre, le carnet sur les genoux, elle contemplait les feux d'artifice au-dessus de la pelouse lorsqu'elle avait entendu les sirènes de police. Elle avait compris, tout comme elle avait compris le jour où un policier s'était présenté à sa porte vingt ans plus tôt.

« Il est arrivé quelque chose. »

Elle avait cherché son téléphone dans son sac comme une folle, il fallait qu'Alma lui confirme que Midas allait bien. Elle se souvient du choc de ses talons sur le chemin en pierre, de ses chaussures lui irritant les pieds pendant qu'elle courait sur le trottoir, le bruit de ses pas résonnant tels des coups de tonnerre dans sa tête. La porte était ouverte, la police était là, et Alma pleurait ; ensuite, ils l'avaient interrogée. Où était-elle ? Est-ce que quelqu'un l'avait vue quitter le bar ? Est-ce que quelqu'un, d'après elle, pourrait vouloir s'en prendre à Midas ?

— Bref, intervient Colette, changeons de sujet. Je vous ai apporté quelque chose.

Elle sort de son sac trois paquets de feuilles reliées et en tend un à chacune.

— Mon roman.

Nell s'empare de son exemplaire.

— Tu as fini ?

— Deux mois de convalescence après une opération chirurgicale, ça laisse du temps pour écrire, répond-elle.

Nell feuillette le manuscrit.

— J'ai hâte de lire ça. Qu'est-ce que l'éditrice de Charlie en pense ?

— Je ne voulais pas en parler avant d'être sûre qu'elle aime.

L'excitation brille dans les yeux de Colette.

— Ils veulent le publier.

Le vent se lève, et Francie pousse un cri lorsque Nell fait sauter le bouchon d'une bouteille de champagne.

— J'aurais dû en prendre deux.

Nell sert à chacune d'entre elles une flûte en plastique et elles trinquent. Au même instant, une explosion de rires retentit du côté des jeunes mamans sous le saule noir.

— Je me dis exactement la même chose, tout le temps, lance une femme en robe d'été. J'étais chez la manucure hier, et je me suis mise à paniquer en pensant que j'avais laissé la petite sur le trottoir dans son siège auto. Elle était à la maison avec ma belle-mère. J'ai foutu mes ongles en l'air. J'ai l'impression de devenir dingue.

Francie jette un coup d'œil dans leur direction et rit doucement.

— Mères pour la première fois.

Elle sort Amelia de l'écharpe.

— J'ai trop mal au dos. Qui veut la prendre ?

— Moi, répond Colette, tendant les mains vers le bébé.

Elle plonge ses lèvres dans les mèches brunes d'Amelia.

— Est-ce qu'il y a quelque chose de plus délicieux que l'odeur d'un bébé ?

— Ce gâteau.

Francie regarde Nell.

— Tu vas tout lire maintenant ?

Nell pose le manuscrit de Colette sur la couverture à côté d'elle.

— Non, mais demain j'aurai le temps. Je prends le train pour Washington.

Elle tire en arrière ses cheveux, maintenant longs jusqu'à ses épaules et qui ont retrouvé leur couleur naturelle.

— On organise un sommet sur les congés payés.

Nell a quitté son poste à la Simon French Corporation depuis plusieurs mois, et elle est désormais directrice générale de l'organisation féministe Femmes pour l'Égalité.

— Écoutez ça, poursuit-elle, et Winnie essaie vainement de rester attentive ; elle a du mal à se concentrer.

Elle ne cesse de tendre l'oreille vers les mères sous le saule noir. Celle en robe rouge s'est levée et s'approche d'une colonie de poussettes tout près du groupe.

— Vous avez vu cet article hier ? lance-t-elle à ses congénères, en examinant l'intérieur d'une poussette. Il paraît que l'emmaillotage favoriserait la mort subite du nourrisson.

— C'est absurde. Je lis un livre en ce moment qui dit exactement le contraire.

Winnie se retourne vers Francie qui se penche pour se couper une autre part de gâteau, mais elle s'immobilise, le couteau en suspens. On s'agite dans leur dos. Au milieu de la pelouse, une femme hurle un prénom.

— Lola !

La femme tourne en rond, les mains en porte-voix. Un homme accourt vers elle.

— Je ne la trouve pas.

— Lola ! répète la femme, le visage face au vent.

— Elle était là il y a une minute.

Winnie cherche Midas du regard. Il se trouve près des tables de pique-nique, farfouillant dans la terre à deux mains.

— Lola !

— Qu'est-ce qui se passe ? demande Colette en observant le couple.

— Là ! s'exclame Nell, désignant le sommet de la colline. Il y a une gamine là-bas.

Winnie repère la petite fille au loin, qui court vers le sentier bordé d'arbres, à l'opposé du couple qui l'appelle.

Colette se lève d'un bond.

— Il faut qu'on la rattrape.

— Oui, vite. Allons-y.

Francie lâche le couteau et tend les bras vers Amelia.

— Donne-moi le bébé.

— Lola !

Winnie sent quelque chose la frôler : un petit épagneul marron et blanc court sur la pelouse, une balle de tennis défoncée dans la gueule. L'homme et la femme s'agenouillent pour attraper l'animal qui saute de l'un à l'autre pour jouer.

— C'est la dernière fois que je te détache, décrète l'homme, fixant une laisse au collier du chien.

Colette se rassied, le visage écarlate. Elle lâche un rire forcé.

— J'ai bien cru que je faisais une attaque.

Elles gardent un moment le silence, puis Nell s'empare d'un paquet cadeau sur la couverture.

— Tiens.

Elle le lance à Francie.

— Ouvre ça.

Francie ouvre son cadeau, qui lui vient de Colette – un magnifique ensemble de saladiers en cuivre. Pendant ce temps, Winnie tente d'apaiser sa main qui tremble. Elle pose sa flûte dans l'herbe et remarque une silhouette au loin.

Il s'agit d'une femme, debout sur le sentier, dans l'ombre, juste au-delà du groupe de jeunes mamans.

Elle porte des lunettes de soleil, un haut noir, et un chapeau à large bord. Alternativement, elle observe les mères et la zone où joue Midas.

— À dire la vérité, je suis plus anxieuse que je croyais à propos de ce déménagement, déclare Francie, tendant la main vers un autre cadeau. J'espère que vous viendrez me voir.

— Ne t'inquiète pas, on viendra, réplique Colette. Pas vrai, les filles ?

— Oui, fait Winnie.

Elle ne parvient pas à distinguer le visage de la femme, mais ce sont les mêmes cheveux bruns et épais sous le chapeau. La même mâchoire.

Ce n'est pas elle. Ce n'est pas possible.

Francie pose près d'elle la couverture de bébé brodée au nom d'Amelia que Winnie lui a offerte et elle prend un biberon dans son sac à langer.

— C'est du lait en poudre ? s'enquiert Nell.

— Je te l'ai dit. Je m'y prends différemment cette fois. Fini la mère parfaite.

Francie rit et le son agresse les oreilles de Winnie.

— Je vais aux toilettes, dit la jeune maman en robe rouge.

Elle remonte le sentier, s'éloignant du saule noir, sa robe voletant dans le vent.

— Vous la surveillez pour moi, OK ? lance-t-elle par-dessus son épaule, mais aucune des autres femmes de son groupe ne semble l'entendre.

Quelqu'un raconte une histoire. Et elles se passent un sachet de bretzels.

La femme au chapeau observe.

— Midas, appelle Winnie, mais le petit ne lève pas la tête.

La femme se met à marcher en direction du saule noir. En direction de Midas.

— Midas !

Winnie se lève. Sa casquette s'envole et elle se pique les pieds par terre mais elle se précipite vers l'arbre. Elle saisit brutalement Midas par le bras. Comme le petit se met à pleurer, les mères sous le saule se tournent dans sa direction. Mais la femme au chapeau arrive alors à leur hauteur. Elle ôte ses lunettes et Winnie s'aperçoit qu'elle ne porte pas un tee-shirt noir mais une écharpe de portage.

— Bonjour, dit-elle. Est-ce que vous êtes les Mères de mai ?

— Oui.

Midas se touche l'épaule.

— Ah, bien. Je ne savais pas trop si c'était le bon groupe.

Elle lance son chapeau par terre et se débarrasse du sac à dos qu'elle portait. Puis, elle sort un bébé de l'écharpe.

— Je m'appelle Greta.

— Greta ! Te voilà enfin ! s'exclame une des mamans en se décalant pour faire de la place à la nouvelle venue.

— Bobo, mama.

Le visage de Midas est strié de larmes poussiéreuses. Winnie s'accroupit et étreint le petit garçon. La femme sous le saule s'interrompt et la regarde car Midas vient de pousser un cri perçant.

— Trop fort, mama. Bobo.

— Excuse-moi, mon chéri, lui murmure-t-elle. Excuse-moi.
— Winnie.
Quelqu'un l'appelle.
— Winnie.
Winnie, il faut vraiment que tu viennes. On insiste.
Winnie, raconte-nous ton expérience de la naissance.
Je ne comprends pas, Winnie. Est-ce que quelqu'un vous a vue quitter le bar ?
— Winnie, tout va bien.
Elle se détourne. Daniel est debout près d'elle.
— Tu es là ? articule-t-elle.
— Évidemment.
Il prend Midas dans ses bras et sourit.
— Allez. Viens t'asseoir. Tout va bien.
Elle tend la main, glissant ses doigts entre ceux de Daniel, et se laisse guider vers ses amies tandis que les femmes sous le saule les observent, serrant leurs bébés contre elles, le regard inquiet, les coins de leurs couvertures voletant dans le vent chaud de l'été.

Remerciements

L'auteur remercie infiniment Billy Idol de l'avoir autorisée à reproduire gracieusement les paroles de sa chanson dans ce roman.

Imprimé en Espagne par:
BLACK PRINT
en février 2020

S29588/01

Composition et mise en pages
Nord Compo à Villeneuve-d'Ascq